紫砂壶 长篇小说书系 之 *21*
ZISHAHUCHANGPIANXIAOSHUOSHUXI

金利民◎著

超级瘟疫

谨以此书献给我最心爱的女儿笑笑，
以祝福她从事人类健康研究事业的开始！

中国华侨出版社

引　子

在人类历史上，除开战争，能够给人类带来巨大伤害的就是瘟疫了。

关云海站在办公室的窗前，望着远处绵绵的群山，沉思着。

风带着轻微的呼声，夹杂着一丝凉意，从窗户涌进了他的房间，像一个顽皮的孩童掀起了他的衣角，也掀开了关云海刚才正看着的一份资料。

那份被风吹着哗哗响的资料，漆黑的文字历历在目。

1348 年，欧洲"黑死病"爆发。

1918 年，"西班牙流感"在全球爆发。

1933 年，日本 731 部队开始了细菌战剂的研究和使用。

1981 年，据《新英格兰医学杂志》报道，第一例艾滋病人被发现。

1997 年，最早的人禽流感病例出现在中国香港。

1998 年，世界上第一株转基因大豆问世。

2002 年，第一起 SARS 病毒感染在中国广州出现。

2009 年，甲型 H1N1 流感第一例病人在墨西哥出现。

2010 年，据医学权威杂志《柳叶刀》报道，发现一种"超级病菌"。

2010 年，全球多处发生大量动物集体神秘死亡的事件。

2010 年，在美国科学家文克雷格－文特尔的实验室，诞生了万物起源以来第一个没有祖先的生命，这个名为"辛西娅"（synthia）的人造生物的诞生，意味着人造生命的时代已经来临。

……

关云海正是在看到这里后，才站到了窗前。

他在想，人类遭受的瘟疫灾害，无论是天灾还是人祸，都给人类自身的发展带来了极大的阻碍，甚至改变了人类文明的进程。这些在地球生命健康历史上发生的重大事件，不论是自然灾害，还是人为操纵，它们都与一个共同的元素有关，那就是：基因！

作为负责国家安全高科技处的处长，关云海知道，对于生物技术的发展以及国家生物安全，我们给予的重视程度远远低于对核武器的重视。事实上，作为常人，关云海自己都不太清楚，现在的生物技术会在多大程度上影响自己的生活，未来的技术发展又会给生活带来什么变化。从这些年的情况来看，他只知道，跟生物技术有关的大事件却频频在发生，而他却并不很清楚，这跟他所负责的安技处有什么关联，与国家安全又有什么内在的联系。

关云海轻轻抚摸了一下头顶。灰白的头发日渐稀疏，但他的忧虑却与日俱增。他担心，他对生物技术的了解和关注会影响上级对这一块的判断和决策。他还担心，他这个外行对生物技术发展的判断会不会给国家带来巨大的灾难。

他正在考虑是否应该向上级提议，把生物安全这一块，从他的处里分离出去，单独成立一个生物技术安全处，就像早在几十年前就存在的核武器安全处一样。至于处长人选，他早就看好了江山，他这个徒弟，早已百炼成钢，完全可以独当一面了。

此刻，江山正在对 A 国一家公司申请的转基因玉米进口许可进行安全性审查。

第 1 章

与此同时，A 国国家安全顾问助理大卫－范特斯尼先生，国防部生物技术安全委员会负责人卡森－斯汀尼，中央情报局局长巴尔－劳伦斯三人正在绝密的会议室讨论目前的国家生物安全和防范问题。

他们三人的面前，摊着一大堆的文件，其中一份，记录了近十年来以美国为首的西方各国为抵御可能的生物武器和生物恐怖的威胁，一直在进行各种形式的与生物技术有关的防御、反对、研制、生产、信息、合作等有关工作，其中包括一些大型的演习。

在这份资料中，对这些历史上真实的事件，文件是这样总结的：

一、高官 1 演习：

2000 年 5 月，美国国会进行了代号为"高官 1 演习（TOPOFF1）"的预防和应对生物、化学、放射性或其他大规模恐怖袭击的演习。其中在丹佛，模拟生物恐怖分子播散鼠疫耶尔森氏菌气溶胶。这次演习是一次事先并未对外公布的演习，参加人员不知道演习的具体时间，这使得演习更加逼真。它提供了全面检测医疗和公共卫生体系应对生物恐怖袭击行动的机会。这次演习揭示了日常工作中大量的薄弱环节，这对于联邦政府、州和地方在应对生物武器威胁方面具有重要的作用。

二、黑色冬季演习：

2001 年 6 月，美国在华盛顿安德鲁斯空军基地组织了一次代号为"黑色冬季（Dark Winter）"的反生物恐怖演习。这次演习是一个"桌面"演习，模拟了一次对美国隐蔽的天花袭击，假定天花感染病例数为300万，导致100万人死亡，以此来检测高级决策者应对生物恐怖主义者使用高传染性病原体袭击的能力。这次演习为医疗、公共卫生、政策制定和国家安全等方面应对生物恐怖袭击提供了有益的经验。

三、高官2演习：

2003年5月，美国举行了"高官2演习（TOPOFF2）"，演习模拟假想的国外恐怖组织在西雅图、华盛顿使用放射性炸弹的袭击和在芝加哥播散鼠疫菌。演习主要检验美国在应对大规模杀伤性武器进攻时国家对灾难管理上的能力与存在的不足。不同于高官演习1，这次演习被设计为一次"开放"式的演习。演习参加者在演习前就通过一些活动参与进来，这些活动包括通过一系列的研讨会来讨论如何应对放射性炸弹及生物恐怖的袭击。

四、全球墨丘利神演习：

2003年9月，一个代号为"全球墨丘利神（Global Mercury）"反生物恐怖演习在全球健康安全行动组织成员国加拿大、法国、德国、意大利、日本、墨西哥、英国和美国等国家之间举行。世界卫生组织和欧洲委员会也参加了这次演习。本次演习的主要目的是评估全球健康安全行动组织成员在面临突然发生的感染性疾病时的沟通与联系能力。演习的假定描述了生物恐怖主义者使用天花病毒对目标国家发动袭击。这次演习主要关注公共卫生方面的干预措施，而不是整个的生物恐怖应对反应。整个演习中比较突出的困难是进行交流，特别是由于演习产生了大量的信息，如何处理这些信息是对各个国家的很大挑战。

五、大西洋风暴演习：

2005年1月，美国在华盛顿组织了一次代号为"大西洋风暴（Atlantic Storm）"的反生物恐怖演习。这次演习仍然是一个"桌面"演习，用一种真实的时间和地点作为背景，演习设想的天花感染是恐怖分子在6个城市：伊斯坦布尔、鹿特丹、华沙、法兰克福、纽约和洛杉矶，通过隐蔽的方式在交通工具及商业中心发起，30天后的病例总数达到66万。演习模拟了一次生物恐怖主义者针对大西洋两岸十二个国家的生物恐怖袭击，深入讨论了各国领导人和国际组织应对生物恐怖袭击的国际反应。

六、高官 3 演习：

2005 年 4 月，美国举行了代号为"高官 3 演习（TOPOFF3）"，这是到目前为止在美国进行的最为复杂的反大规模生物恐怖演习，演习的假定是在新泽西州发生生物武器（肺鼠疫）袭击和在康涅狄格州发生化学武器（芥子气）的袭击。演习是一次公开的演习，有 1 万多人参加。演习为联邦机构提供了检验对一个大范围和多点的恐怖袭击事件的协调和国际反应能力的机会。演习选择了以下 4 个方面来检测国家的应对能力：①灾难管理：检测应对大规模杀伤性武器袭击的现有措施；②情报与调查：检测美国、英国和加拿大的一些机构在处理一些重要的与恐怖活动有关的情报方面的能力；③公众信息：检验美国、英国和加拿大在应对大规模杀伤性恐怖事件中媒体和公众信息方面的协调能力；④评估：总结经验教训和提高实际应对能力。

……

如今，距离最后那次演习已三年多了。生物技术的发展早已是突飞猛进，三人的手里有不少各国科学家关于生物技术发展的研究资料，也有一些关于基地组织和恐怖集团正在关注或渗透进入这个领域的情报。

经过一个多小时的讨论，三人一致同意再举行一次关于防范和控制生物恐怖的演习。

但是，对于演习的重点、参与人员以及假定的生物武器表现形式等内容，三人却争论了许久，无法达成一致。因此，会议决定，由军方和情报局各自提出一份演习预案，等待下次会议讨论决定后实施。

然而，就在会议结束后的第二天，一桩有关转基因玉米的生物恐怖事件发生了。

……

第 2 章

圆月如银盘，高高地挂在深夜的天空上。皎洁的月光照得窗外的树影有了一种水墨画般润滑的色泽。胡一文从九楼的阳台上往远处看，一闪一闪的星光就像婴儿的眼睛，温柔而清澈，一切都是那样的静谧和祥和。

但，胡一文的心情却和这天堂一样的景色极不相配，他的心中满是寂寞和思念，夹杂着一些无奈。

这是一个中秋之夜，胡一文此刻正坐在阳台的藤椅上，旁边的小茶几上放着一瓶桂花陈酒和一盒香烟。这个四十五年来都很少抽烟喝酒的中年男人在最近的一年多时间中便已经变得无法和它们离开了，几乎在一人独处的时刻必须有它们相伴。今天更不例外。

此刻，胡一文正面对着一张照片。照片上是四个人的合影。那个姣好面容上浮现着幸福微笑的是他的妻子丽莎。她姓孔，是台北市一个书香世家的大家闺秀。胡一文在 A 国留学时认识了她，两人基本上属于一见钟情，很快热恋并在一年后结婚。照片上的两个孩子分别是他十八岁的儿子胡地和十三岁的女儿海伦。

胡一文眼睛盯着照片，但视野却在慢慢变大，眼前出现了一座两层楼的小别墅。那是他曾经的家。这个靠近佛罗里达银色海岸的小别墅里充满了笑声，全家人正在准备晚餐。

"爸爸，就缺您了，快来，我已经调好了焦距。"海伦顽皮的声音在他的耳边响起。胡一文快速出了厨房，在草坪上白色的餐桌上放下他刚刚做好的红烧竹笋肉，笑呵呵地跑到他们母子三人的身边。"咔嚓"一声，这张照片就这样记录了两年前他们一家中秋团聚的欢乐时光。那个黄昏，他们在自家别墅前的草坪上开始了富有 C 国特色的中秋晚餐。

胡一文清楚地记得那天的晚餐他们吃的什么菜。他的拿手菜自然是用父亲从 C 国带来的明笋做成的红烧竹笋肉，妻子丽莎做的是台湾童子鸡，儿子捧出的是自制的比萨饼，而女儿则端来了她精心调制的果粒冰激凌。他还记得大家都喝了一小杯酒，就是现在摆在茶几上的那种桂花陈酒。胡家人酒量都很小，但那晚他们仍然喝光了那瓶桂花陈。酒精的刺激让这家人有些兴奋，他们围坐在一起，天南海北地闲聊着，一直到那轮明月升起。当时的胡一文，望着圆圆的月亮，心中期望着以后每年的中秋都像今天这样。

谁承想，那竟然是他记忆中最后一个幸福的中秋之夜。胡一文心中隐隐地担心，但愿那不是最后的团聚时光。自从他第二次回国以后，母子三人就再也没有了音信。他不敢设想到底发生了什么，只有祈祷上苍保佑他们母子三人平安无事，他们胡家终有再相会的一刻。

令胡一文极其无奈的是，时至今日，事情的发展变化完全出乎他的意料，也超出了他的控制。他稀里糊涂地发现自己竟然在转眼间就变得无家可归，不但失去了工作，而且生命安全都没有保障，而更糟糕的是丽莎母子三人从此却杳无音信，在世上凭空消失了，好像从来就没有他们母子三人一样。

而他自己，却呆在一个他不熟悉的地方，日夜不停地进行着目前的实验。孤独、寂寞、担心、恐惧、焦虑一起向他涌来，尤其是在节日的夜晚。胡一文除了在做实验时能暂时忘却那些烦恼之外，剩下的时间可以让他解脱的唯有烟酒的刺激。

此刻的胡一文面对圆月，空荡荡的阳台上只有他一个人和另外三个斟满了桂花陈酒的酒杯。胡一文端起自己的酒，一仰脖喝干了。他重重地放下了酒杯，又给自己斟满了酒。丽莎母子三人在哪儿呢？他们安全吗？我们何时能团聚？

对于这些问题，胡一文很多次地询问过他的高中同学，现在研究所的负责人江山。每次江山都是微微摇头，那看似憨厚的脸上木无表情。但随后江山总会加上一句话，"他们不会有事的，我保证，你们会有团聚的那一天。"

胡一文根本不敢相信江山。随着时间的流逝，他更加不指望江山，也越来越相信这是江山给他的安慰。

"只要没有确切的消息，他们就一定还活着。"但江山说话时的坚毅让胡一文很感动。胡一文拍拍他的肩膀，没有再说话，心中的希望却在一点一点的消失。但按照江山的猜测，只要胡一文的实验成功，他们母子就一定会有消息，他们一家人就一定可以团聚。

此刻，注视着那轮明月，胡一文在心中发誓，也暗暗告诉他的家人，坚持，一定要坚持！我会成功的。相信我，我一定会成功的。到那时，我们一家就可以在一起了，再也不分开。

明月仿佛听懂了他的祈祷，开始慢慢移动，好像要去把这个讯息带给那边的母子。

一连串熟悉的《蓝色多瑙河》的旋律突然在阳台上响起来了。胡一文的思绪还在懵懂之中，过了十几秒钟，他才意识到这是他的手机彩铃在响。会是谁呢？在这深夜来找我？这一年多来几乎没有人会在半夜12点打电话找他。因为，除了江山那几个人，没有人知道他的手机号码。

疑惑中按了应答键。"一文，不好了，银子出事了。"熟悉的女中音从手机中传出。这是他的助手林织云的声音，急切而焦虑。

"别急，慢慢说，怎么回事？"

"一文，银子可能是喝多了，他吐血了，晕倒了，我们正送他去医务室，您快到医务室来吧。"

"好，我马上到。云儿，你赶紧给江总管打电话。"胡一文听明白了。肯定是在刚刚的聚会上又喝了不少酒。这种生活中的事情他一般是让江山来处理。平常，他们叫江山江总管。工作上由胡一文负责，其他事情一律由江山安排。胡一文吩咐完毕，也匆匆披上外套，奔向电梯。

这个银子，大名叫李银来，也是他的助手之一，能力不错，工作上很是得力。目前负责基因库的收集和分析，手下也有三四个人。胡一文知道他们年轻人刚刚正在一起吃饭唱歌。中秋之夜，江山特意安排了大家在一起聚餐，也是担心大家想家，想用欢乐的气氛冲一冲。

和大家一起吃完饭，还唱了一会歌儿，胡一文就借口累了提前离开了。临走前，他也注意到李银来喝了不少酒，唱歌的时候还在喝。他还提醒过银来少喝点，可没有太制止他。老实说，在这样的夜晚多喝点，送迷糊糊睡一觉，还可以省去思念之苦。他理解这些人，心中都有一些苦衷和难处。尤其是李银来，他今年已经三十多岁了，还没有结婚，好像也没有女朋友，平时性格就有些孤僻、内向，不太爱说话。不过，按银子平常的风格，今天好像有点不对劲，他是一个很有控制力的人，怎么今天拼命喝酒，像个不懂事的孩子，居然喝到吐血。

第 3 章

李银来被人背在身上，一路颠簸使他的意识有些恢复了。

头好晕。这是在哪儿呢？怎么跟坐船一样？见鬼，这样昏暗的天我好像见过。朦胧中，李银来好像回到了他姐姐正划着小船把他送到县里的高中学校的那个傍晚，天空如现在一般昏暗。姐姐拼命划着，小船在波浪中颠簸，李银来紧紧抓住船帮，那感觉和现在很相像。李银来知道自己永远忘不了这一幕。

因为有姐姐的身影，回忆才显得更为刻骨铭心。但姐姐的去世却让他对这个社会的看法改变了许多，他也清楚有很多是负面的，不利于他的身心健康的。李银来知道他的一生都变了，自他听到姐姐的死讯，自他得知因为没有交钱医院不肯治疗而加速了姐姐的死。他唯一的亲人就这样无声无息地离开了他，只剩下他一个人面对这可怕的世界。刚刚在朦胧中他好像听到了姐姐的呼喊。但很快一片嘈杂声模糊了这一切。

有人在折腾他的身体，他知道自己现在应该是躺在床上。消毒药水的味道让他辨认出这一定是医院。他感觉有人在拨弄他的身体，渐渐地他回到了这个世界。他的意识慢慢让他想起了几个小时之前的情景。

今天是中秋节，研究所安排了晚餐的聚会。李银来心中还是很感激江山的。这种小细节一定只有江山才会注意。他观察过江山很多次，一直在纳闷如此粗犷和憨厚的汉子怎么会有比女人还细腻的一面。尽管来到这个研究所才一年多，他的生命记忆中又多了三个形象，那就是学长胡一文博士、江山和他暗恋的女人林织云。李银来对这三个人非常感激，也非常有好感，他在心中极其珍惜他们，可惜的是他们并不知道。

　　一直以来，李银来在他三十多年的生命历程中其实只有两个女人。一个是姐姐，另一个就是林织云。母亲在他心中根本没有印象，因为他对母亲的所有记忆只是一张发黄的照片。大学四年，再加上留校工作的两年，他很孤独地生活，但他心里很满足并且快乐着。他省吃俭用，一直在偷偷攒钱。他在前年春节回家和姐姐吃年夜饭时已经商量好了。等他买了房，就把姐姐和姐夫，还有两岁的小外甥接到 B 城来，他们共同生活在一起。姐姐很开心，对他说："那敢情好，姐姐要享银子的福了。"那天晚上，姐姐有些佝偻的身形仿佛都变直了一些，就连很少说话只知埋头干活的姐夫那天说话也多了许多，小外甥更是嘎嘎地乐着。那情景像烙印一样刻在李银来心中。

　　从家乡回来后，李银来只知道拼命地挣钱。他计划在两年内实现买房的目标。现在房价这么高，而除了工资，他收入的主要来源是兼职，帮助一家生物技术公司搞生产。他利用下班、晚上和周末的时间到那家公司兼职。这份收入尽管是他工资的两倍，但比起高昂的房价，依然是杯水车薪。随着时间推移，他发现赚钱的速度远没有房价上涨的速度快，差距越来越大了。但李银来仍然在坚持。多少年来，固执，或者说好听一点，执著，是李银来一直的信条。每次寂寞的时刻，每次觉得快要坚持不住的时刻，那晚姐姐一家快乐的情形就会浮现出来，像冬天的阳光一样令他温暖。

　　但姐姐的去世差点毁掉了他整个的世界。事实上，一听到姐姐的恶耗，李银来就感觉心中有一块坚硬的石头在瞬间粉碎了，没有了分量的身体好像随时可以随风飘走。但他挺了过来。而且，他反而加快了赚钱的速度。要是我早早赚够了钱，买了房子，姐姐和我住在一起，就不会有这种事了。他心中坚持把姐姐的悲剧与自己的无能生硬地联系起来，为此，他省掉了自己所有需要花钱的行为，他在一分一分地攒钱。姐姐走了，我还有姐夫，还有小外甥。我要让他们住上新房，我要和他们住在一起，住在 B 城。这里有最好的医院。

极度清苦的生活让李银来的身体几乎变成了风筝，整天轻飘飘的。就在这个时候，胡博士的邀请无意中变成了风筝的牵引线。他已经不在乎以后要干什么，只要能让他赚到钱买一套房子，让姐夫和小外甥换一个环境就可以，所以当江山跟他谈话时，告诉他这个研究所的主要工作以及今后可能要失去的常人的自由、荣耀和可能的孤独寂寞，李银来仍然不假思索地接受了这个邀请，提出的唯一要求是一笔数额略大的安家费。有了这笔钱，他离新房的首付不远了。

而当他开始工作，接触到胡博士后，他很高兴自己能够遇到这个兄长一般的上司。尤其在第二天他见到林织云后，李银来更是庆幸自己的选择。他总认为自己从林织云的眼睛里看到了姐姐的身影，她的身上散发着姐姐的味道。冥冥之中，他感觉云儿是上苍派来的姐姐的化身。

但遗憾的是，友好的云儿已经很多次委婉而坚决地拒绝了他。就在中秋前夜，他邀请云儿一块过中秋节，同样被婉谢了，这其实是第 N 次被拒，而这次拒绝则更为斩钉截铁。李银来心中非常明白，事情到了这一步，基本没有可能了，但李银来不放弃。尽管他知道，云儿离他未来的生活将越来越远。李银来的绝不放弃实际是因为自己，否则这唯一的幻想都被风吹走了，他生活的意义何在？当然，被拒的心情更是郁闷，因此，在聚会时，酒倒是喝了不少，而歌却一支也没唱。

满桌的同事当然少不了相互敬酒。大家又知道李银来很有几分酒量，便联合起来对付他。李银来则是来者不拒。等到大家转移战场去唱歌时，他已经喝了很多了，感觉到脑子昏昏沉沉的。

几首歌曲下来，大家又开始了啤酒的较量。李银来已经记不清自己喝了多少了，也搞不明白自己应该继续喝还是不喝。当一首他熟悉的臧天朔的《朋友》旋律响起时，他对面的同事在他的眼中就幻变成强子了。

现在，他笑嘻嘻地指着强子说："强子，你怎么不好好呆着，跑 B 城来干什么？"强子是李银来在老家的发小，大名叫周建强，性格刚烈，身体强壮，与李银来刚好相反。或许是两人的差异反而使得他们极为要好。前年春节回家时听说强子杀人后潜逃，不知去向。

谁知在半年前，李银来突然在 QQ 上遇到了一个人，自称是强子。经过童年故事的测试，验明正身，李银来确认这是强子。他俩在网络上经常聊天，回忆过去并憧憬未来。李银来知道强子一直躲在云南那边做事，这小子怎么跑到这里来和我喝酒，他不怕被警察抓走吗？

"我不是强子，你喝多了吧。李银来，你没事吧。"声音怪怪的，有点不像强子，不过肯定是酒喝多了声音走样了。李银来摇摇脑袋，用手指着对面来回晃动的人影。

"你小子别，别乱动，我都看不清你了。"李银来用双手扶着对方的肩膀。"你小子还，还人模狗样了啊，穿着西服来见我。……怎么喜欢西服了？你不是一直喜欢军装吗，尤其是迷……迷彩服。"李银来用手拉扯着对方的衣服。

"别闹了，你喝多了，李银来，坐下，坐下。"一双手硬是拖着他坐了下来。

"对，对，坐下好好聊。"李银来感觉自己的屁股碰到了沙发，但心中还是很奇怪强子怎么敢来 B 城。"强……强子，你怎么敢来 B 城，你不是在云南吗？"

"胡说八道。你喝多了，我找人扶你回去休息吧。"对方站起来，掰开李银来揪住他衣服的手，转身走了。

"别走啊，强子，别走，我是银子啊，你别不理我了。"李银来急切地伸手想抓住强子，但扑了个空，没有抓住，自己反而摔倒在地，心里却好像有什么东西被人摘走了，喉咙一甜，一口鲜血喷了出去，脑子顿时一片空白。

第 4 章

江山接到林织云的电话时正在办公室看一个邮件。

最近研究所胡一文的实验进展不错，根据预先定好的计划，他们故意泄露了一些讯息给国际上的有关人员，希望探听到一些对方的反应以便决定下一步的安排。看来，胡一文的研究有太多的机构在关注。这次各方面的反应比较多，而且信息量也较大。江山需要从中仔细分析。

江山最近很忙，管理这个研究所倒没有占用他太多的时间。事实上，所内的各个部门在他的指挥下井井有条地工作着。他心里很感谢他们，尤其是他的助手刘彤。江山真正的两件大事是负责研究的进展并保证胡一文的安全。

而这，则是整个"葱花行动"中最关键的部分。

这两件事，江山心里是有计较的。实验进展其实不用他关心，胡一文比他更着急，何况即使操心也无济于事，毕竟那是生物学家的专业问题。他真正费心的是安全，尤其是丽莎母子三人的安全。

这些日子，有情报显示有些机构在打胡一文的主意。江山琢磨着胡一文好像不会有什么生命危险，但遭到绑架倒是有可能。胡一文现在就像一个核武器的按钮，谁都想把它放在自己的手上。被威胁对于一个人来讲是一件很难忍受的事情，更别说国家了。江山知道自己的责任和担子很重，但没有办法，他只能自己扛着。

江山早已经习惯了什么事情都自己一个人扛着，这同时也是没有办法的事情。他是唐山大地震的幸存者。说是幸存，其实并不是说他从地震中逃生，而是那个暑假，他在苏州昆山外婆家。但他父母、爷爷奶奶和姑姑他们就没有那么幸运了，全部葬身地震了。江山跟随外婆在苏州上学，并成了胡一文的同学。等到外婆去世，江山在这个世界就没有一个亲人了。每每想到这里，江山心中很不是滋味。

不过，一个人倒也自由自在。想到过结婚，但一是没有闲暇时间，二是想到自己的职业可能让家人提心吊胆。犹犹豫豫，便过了最好的谈婚论嫁的年龄。这么多年，一个人已经习惯了。每当朋友为他操心，江山就说随缘吧。

当然，这次的行动并不是他一个人在扛。他和胡一文现在对外的单位是军马和军犬研究所。但实际上，这个研究所归属十七处，而江山正是该处的副处长。自从他在高中毕业考上公安大学后，就一直没有和胡一文有过联系。直到前年，十七处的关云海处长挑中了他，他才来到了这个研究所，并偶遇了胡一文。

当然，在那次国际会议上看到胡一文以后，江山并没有急于见面。他先是查证了这个胡一文正是自己多年前的高中同学，并调查了胡一文后来的经历。在得到关处的批准后，他才有意去找他的，其目的有二：一是希望胡一文能够从专业的角度论证转基因作物的安全性，二是希望透过胡一文了解一些 A 国的生物技术发展情况。

胡一文那边当然不清楚自己是有目的专门去找他的，还以为是在会议上偶然遇到，非常开心。胡一文说他好几年没回国，这一次刚回国就见到了老同学，还是高中的老同学，他非常开心。对于江山拿出的名片，胡一文还以为自己找到了同行，听说江山是军马和军犬研究所的副所长，便使劲追问他是哪家大学毕业。江山只好胡乱编了一套故事，说是外婆去世后回了唐山，后来在河北农大读书等等。

对胡一文，江山心中是把他当成真正的兄弟看待的。那时在学校，很少有人喜欢他这个北方人。胡一文是一个例外。寒假期间，胡一文邀请江山去他家玩。南方冬天的夜晚很冷，晚上他们睡在一个被窝里，用各自的体温温暖着对方。从那一刻起，江山把一文当成自己的兄弟。

现在，看到兄弟难受，妻离子散的状况，江山很是不安。

本来，在那次国际会议上，他与胡一文的会面尽管是刻意安排的，但只是一次随意的同学见面，并顺带了解一些生物技术的进展。这样安排的唯一原因是一文对基因控制和转基因很有研究，而江山所在的十七处正在例行审查 A 国一家公司申报一种转基因小麦在 C 国销售的许可。为了了解这种转基因小麦的安全性，江山需要得到一些专家的意见。

这次国际会议的主题正是转基因的安全和控制问题。江山陪同刘彤来参加这个会议，却意外发现胡一文恰好也来 B 城参加这个会议。江山认为这真是缘分，几十年不见的同学却在这样的场合偶然相会了。

谁知道，这个偶然的相逢竟然掀起了如此的巨浪，不但改变了胡一文和江山两人的生活，而且后来事情的发展竟牵扯到大国之间的较量，这其间的血雨腥风、神秘莫测、峰回路转让江山目瞪口呆，无法预料，更谈不上控制事态的发展了。

但无论如何，到今天这个局面让江山很是不爽，看着胡一文日渐增多的白头发和思念之情，江山唯一的心愿就是盼望一文尽快完成实验，这样他就可以为他们早日实现家人团聚出力。所以，江山特别不愿意中间有什么变故发生，也对如此多的机构关注胡一文的实验表示严重不安。而更让他焦虑的是在 A 国的丽莎母子三人一直到现在都杳无音讯，生死不明。

江山正在思考如何加强对胡一文的安全保护时，电话打过来了。电话是云儿打来的。他没有想到李银来会有这种事情发生。他其实已经隐约感觉到李银来最近的状况有点不对，本来准备与他谈谈，了解一下发生了什么。这个团队的任何一个人，尤其是密切参与一文实验的人员，由于专业太精尖，而时间又有限，在人员的挑选上其实没有很大的余地。当务之急是尽快完成实验，人员的可靠和安全等问题先放在一边。这在他们这一行已经算是特别的例外了。这样做的后果很难预料，但这次无法按照常规行事了。江山心中明白自己只能密切关注并随时保持警惕。

　　现在看来，李银来好像不是大问题，只是没有节制地喝酒，但江山心中升起了一丝不安。他要去看一下，目前的情况还是小心一些为好。

第 5 章

同样的中秋之夜，对于丽莎来说，则显得平静很多，甚至比平常还要安静。

要不是守卫欧文给他们送来了一盒月饼，丽莎根本就没有想到今天是中秋节。吃月饼的时候，两个孩子远比平日要安静许多。或许是思念他们的父亲胡一文，两个孩子很懂事，吃完月饼就跟她道了晚安回到自己各自的房间休息去了，只留下她一个人面对着那一轮圆圆的明月。

从小到大，丽莎都没有经历过现在这样的困境。

一年多了，他们母子三人就这样莫名其妙地熬过来了。这一年多，丽莎一直在回忆和思考，事情是怎样发生的。她总是试图从中找出一些线索以了解一文失踪的真相。

丽莎是在台湾长大的。那是一个真正的儒雅之家，每个人都饱读诗书。丽莎是闻着书墨砚香长大的。当时年轻的丽莎的职业梦想是做一个神经外科医生，但随着对神经学的了解，丽莎却慢慢喜欢上了研究思维意识的形成和发展。在她看来，这是了解人类自身特有的思维活动的关键，也是灵长类动物特有的精神层面的物质基础。这方面的研究涵盖了心理学、神经学、外科学、生物化学、宗教学和社会学等各种边缘学科。事实上，这已经是生物科学中最玄妙的学科了。毫无疑问，A 国是从事这类研究的最好的场所。

就这样，丽莎来到了 A 国。

就这样，丽莎认识了胡一文。

和胡一文的认识以及后来的结婚生子，丽莎都觉得生活基本和她想象的没有太多的区别。她很满足现在这样的境况。丈夫不错，儒雅而有风度，在学术上也颇有造诣。儿子和女儿都很健康。自己的研究也进展良好。丽莎甚至触摸到了未来几十年的面纱，就像她的祖父、父亲一样，安详、平静、有身份地活着，直到苍老。

但事物发展往往出乎人的意料。丽莎甚至没有太多的思想准备，一切就变得她无法预料并失去了掌控。先是一文去 B 城参加一个国际会议。再是回来后相隔不到两个月，一文的父亲病危消息传来，一文就又匆忙地走了，结果是这一走就一切杳无音信。而他们母子三人，却在一文走后的第二天，被一群神秘的人带到了这个莫名其妙的地方。

没有人告诉他们发生了什么。他们住在一个很大的院子里，只要你不出去，没有人来干涉你。只是他们也无法与外界联系。丽莎母子生活在一个世外桃源，真正的与世隔绝的世外桃源。儿子胡地和女儿海伦刚进来时还老来问她，到底怎么回事。天知道怎么回事。慢慢地，母子三人也就无奈地接受了现实，只是不知道这样的情况要持续多久。

丽莎面对着守护人员大嚷了几次，但无济于事。他们都像木头人一样，反正什么都不知道，抑或知道了也不告诉你一丁点儿。这段日子，丽莎使劲地回忆一文离开前的那两个月都发生了什么，希望从中找到一些蛛丝马迹。

作为一个研究行为心理学的专业人员，尽管一文总对她说没事，丽莎还是能感觉到一文的异常。她知道这个变化是从一文回国后开始的。有几次丽莎发现一文半夜爬起来坐在阳台上发呆，问他却不肯说。逼急了，一文只说实验不太顺利，有一些问题在困惑他。对于这个解释，同为科学家的丽莎很能理解。因为在科学研究中经常会遇到这种很令人头疼的情况，仿佛研究钻进了死胡同。这个时候，别人无法帮忙，只能靠自己走出来。

丽莎以为一文遇到的正是这种情况，也就没有太打扰他，以为过几天就会一切正常了。但接下来，C 国老家打来了电话，说是一文的老父亲病危，希望一文尽早赶回去，否则恐怕不能再见到最后一面。一文匆忙地走了。

但一文走后所发生的事情让丽莎感觉不对劲。丽莎总觉得在家里周围老有眼睛在盯着他们。还没等丽莎琢磨出怎么回事，就被一群人蒙上眼睛带到了这个地方。

一文现在哪里？有没有危险？是什么人把他们带到这里？这里又是哪里？我们要在这里待多久？这到底究竟是怎么回事？

这些问题不仅是孩子们纠缠着她，丽莎自己也在反复地问自己。没有任何迹象透露出危险，甚至暴力，但每个问题都表示这绝不是一件很简单的事情。他们不允许外出，不能与外界有任何形式的联系和交流，也没有人告诉他们到底发生了什么，或者需要他们做什么。他们只是每天这样悄无声息地等待着。

除了孩子们的安全和未来，丽莎最烦恼的是不知道一文的真正去处。他在 C 国？还是在 A 国？他有危险吗？这些人这样对待我们，他们要干什么？

没有人给她答案。丽莎曾经为被关在笼子里的狮子难过，现在她清楚自己就是那头狮子。哦，不，比那头狮子还难受。担心、恐惧、郁闷、愤怒、无奈、绝望，等等，丽莎无法形容自己的心情，她甚至无法探知自己真正的感受。她只知道，这让她抓狂，发疯，而且是自己心里很清楚的一点一点要发狂的感觉。现在之所以没有爆发，完全是因为孩子，她的儿子和女儿。她必须在孩子面前保持镇定，尽管她并不知道自己到底能镇定多久。

刚开始的日子实在是难捱，丽莎几乎是数着秒针的咔咔声在熬时间，一秒一秒地熬。但渐渐地，她的心境从莫名中沉下来。她开始回忆并思考，极力想弄清楚一切是怎么发生的。

她记得在一文回国后，有一天临睡觉前问过她一个问题。

"丽莎，有一个问题，假设，我说的是假设，假设你知道你的研究有可能被别人用来危害人类，你还会继续研究下去吗？"

"这么老套的问题。很早我就知道科技发展是一把双刃剑。但我们不能因噎废食，社会和科学总是要向前发展的。"丽莎在往脸上贴着面膜，很轻松地回答。

一文没再说什么。

"哎，你遇到了这种问题？怎么想起来问这个？"丽莎突然有所警觉。

"哦，没，没有，是我一个新来的学生问我这个问题。"一文赶紧回答，但接着又问道，"如果你可以阻止，但前提是你可能会有危险，可能要牺牲很多，甚至是生命，你会出面阻止吗？"

"当然，这是科学家的良心，就像军人的职责一样。"丽莎脱口而出。

丽莎记得当时一文没再说话，只是慢慢地脱衣服准备睡觉。现在看来，很可能一文遇到了这个问题，而他则按照自己的回答去做了。

但他的研究中没有什么可以直接危害人类的东西呀。丽莎对一文的研究大概知道一些。现在看来，一定是一文的研究跟什么别的研究有牵扯。或许正是自己的那句话让一文下了决心？丽莎仔细回想一文的话。

难道他所谓的牺牲就是我们？丽莎突然腾地坐直了身子。自由、家庭，甚至生命，真的可以这么容易放弃吗？丽莎醒悟到自己那次脱口而出的回答似乎太草率了，但她内心又觉得这是必然。其实，这不是义务，这是科学家的良心。你不能眼睁睁地看着自己的研究去危害人类，那对研究的发明者是一种巨大的折磨。丽莎想到了发明炸药的诺贝尔和发明核爆炸的费米，相信他们的晚年完全是在痛苦中度过的。难道一文发现了什么？其实自从基因克隆技术发明以来，现代生物技术的发展飞速前进，关于伦理、安全和危害等等，科学界有很多的争议。

丽莎想不出更好的办法来摆脱目前的困境。或许一文正在与他们抗争？或许他们已经扣留了一文？

丽莎不敢设想下去。不过，有一点很清楚，一文目前应该没有生命危险。否则，他们母子三人不会像现在这样。只要他们安全，一文就一定没事。

第6章

丽莎决定从守卫们下手，弄清楚这究竟是怎么回事。

这个住所其实和 A 国的大多数豪宅一样。高高的围墙，有电网和全方位监控。只要有人在中央监控室看着，任何人都休想接近或逃离这个地方。五个守卫把丽莎母子三人困得死死的，逃离出去基本是一个幻想，更何况是在训练有素的特工眼皮底下。

丽莎对逃走不感兴趣，她清楚带着两个孩子逃走的可能性不大，但她却愿意和守卫们谈谈，尤其是小头目强森。她希望利用她掌握的人类心理和行为学的一些知识和研究，从他们的言谈举止中获得一些线索。

在被软禁的第二天，丽莎开始了与欧文的谈话。

与这个被那些守卫叫做"老板"的特工负责人欧文的正式交谈还是丽莎拼命争取的结果。否则，按小头目强森的说法：我们只是奉命看守你们，其他的与我们无关。丽莎反复强调有重要问题需要与负责人沟通，才得到了与欧文谈话的机会。而欧文，却不是看守他们的五个守卫中的任何一个，他是第二天从外面进来的。

欧文显然是一个亚裔人，但他纯熟而没有任何口音的英语让人无法判断其祖籍。日本、韩国或 C 国，都有可能。在 A 国，警察和情报特工人员中已经不像以前那样只是白人，有很多非白人，尤其在与某个祖籍的人们打交道时，他们会使用同一祖籍的人员。就像这次，欧文的祖籍显然与丽莎相近。

"我们犯了什么罪，你们把我们关在这里？"丽莎责问道。欧文没有吭声。

"我将控告你们。"丽莎接着抗议。

"对不起，女士。你有权利这么做，但我得到的命令是在这里看守你们。"欧文的回答让人无可奈何。

"那你们究竟要关我们多久？"丽莎又问道。

"不知道。"

"我丈夫在哪里？"

"不知道。"

"你们是什么人？"

"对不起，无可奉告。"

"这里是什么地方？"

"无可奉告。"

丽莎一连串的问题得到的回答全是"不知道"或者"无可奉告"。丽莎心里清楚，从这些人嘴里你别指望得到什么。

丽莎又心生一计。

"我和我丈夫之间没有秘密，如果你们想知道什么，我可以告诉你们。"丽莎表达了自己的诚意。她希望引起对方的重视，这样，她就有机会跟他们讲条件，讨价还价了，尽管这样说可能会引火烧身，但丽莎已经不在乎危险了。

然而，对方的回答让她心寒。"谢谢您。目前我们还没有这个需要。如果可能，我们会来找您的。"

丽莎狠狠心，必须加大力度。

"我知道我丈夫在做什么？我也知道谁在和他一起干，而且我还知道我丈夫下一步要干什么，难道你们没有兴趣知道吗？"说完这些话，丽莎的心怦怦直跳，她无法预测后果会是什么。

但，奇怪的是，欧文的回答很简单。

"谢谢。目前我们没有兴趣知道这些。"

"你敢肯定吗？你难道不和你的上司汇报一下我所说的情况，然后再决定怎么做。"丽莎在提醒欧文，实际也是暗示这么重大的情报如果耽误了你无法负责。

"谢谢您，女士。我知道该怎么做。"欧文很有礼貌地回答。

和欧文的谈话总共只持续了不到十分钟。欧文走了，但他那无所谓和漫不经心的神情却在丽莎的心里至少停留了三天。

他们为什么不关心我问的那些问题？

难道他们的级别太低，对这些问题都无法做出回应？或者，他们只负责看守我们，没有别的任务？我需要再等待一些时间，或者会有更高级别的人员来找我？丽莎幻想着有一天会有人来找她，关注她跟欧文提到的那些东西。她不在乎如果那些人知道她其实什么都不知道，也没有多想这样做的后果，她只是希望能从中得到一些有价值的线索。

丽莎知道一文肯定也出事了，那么抓他的人和看守我们的这些守卫是同一批人吗？好像很像。一文应该在他们手上，所以他们对我提出的关于一文的问题都不感兴趣。如果是这样，他们对一文会有敌意吗？一文会有危险吗？也许他们并不是同一伙人。关押我们的人可能把我们作为诱饵，引诱一文来和他们合作。

如果他们和一文合作，那为什么要关押我们呢？如果他们和一文合作不好，那为什么对我们的态度也还不错呢？这几天下来，这些守卫对我们基本上很好，一点也没有不礼貌，更谈不上粗暴了。也许这些人希望一文帮他们做事，如果得罪我们会让一文不高兴，不愿意跟他们合作。

丽莎记得刚进来时，有一个守卫在摄像，把他们母子三人以及卧室等住所和一些活动都录了下来。这是不是要给一文看呢？否则，有什么必要摄像呢？

他们究竟是朋友还是敌人？一文在哪里？有没有危险？抓一文的人和关押我们的人是不是一伙的？他们为什么要关押我们？要关押多久？怎样才能知道一文的消息。等等，等等，一大堆的问题缠绕在丽莎的脑子里，像一团乱麻，把她纠缠得心神不宁，夜不能寐。

丽莎在心中祈祷着一文的安全。

想了三天，什么也没有想出来，但她决定不再往下想了。把未来交给上帝吧，我们只能把握现在。既然不知道目前是怎么回事，也不知道这样的状况要持续多久，那就好好活下去。总会有机会的，总会有变化的。关键是两个孩子，不能让他们这么活下去。

丽莎几乎花费了一个月的时间来调节这两个孩子的心理。丽莎开始设计有规律的生活。每天早上，她带领孩子们按时起床，锻炼并一起做早餐，然后，阅读书籍，下午则是自由运动时间，晚餐则必须三人共同来做。丽莎要让孩子们体会到，在这样的逆境中，只要自己不放弃，一切就有希望，而一个家庭的完整和幸福则要靠每个人的努力。

丽莎告诉孩子们要好好活着，等着他们的爸爸回来。

孩子们在她的带领下渐渐恢复了正常。丽莎试着与守卫人员做朋友，她发现其实他们对他们很友好。其中的标志是从没有对他们使用过暴力。慢慢地，丽莎也发现，对于他们的一些物质要求，他们基本上会给予满足。于是丽莎开列了一个书单交给他们，居然也在三天后把书送来了。

半年过去了，生活变得可以接受了，尽管一文没有消息，也尽管他们不能出门。

日子就这样慢慢地混过去了。

今天这个中秋夜，丽莎并不知道，在遥远的胡一文注视了很久的那轮圆月同样孤独地挂在丽莎的房顶上。丽莎坐在窗边，看着月亮，清冷的泪水顺着她的脸颊流了下来。

事实上，并不是只有丽莎在关注胡一文，江山在想着胡一文，还有其他很多人也在盯着胡一文，身边的，遥远的。

此刻，与胡一文相隔几千公里之外，A 国国家安全事务顾问助理范特斯尼先生正在阅读关于该事件的第 5 份国家生物安全工作简报，上面写着如下的内容：

鉴于 NY 大学胡一文博士失踪事件的发生，军方正在秘密跟踪此次事件的进展，并已采用适当方式介入此事件。

同时，考虑到该事件已经开始扩散到外国，我们可能无法完全控制事态的发展。因此，我们将特别关注此事件的发展，如有必要，将采取一切措施保证国家利益不受侵犯。

为了严密监视该事件的发展，目前我们决定暂不考虑与其他国家情报机构和全球反恐合作组织等相关机构进行任何形式的合作和情报交流。

我们将密切关注该事件的进展，并将随时向您通报。

第7章

胡一文接到林织云的电话后，一路急赶到了医务室。

医生正在抢救李银来。经过医生的诊断，李银来果然是由于大量喝酒引起了胃大出血。李银来脸色苍白，刚刚苏醒过来，看见胡一文过来，他微微点头，便又闭上眼睛睡着了。胡一文发现江山还没到，嘱咐了陪同人员几句，便来到医生办公室坐等江山的到来。

李银来的这个病其实不算很严重，医生说休息一下，再调养几天就可以回去上班了。年轻人做事有时不知轻重，比如喝酒，自己应该能够控制自己。胡一文对李银来这次的行为有点生气，心里预备着等他病好出院后好好与他谈谈。

对于李银来，胡一文心里把他当成自己的接班人了，所以在很多方面要求很严。但后来事情的发展是如此的出人意料，令胡一文没有想到的是，今天竟是他见到李银来的最后一次。

正想着过几天怎么和银来谈谈，一个身高中等，健康敦实的中年汉子走了进来。

他便是江山，这个研究所的总管。他永远是一副不紧不慢，从从容容的样子，脸上露出憨厚的表情。正是从他身上，胡一文知道了什么叫人不可貌相，海水不可斗量。如果江山走在大街上，有谁能够想到他竟然是一个训练有素、身经百战的优秀特工。

这个胡一文的高中同学在他高中毕业后就再也没有见过，直到 22 年后的一天，也就是距离现在不到两年的那天，胡一文在回到 B 城参加的一个国际会议上才见到了他。

没有想到，遇上江山之后，所有的一切都变了，以前美好而安宁的生活从此远离，和谐而幸福的家庭也消失了。说心里话，自从来到这个研究所之后，见到江山的每一天，从情感上，胡一文都极度情愿自己从来没有这么一个同学，这样一切就像以前一样什么也没有发生。但胡一文是一个科学家，当然知道事情的发生并不是江山可以控制的，相反，正由于有江山的存在，事情才没有向更坏的方面发展。

但是，还有比现在更坏的局面发生吗？胡一文不知道，也无法预测，他只知道从见到江山的那一天开始，所有的事情都是他无法预料和永远也不希望发生的。

"事情我都知道了，也安排好了，这里我负责，你去休息吧。"江山看见他，一边脱着外套一边对他说，脸上依然是那个憨厚的样子，只是有些汗。

胡一文看见那张憨厚的脸，心里又涌起了一个冲动。如果朝这张脸狠击一拳，会是什么表情？还会是那种憨憨的样子吗？这个冲动在以前有很多次，直到现在，都始终诱惑着胡一文。江山这个憨厚的样子也让他很惊讶和佩服。你可以设想一下，无论在何种情况下，危险、惨烈、惊恐或者兴奋，一个人要保持少年时那种憨厚的笑容该有多么艰难！

胡一文没有和江山过多地交流。江山的那句话告诉了他，这里的一切都不需要他胡一文操心了，他可以回去休息了。事实上，经历了晚餐和他在阳台上的桂花陈酒，胡一文已经明显感觉到了困乏，他的确需要好好睡一觉了。

早上六点，胡一文醒了过来。他不用看表也知道时间应该在六点左右。多年的睡眠习惯养成了无论多晚上床，他也会在六点左右醒来。简单收拾一下，他便出门跑步去了。

这是他在高中时期养成的习惯，他身边的朋友都知道这点。很多人清楚要找胡一文办事，这个时间去求他可以很容易得到满足。胡一文早晨跑步的时间大约在45分钟。他步伐不太大，但很均匀，他喜欢匀速跑步。

胡一文大口呼吸着新鲜的空气，昨晚郁闷的心情已经一扫而光。今天真是一个好天气。他看看四周，这个有一座小山和一个小湖的营地的确是一个幽静的所在。胡一文知道，自己所在的研究所其实是被包围在一个很大的部队大院里面。据说这是一个军事理论研究的机构，在一片绵延的群山脚下，但距离 B 城并不太远，好像只有几个小时的路程。他从来没有问过他们身在何处。这个路程的远近其实是半年前，江山带他去 B 城见父亲时汽车大约的行驶时间。胡一文是一个很好的老师。在 A 国博士毕业后留校教过几年书，他可以比较准确地把握时间的技巧是在课堂上练出来的。他从来不打听别人不准备告诉他的事情。

有人说机遇是给有准备的人预备的，所以一个人知道的事情越多，则机会就越多。但从胡一文自身的经历来看，他绝对不赞成这句话。他只知道，正是由于他知道了一些不该知道的事情，才给他带来了现在的不幸。从那以后，胡一文绝不多问，他固执地用这种办法来避免可能的不幸。

现在，他绕着小湖平静地跑步。秋天适宜的温度给这个清晨带来了润湿而清新的空气，他感到很舒服。

身后传来了不紧不慢而每一步都扎实有力的脚步声。胡一文猜测是江山。他故意放慢了频率，果然，江山的声音传来："今天天气不错啊。"

胡一文没理他，放慢了自己的跑步频率。江山肯定有话要说，他等着。

"一文，有两件事要告诉你。"胡一文听见江山的话后，开始放慢脚步。

"第一件事情，我把你们的进展汇报给上头了，上头挺满意，但鉴于时间越来越临近，希望你们能够再加快一些，人力物力有什么问题尽管提出来，上头会全力支持。"江山不带表情的话语传来。

胡一文心里恨不得明天就把实验做好。完成实验是他当时答应江山的一个条件。一旦实验成功，他就必须离开，去寻找丽莎母子三人，而江山必须陪同，并且要提供一切支持。胡一文已经下定决心，无论丽莎母子死活，他必须看到确切的证据。而且，他内心深处也和江山一样，相信这母子三人一定还活着，他要去找他们。这一条是早就与江山谈好的。所以胡一文的实验进度其实不需要江山或者上头的催促。这点江山心里也很清楚，胡一文对丽莎母子的思念有多急切，那么实验进展要多快就会有多快。江山只是告诉一文上头的态度而已。

"第二件事情对你可能是一个好消息。"江山停顿了一下。胡一文的心猛地跳了一下，这应该是他们母子三人的消息。他和江山都知道，现在胡一文最关心的只有实验进展和丽莎母子这两件事，其他的都无所谓。胡一文侧头看了一眼江山。江山也跟他对视了一下。

江山接着说道："按照计划，我们故意泄露了一些实验的进展，有不少机构表现出很大的兴趣，尤其是 A 国，他们捕捉到我们可以交换情报的讯息，提出他们手上有我们感兴趣的东西可以用以交换。据我们的情报人员分析，很可能是丽莎母子。我们的人正在努力寻找他们的藏身之地。"

胡一文的血液开始在全身急速流动。这是一年多来首次在江山嘴中透露出来的消息。他很清楚江山的脾性，没有很大的把握，江山从不轻易下结论。

"谢谢他们，还有你，江山。"胡一文的嘴唇哆嗦着。他没法再跑了，只好停下来，弯着腰，双手撑在两个膝盖上，大口大口地喘气。这个消息让他很兴奋，再加上一直在跑步，胡一文有点喘不过气了。

江山只好也停了下来，他站在那儿，无事人一般地继续说道："你不用谢我，这件事全是关处在负责。不过，关处说，事情也超出了我们的意料。好像有很多个机构也在打丽莎母子的算盘，或者说在打你的主意。因为无论是你还是他们母子，都是一个很好的筹码，用来交换或者要挟都是很好的武器。所以，事情发展到现在，局面比我们想象的更为复杂，很多时候我们也无能为力，只能随机应变。这样的话，有些意外事情或者可能发生，你的安全也是需要特别注意的。这一点你要有心理准备。"

胡一文很清楚江山这番话的意思，但他并没有太在乎。这一年多来，他经历了这么多，他已经不怕了。从江山身上，胡一文学到了很有用的一条：只有事情彻底没有了可能，他才真正的放弃。

　　这个时刻，胡一文只有一个念头：全力以赴，尽快完成实验，这样，他就可以去寻找丽莎母子了。

第 8 章

事情的发展果真如江山所说。

一切都在无法预料中发生着。三天后的突发事件不仅大大延缓了实验的进展，而且让事情变得更为复杂。

这个突发事件与李银来有关。

在经历了胃大出血之后，李银来在医务室的病房内安静地住了三天，在大家都以为他过两天就会康复并且回来继续工作的时候，他却突然失踪了。

按江山的说法，突然失踪的意思就是，或者被人绑架，或者自己潜逃。反正是李银来突然之间无影无踪，活不见人，死不见尸。病房现场也没有任何搏斗的痕迹，而人也没有任何的消息。江山很后悔没有安排 24 小时的暗中监视。

在李银来住院后，因为看到他恢复正常，也没有什么异常的举动，只是在不停地上网。护士看到他主要是查资料，用 QQ 和朋友聊天，有时还玩玩游戏。江山后悔自己的大意，但李银来保护自己的手段也挺高明的。

这个突然的消息让研究所一下子变得紧张起来。有关人员进进出出，各研究室主任在全面检查研究记录是否有遗失，李银来平时与研究人员的交往和谈话都涉及哪些方面。胡一文心中很是惊奇，李银来为什么会离开？他在与林织云讨论时发现云儿有点心不在焉。云儿与李银来平时的接触比较多，也很谈得来。这种事情的发生谁也没有想到，有些震惊是可以理解的。作为胡一文，他根本没有想到里面还夹杂着感情的因素，而这居然也与他胡一文有关，只是他不知道而已。

在发现李银来失踪的第四个小时后，一个讨论李银来事件的紧急会议正在紧张地进行。胡一文以及研究所的核心人物都被邀参加，但按惯例，各研究室互不通气，不发生横向联系，会议要按各研究室分别召开，但会议的几个核心人物则来自十七处。

关于这个十七处，胡一文也同样不太清楚，但它显然是这个研究所的最高主管机构。据说它隶属国家安全部门，处长姓关。对于关处长本人，胡一文只见过一次，那是在他答应加入的时候，讨论研究室的人员和工作安排时的那次启动会议上见到的。一年多来，这是第二次。

关处与江山一样，同样是不苟言笑，脸上几乎没有任何表情，你永远不知道他的喜怒哀乐。现在，他端坐在那里，身边是几个永远跟随他的下属。

江山在作简要情况通报："由于我们并不限制内部人员的出入，而李银来又没有牵涉到更多的机密，所以他可以自由进出。只是不清楚他是什么时间离开的。目前已经在检查他的有关上网记录。从 QQ 谈话记录来看，他跟一个叫强子的人在联系。我们估计他的失踪与强子很有关系。目前已经派人前往其农村老家调查有关情况。"

江山的助手刘彤补充道："从中秋夜晚那天他喝酒的情况看，他应该一直在与强子联系。"她简要介绍了那天晚上他错把同事当做强子的谈话。

关处指示道："江山，你要尽快调查李银来为什么失踪，跟胡一文博士的实验有无关联？同时争取搞清他的去向。"

"是，关处。"江山答应。

作为李银来的直接领导，胡一文和林织云在会前已经讨论过有关问题。现在，他向关处汇报他所在的研究室的人员和基本情况。

"我们基因研究室有三个小组。其中，基因控制和分析小组由林织云负责，关处您认识的。这个小伙子，梁栋材，北方大学博士毕业，负责基因测序小组。李银来负责的则是基因库的工作，主要是扩增和收集各种特殊的功能基因。"胡一文趁机把小梁介绍给关处，他觉得应该让关处认识小梁。在他心中，他时刻有离开的打算，所以他要培养好接班人。

关处听了他的简单介绍没有说话。旁边的刘彤赶紧解释道："胡博士这个研究室是所里五大研究室之一，属于新建科室。主要是研究基因控制和变化。其中，林博士负责的第一小组全力承担着诱导药物的筛选工作，也是这个小组的核心任务。小梁负责的第二小组，是基因序列分析小组，主要负责基因序列测定，目前在全力配合胡博士的工作。而李银来负责的小组则主要是各种基因文库，比如毒素基因库、耐药基因库、致病基因库以及其他一些有特殊功能的基因。他负责从文库中把这些特殊的基因用 PCR 的方法扩增出来，以便其他人员进行研究。"

在座的人员，除了研究室人员外，其他参会的就只有刘彤懂专业。刘彤知道胡一文的介绍过于简单，所以特意解释了几句。就这样，关处和江山听了仍然有些糊涂。为此，胡一文曾大肆嘲笑了江山，谁知江山却说这正是留下你胡博士的理由之一。基因技术本来就是 70 年代才发展起来的新科技，而对基因别有用心的使用和研究则是近 20 年来才开始的。江山心中很明白，关处挑选他负责这个研究所，看中的是他的特工能力和经验，而专业上主要由刘彤负责。当然，江山也一直在学习。尽管业务时间江山一直在补习，但时间不够，知识太深奥，到现在他还是一知半解。但这次刘彤的解释他好像听懂了。

"是不是可以这样理解。"江山插话道，"李银来并没有插手目前胡博士的核心实验，也就是他并不知道基因诱导药物的实验进展。他的主要工作是收集各种基因材料，以方便其他人员的研究，对吗？"

胡一文笑了，"没错。你理解得很对。"他接着说，"所以，李银来并不太清楚实验的具体进展，但毕竟是同一个科室，一些思路和具体实验操作的讨论他是参加过的，所以他知道我们在干什么，也大概知道进展。打个比方，就好像军队参谋部的警卫人员，他不知道具体的作战计划，但大概知道你们要干什么。"

关处点点头。

云儿插话了："关于各种实验记录和相关资料，所内有严格的规定，我们也检查了一下，没有任何遗失。可以说，李银来没有拿走一份我们的资料，但他自己负责的小组资料就不太好说了。"

关处关心的其实就是核心实验的泄密问题，如果这个不受影响，其他的他不很在乎。因为，在2011年以前，这个实验必须完成。绝对必须保证在2012年前完成所有的实验和准备工作，这是上头的死命令。李银来事件尽管在这类部门算是一个大事，但现在并不急，他有的是时间来处理和整顿。

随后，各研究室分别进来汇报，两个小时后，江山对于自己研究所的具体研究任务总算有了一个全面而准确的认识。他在所有研究人员离开，屋子里只剩下他们几个特勤人员后总结了一下，实际上也是让关处了解一下研究所，他知道关处同他一样也不懂专业。

他们仔细研究了下一步的做法和针对李银来事件的行动方案。但在整个过程中，江山仍然注意到，关处在了解了李银来的失踪对胡一文的实验影响不是很大时，他的关注重点依然是胡一文的进展。一年多来，关处始终抓住不放的是胡一文什么时候可以研究出那个药物。这个药物诞生的时间必须在2012年之前。

果然，关处同往常一样，要求刘彤汇报一下整个研究所的工作，尤其是胡一文的实验进展。

江山对刘彤一笑，"每次都是你来汇报，这一次让我来把研究所的工作汇报一下，专业上你帮我把把关。"

关处鼓励地点点头。他内心很高兴江山慢慢融入了这个研究所。这小子原本有点不太安心，总说不懂专业。但他这样身手的特勤人员本来就不多，要懂生物专业的就凤毛麟角了。生物安全这一块最晚明年就要从处里分出去，这已经是很复杂的一大块了，就像核安全、化学安全、信息安全一样可以独立了，不能再窝在我这个高科技安全处了。作为老手，关处已经培养了好几个处长了。关处用手理理头发，欣慰地看着江山和刘彤。

第9章

研究所里有五大科室。

最老的细菌研究室早在70年代就成立了，主要研究对象就是各种细菌，日本臭名昭著的731部队搞的就有各种细菌，如霍乱、伤寒等。

与细菌研究室同时设立的研究室还有毒物分析室，分析研究各种剧毒物质，主要是生物毒素，如蛇毒、蝎毒、植物毒素等。

后来又增加了病毒研究室，主要研究各种因病毒传播的流行病。

还有就是媒介研究室，主要研究各种流行病和瘟疫的传播途径和方式。

最新的就是因为胡一文才在一年前成立的基因研究室。这个研究室主要是针对一些有特殊功能的基因进行研究。目前胡一文研究的就是基因调节和控制，也就是基因的开关问题。

生物体内有各种基因，有用的，未知的。有很多基因会在有外敌侵入或异常情况下才会开放，如毒素释放、肾上腺素的释放等。但在什么情况和条件下决定基因的开放和关闭，生物机体自有其内部控制体系，这就好像电路的开关一样。胡博士的研究从大的方向来说，就是这个意思。

关处听完江山的讲解，笑了。江山的介绍让他这个外行还是从技术上不太明白整个研究所的具体任务，尽管他知道这个研究所的战略任务。关处心中明白，现代生物安全是一个高科技的管理，再按以前的思路用外行管理内行是行不通的。他自己已经日感吃力，总觉得跟不上生物科技的发展，这对于研究所的未来发展非常不利。他需要时间好好考虑一下整个生物安全防范的布局，因为这牵涉到国家安全的大问题。

刘彤在一边听到江山的这个比方还挺贴切，心里挺高兴，这一年多来与江山的配合让她了解这个男人，她知道江山一直在偷偷学习这方面的知识，便挑战似地对江山说："那你也顺便给关处汇报一下胡博士这个实验的进展吧。"

江山有点为难，用手挠了挠头。关处鼓励地朝他笑笑。

"怎么说呢？我得先把整个过程梳理一下，刘彤你得帮我把关，有不对的地方要随时纠正。不准笑话我。"江山看着刘彤。刘彤的脸有点红了，没有说话，只是点头。

旁边关处的两个助手也支着耳朵。跟随关处多年，他们知道这个计划上头很重视，但他们一直也没有搞懂这具体是怎么回事，只知道很重要。按照纪律，他们也不能开口问，现在有机会破解这个谜底，自然也是求之不得。好奇心其实是所有人的天性，只不过安全情报人员懂得纪律，善于隐藏罢了。

江山知道这是一个好机会，顺带也可以检验一下这一年来对基因知识的学习，他开口说道："胡博士的这个实验的最后目的是希望找到一种药物。这种药物可以关闭毒素基因。"

刘彤很惊讶，江山用如此简单的一句话就把胡博士的实验描述清楚了。看来，这个江山很会抓住核心，难怪关处很器重他。对于江山此人，刘彤一开始其实并不看好。不懂专业，如何管理这个高科技的研究所？资历也不够深，也不知为什么关处会调他来全面负责这个计划？胡博士的实验最后结果的确就是这个药物，只不过它的来龙去脉有点复杂。刘彤觉得需要引导江山把整个事情讲清楚。

她问道："你知道这个毒素是什么吗？"

江山回答："它是目前人类所知的最毒的毒素，叫做肉毒杆菌毒素。生物学家已经找到了可以生产这种毒素的基因。胡博士就是要找到药物来关闭这个基因，让其无法生产这个毒素。对吗？"

刘彤补充道："意思差不多，毒素基因能够在生物体内生产毒素蛋白，这个过程就叫基因表达。毒素基因本身是没有毒性的，但它一旦表达，得到的产物就是毒素蛋白，而毒素蛋白才是真正的毒素。所以控制毒素基因的表达就是关键。但毒素基因是否表达，也就是基因的开放和关闭，其实是由另一个基因来控制的，我们把这个基因叫做开关基因好了。"

江山抢着说道："我知道，这个其实就是胡博士的研究。他从植物的年轮上发现了一种控制基因表达的年轮基因。"

"年轮？是不是我们平时看到的大树的那个年轮？"一个助手插话问道。

"没错。胡博士发现树的年轮的产生是由一些基因控制的，它可以根据时间，尤其是植物生长的年份来决定哪些基因开始表达，哪些基因要关闭，并以此来控制植物的生长和衰老。胡博士把这种可以按照年份时间来控制其他基因表达的调节基因叫做年轮开关基因。"刘彤解释道。

江山则往下继续说："所以，要想阻止毒素产生，就必须先让这个开关基因失效。我们要找的药物其实是作用于开关基因的。对吗？刘彤。"

"对。但问题的关键是，怎样让这个开关基因失效呢？如果是在体外，问题很简单，只需要破坏它就可以了。可以用很多办法，比如加热、机械剪切、加入工具酶或化学试剂等。但这个基因是在生物的整个基因组内，是在一个活的生物体内，我们不可能去破坏它，否则这个生物就无法存在了。我们的难点在于要只破坏这一个基因，而不能对其他的基因有任何的损伤。"

"我明白了。这就好像癌症病人的治疗一样。我们现在用放疗或化疗的办法，在消灭癌细胞的同时，实际也损伤了正常的细胞，所以有太大的副作用，癌症因此而变得无法治愈。"

刘彤看了江山一眼，点点头，"正是这个道理。要在生物体内定点改变某个特定的基因其实非常困难。即便做到了，也不一定能够改变这个基因的功能。"

刘彤接着说："每个基因都有关键的功能点，也即三维结构，只有彻底破坏这个关键点才能让这个基因失效，就好像人一样，只有心脏或大脑遭到破坏，人才会彻底完蛋，否则，断个手或脚，人照样生存。"

江山明白了，"也就是说，要把生物体内特定的某个基因破坏掉，必须破坏基因的关键部位，同时还不能影响其他的基因。"

"没错。因为内在或外部环境的影响，一个基因改变了其核苷酸位点，因此改变了其功能，这种现象叫做基因突变。生物学家把这种改变特定基因的特定关键部位的手段和方法就叫做定点诱变。"

江山到现在才算真正明白了胡博士的实验。"胡博士的实验就是定点诱变，要针对开关基因进行定点诱变，以改变其功能，这样就可以关闭毒素基因。现在他其实就是在寻找可以导致这种定点诱变的药物，是不是这样？"

"是的。但找到这种药物的难度非常大，往往需要海量筛选几千万种药物，甚至有可能要设计药物，用人工化学合成的办法来找到它。"

"难怪一文购买了那么复杂的仪器。那些高通量的分析检测仪器原来是用于做筛选的。"江山了解了胡博士的实验，反而比以前更担心了，他怀疑找到这个药物的可能性。

刘彤从他和关处的脸上看到了忧虑，赶紧笑着说："我们外行当然会觉得几乎不可能，但胡博士多年的经验已经找到了突破方向，最近更是有很大的进展，已经发现了四种类型的药物可能导致我们需要的定点诱变。现在的关键是进行配方优化和效果的确认。几位领导请放心，最困难的时候已经过去了。"

刘彤明显感觉到了在场的所有人都松了一口气。她心中暗自笑了。现在才来关心，有点太晚了吧。去年这时候才叫真正的难啊。她清晰地记得那些日子胡博士整天焦虑的神色。从现在看来，江山那个时候根本不懂得实验的困难。刘彤在心中感慨着，真是无知才无畏啊。但实际上，刘彤也和江山一样，严重低估了实验的难度。尽管好的开始意味着成功的一半，但并不等于实验已经成功。事实上，胡一文的实验进展已经陷入了困境，走进了药物筛选研究中最可怕的怪圈。只不过，这个困难目前仅限于胡一文和他的助手林织云两人知道而已。但对刘彤和江山这些人，他们仍然处于很乐观的境况。

屋子里暂时安静了，大家都在消化刚刚得到的知识。过了一会儿，问题来了，大家七嘴八舌纷纷发问。

"我们日常生活中的动物和植物中有这些毒素基因吗？"

"我知道胡博士研究的是转基因玉米，怎么会牵扯到毒素基因呢？"

"玉米和小麦中怎么会出来这种最毒的毒素呢？"

"那个年轮开关基因是怎么回事？"

"为什么一定要在 2012 年前找到这个药物，这跟 2012 年有什么关系？"

"为什么现在的转基因小麦就没有问题？"

"如果有问题，为什么 A 国也在播种这种转基因小麦呢？"

"为什么以前没有发现这个问题？"

"谁把毒素基因放进玉米和小麦中的？"

……

没有人能回答这些问题。在座的人当中，对这些问题最清楚的当然是刘彤，而关处和江山也知道一些其中的奥秘，只不过涉及到专业问题不是那么清楚罢了，但整个事情的脉络在他们的心中还是很清晰的。

现在当然没有时间去讨论这些问题，而且这些属于高级机密，也不适合在这种场合讨论。现在的主要任务是在保证胡博士的实验进展的前提下，尽快搞清楚李银来的动向和可能引起的后果。

第 10 章

无独有偶。

正当江山他们被那些问题困惑时，那些问题以及胡一文及其家人全部失踪的消息早在半年前就纠缠过哈立德－杰卡斯基。但是，今天，这个金三角地区最大的财团老板很高兴。

这几乎是这半年来令他最高兴的事情了。

他手下一个叫强子的年轻人干了一件足以让他痛饮一杯的大好事。强子竟然成功地说服了在胡一文身边工作的一个人投奔基地。今天晚些时候，这个人就会出现在他的面前。

哈立德知道，很多事情的成功其实太偶然。比如这一次，他怎么也无法预测两年前无意中收留的一个穷小子会有这么一个朋友，恰好在胡一文身边工作。而他，这半年来几乎天天因为胡一文这个名字在责骂手下的无能。

胡一文这个名字是在一年多前的一个早上钻进了他的耳膜。他清晰地记得那天他正在丛林里打猎。

五年前，他在 M 国的老大地位得以确定，所有国外的贩毒集团都必须经过他的手才能拿到毒品。自那以后，哈立德就很少有机会闻到鲜血和硝烟的味道。这让他感到浑身都不自在。打他记事起，他就在战场上厮混，从游击队员到侦察兵，再到特种部队，哈立德立下了无数的战功，但除了一堆军功章和一身的伤疤外，他并没有得到其他的好处。

在得知他的手下奋勇战死而他们的老娘却在满世界地讨饭时，哈立德无意中发现他的长官竟然贪污了这些卖命钱。一怒之下，哈立德枪杀了那个长官，离开部队后参加了雇佣军团，他的本意是为那些追随他而死去的兄弟们挣一笔钱，去抚养那些老母亲。谁知，这样做的结果是有越来越多的兄弟愿意跟他并肩作战。到最后，哈立德不得不脱离雇佣军，自行组织了自己的团队，因为没有哪个长官喜欢有一大群士兵在听从自己的手下而不是自己的命令。

哈立德惊讶地发现，这个世界是如此地崇拜武力和金钱，以致于他自己都无法意料发展的速度如此惊人，财富敛集的速度如此快速。他渐渐拥有了自己的地盘，拥有了自己的毒品生产基地，也拥有了一批国外的朋友帮他分销那些毒品。

哈立德相信，如果没有欧阳龙的加入，他可能会像其他的老大那样慢慢老去，然后慢慢失去一切。但老天注定要他哈立德辉煌，这个无意中结识的老夫子却有一身神奇的谋划能力，竟然巧妙地利用当时的老大家族矛盾铲除了老大并确立了自己在这个地盘里至高无上的地位。而更为让哈立德开心的是，这个欧阳龙并没有像其他人那样有篡位之心，他像青藤缠绕老树一样倚赖哈立德。

哈立德很满足现在这样的日子，但欧阳龙用一个快速的通讯网络向他展示了外面精彩的世界。除了他熟悉的毒品之外，钻石、珠宝、石油、粮食等等都一样可以获得不少于毒品的威力和利润，还有公认的国家权力、核武器，甚至高科技。哈立德有点担心自己无法和那些领域的霸主们一较高下，但欧阳龙用一次非洲走私钻石的成功打消了他的顾虑。

我，哈立德，可以得到更多！

哈立德的个人世界从此变得和以前不太一样。他更像一个脑力工作者了。整天面对的是方案、计划、谋略、调度等等。但从骨子里，哈立德更喜欢从前的生活。他回归从前的唯一手段就是打猎。

现在，他就静静地守在一棵大树的后面。助手早已带领他那条德国黑背去寻找和驱赶猎物，而他则端着猎枪注视着前方的动静。

哈立德不喜欢霰弹枪，尽管这种滑膛猎枪枪管口径大，子弹中的霰弹被射出后有一定的面积，易于命中那些中小型野生动物，如雁、野鸭、野鸡、野兔、野羊等。哈立德喜欢猎杀大型肉食动物，比如野猪、狼等，实在找不到，有时也打打麋鹿之类的。

哈立德有一支心爱的 PARKER 双管猎枪。这种猎枪原先并不归属雷明顿品牌，而是在 1934 年雷明顿公司接手后，逐渐发展成为了美国火器的一个地标，是美国最受追捧的猎枪之一。在美国，甚至一帮志同道合的人在弗吉尼亚成立了 Parker Gun 收藏者协会，会员近千。相当部分人认为拥有一支 PARKER 不仅是拥有一支制造精美的枪，还是进入精英阶层的通行证。

现在，哈立德就端着这支猎枪，眼看着一条背毛呈棕红色的豺狗慌慌张张地跑来。

豺狗，又名豺、"红狼"、"竹杆狗"、"棒子狗"。属于哺乳纲、食肉目、犬科。体形似犬，比狼要小，比狐大，体长 1 米左右。

豺是凶猛胆大的食肉性动物，牙齿发达。以捕食鹿、狍、麋鹿、山羊、山兔、山鼠等中小型野生动物为食。现在，轮到它自己被猎人屠杀的时候了。

哈立德听见了他那条德国黑背的吠声，明白这条豺狗肯定是躲避它的追踪才跑到他的面前。

他心中冷笑着，来吧，这里有比狗咬更精彩的场面。

他瞄准着那条越跑越近的豺狗，手指在扳机上微微颤抖。

当哈立德快要看清豺狗不安的眼神时，他果断地扣动了扳机。

"砰。"

他眼看着子弹从枪膛飞出，飞向 30 码以外的那只豺狗。豺狗身上溅出的一蓬血花让哈立德的血脉贲张。而心爱的德国狼犬像一支利箭一般射向麋鹿，那呼啸的风声让他心旷神怡。

站在这棵参天的榕树下，哈立德贪婪地嗅着枪口残留的硝烟。

可惜的是，这一切都被一个越洋电话所破坏。这个电话的那头是远在 A 国的堂兄弟伯恩。

"哈立德，出事了。我们的计划可能被人发现了。"伯恩类似太监的尖锐的嗓音从手机中传出，让他感觉很不安。

"计划？哪个计划？"哈立德一下子没有反应过来。他还陷在鲜血给他带来的刺激当中。

"'玛雅男孩'。"伯恩的回答提醒了哈立德。哈立德就像美国人一样喜欢给行动计划按上一个动听的名字。

"这个计划不是进行得挺顺利的吗？我记得你在一年前就告诉我只需要等待时间。出了什么事？快说。"哈立德有些生气。

"本来我们的计划已经神不知鬼不觉地进行得挺好，但最近不知怎么被胡一文发现了。隐身人说他去了 C 国后就失踪了。"

"该死的家伙，你把事情讲清楚，我被你搞糊涂了。什么胡一文？跟 C 国有什么关系？"听到 C 国两字，哈立德就有点心神不安。

C 国特工极其难缠，他不到万不得已决不和 C 国打交道。他的手下都清楚这一点，都知道要是招惹了 C 国人，老板会给他好看。现在好了，伯恩这个花了大价钱的计划和 C 国扯在一起，太麻烦了。

哈立德耐着性子听完了伯恩的唠叨，总算搞清了事情的眉目。他知道，伯恩告诉他这件事就意味着这小子没有办法了，一切要由他来决定下一步怎么办。

在远处奔跑的麋鹿已经让他提不起兴趣了。哈立德的情绪一下跌到了低谷。他明白，这时候的自己需要的是雪茄和欧阳龙。

第 11 章

现在，回到那个金碧辉煌的住所，哈立德让身体软软地陷在真皮沙发中，一边享受着古巴哈瓦那雪茄奇妙的芳香，一边思考着。过了很久，他按了按茶几上的呼叫铃。一个很精神的小伙子推门走了进来。

"去把龙先生找来。"哈立德习惯把欧阳龙称为"龙先生"。

"是。"小伙子转身走了出去。

欧阳龙先生是哈立德这个集团的高级幕僚，但只有很少的几个人知道其真实身份。这个满腹经纶的 C 国人精通 C 国传统文化，是哈立德早年在 C 国江南旅游时认识的，后来天偿其愿，哈立德得到欧阳龙的出谋划策，才建立了今天这样如此庞大的财团。

多年相交，哈立德知道这个足不出户的欧阳龙有许多出奇的想法。比如，早在几年前，除了利用种毒和贩毒快速大量地敛财外，他就要求哈立德在世界各地建立粮仓囤积粮食。

最近几年，利用和非洲的粮食交易，哈立德又得到了非洲金矿和钻石矿的采掘权，财富的敛集速度明显提高，而且风险还小。这几年，欧阳龙甚至提出哈立德应该找机会控制几个小国家或地区。他认为，未来控制人们的手段除了武力之外，粮食和高科技将是另外两个极为有效的工具。

在仔细研究了高科技后，欧阳龙为哈立德选择了生物高科技。他们在 A 国收购了一家种子企业，成功研制和销售转基因农作物的种子，当然也涉足一些普通的农作物种子。伯恩在 A 国的身份就是那个跨国农业公司的大股东。

利用高科技和全球粮食危机制造世界的恐慌，借机敛集巨额财富并逐渐控制部分地区，这个未来版图和强大的控制欲使得哈立德不惜铤而走险，不计后果。

但无论怎样，他们已经小有收获了。各项计划一直以来进展顺利并且部分计划收获颇大。尽管伯恩告诉他有些麻烦，哈立德并不是很担心这个计划的夭折，而且他相信欧阳龙会有办法。

一会儿，一个身材略矮，有点秃顶但明显有书卷气的中年男人走了进来。

"老板，早上好。"哈立德听到他的问候，在沙发上略欠了欠身体以示回答。欧阳龙先生坐在沙发边的藤椅上。这是哈立德为他设立的专座。女佣为两个男人分别奉上了咖啡和明前龙井茶后悄然退出。

"龙先生，'玛雅男孩'有麻烦了。"

"是吗？这个计划不是一直进展顺利吗？"欧阳龙和哈立德听到这个消息时的反应一样，只不过惊讶的程度小了很多。

"对，一直到现在都很顺利。我们已经把目的基因放进了转基因玉米中，而且这种玉米几乎已经扩散到了全世界。因为这里面应用了一个叫胡一文的研究成果，而这家伙在两周前失踪了。伯恩查到他去了 C 国，而他的家人也在第三天消失了。A 国情报局已经介入了，不过我们不清楚他们到底都干了些什么。伯恩估计是那个胡一文发现了我们的秘密。讨厌的是，胡一文好像与 C 国扯上了关系，不清楚 C 国介入了多深。伯恩不知道下一步该怎么办。"

哈立德简单讲了事情的重点。"玛雅男孩"是欧阳龙和他们兄弟俩共同制定的，无需多讲，欧阳龙自然明白。

"胡一文？你等一等。"欧阳龙听到这个名字觉得耳熟，但他需要回忆一下。"是不是那个研究年轮开关基因的科学家？"

"没错，就是他。后来就是根据你的建议，伯恩的公司和他搞了一个合作研究计划，给了他一大笔研究经费。"

"老板，我记得胡一文并不知道我们的'玛雅男孩'，对吗？"

"是的，他不知道。我们是通过隐身人从他那儿偷到那个年轮开关基因，并偷偷装进转基因玉米中的。以前都很顺利，但不知为什么这次让他发现了。"

欧阳龙其实是这个"玛雅男孩"的核心设计人之一。这个计划如果进展顺利，可以让哈立德实现自己的梦想。大量地摄取金钱是这个计划的目标之一。其实，对于粮食，他们一直在进行粮食交易。所以，如果有一个办法可以让粮食出现问题，引起了全球粮食恐慌，那他们囤积的大量粮食就可以卖一个好价钱了，而且，对一些非洲、亚洲的小国将是空前的灾难，而这将是哈立德控制这些小国绝好的机会。为此，初步设计在粮食中混入毒药以制造恐慌。但这样操作太容易暴露自己，而且只能引起个别地区的恐慌，爆发全球性的危机则没有可能。

后来他们设想在转基因玉米中拼接毒素基因，这样，播种收获的玉米中就会出现毒玉米，而且可以散播到全球。但这个计划无法执行是因为太直接，这样，不等到危机爆发，可能自己就被人揪出来了，同时，也没有足够的时间把种子散播到世界各地。

后来，他们发现胡一文在研究一种叫年轮开关基因可以控制基因的表达后，伯恩才制定了现在这个计划。为了增加计划的威力，他们特别利用了2012年玛雅预言世界末日的这个传说。

现在，这个计划出了问题，必须马上找出解决办法，否则，他们为此做出的所有资金安排和时间表将全部打乱，所造成的损失将不可估量。

欧阳龙在迅速地思考，习惯性地摸出了他的软中华香烟。他只抽这个牌子的香烟，哈立德曾手持雪茄嘲笑他是个地地道道的农民，走到哪儿都舍不得自己那点东西。欧阳龙并不在乎，哈立德也只好保证供应。

在烟雾中，欧阳龙问道："胡一文是怎么发现的？"

"不太清楚。"哈立德立即让手下开通了卫星图视电话，伯恩出现在屏幕上。

"伯恩，告诉龙先生，胡一文是怎么发现的。"哈立德对伯恩发话了。

"是，哈立德。整个事情是从胡一文去B城开完国际会议后才开始发生的，我怀疑与 C 国安全部门有关。"

"不要随便下结论，我只要你讲事实。"哈立德打断了伯恩的话。

伯恩做了一个怪脸，继续说道："胡一文怎么发现的我们不清楚，只知道他告诉了他以前的博士导师。隐身人知道这件事后通知了我，我们正在讨论，还没有想出办法，胡一文就突然去了 C 国，随后他的家人也失踪了。"

"你敢肯定胡一文的失踪跟这事有关吗？"欧阳龙插话。

"不敢绝对肯定，但几乎应该是这样。胡一文去见他导师时，隐身人见过他，神色很不对劲。另外，在胡一文离开后三天，A 国情报人员封锁了他的实验室。所以我们认为一定和这事有关。"伯恩回答。

大家都没有出声，屋子里一片寂静。过了几分钟，欧阳龙抬起头，和哈立德对视了一眼，哈立德点点头。

欧阳龙抬高声音，对伯恩说："你要停止一切行动，尤其是隐身人，让他静默。剩下的事情我们来处理。"

"好的。"伯恩简单回答。

"那好，就这样，其他的等我的指令。再见，伯恩。"哈立德关掉了电话屏幕。

两人低声商量了一会儿，得出的结论是全力寻找胡一文和他家人的行踪，弄清楚胡一文要干什么。同时，密切关注世界粮食期货价格，调度好资金安排，避免不必要的经济损失。

哈立德想到要和 C 国和 A 国特工打交道，这可是当今国际上最负盛名的两支特工队伍。他立即组织了一个小分队去搜寻胡一文和他的家人，同时探听官方的动静。这支小分队由他最得力的手下莫沙亲自负责指挥。

但这一年来，胡一文仿佛从地球上消失了。他在 A 国的家人也没有任何踪影。哈立德很是恼火。

可突然在半年前，他没有想到，手下一个叫强子的小喽啰却发现了胡一文的踪影。哈立德大大奖赏了强子。

运作了半年多了，今天，该是揭开幕布的时候了。

一个手下附在他耳边说了几句话，他点点头。过了不久，手下带来的两个人就站在哈立德和欧阳龙先生的面前。

壮壮实实的一个，他们认识，那是强子。

另外一个，人很瘦，但比强子高，这个人正是李银来。

"来吧，年轻人，让我们好好聊聊。"哈立德拍拍沙发，发出友好的邀请。

第 12 章

李银来直到昨天半夜才到达目的地。

吃了饭，并好好地泡了一个热水澡后，李银来才算放下了那颗惴惴不安的心。将近连续一周的长途跋涉让李银来筋疲力尽，提心吊胆，已经到了崩溃的边缘。不过，毕竟是年轻人，昨天夜里的一场酣睡几乎恢复了大半。身体复原了，心灵的问题便成了主要的烦恼。

当初作出潜逃决定时的一丝犹豫便开始放大，慢慢演变成了让他后悔的一根丝带，死死地缠住了他。

在梦中，当边防战士黑洞洞的枪口对准他时，李银来带着满头冷汗醒了过来，之后就一直没有睡着。睁大的双眼看着天花板，刚过去的一周却像电影一般在脑子里回放。

老实说，李银来潜逃 M 国是不带一点牵挂的。当他在五天前把那张银行卡和密码交给老实巴交的姐夫时，他就觉得自己轻松了许多。那张卡里，有他全部的积蓄，包括江山给的安家费。这笔钱，足以供养姐夫和小外甥在农村生活一辈子。可以盖几间农村常见的瓦房，可以让外甥一直读到大学的学费，可以让这父子两人过上不愁温饱的生活。李银来在夜色中冲着姐姐的墓碑磕头时，想到这些，心中便没有了任何牵挂，那近十年来的重担仿佛突然卸下了，全身一阵轻松。

在熏香燃完后，李银来离开了姐姐沉睡的土地，那一刻，李银来感觉到脚步很有一些轻飘飘，同时预感到再也见不到姐姐的辛酸也涌上心头。那个时候，他心里还有一丝不安，不知道姐姐是否同意他的决定。另外，一路上小心翼翼和提心吊胆，生怕江山他们突然出现在他的面前。这种极度的恐惧和不安情绪伴随着他整个的旅程，这让他经历了一生中最难熬的时光。

这种情绪一直到边境见到强子时才被强子极度的热情所冲淡。这是他们电话约好的见面地点。强子将带他穿越边境，到达M国。

强子的拥抱让李银来冰冷的身体有了许多温暖。兄弟情义和酒精的双重滋润恢复了李银来儿时的活泼和爽朗。

"强子，三年不见，你更像个爷们了。"李银来指着强子的络腮胡子，哈哈大笑。

"银子，你可是越来越瘦了。"强子发现李银来的神色中多了一层落寞。

酒来菜去，两人喝了不少。在这个南国的小馆子里，谁人知道，这两人，一个身负一条人命，属于全国通缉的杀人犯。另一个则刚从绝密机构潜逃出来，而且这两人在明天将要偷越边境。

但南国小镇和蔼的清风却不管青红皂白，一样抚慰着他们。两人吃完饭躺在一个小旅馆里休息。他们要在这里休息一天。后天，将有人直接带他们从山上穿越边境。

现在，两个兄弟开始了随意的聊天。网上简短的交流使得他们对彼此的经历越发支离破碎，面对面的述说才把这些碎片弥合成一面完整的镜子，折射出对方完整的人生。

在强子喷出的烟雾中，李银来有了抽烟的冲动。他也抽出一支烟，点燃后吸了一口。浓烈的不适感呛得他拼命咳嗽，但平息之后却分明有了一点还想抽一口的冲动。这回，他慢慢地吸了一小口，慢慢地咽下去，再让烟雾从鼻腔中冒出来。在强子的微笑中，李银来感受到了一种享受。为了省钱，李银来曾经压抑过抽烟的冲动。现在，这种自由和不管不顾的感觉让他心里很舒服。

"舒服吧，银子。"强子笑眯眯地望着他，分明是看到了他的感觉。

"嗯。感觉还行。难怪你烟不离手。"李银来看着袅袅上升的烟雾，"我记得你在上中学时就偷着吸烟了。"

强子点头，"嗯。那个时候我哪里买得起香烟，都是兄弟们送给我的。"

李银来知道强子凭着身强力壮一身武艺和侠义的性格，很早就在学校里结识了一帮狐朋狗友。而当时的李银来，却很听姐姐的话，在学校里可是个好学生。令很多同学奇怪的是，成绩极好的李银来却是强子的铁哥们，这让李银来在学校里没有受到一点欺负。没有人能够想象这两人在一起会有那么深的交情。尽管强子的那些朋友不怎么样，但李银来仍然不相信强子会去杀人。现在正是解开这个谜团的时候。

"强子，那杀人是怎么回事？你真的杀人了？"李银来把憋了很久的疑问说了出来。

"我不是故意的。那天，我和我妈去县城卖菜，谁知碰上了工商检查。我妈跑慢了，就被他们抓住了。他们把菜没收了也就算了，还打我妈。结果我忍不住了，抄起扁担扫了过去。恰好就打在那人的脑袋上，结果他就死了。"强子想到那天的情景又愤怒又委屈。

"那你怎么逃走的？"李银来很好奇强子在那种情况下怎么脱身。

"当时大家都有点懵了。是我妈推开了我，要我赶紧跑。她还抱住了那个想追我的人的腿，拼命叫我，强子，快跑，跑得越远越好。"强子说完，狠狠抽了一口烟。

李银来想象着那时的场面。两人都没有吭声。

过了许久，强子又接着说："后来，我一直往南走，搭便车，混火车，就来到了这个地方。再后来，因为捡破烂和一帮混混打起来了。后来就认识了莫沙大哥，我就跟了他了。"

强子三言两语讲完了他的故事。按照上头的吩咐，他对自己现在的处境不能多说。尽管李银来是他说服并争取过来的。但其实强子也不明白上头为什么那么迫切地要求得到李银来。为此，上头还承诺给他一笔丰厚的奖金。

强子知道自己能被上头看中，这半年多来的时来运转跟李银来的出现很有关系。好运开始于那个半年前的夜晚，他正在网上和李银来聊天，莫沙走了进来，看到他在网上聊天便随口问了一句。

"和朋友网上聊天啊?"

强子一直很感激莫沙，却捞不到太多的机会与他亲近。他在莫沙的手下干活，很难见到莫沙，更不用提说话了。这次见大哥愿意和自己聊天，便恨不得把自己知道的全告诉大哥。

大哥在听到他把李银来叫做银子的时候还开了一句玩笑。说道："那他是不是有一个哥哥叫金子?"

强子赶紧解释说，银子没有哥哥，只有一个姐姐，他们姐弟俩的父母很早就没了。莫沙大哥有一搭没一搭地听着，只是抽烟，好像在等强子的头目，但又没有打断强子的意思。于是，强子把他和李银来的故事仔细讲了一遍。讲完他和银子的故事后，莫沙仍然在低头抽烟，好像在思考什么。强子不敢问，又不敢停止不说话。莫沙的这个样子让强子以为大哥对李银来这个人有兴趣，只好挖空心思，把知道的关于李银来的一切都说了出来。而莫沙的沉默则是因为找不到胡一文被哈立德大骂一顿倍感郁闷才出来散心的。莫沙才不关心强子的生活，但强子在一边的絮絮叨叨则让他有了一些安静的感觉，所以莫沙才没有阻止强子的叙述。

强子没话找话，把他知道的银子的所有事情都兜了出来。他记得银子告诉他，有一个叫胡一文的人给了银子一份好工作，还给了他一笔安家费。银子很感激胡一文，因为这笔安家费可以让他回了一次老家和姐姐团聚，并且让他买房接姐姐一起来住的梦想又接近了现实一步。

现在，当强子关于李银来确实没有太多的可说的话时，他想到了这个胡一文，并随口告诉了莫沙大哥。其实，强子引用胡一文的事例是想说，银子很感激胡一文，而他自己对莫沙大哥则是同样的心情。

当强子第二次说出胡一文的名字时，莫沙突然抬起了头，对强子说："你说清楚一点，这个人叫胡什么?"

"他叫胡一文，是银子的新老板。"强子很高兴，心中暗自庆幸刚才没有中断，大哥的提问说明他一直在认真地听我的故事。

"你刚才说银子是干什么的？好像搞什么动物之类的？"莫沙又问道。

"银子原来是在北方大学搞研究的，他好像搞的是什么鸡的研究。"强子赶紧解释，"让我想想。不对，不是什么鸡，而是鸡什么来的？对，鸡因研究。"强子很高兴自己想起了银子是干什么的，实际上他根本搞不清鸡因是个什么玩意。因为好奇，所以他才记住了这个古怪的名字。他又补充道："后来，他调到了新单位，头儿就是这个胡一文。他说头儿对他很好。另外，银子还告诉我，他们还是一个保密单位，要我为他保密呢。"

强子哪里知道，正是这段随意提起的话题给他带来了好运，也正是这个胡一文彻底改变了他的一生。当然，这是后话。

发生在眼前的则是莫沙的惊喜。大哥莫沙听完了强子的解释后，哈哈大笑。真是富贵要来撞门，挡都挡不住。莫沙刚刚参加完一个会议。作为行动队的负责人之一，老板哈立德的凶狠责骂尽管没有直接针对他，满口的唾沫和脏话仍然让莫沙极其郁闷。大家挨骂的原因正是这个让他们找不到的胡一文。没想到，莫沙怀着满肚子的不爽迈进了强子的房间，本意是想来出出气，散散心，舒缓一下心情的，谁知竟捡到了这样一块大金元宝。

莫沙一边问，一边听，越听他越肯定，这个胡一文正是老板千方百计要寻找的人，也正是让他们在刚刚的会议上挨骂的原因。

哈哈，胡一文，我终于找到你了。

莫沙以为自己实在是有大运气，但他没有想到，正是这个大运气让他命丧黄泉。或许，莫沙情愿自己从来也没有这个大运气！

第 13 章

随后的事情发展已经不是强子能够控制或者意料的了。

强子为此得到了一笔奖金并升了职务。但他每次在网上与李银来的聊天则变得很没意思。军师欧阳龙安排了专人，要求强子与李银来的聊天内容和回复都必须由此人负责。

到后来，强子则只能坐在一边，聊天的内容则由别人负责。强子已经变成了一个傀儡或者代号。所有的聊天内容都是经过精心策划和设计的，目的是了解李银来他们，尤其是胡一文的详细地址和他们实验的进展，同时争取李银来为他们服务。

欧阳龙并没有避讳强子，反而告诉他要尽一切可能获得相关的情报并策反李银来。如果成功，强子将得到一笔巨大的奖金。但在这件事情上，强子需要做的就是一切听从安排和指挥。

强子没有想到，最后的结果竟然是银子投奔了自己。强子在高兴的同时又很惶恐。高兴的是自己的兄弟来了，以后互相有个依靠。而担心的却是事实并不像当初在 QQ 中所说的那样。强子不清楚老板们具体在干什么，但至少有一条是明白无疑的，他们在大量的贩卖毒品。如果李银来知道了这个真相，强子不敢往下想。

强子是在追随莫沙大哥一年后才知道这里面的隐情，但那时他已经无法选择了，尽管他的心里一直矛盾。从小，强子就被母亲告诫不能抢劫、不能赌博、不能涉毒，而现在，他却全部违反了。他把这个内心的纠结埋在心里。但现在，李银来被他骗来了，强子实在不知道如何面对银子。好在上头的指令也告诉他对这里的情况不能多讲，他的任务只是安全地把李银来带到基地。

如今，强子很快地讲完自己的故事，便把话题转到了李银来的身上。

"哎，别光说我了。讲讲你吧。我也很奇怪，究竟发生了什么，让你下决心离开那里？"强子一直认为李银来的单位和待遇不错，为什么要放弃？我是因为杀了人才不得已，李银来则是为了什么呢？

"我也说不清楚。有很多事，很复杂。"李银来的语气明显消沉了不少。这段逃亡的日子所经历的恐惧、不安、疲惫、痛苦等等，让他有了些许的后悔。他自己明显感觉到当初逃离的兴奋和冲动已经基本消失殆尽了，只不过现状让他无法再回头了。这两周来的奔波遮掩了许多，现在的安宁让一切不安的情绪回归了。

"反正是我呆在那儿也没有多大意思了。没有人可以聊天，也无法赚到足够的钱。"李银来沮丧地说。

当姐姐离开后，李银来曾对自己的未来还抱有一丝幻想。他暗中喜欢上了林织云，这个身材很好，性格温柔的女人总让他体会到姐姐的味道。他或明或暗的各种举动其实对于林织云来说昭然若揭，就在这个中秋节的前夜，林织云斩钉截铁地告诉了李银来，他们可以是同事，可以是好朋友，但永远不可能走得更远。这次的被拒绝给与了李银来致命的一击。

世界上最疼爱他的那个人走了。

世界上有可能最疼爱他的那个人他却无法得到。

李银来陷入了极度的恐惧和失落之中。他不知道今后的生活他将如何度过，和谁度过。在那个吐血的夜晚，李银来突然在半夜惊醒，四周寂静无声，一种寒冷到骨头的孤独感向他逼来。他清晰的脑海里出现的只有两个亲人：那个憨厚的姐夫和可爱的小外甥。除此之外，他可以吐露心声的朋友只有强子了。姐夫和外甥生活在清贫之中，一个有点弱智，一个尚在冲龄，都需要他的保护。而强子，尽管远在遥不可及的地方，却让他有了伸手可及的温暖。

与强子的网上交流基本上成了李银来唯一的快乐。在这半年多来，李银来越来越觉得强子生活得很愉快、很自由，也挺有钱。

　　几个月以前，李银来给那个傻乎乎的姐夫打电话时，姐夫一个劲地感谢他，说他寄来的十万元钱太多了。李银来一直疑惑，后来才知道这笔钱是强子寄给姐夫的。对友情的渴望和信任使得李银来在接到强子的邀请时没有太多的犹豫，更何况强子告诉他这里也有一个生物技术实验室，可以让他进行任何他感兴趣的实验，而收入却至少是他现在的十倍以上。

　　想到自己可以从此不再为金钱而犯愁，自己的小外甥从此可以幸福地生活，而自己则可以心无旁骛地进行基因研究，李银来庆幸自己有这样一个好兄弟，尽管内心觉得这样出逃好像有点不对劲，也有点鬼鬼祟祟，将来无法面对胡一文，但对于未来的憧憬已经使他冲动得无以复加。就这样，李银来见到了强子。

　　现在，面对着强子，李银来却发现眼前的强子总与网上的强子不太一样。好像缺点热情，缺点豪爽，却分明有更多的神秘和陌生。

　　可怜的李银来哪里知道，现实的强子和网上的强子的确不是同一个人。网上的那个只是一个躯壳，一个没有自我意志的傀儡。

　　每当问到以后的生活和强子在网上的承诺时，李银来发现强子总是有点躲闪，只是告诉他，等到了基地自然就知道了。李银来把强子的这种举动视为强子想给他一个惊喜。尤其是在听到强子告诉他，一到基地，强子的老板将在第一时间接见他，李银来就有了更多的遐想。

　　他仿佛看到一扇全新的大门在为他敞开。

　　的确如此，当李银来跟随强子走进老板富丽堂皇而又阴森神秘的豪宅时，这种感觉更为强烈。冥冥之中，似乎有一个女神在引领着他有些发飘的身体往前走。

　　是的，的确是有一个女神，但这个女神却远不是李银来想象的那般圣洁、美丽和可爱。对于李银来个人而言，他走进了一个他自己乐在其中的牢笼。而对于善良的芸芸众生，一个潘多拉的盒子将从此开启。

第 14 章

和李银来聊了两个小时，欧阳龙就大概判断出了他是怎样的一个人。绝望和孤独是促使李银来投奔他们的主要因素。欧阳龙根据自己的经历就知道怎么对付他，怎么让他死心塌地的为哈立德卖命。

欧阳龙心里很清楚，以后的许多计划要落实在这个身材消瘦但眼神中流露着孤狼目光的李银来身上。找到胡一文是目前的主要任务。欧阳龙明白这是上天赐予他的绝好的机会。单单为了胡一文，他就必须好好对待李银来，更何况李银来身上有更多的机会。

"玛雅男孩"出事后，欧阳龙感觉到他们当时在执行这个计划时丧失了一个极好的机会，那就是应该控制住胡一文。现在，由于几个大国的安全机构的插手，他们在这个计划上几乎没有任何作为了。但李银来的出现是他们重新掌控这个计划的最好的机会。如果能够因此而控制胡一文，那么"玛雅男孩"不仅可以由他们继续操控，而且可能会有更大的收益。

欧阳龙并不在乎钱，尽管这个计划花费了几千万美元。在他心中，钱只是一种工具，用于控制别人的一个手段而已。他很高兴地看到，在他的策划下，哈立德集团正慢慢朝他的目标在前进。从小到大，他就喜欢政治，喜欢那种让人干什么他就干什么的感觉。现在，在这个金三角地区，他和哈立德已经建立了自己的帝国。但还不够，欧阳龙还要更多。他开始设想控制一个国家的未来了。

在欧阳龙心中，金钱、粮食和高科技这三个东西是控制人的关键因素。一旦牢牢抓住，那就永远立于不败之地。为此，在欧阳龙提出这样一个观点后，他和哈立德以及伯恩苦思冥想，一直没有找到计划的突破口。

对于哈立德的未来，欧阳龙看到他那几个前任就清楚地预见到了。在这么一个弹丸之地，全部的家当也只是这些毒品，又是站立在所有人面前无所遮掩的活靶子，你迟早要成为别人枪口下的孤魂。

所谓狡兔三窟，必须事先布置好几个藏身之地。一旦有危险或者遭到重大打击，你可以有地方躲藏。欧阳龙选定了身边的一个小国家，同时又在非洲有金矿和钻石的地方安排了一个据点。但后来发现，这些都是需要大量的金钱和武装力量才可以维持的。

在尝试了两年之后，哈立德发现耗资巨大，仅靠毒品的收入恐怕很难继续下去。于是他们又瞄准了金矿和钻石的生意并小有收获。哈立德高兴了，这个粗鲁的汉子做梦也没有想到他的地盘可以扩展到国外，也没有想到这个世界还有比毒品更来钱的东西。

但欧阳龙却很忧虑。他几乎每隔一段时间就会强迫自己安静下来思考。"谋定而后动"是他做事的一贯原则。现在家大业大，欧阳龙更是如此。他经常把自己摆在一个旁观者的身份来看待哈立德的发展。他发现，事情有点越来越不妙了。所谓树大招风，从他建立的情报网传来的消息看，哈立德已经引起了一些大国的重视。这可不是一件好事。欧阳龙很清楚那些大国的能力。

欧阳龙很有点喜欢那个叫卡扎菲的家伙。可以在联合国大会上大声指责，回来后在自己的地盘里照样为所欲为。即使他偷偷摸摸干点坏事，别人也拿他没有办法，因为没有证据。卡扎菲聪明的地方就在于他总是偷偷地发财，稳固自己的地盘，然后再不声不响地搞你一下，让你如鲠在喉，很是难受。

欧阳龙知道那些做法只能用来借鉴。因为他没有石油，也不能大量印制美钞。没有强大的经济实力，一切都是空中楼阁。毒品这玩意儿倒是可以赚点小钱，但风险太大，而且市场也在日益缩小。而走私钻石或偷挖金矿，则只能搞点小钱，而且还无法大张旗鼓，不能持续发展。你可以扩展地盘，也可以招募武装人员，甚至可以私下控制一个小一点的国家，但这个前提是你必须拥有大笔的钞票，而且必须能够名正言顺、源源不断。

正常的情况下，只要有本钱，倒是可以赚点小钱。欧阳龙知道自己不可能委托或聘请类似股神巴菲特那样的人物来帮他打理财产。这样一来，就必须依靠自己的能力了。欧阳龙仔细研究那些突然发了横财的国家或公司，他惊异地找到了一个规律。在一些重大或突发的国际事件发生之前，如果你可以提前预知事件的发展，那么你就有机会得到比正常情况下多百倍千倍或者万倍的利益。

例如，战争发生时的军火制造商；饥荒来临前的粮食囤积者；瘟疫肆虐时的医药生产商。还有，大灾谣言风行时的食品价格大涨；股市绝对利好或利空消息散布前的股价的涨跌；通货膨胀危机来临时各种物资的价格大涨，等等。当然，除开军火，日常生活中最容易实现暴利的就是药品和食品了。

对于任何人而言，生存和健康是第一位的。

欧阳龙反复研究这些赚大钱的案例。

第 15 章

有一则情报引起了他高度的重视。

在 2009 年的全球甲流病毒大流行时，有一家公司赚了大钱。这家生产一种叫"达菲"的特效药的医药公司卖出了比平常高出数百万倍数量的药品，而且价格还都不低。不但各个医院药店和病人要购买这种药品，甚至很多国家也在购买作为国家战略储备药品。

而这一切则基于这样的事实：一是据说只有"达菲"是治疗甲流病毒的唯一特效药品，二是世界卫生组织破天荒地高调宣布把甲流的危险级别规定为最高级别。

欧阳龙注意到这些在以前从未发生过的异常事件。

首先，全球有无数个厂家生产了治疗流感的药物，但很奇怪的是只有"达菲"才是特效药。那么，"达菲"是一种什么药品呢？甲流病毒又是怎么一个病毒呢？欧阳龙让哈立德的堂弟伯恩去搞一些相关资料。他自己则继续研究下去。

欧阳龙发现，世界卫生组织在这次甲流病毒流行中的所有表现都很异常。根据甲流的一些初步统计，在没有完全核实的情况下，这个组织就急忙宣布其危险级别为四级，而且，没过多久，又立即上升为最高级别六级。世卫在极力推荐疫苗接种，并且宣称甲流对所有人、所有年龄段、所有人种都构成致命性危险。

那么，人们得出的结论是，除非全民接种，否则难以逃脱被甲流蹂躏的命运。这些信息给了全球各国的政府一个巨大的暗示，如果不立即采取行动，甲流可能就会形成类似欧洲"黑死病"的巨大灾难，甚至比它还要严重。

全球各个国家纷纷采取行动，其中就包括购买那个特效药"达菲"。

而就在此时，A国的国防部长居然做出了一个让其他国家纷纷效仿的决定：他宣布军方将购买大批的特效药品作为战略储备药物。这个决定让"达菲"获得了巨额订单，其数量远高于任何一个药品，其敛集的财富自然是惊人的。

令人可疑的事实是，这个国防部长竟然是那家医药公司的大股东之一。

更令人怀疑的事情出现了。这个令世界卫生组织谈虎色变的甲流在一段时间后被证明其造成的危害甚至不如以前每个冬季都会出现的普通流感。

是什么让那些所谓的全球精英专家出现了如此重大的"失误"。在事实面前，这个组织"尴尬"地调低了甲流的危险级别。而面对曾经真正让亚洲人提心吊胆的死亡率很高的"SARS"大流行这个组织却无动于衷。这是"尴尬"还是蓄意为之？欧阳龙有理由怀疑是后者。

有人说，这才是2009年甲流大恐慌的真正秘密。

而当欧阳龙看到了伯恩拿来的甲流病毒资料时，他更加相信这里面可能有一些不可告人的内幕。

这个甲流病毒很是怪异。

首先，它是凭空产生的。没有任何证据可以证明它是从某一种病毒变异而来。很多病毒，尤其是流感病毒有很强的变异性，这一点在医学界是有公认的。但变异的程度和规律也是大家比较清楚的。但是，甲流病毒的所谓变异则很让人不解。它不是历史上出现过的任何一种病毒，也不是任何一种流感病毒的可能的变异体。它没有任何踪迹就出现在这个世界，没有祖先，也没有任何蛛丝马迹，它就来到了这个世界。这，绝对不符合科学规律。有科学家就断定，这种病毒绝不是自然进化可以得到的。

其次，这个甲流病毒是一个怪物。科学家最终发现，甲型H1N1流感病毒其实是由4种病毒变异形成的一种相当复杂的病毒，这4种病毒分别是：一种禽流感病毒、一种普通流感病毒和两种广泛在猪之间传播的猪流感病毒。它居然含有了人类流感、猪流感和目前正在流行的禽流感这三类病毒的特征基因。

从有科学记录的历史看，甲型 H1N1 流感病毒的先祖至少可上溯至近百年之前，且曾经发过狠——1918 年，数千万人死于西班牙流感。

一份由 59 名科学家联合进行的科学研究报告指出，甲型 H1N1 流感病毒不像其他流感病毒那样简单，它由 8 种基因混合而成，它们分别为：两种 1979 年在欧亚大陆发现的混有禽流感病毒基因的猪流感病毒基因；三种在北美洲猪体内曾发现的旧型猪流感病毒基因；两种由三种北美洲旧型猪流感病毒混交后形成的新病毒基因；一种在 1968 年由鸟类传给人类的人流感病毒基因。

自然界的进化以及病毒变异已经根本无法解释这个巨大而可怕的变异，也就是说，造物主分别把这三类病毒最有特色的一段截取出来，拼接成现在的甲流病毒。如果这个造物主不是万能的，那就一定是人为拼接。

还有，关于甲流的流行病学观察，欧阳龙发现，尽管世界卫生组织认定最早的病例出现在墨西哥靠近美国边境附近的一个小镇。

而实际上，最早的病例却是在美国。这个最早的甲流病例是美国疾病控制和预防中心的发言人斯科特·布赖恩透露的，他说："随着我们在这里进行的调查，我们发现可能早些时候就有一些病例。在墨西哥出现疫情之前，加利福尼亚州报告过几个感染病例。"由此看来，甲型 H1N1 流感病毒来源于美国，

对于甲型 H1N1 流感病毒来自于哪里？澳大利亚病毒学权威阿德里安·吉布斯指出，这种病毒可能源自实验室，有可能是制造流感疫苗时发生了意外，也可能是故意制造出来的。

对于这种怀疑，印度尼西亚卫生部长茜蒂非常赞成，她说，不排除美国一些生产疫苗的公司为了赚钱而"造毒"的可能，它们制造出只攻击发展中国家的人的基因的病毒，并对外"放毒"。茜蒂说，美国前国防部长拉姆斯菲尔德持有股份的公司，可能与此事有关。

可靠情报证实，美国、南非、以色列等国都曾进行过针对特定种族或民族的基因定向生物武器的研究。

所有的这些都表明，甲流流行并不是一件像每年冬季流行性感冒那样很正常的事件。

2010年1月初，欧洲理事会卫生委员会主席、德国籍流行病学专家沃尔夫冈·沃达格宣称，这场被夸大的甲流疫情其实是"本世纪最大的医学丑闻之一"。

不管科学界如何否认，也不管情报界闷不出声，欧阳龙从心里认为这是一起人为的事件，不管有没有人承认，而这并不重要，真正关键的问题是，欧阳龙明白了一些重要的东西。

第 16 章

受到甲流事件的启发，欧阳龙知道自己该干些什么了。

既然别人可以这么做，为什么我们不能做？欧阳龙清楚这里的关键是让别人抓不住真正的把柄，当然一旦事情爆发，怀疑是肯定的，只要没有直接的硬证据，你只管发财好了。舆论就好像一只纸老虎，如果你不怕，那就没有任何效果。关键是你的手脚要利索，要干净，要不留下任何的证据。

当然，如果某个大国非要怎么样，那也没有办法，就像美国对付伊拉克，无论你有没有在搞核武器，我反正要灭你。欲加之罪，何患无词？

剩下来的问题则是可行性的研究了。有没有实力进行是一回事？有没有能力则是另一回事？欧阳龙知道，论经济实力，搞核武器是不可能的，而且还有一堆人在盯着你。但搞点生物技术还是可以的。

欧阳龙看过这样一份资料，它是这样写的：生物武器就是生物战剂及其施放装置的总称。生物战剂则是能在人员、动植物机体内繁殖并引起大规模疾病的微生物，分为细菌、毒素、衣原体、立克次氏体、病毒、真菌六大类。由于细菌、病毒等具有自我复制快的特点，只要条件适合它们就可以以几何级数繁殖，所以制造生物战剂不需要太多的技术和经费，可以在简陋的实验室内生产，因而连许多发展中的国家都可以制造。

据估算，用 5000 万美元建造一个基因武器库，其杀伤效能将远远超过花 50 亿美元建造的常规武器库。仅以 1969 年美国军方的研究评估表明每平方公里内导致 50% 死亡率的成本分别为：常规武器2000美元，核武器800美元，化学武器600美元，而生物武器——仅仅只要1美元！石井四郎当年就曾在给日本参谋本部的报告中说："细菌武器的第一个特点是威力大……第二个特点是使用少量经费即可制成，这对铁和火药都匮乏的日本尤为适合。"

欧阳龙认为，搞细菌武器的费用还太高，而且还需要发射装置，这并不适合自己的条件。他其实在心中设想的是基因武器。这个成本会更低，只需要一个P3级别的实验室和几个科学家而已。

欧阳龙仔细研究他收集到的一些案例。

1. 1939年，波兰抵抗组织使用生物战剂袭击德国军队，200人死亡。

2. 1952年，肯尼亚独立运动组织矛矛党人使用植物毒素毒死家禽。

3. 1966年，日本内科医生铃木MITSURU SUZUKI故意使健康的护理员和病人感染了沙门氏伤寒杆菌。200人得病，4人死亡。

4. 1981年，黑暗收获组织得到了格鲁伊那岛被炭疽污染的土壤，并将其散布于英国波顿塘。

5. 1984年，美国俄勒冈州波特兰的拉金尼什教派使用鼠沙门氏伤寒杆菌污染了饭店的色拉台。751人得病。

6. 1984年，在大西洋某地一美军潜水艇上发生了肉毒毒素中毒事件。此次事件涉及两艘潜艇和一个基地，导致63人中毒，50人死亡。后来调查证实，是罐装橘汁被污染了肉毒毒素引起的。事发24小时后，一恐怖组织声称与此次生物恐怖行动有关。

7. 1995年，日本奥姆真理教在东京地下铁使用沙林神经毒气。5500人得病，106人死亡。而且，就在日本警方搜查他们驻地时，发现他们正在进行一项原始的生物武器研究计划，研究的病原体有炭疽杆菌、贝氏柯可斯体和肉毒毒素，并在生物武器库中发现肉毒毒素和炭疽芽孢以及装有气溶胶化的喷洒罐。检查中，警方发现他们用炭疽杆菌和肉毒毒素在日本进行过3次不成功的生物攻击的记录。

8. 2001 年，在美国，污染了炭疽的邮件被送到了不同人的手中。22 人得病，4 人死亡。

欧阳龙注意到，这些事件即便成功，也没有多大的意思。顶多弄死几个人，反而容易打草惊蛇，而自己却并没有多少利益。

他设想的是做一件大事，可以赚大钱，或者有巨大的利益。搞那些偷鸡摸狗的小把戏没有什么味道。要做就做类似甲流病毒那样的事情，既不暴露自己，还可以闷头发大财。

最核心的问题是如何做到隐秘。

借船下海恐怕是其中最好的办法。这个任务就交给了伯恩来做，这个斯坦福大学医学院的高材生应该可以设计出一个很巧妙的方案。

经过长时间的调研和思考，欧阳龙选择了其中一个初步方案。

总体思路是，设计一个事件，而这个事件可以引起全球的恐慌，并给他带来巨大的机会，控制别人或者发一笔横财。伯恩为他策划和设计了一个毒素基因计划。而这个计划后来因为发现了胡一文的年轮开关基因，把事件发生的时间设定在 2012 年，刚好和玛雅 2012 世界末日的预言吻合，这才把这个行动代号叫做"玛雅男孩"。

至于这个计划会有多少人为之丧命，这不是哈立德和欧阳龙关心的问题。

他们心中早已把自己当成了政治家，而政治家则是为了目的可以不择手段的。比如发动战争以夺取政权，或者发动国外战争以转移国内民众的视线等等。

总之，为了达到目的，一要造成恐慌和机会，二要不动声色，不能暴露自己，三要利用这个机会快速壮大自己。

他们是这样设计的。

用基因工程的手段，在转基因农作物的种子里装进一个毒素基因，并采用年轮开关基因来控制爆发的时间，根据世人传说的 2012 年玛雅对世界末日的预测，他们把这个时间定在 2012 年。另外，为了增加威力，他们特别选择了一个最毒的毒素，肉毒杆菌毒素。

为了让这个计划操作顺利并达到最大的效果，他们甚至花费了一大笔钱购买了全球最大的转基因作物公司——梦都公司51%的股权。同时，尽量参股和控股全球的粮食贸易商，最大限度地囤积粮食。还要训练一批精干的特种部队，帮助那些觊觎政权的反对派乘混乱之机夺取那几个目标小国的政权。

"玛雅男孩"制定后，这几年的运作非常顺利。先是找到了可以预先设定时间的年轮开关基因，就是这个胡一文的发现。为了让这个发现牢牢握在自己手中，不让别人知道胡一文有这个发现，欧阳龙还特地联系了一个基金会，给胡一文投资并收购相应的技术关键，让胡一文变相为他们工作并保守秘密。

这个问题解决之后，伯恩又顺利地找到了一位科学家，说服他帮助他们实施基因的拼接。这个隐身人的基因操作技术颇为了得，不但成功地把开关基因和毒素基因装进了原先的转基因作物中，而且还提高了那些种子的产量，这使得这些转基因作物在各国的审批许可变得更容易了。

这几年，世界各国引进了他们的转基因玉米并大量播种。而转基因小麦也在顺利地申报中。

遗憾的是，这些转基因作物在欧洲遭到了前所未有的拒绝。但仍然在一些国家得到了许可。

与此同时，他们开始在全球布置粮食仓库的建设和粮食的囤积。而且，他们开始训练一批精干的特种部队，希望在粮食危机发生时，他们可以借机大发一笔横财，并伺机控制几个小国家。

一切都在顺利地进行中，直到胡一文的失踪。

"玛雅男孩"在出事后，欧阳龙才发现这个计划有一个巨大的缺陷。他们可以给这个世界制造恐慌，甚至灾难，但他们自己手中却没有任何的砝码。别人对他们可以无所需求，这样，他们只是利用这个机会，但却不能让自己变得更重要一些。当然，当时的设想是要把自己隐藏起来，所以自然会有这样缺陷。

现在情况不同了。几个大国已经觉察了这个行动，那么底牌在谁手中谁就有主动权和发言权。必须尽快改变这种现状。一定要在自己手中有一张底牌。

现在看来，拥有胡一文就是手中绝妙的底牌。这个人在自己的视线中待了几年，而别人只知道这个消息几天，就把这张底牌握在手中。欧阳龙很后悔自己没有早想到这点。

多好的机会呀。你想想，现在扣住胡一文，一是可以在危机爆发时宣告始作俑者在自己手中，为自己捞到不少舆论支持。二是可以逼迫胡一文研究出一个解决办法，搞出一个解救药物，到时候，各国政府为了避免灾难发生，一定会花大价钱来买这个药物的。这个巨大的定时炸弹的开关在自己手中，可以进退自如。而我们却活活丢掉了这个机会，真是窝囊啊。

欧阳龙判断，胡一文肯定在 C 国人手中，而他的家人则可能被 A 国人扣留。

他妈的，折腾了几年，筹码都在别人手里。欧阳龙心里很恼火。

但现在好了，机会来了。李银来带来了胡一文的确切消息。可惜的是李银来并不掌握药物的实验进展，也不很清楚实验的研究思路。但这已经足够了，最起码我们已经知道了胡一文的确切消息和地点，剩下的事情就是如何利用这些信息为自己攒下足够的筹码。

欧阳龙知道，当自己的野心更大时，他的对手已经不仅仅是那些希望从这里得到纯正毒品的各国贩毒头子们。经过这几年的互相交手，那些人基本甘拜下风了，偶尔有几个不自量力的家伙跳出来，也轮不到他欧阳龙出手，早有下面的人把他们给收拾了。除了金钱，欧阳龙还培训了一支很强干的特种部队，随时可以出击。另外，他还和几个雇佣兵团有很好的交情。当然，这些和现在的对手比起来，实在仍然不是一个数量级。最起码，在名分上就不如人家方便。这更让他觉得不自在。

尽管身处 M 国，但他已经开始在 T 国布局。同时，他的视线也瞄准了周边的几个小国，希望有朝一日能够拥有其中的一个。他当然不会傻到自己或哈立德出面，只要那个未来的总统在暗中听从他们的安排就可以。这样的人选基本上物色好了，那几个小国的在野反对派中有不少人愿意跟哈立德合作。现在到了寻找机会推翻现有政府的时候了。

可气的是，现政权基本与现在的几个大国有着或明或暗的关系，很难撼动他们，除非制造或利用一个机会，让他们自身有大麻烦，让他们自顾不暇，我们才有机会夺取政权。等到生米做成了熟饭，我们就有了谈判的资本。这个世界要的是对话，而不是对抗嘛。说实在的，要当自己的主子很不容易，但要找到一个可以投靠的主子则不是一件很难的事情。要紧的是先把位置占好。目前这几个小国家的位置都被别人占了，得推倒重来。

"玛雅男孩"就可以帮我们制造机会。这一次，我们要好好谋划，再不能犯错误了。

欧阳龙和哈立德精心策划了近一周的时间。这次的行动由欧阳龙亲自指挥。哈立德也调派了最得力的干将组成了两个特别行动小组。

欧阳龙把这两个小组分别派往 C 国和 A 国，目的都一样，那就是不惜代价把胡一文和他的家人搞到手。

至于李银来，把他送到 P 国那里的生物技术实验室去吧，那里才是他的用武之地。

第 17 章

当很多人在琢磨胡一文这个人和胡一文的实验时，胡一文本人却显得异常的平静。

在经历了一年多的生离死别和内心的痛苦挣扎后，有规律的生活让胡一文的心境渐渐平复，对家人的思念和对现状的无奈使得他把那些东西深深藏在心底。繁忙的实验和他内心的急迫感占用了他全部的时间，只在很少的夜晚听见窗外呜呜的风声，心里才会有剧烈的隐痛。

李银来失踪的阴影在他心中并没有停留太久。对于这类"无可奈何花落去"的事情，胡一文从不愿花费精力，更何况他知道自己想也没用。江山他们自然会有应对措施的。

最近实验的进展比较令人满意。几种药物已经找到，现在需要的是进行优化配置，试验不同的配方对基因的定点诱变的效果。根据以往的研究经验，这次实验已经胜利在望了。尽管配方优化试验的工作量很大，但其实基本上是操作问题，而且肯定可以拿到好结果的。想到实验的进展，胡一文心情就会好起来。

老实说，胡一文开始喜欢和适应这种生活了。有规律而不大起大落，有经费又无需四处活动，有难度却只要潜心研究。胡一文天生认可这样的生活。如果他的家人平安无事，甚至就在他身边的话，他情愿选择现在这样的日子。

好几次江山与他聊天时有意无意提到以后让他留下来时，胡一文都表现得很烦躁，每次都说做完这个实验就离开，即使找到家人也不再回来。但胡一文自己知道，其实是在家人杳无音信的情况下，他谈论自己的未来对他有一种罪恶感。正是这种感觉让他很不安。

前些日子，他与江山一起聚了聚，为了庆贺江山荣升副处长。

正喝着酒，江山突然问了他一句话。

"抛开其他的不提，只谈你我之间的配合，你觉得怎样？"说这句话时，江山已经喝了好几杯桂花陈酒，他也一样。

"很好，真的很好。我很舒服。"胡一文不假思索地回答。

"一文，你留下来帮我吧。我们需要你。"

胡一文记得自己当时的回答很生硬，"不，不行。"这个回答让江山闷头又喝了一杯酒。接下来的时间则显得很尴尬。胡一文只好打开了音响。当贝多芬的《田园交响曲》在屋子里响起时，气氛才有点恢复。

胡一文仍然记得江山临走时说过的话："假如丽莎母子他们平安无事，你愿不愿意留下来帮我。你先别急着回答，好好想想，我们还有时间。"

胡一文知道江山到现在如果要让他留下来，的确不需要再掰开揉碎了给他讲道理。因为当初为了让他答应做这个实验，江山整天在他耳边唠叨。什么国家的需要，什么人类的自我救赎，什么科学的双刃剑，什么为了丽莎母子的安全，什么朋友的帮忙，什么父母的希望，什么上级的要求，什么敌人的阴谋，等等，反正能说的江山全说了。所以，到如今，江山没必要再讲道理了，只剩下两个字：留或走。

胡一文不愿意去想，是因为他实在不想再回忆那次撕心裂肺的痛苦。那种感觉真的很难受，他不想再有第二次。

因为，有一次就足够了。

那次的撕裂是从他见到基因测序结果的第一眼就开始了。

打开基因测序结果的那张纸，他心里已经明白自己研究的年轮开关基因和肉毒杆菌基因已经确凿无疑地被人拼接到了转基因玉米中。可怕的是这些种子已经在全世界广泛播种，就连他老家都遍地播种。而更可怕的是，他知道，到了 2012 年，那个年轮开关基因就会启动，这些转基因种子所生产的玉米和小麦中就会含有肉毒杆菌毒素。

天啊！这些粮食中怎么会有这种毒素呢？作为生物科学家，胡一文知道肉毒杆菌毒素，这可是目前人类迄今为止所知最毒的毒素，其毒性巨大无比，对一个成人的致死量只需一亿分之七克。换言之，一克肉毒杆菌毒素可以杀死1200万人。

胡一文不敢设想，到2012年，全球会有多少人死于食用这些粮食，那将是上亿的人啊。而他，胡一文，却在几年前就知道这个后果而不肯伸出援手。他无法背负这样的压力，可他内心却实在不愿意去接受，因为这意味着过去种种美好的一切将荡然无存。

其实，作为一个小有成就的科学家，胡一文在B城第一眼看到那份资料时就有预感。而这次的基因测序的结果只是确认罢了。当时的那种预感就像一颗闷雷，把他炸得粉身碎骨。那种滋味的确很难受，胡一文知道自己一直到死都不可能忘记。

那是他回到B城参加国际基因控制会议的第三天晚上，也是他偶遇老同学江山并约定好好叙谈叙谈的时间。

那个约会安排在B城三里河附近的一家淮扬菜馆。之所以选择那里是因为胡一文是Y城人。

江山知道胡一文极为喜爱家乡菜，他一直认为淮扬菜是中国烹饪"以味为核心，以养为目的"这一本质的最完美的体现，不愧为八大菜系之首。所以江山毫不犹豫地选择了淮扬菜馆作为老同学叙旧的场所。

胡一文到达那里时，江山和一个女人正喝着茶等他。

胡一文开始还以为那个女人是江山的老婆，否则老同学聚会带一个陌生人算怎么回事。

但江山的介绍却说女人叫刘彤，是他的同事。

因为有事要请教胡一文，所以就老着脸皮来了。这个理由自然是刘彤自己说的。

但江山心里很清楚，他们的目的远不止于此。从胡一文嘴里了解一些A国的生物技术最新进展并相机邀请胡一文和我们密切合作，这才是此次见面真正的目的。由于考虑到江山专业知识的缺乏，刘彤的出席则是必然的，扮成情侣也是题中应有之义。

这次见面的前半段让胡一文很是开心。

熟悉的家乡菜肴，老同学的浓厚友情，纯正的故乡茶叶，这一切都是那么自然、那么舒适。

尤其是胡一文看到自己最喜欢的清炖蟹粉狮子头端上来的时候，非常高兴。他迫不及待地拿起筷子，品尝起来。

"多少年都没有吃到这种正宗的狮子头了。"胡一文感慨道，"还是老同学想得周到，太棒了。"胡一文的神态像极了一个孩子。

而在胡一文看到了"天下第一菜"时，他更是兴奋得手舞足蹈。在闷头连吃了几大口之后，他才抬起头来，为自己的失态辩解道："这实在不能怪我，完全是因为美食所致。"

说完，他手持一根竹筷，一边在盘子上敲击，一边高声朗诵："雏牛之腴，菜以笋蒲。肥狗之和，冒以山肤。楚苗之食，安胡之饭。抟之不解，一啜而散。于是使尹伊煎熬，易牙调和。熊蹯之臑，芍药之酱。薄耆之炙，鲜鲤之脍。秋黄之苏，白露之茹。兰英之酒，酌以涤口。山梁之餐，豢豹之胎。小饭大啜，如汤沃雪。此亦天下之至美也。"

此番情景让刘彤惊讶不已。她没有想到胡一文还如此的放浪形骸。

江山则在一旁见怪不怪，他对刘彤说："一文刚刚朗诵的是西汉文学家枚乘的代表作《七发》，文中这段劝楚太子品尝美食的文字，可以说是淮扬菜的精髓所在。所以淮菜在隋唐之际便已是驰誉神州的中国四大古典菜系之一，并被后人誉为'东南第一佳味，天下之至美'。"

刘彤开玩笑地说："这么多年了，胡博士还能记得那么一大段古文？"

胡一文笑而不答。江山说："这可不新鲜。小时候，每次吃到美味，他都会朗诵这一段，我们早就滚瓜烂熟了。"

江山拿起筷子，对刘彤说："别再侃山了，赶紧吃吧，一会儿都被一文吃完了。"大家哈哈大笑。

这道菜名叫做"天下第一菜"，其实原料很简单，也就是锅巴、大虾仁、熟鸡丝、番茄酱等。但经过厨师的烹饪，那味道可就不一般了。

刘彤一吃，果然，风味独特，追求本味，清鲜平和。

胡一文对刘彤说："其实这天下第一菜属于苏菜体系。淮扬菜综合了淮菜、扬菜和苏菜的优点，但最大的特点其实是用料极为讲究。"停了一下，他接着说，"你听听，'醉蟹不看灯、风鸡不过灯、刀鱼不过清明、鲥鱼不过端午'，这才是淮扬菜的秘诀呀。只有这样，才可以确保盘中的美食原料来自最佳状态，让人随时都能感受味道的美妙。"

"没错，"江山附和道，"淮扬菜的名菜可不少，你刚吃的天下第一菜和清炖蟹粉狮子头就在其中，还有像摸刺刀鱼、马鞍桥、葵花肉丸、灌汤肉包、三套鸭、大煮干丝、拆烩鲢鱼头、扒烧整猪头、清蒸鲫鱼、水晶肴蹄等。

三人一边吃一边聊，气氛很是融洽。

慢慢地，话题转到家庭上了。

"不说我了。谈谈你的家吧。你的孩子应该读中学了吧？夫人是哪里人，不会是老外吧？"江山力图重新唤回欢快的气氛。

果然，胡一文马上开心了。他从钱包里掏出一张照片，很自豪地递给江山，"你看看，这是我的全家。纯正的本国血统。"

江山接过照片，刘彤也歪着脑袋凑过来看照片。这正是那张胡一文随身不离的中秋合影。一家四口在屋前的草坪上站着，背景是那个小别墅。一家人欢快而甜蜜地笑着，旁边圆桌上摆放的菜肴清晰可见。江山看到了那瓶桂花陈酒。

"一文，你有一个让人羡慕的家，祝贺你。"江山由衷地赞美。

"谢谢。你也会有的。"胡一文很自豪，但他也相信江山离这一天也不远了。因为他看懂了旁边刘彤看着江山的眼神。

"不过，你有一个不好的毛病，你骗人。"

江山说出的话让胡一文大吃一惊。

他竭力反驳："胡说八道，我怎么骗人了？"

　　江山指着照片说话了："你刚刚死活不肯喝酒,说什么你从不喝酒。看看,四个杯子,里面都有酒,你怎么解释?"照片上酒杯里的酒清晰可见,黄澄澄的。

　　胡一文很佩服江山敏锐的观察力,"行,行,我算服了你了。我百年不遇喝一次酒就留下了证据,还真就让你给发现了。我认罚。"胡一文呵呵大笑。江山得意地找服务员要了一瓶桂花陈酒。

　　刘彤帮忙倒上,每人一杯。然后举起酒杯,说道:"我祝你们老同学友谊万岁!"三人高兴地碰杯,一口干完了酒。

第18章

三人的聚会就这样在家庭、老同学的往事中快乐地进行着。现在想来，胡一文倒很情愿那次聚会就在那个时刻结束。那样的话，一切就真的是很完美了。

可惜的是，历史往往是不按人们的良好愿望发展的。那次聚会也是如此。

聚会的后半段尽管胡一文内心希望它从来没有发生过，但过去的一切仍很清晰。

话题慢慢从胡一文的工作过渡到了生物技术的发展。借着浓烈的酒意，胡一文谈兴颇浓。几乎从不喝酒的胡一文在酒精的刺激下变得侃侃而谈，尤其在他擅长的研究领域。而谈话的主角则变成了刘彤，他们两人更有共同语言。有意思的是，在这种氛围下，刘彤对胡一文的称谓从"胡教授"变成了"一文"，按胡一文的说法是和江山同等待遇。

刘彤抛出了一个目前国际上很有争议的话题："一文，你如何看待转基因作物，你对转基因作物的生物安全性有什么看法？"

转基因作物在国际上有着泾渭分明的两派观点。

胡一文听到刘彤的这个问题，哈哈一笑："这其实也是我们这次会议争论的焦点之一。从科学的双刃剑理论来说，任何科学的发展都有进步和危害的双重特征。其实主要看方向的把握以及成果的使用人来决定。如果你是站在军事目的或政治目的，那么任何科学技术的进步说到底对于人类都是一场巨大的灾难。如果从这个角度出发，那么避免它的唯一办法就是永远也不要发展科技。"

看着刘彤和江山都在摇头，胡一文自己都笑了，"看来，你们是不同意科学按照这个模式发展的了。我也不赞成。我们所要做的就是在大力发展科学技术的同时，发展人类文明和觉悟以保证科学技术成果不会被滥用或不怀好意地使用。"

胡一文觉得有点渴了，端起茶杯咕咚咕咚喝了几大口，用餐巾纸擦擦嘴，接着说："就转基因作物来说，我作为一个科学工作者，是很赞成的。它的发明可以极大地提高粮食的产量和质量，而且可以减少化肥的使用以及生产成本的降低，何乐而不为？另外，从纯粹的科学发展观点来看，它可以帮助我们研究基因和物种的关系，对基因的控制和调节等各种基础性的研究给与巨大的便利。所以，我个人是很赞成进行转基因作物研究的。"

"那，这么看来，你是很同意转基因作物在全球的推广和应用啰。"刘彤问道。

"这是两码事。"胡一文竖起食指，左右摇晃，"基础性研究和成果推广应用，这是两个不同的问题，你不能混为一谈。对于科技进步，既不能因噎废食，也不能急功近利。"说到激动处，胡一文活动了一下身体，换了一个姿势。

他接着说："对于转基因作物的全球推广和应用，我个人认为有两个地方要特别注意。第一点，由于对作物原有的自然基因结构的破坏，对于物种的遗传影响要有客观的评价。第二点，对作物的基因结构改造的人为操作行为，要有严格的监督控制，并要有对于食用者和环境的安全性评价，在确保没有问题的条件下才可以推广。如果转基因作物做到了这两点，我认为在全球范围的推广应用是可行的。"

江山和刘彤听完这番话，频频点头。不愧是资深的生物技术专家，胡一文的这番见解言简意赅，几句话就把关键问题提炼出来。

江山对刘彤说："看来，对于转基因作物的审批应该重点从这两方面入手，那么我们就算抓住了重点。"

刘彤有意把话题引向农业生物安全问题。

她说道："转基因农作物其实关系到一个农业生物安全的问

题。从 20 世纪 90 年代以来，世界上多次发生有关农业安全的事件。如 1994 年，英国 13 万头牛患疯牛病；2001 年上半年，欧洲大规模爆发口蹄疫；2004 年年初，亚洲爆发禽流感，疫情波及美国、加拿大及德国等十多个国家。虽然目前尚没有证据表明疯牛病、口蹄疫及禽流感等流行病事件与恐怖袭击有关，但却暴露出一个巨大的隐患，即恐怖组织将来极有可能利用有害病原体或致病微生物对农业发动袭击，制造农业恐怖。比如美国国防部已将口蹄疫病毒列为恐怖组织可能用来袭击美国农业的一种病原体。"

刘彤喝了一口水，接着说："胡博士，你觉得恐怖分子有可能利用转基因玉米施行农业恐怖事件吗？"

胡一文笑了。那是一种绝对不可置信的笑容。

"绝对不可能。首先，转基因作物是需要政府有关部门审批的，比如美国的 FDA。各国都有类似的机构。这一关他们就很难过去。其次，在转基因作物中拼接恐怖目的的基因其实也不是一件很容易的事情。我根本不相信会发生这样的恐怖事件。"

刘彤同意地点点头。她转身从包内掏出一沓文件，问道："胡博士，你知道 A 国梦都公司的转基因玉米和小麦吗？"

"我当然知道。"胡一文很快回答，"他们开发的转基因玉米一年前在 A 国获得了批准。目前正在申请转基因小麦的种子许可。"他又喝了一口水，很骄傲地说道："这家公司在生物技术的研发投入相当大。我就有一个关于基因控制和开关的研究得到了他们的资助。你知道吗？他们给了我一千万美元。"

"是吗？这么多！"江山和刘彤都很诧异，同时也惊叹这家公司的实力。

刘彤把那沓文件递给胡一文，说道："他们的转基因玉米去年也在我国获得了批准。这是他们上报的审批材料，你帮我们看看符合你刚才所说的那两条标准吗？他们在那两个方面的有关数据是否完整和齐全？"

胡一文接过材料，开玩笑地说："你们上头都已经批准了，就算有问题你们还能收回许可证不成？"说完，马上就在餐桌上翻看起来。

江山和刘彤今天宴请胡一文的主要目的就是这个，让胡一文帮着看看怎样进行审批。十七处对于生物安全的审批有自己的一票否决权，但原来处里都不太重视这类审批。去年，处里对于梦都公司转基因玉米的审批就基本按照农业部的意见同意了。

但从去年开始，这个转基因玉米种子在欧洲的审批却引起了很大的争议，并在部分欧洲国家被否决。这样，处里才开始重视这个问题。今年，梦都公司又来申报转基因小麦，处里才安排了江山和刘彤负责此事，并安排他们咨询国内和国际的生物技术专家。这次他们俩参加这个国际会议其实是为了全面了解这方面的专家和相关知识。

两人看着胡一文认真的劲头很是高兴，正悄悄地嘀咕这次老同学帮了大忙，看来是找对了人，或许以后可以聘请一文作为他们的顾问了。

就在这时，江山听到了胡一文发出的疑问，"咦？"江山注意到胡一文正对着其中一份资料在摇头。刘彤赶紧凑过去一看，这是一张玉米的基因测序图，密密麻麻的基因序列满纸都是。这简直是一纸天书，这能看出什么？刘彤心里在发问。

但问题就在这里。胡一文竟然就在这张天书中看出了问题。他有点不敢相信自己的眼睛。又拿起纸来仔细看了一遍。

没错！就是这个基因顺序！

胡一文太熟悉这段基因顺序了。最近五年，他一直在进行基因控制和调节的研究。主要研究的就是这个基因，他怎么能看错呢。那个植物年轮开关基因就是他的发现和创造。他从树的年轮中得到这个发现，并找到了相对应的基因排列的规律。为此，他自己尝试设计了一段基因，研究发现可以按照时间来控制随后的基因表达。胡一文把这个他自己设计合成的基因叫做年轮开关基因。这个开关基因大约有 2000 个碱基，胡一文至少背熟了六百个。现在，他居然在转基因玉米中发现了这个熟悉的基因。

玉米里怎么也会有这种基因？关键的是，这是一个人造的基因，是我胡一文设计并合成出来的，自然界中根本没有，玉米里面怎么会有？胡一文很是惊讶。他不敢相信，又无法解释这种现象。他反复地研究着这张纸，上上下下看了好几遍。难道植物间真有这种同源性？或者这是一个巧合？胡一文知道自己合成的那个年轮开关基因本来就来自植物，或许真是一个巧合。

另外，物种间的基因同源性也让他有所怀疑。不同物种间的基因同源性有的非常之高。比如人和猴子，其基因的同源性就高达90%以上。

唉，科学的各种可能性太大了。可不能随便下结论。胡一文决定不露声色，预备回去后好好研究一下再说。

这样决定以后，他回过神来，对江山说："啊，没有什么。遇到了一些熟悉的基因。这就像我们逛街突然遇到了一个熟人。"胡一文还故意开了一个玩笑，半真半假地说道。

其实，就在胡一文心中狐疑的那几分钟，江山注意到胡一文的脸色的变化。作为一个专业的情报人员，江山可以肯定，事情绝不是胡一文所说的那么简单。或许，胡一文真的在这张玉米基因顺序图中发现了一个熟悉的基因，但一定是一个很特殊的基因，而且，这个基因应该不能出现在这里，否则，胡一文不会有那么惊讶的表情。

江山几乎可以肯定，胡一文的那种表情就算是在逛街时遇到了一个熟人，也不太可能那么吃惊。这个熟人一定很出乎他的意料。江山在想，会是什么样的熟人才会引起胡一文那样的表情呢？难道是一个囚犯？他认为绝不可能出现在大街的人。或者，更有甚者，是一个死人？

送走胡一文之后的好多天，江山一直在想这个问题。如果真是胡一文在街上遇到一个他认为不可能遇上的人，比如囚犯，比如死人，胡一文才可能会有那样的表情。又假设的确如此，那么会是一个什么基因呢？江山自己有点拿不准了。不知道是自己想歪了，还是根本没有这么回事。

但因为存了这么一个念头，当胡一文把材料交还给刘彤，并告诉她这些材料实验可靠，数据基本完整和齐全时，江山感觉到胡一文在说谎。

他没有说实话。

他心里有鬼。

江山十几年的持工经验告诉他，胡一文有问题。

感谢菩萨吧！正是江山的这个直觉让他发现了一个大阴谋，及时地阻止了一场可能令全球几亿人丧命的灾难！

当然，也正是这个直觉，彻底改变了胡一文的一生，并让他妻离子散，家破人亡！

第 19 章

第二天，江山就把对胡一文的直觉和疑虑坦诚地告诉了关处。没想到，关处对此极为重视。作为一个老特工，关处尤其注意这些容易被普通人所忽视的细枝末节，也随时揪住那些直觉不放。正因如此，他们才在这起惊天大阴谋中占据了主动地位。此刻，两人正在仔细讨论和分析，并商讨下一步的行动计划。

抛开江山的直觉并和关处商量采取必要的行动不说，在胡一文随后的旅程中，一直伴随着他的是狐疑和不安。

在这次聚会之后的会议宴请和游玩，以及后来他自己去 Y 城老家看望父母的日子里，胡一文的心里都多了一些牵挂和隐约的恐惧。

每到一地，特别是农村的玉米地里，胡一文都不由自主地收集一把玉米放进他的旅行包内。在他的心中，他已经下定决心要弄清这是怎么回事。一个完整的试验验证方案已经在他的脑子里成熟。回到 A 国，他就将立即进行这个验证试验，以解答他心中的那个疑问。

事实上，正是他这种好奇和彻底的精神造就了他的成就，这种最具科学家本质的性格帮助他走上了科学研究之路，也让他小有成就。但在后来的两年中，胡一文很多次地扇打自己的耳光。你干嘛要这么好奇？你干嘛要这么执著？如果不这样，一切岂不是像以前一样美好吗？这家破人亡、妻离子散的结果都是你这个可恶的性格带来的。

一年以后的很多个夜晚，胡一文都在这样责骂自己。

但，当时，他哪里预料到会有那种结果。他一门心思要解开那个疑团。

这个试验是在他收集了十几个地区的玉米后才开始的。他把这些在国内、A 国各地收集来的玉米编好号码，便开始了试验。

这个试验他没有交给任何人，包括他最欣赏的两个助手。这两人，一个是来自印度的拉达丽，另一个是来自 C 国的郭建人，都有点好奇，是什么特殊的试验需要老板自己亲自操作。不过，这样的事情偶尔也曾发生过。

胡一文提取出每个玉米标本中的 DNA，在多次提取并保证其纯度和数量后，他把备分包装存放好，剩下的样品则交给基因序列测定中心。

和每次一样，序列测定中心的扎妮卡小姐会问他这些是什么标本。在测定中心刚开始帮助他们进行基因测序时，对于这个问题，刚开始的几次，胡一文还对此有点疑问，你只管帮我测定序列就可以了，这些基因是什么标本跟你有关系吗？但是，扎妮卡小姐清纯的笑容和对你的热情使得胡一文无法拒绝回答这类问题，更何况，这也是测序申请表格应该填写的内容。

事实上，扎妮卡所问的各种问题其实也包括随意无心的闲聊而已。她一边问这些似乎与她无关紧要的问题，一边她的手可没有闲着，而是"哗哗"地帮你填好测序申请单。而那些枯燥无味，啰哩啰嗦的申请单往往很让人难受，有了扎妮卡帮你填写，陪她聊聊天有何不可？

再说那些问题也不是什么绝对机密的东西。每次的问题基本上是那几个，到后来，胡一文不等扎妮卡开口，在她填表的时候，自己就会说出来。这个扎妮卡挺有意思，她这个习惯慢慢让大家都知道了，以致于后来每个人去递交基因测序申请和样品时都像胡一文那样主动交待了，省得再听她的唠叨。

这次，自然也不例外。

现在好了，一切就将要水落石出了。

测序时间需要两天。这就意味着他只需要等待两天。

在这两天中，胡一文心里很是惴惴不安，还又有点恐惧和紧张。对结果，他有所预感，但又迫切地希望出来的不是他设想的结局，而是一切正常。总之，他焦躁不安，他魂不守舍。

这两天中，他做的唯一一件有意义的事情是发邮件找刘彤要那个申报 C 国许可证的转基因玉米的基因全序列图。胡一文要的是电子格式的文件，这样，他就可以使用计算机对那些他收集的玉米标本和他的年轮开关基因与国际通用的基因库进行比较。计算机的快速运行可以让这些基因序列的比较结果在几分钟内完成。

现在，这是一个周日的深夜，胡一文故意选择这样的时刻，是他自己的预感很不好，他担心在人多的白天会影响别人。

夜深了。一切都很寂静，只有计算机发出轻微的嘶嘶声。荧屏上显示着基因结果比较的进程：

20%、40%、60%、80%……

快完了。胡一文的心脏开始紧缩起来。他的头有点疼，耳膜有点发紧，嗓子干涩。

终于，结果出来了。胡一文一行一行地看着，每读一行心就寒冷一点，直到完全冰凉。

在参与试验的二十多个标本中，有九个标本的比较结果在屏幕上是这样显示的：

与数据库内转基因玉米 A 品种同源性：99.99%

与肉毒杆菌毒素基因同源性：100%

与 2012 年轮开关基因同源性：100%

……

作为专家，胡一文很清楚这些文字意味着什么。

计算机无情地打碎了他的幻想。等待他的正是他早有预感而又极其不愿正视的现实。

在他收集的标本中，有九个标本和正常的转基因玉米不一样。这九个标本含有他合成的 2012 年轮开关基因和肉毒杆菌毒素基因。

这就是说，这九个地区的转基因玉米将在 2012 年的秋天启动表达，全部含有世界上最毒的肉毒杆菌毒素。

这将会死人的。凡是食用的人将全部死亡！

胡一文不敢再往下设想它的后果。他的脑子此刻像一个不断充气的大气球,膨胀、膨胀、再膨胀,突然,"砰"的一声,气球炸裂了。胡一文往后一挫,身子碰到椅子的侧面,椅子被撞翻,人也跟着瘫坐在地上。

怎么会这样?谁干的?究竟是谁干的?为什么要这么干?

胡一文明白自己遇上了从来没有过的全球生物大恐怖。这实在比中六合彩的概率还要小几百万倍。怎么让我碰上了呢?

我该怎么办?

我要怎么办?

在寂静无声并且惨白灯光下的实验室发呆了两个小时之后,胡一文的脑子开始转了。

他哪里知道,从现在开始,"我要怎么办?"这个问题将像一个黑色幽灵一样紧紧缠绕着他,纠缠了他整整七天。

而现在,他的第一反应是报警。

但是,他胡一文能说清楚吗?他自己发明合成的基因被莫名其妙地装进了转基因玉米中,能说得清楚吗?这个基因除了自己没有第二个人知道,而且这家公司还资助了自己一千万美元用于研究。警方会相信你和这事没有关系?

如果那样,自己将会被作为恐怖分子,会被判刑,会坐牢。一生也就完了。

不,不能报警!

那怎么办?假装不知道这事?从目前的情况看,好像可以装做什么都不知道。但这事迟早要被人发现的。最晚也会在 2012 年出事的时候被人发现。那个时候一调查,那我可真是真正的罪人了。何况,我也不能眼睁睁地等着那个毒素基因表达并让无辜的人们因食用而死亡。

不行,不能再隐瞒下去了。

那又怎么办?去找那个梦都公司?一定是他们干的!可是证据呢?如果我个人找上门去,他们杀人灭口怎么办?我可没有办法阻止他们。

胡一文在各种假设和结果的预想中来回挣扎,直到半夜两点也没有想出什么好办法。

不行！不能这么下去。先不能惊动别人，也不能惊动丽莎。我要好好想想，一定会有办法的。会有的，一定会有的。我要好好想想。

胡一文就这样回到家中。妻子丽莎已经很习惯他这样半夜回来了，只简单问问，胡一文告诉她实验出了一些问题，很麻烦。丽莎没有过多纠缠，很理解地放过他了。作为搞研究的人，胡一文以前也有过类似的经历。

接下来的两天，胡一文自己都很佩服自己的控制能力。除了明显地不爱说话，整天若有所思的样子，外人还真没有看出胡一文有什么异样。但妻子丽莎好像有一点感觉。

有一天夜晚，丽莎曾有一次问过他。

胡一文想想还是决定先不忙告诉她，只是绕着弯子问了几个原则性的大问题，比如科学双刃剑的问题，同时简单探讨了科学家的良知和道德，基本探明了丽莎对于这件事的处理原则。

这两天的冷静让胡一文基本明确了下一步的思路。

这是第四天。

胡一文开始清理实验室和他的电脑。他发现剩余的那些玉米标本不见了。胡一文没有过多的关注。那些玉米看上去很普通，说不定是清洁大姐把它们收拾了。胡一文把他的各种重要的基因DNA样品做成干燥的粉末，这种干燥的粉末可以在一般条件下保存很久。胡一文把它们分成两份，一份放在自己的文件包内，准备放在家里。另一份放在了超低温储藏库内。那是学院给每个科研小组配备的专门储藏样品或重要标本的地方。

十几年下来，胡一文在其中存放了几万种标本并做了只有自己才明白的标记。别人根本不可能清楚每个试管里是什么。就这样，胡一文也不放心，他把自己近年的特殊研究成果，包括年轮开关基因等专门放在了他以前的博士导师菲尼尔专属的储藏库内。作为菲尼尔的杰出弟子之一，胡一文的这把钥匙一直没有被收回去。

另外，胡一文对自己的电脑进行了彻底的清理。他把许多重要的资料全部放在了互联网上一个私人的存储邮箱内。互联网真好。既不需要占用自己的电脑，而且可以随时随地在能上网的地方找到自己的资料。胡一文一边操作一边赞叹互联网。他在做这些工作的时候心中很平静。各种清理做得也比较彻底和干净，仿佛他要离开这个地方。

事实上，胡一文做好了离开的准备。他的计划是准备先和他以前的导师、现在的好朋友兼顶头上司菲尼尔商量这事，如果没有更好的办法，他就报警。他感觉，一定要让菲尼尔了解全部的事实经过，这样，即使他有麻烦，菲尼尔，这个很有名望的大科学家，一定会帮助他。事实会证明他胡一文是无辜的。

对于胡一文来说，历史性的一刻到来了。

第 20 章

胡一文其实没有意识到，这将是他这一生中最后一次看看他生活了十三年的实验室。

胡一文认为自己的清理工作都做完了，便拿起文件包走向了电梯，他将去位于八楼的学院院长菲尼尔的办公室。

胡一文以为资料和实验室的清理做得很干净，但他忘记了一个重要的地方。学院的基因序列测定中心。这个中心负责进行所有标本的基因序列测定。胡一文的那些玉米标本就是在这里进行基因序列测定的。

胡一文根本忘记了这个中心。但有两个人没有忘记。后来进行全面搜查的安德烈也没有忘记。

基因序列测定中心的扎妮卡小姐当时有点奇怪，胡一文实验室的这些家伙既忙乱又没有条理。那些玉米标本的测序结果竟然来要了三次。

先是老板胡一文打电话让她把结果发到他的邮箱，然后在第二天的下午，胡博士的印度助手拉达丽过来拷走了那些资料，据说胡博士出门在外开会，急需那些资料。

但在快下班的时候，那个长相清秀的 C 国小伙郭建人也来要这些资料。

扎妮卡没有太多的犹豫，对于这个很有好感的郭建人，她一向是很乐意帮忙的，更何况他们几个人到中心来要一些基因测序结果那也是经常的事。扎妮卡根本不清楚这些资料的重要性，对于这三人来要的同样一份资料也根本没有放在心上，而且没有告诉任何人。

可惜的是，尽管安德烈没有忘记这个地方，但问题的关键是安德烈和菲尼尔也根本没有问过扎妮卡。否则，事情的进程恐怕要从此改变了。

正因为这样的阴差阳错，安德烈浪费了一个机会，一个可以不绕圈子就查清这起转基因玉米事件的来龙去脉和细枝末节的绝好机会。

也正是因为这样，这件事情才越搞越大，竟然圈进了好几个国家，其间，甚至有人为此付出了生命的代价，又有不少人改变了命运的轨迹。

现在，胡一文敲开了院长菲尼尔办公室的门。菲尼尔正在收拾桌上的文件装进公文包内，抬头看见胡一文进来，随意地打招呼："嗨，一文，好久没见你了，近来一切都好吗？"

胡一文回答："你好，菲尼尔，近来不算太好。我有事要麻烦你。"

菲尼尔正埋头整理文件，听到这儿，又抬头看了一眼，"哦，是吗？麻烦大吗？需要我做点什么？你尽管说。"

"嗯，我的确需要得到您的帮助。事情是这样的。有人没有得到我的允许，私自把我的发明用于非正常的目的，而且，可能产生很大的麻烦。你看。"胡一文希望一开始不要把事情说得很严重，他想给菲尼尔一个过渡和缓冲的时间。但菲尼尔打断了他的叙述。

"哦，一文，那的确很麻烦。那会牵扯到法律问题。你可以简短点说吗？我马上有个该死的会要开。事实上，我已经快要迟到了。"菲尼尔刚把一些资料装进包内，正在拉上拉链。

"真是不巧，那我长话短说吧。"胡一文有点无奈，但他不想再拖延了，因为这事放在心上很让人难受。

"你知道我最近正在研究年轮开关基因。"这事胡一文曾经和菲尼尔说过。

"是的。"

"有人偷了我的基因，并把它拼接到了转基因玉米中。"胡一文停了一下，在思考怎样可以快速地表述整个事情。

但菲尼尔好像有点等不及了。"这只是一个科学家的品德问题，当然也可以说是法律问题。你说呢？"

"但问题并不是你想象的那么简单，那个人还在我那个年轮基因后面拼接了肉毒杆菌毒素基因。"胡一文说出了问题的关键。

"上帝呀，他要干什么？恶作剧吗？好像不太像。那个人是谁？"菲尼尔有点吃惊。

"问题就在这儿。菲尼尔，我不知道那个人是……是谁，也不……不清楚他要干什么。但我知道这是一个大麻烦。搞……搞得不好，会死人的，会死很多人的。"胡一文结结巴巴地回答。

"是吗？看来真的是一个大麻烦。你好像什么都不知道？嗯，估计是一个很长的故事。这样吧。我现在去开会，这个会我无法不参加，是学校的学术委员会的会议。那几个老头子是不能得罪的。等我开完会，估计晚上才能结束。那么明天上午吧，明天上午我们好好讨论一下。你看，行吗？"菲尼尔看了一下手表，走向门口。

胡一文很是无奈。他无助地点点头："那么，好吧，明天上午见。"

菲尼尔大步走了，留下胡一文在原地发呆。

几分钟后，胡一文决定，先回家，把那些基因的 DNA 粉末安放好。他已经没有任何的心思搞什么研究了，他只想赶紧把这件事情处理完毕。

回到自己的那个小别墅中，已经是下午六点了。

家里很安静。丽莎和孩子们上班的上班，上学的上学。胡一文蜷缩在沙发里，脑子里在胡思乱想。过了许久，他觉得自己应该干点什么，便在客厅内转悠。一眼发现了那包没有抽完的香烟。那是他从 B 城回来后几个老乡过来看他，他打开的一包中华香烟。

胡一文抽出一支，点上火吸了一口。烟雾飘腾在客厅中。胡一文没有想到，自己从此离不开香烟了。

也不知过了多久，客厅内的电话响了。他木然地拿起电话："喂。"

电话里的声音让他吃了一惊。怎么是老母亲？

"一文啊，你爸爸得了重病，要动大手术，很危险，已经下了病危通知书了。你快回来吧，儿子。"老母亲的声音急切而慌张。

"妈。您别急。我这就买票回去。您先告诉我爸爸到底怎么回事？"胡一文听到这个消息很感意外。两个月前，老父亲的身体还好好的，怎么突然就犯病了呢？但在母亲面前，他必须强作镇定。

"一周前，你爸爸单位组织体检，就发现有问题，医生要求去大医院做复查。我和你爸爸就到 Y 城来了。谁知，专家会诊后认为可能是动脉血管瘤。儿呀，你快回来吧。再晚了就看不到你爸爸了。"老太太在电话里泣不成声。

"爸爸什么时候做手术？"

"可能还要等几天。另外，儿呀，你带点钱回来，医生说手术费用要几十万啊。"

老太太在电话里絮絮叨叨。儿子已经成了她的主心骨。那种迫切的心情让胡一文恨不得马上飞到 C 国。安顿了母亲，胡一文知道，作为家中唯一的儿子，他必须回去。父亲重病在床，母亲年老体衰，手术需要花钱，这些都是儿子应该承担的责任。只是，胡一文并没有过多地思考这中间的巧合。

两个月前，他所见到的老父亲身体还不错，怎么突然就病危了呢？可惜的是，一直在经受着转基因毒玉米事件的沉重打击，这时候的胡一文其实脑子已经不太转了，他只是机械地按照母亲的要求在动作。而且，在潜意识里，他甚至希望有一些事情发生，这样他就可以不去思考如何处理转基因毒玉米的事了。

真是祸不单行啊！胡一文在心中感慨。两个重大的打击反而让他平静了下来。他立即在网上查询有无合适的机票。还好，在今天晚上十点就有一班回 Y 城的飞机。订好机票，又跟菲尼尔的秘书简单说明原因，把与菲尼尔的见面推迟到他回来以后。然后，胡一文拨通了妻子的电话。

丽莎听到这个消息也倍感突然，马上说她立即赶回来。

"来不及了，丽莎。我已经买好了机票。你就别回来了。我尽快赶回老家去，如果有需要，你再过去。如果一切还顺利，估计至多两周我就回来了。"

丽莎还在坚持赶回家来送他，胡一文没有同意。他认为丽莎回来后两人最多见面十来分钟，没有多大的意义。反正再过几天，丽莎会去 C 国或者他就会回来，没有必要这么折腾了，他自己收拾一下就可以了，行李并不多，他自己可以应付。

丽莎没有过多的坚持。但就是这个没有过多的坚持让他们两人极度后悔，尤其是胡一文，此刻的他，怎么也没有想到这是与丽莎的最后一次通话。

胡一文在未来的两年中经历了太多的最后一次，而这，则是最最令他痛心并且悔恨的最后一次。

但是，当胡一文坐在飞机上，他在想，或许这事对于转基因玉米那事来说是一个转折点，我或许可以找找江山，问问他们的意见，或许，就把那件事顺利地解决了。

胡一文怀着对未来美好的企盼迷迷糊糊地睡着了。这也是他在这几天来睡得最沉稳的一次。平静的心情取决于心中石头的被迫放下。有很多时候，不去想它也是一个很不错的解决办法。车到山前必有路。做人一定要相信这个道理。

胡一文在临睡前想到要找江山，而江山则在几周前就在想如何让胡一文自己来找他。

第 21 章

此刻的江山，正在吸着他临睡前的最后一支烟。

就在胡一文找到刘彤要那份转基因玉米的基因序列图时，江山就预感到结果很可能是胡一文最有疑惑的那一个，而那应该是一个很不好的结果。

这么多年以来，江山很相信专家的所谓直觉和第一感觉。他自己就很多次凭借这个直觉觉察到了事情的异常变化。对胡一文来说，他看到那张基因序列图时的第一感觉一般情况下不会有错。江山太相信行家的感觉了，他自己就经常有类似的经历和体会。

那个时候，江山就在思考，如果有什么不对头，如何让胡一文主动把事实真相告诉他。或者说，如何创造一个机会让他和胡一文能够见面。

如果真是一个很不好的结果，他必须尽快搞清楚那个结果是什么。毕竟这与那个已经批准的转基因玉米有莫大的关系。而那可能牵涉到粮食安全，或者说生物基因安全的问题，那可是涉及到国家安全的大问题。作为一个国家安全人员，江山不可能假装不知道发生了什么。如果有事，那一定是一件大事，而且是一件不好的大事。江山相信自己的直觉，他一定要搞个水落石出。

江山想到了一个办法，并把他的计划全盘汇报给了关处。这其实就是两者并举。让胡一文直接告诉我或者让他身边的人告诉我，反正我必须知道发生了什么。在关处的主持下，国外和国内针对胡一文的两条线就这样偷偷地运转起来，其效率之高匪夷所思。

这几件事情的难度并不很大，但也需要几个很精干的人员，而关处手下恰恰从来不缺这样的人才。

所以，当胡一文自己得到序列比较结果的第二天，刘彤也收到了那几个标本的资料，而且同样在国际基因序列库中进行了比较。其结果只比胡一文的比较结果少了一条，因为国际基因库中没有胡一文自己发明合成的那个年轮开关基因。但即使没有那一个基因，根据计算机比对的结果，刘彤也清楚地看到，胡一文收集的那些标本中有一些含有剧毒的肉毒杆菌毒素基因。

当江山获知这个信息时，经过讨论，结论是显而易见的：这可能是一起严重的基因事件，说不定带有非法目的。只是我们目前尚不清楚具体情况，也不知道胡一文的标本是怎么回事。我们唯一的知情人和线索就是胡一文。关处得到的指令是要不惜代价，确保胡一文回国。

这个命令使得胡老先生单位的退休职工体检提前进行。医院的体检复查通知也自然成为了必然。当然，随后的紧急住院、专家会诊、病危通知书等等自然也和江山脱不了干系。有些残酷的是这一切都必须瞒着胡一文的老母亲和老父亲。

江山的心一直在悬着，特别担心胡一文因为那个转基因玉米事件而不回来。在监听到老太太的电话并让 A 国有关人员确认胡一文已经在回国的飞机中时，江山才踏踏实实和胡一文一样睡了一个好觉。

而现在，为了稳妥起见，江山甚至直接到 Y 城的机场等候胡一文。而胡一文一直到汽车开出了半小时后才想起下飞机后看见江山的惊讶。

"哎，江山，你怎么知道我要回来，而且是坐这趟航班？"胡一文的确奇怪。

江山的回答则很随意："咳，我刚好来 Y 城出差，顺路去看看你父母，就碰上了这事。这都是你母亲告诉我的。"江山的漫不经心让胡一文相信了这个巧合。事实上，胡一文是根本没有心思去想这个问题，否则，以他的智商，怎么会找不到破绽呢？

胡一文回来了。

他老父亲的病自然是虚惊一场。从上海赶来的几位老专家会诊的结果自然不会有太大的问题，不过少不了进行后续处理。手术不用做，但吃药打针化验等等那是必不可少的。快八十岁的老人，怎么都会有一些难治的慢性病的。

胡一文自然是少了一块心病。他父母对整个事情的不知情显然为这事增添了太多的真实色彩，而胡一文的满腹心事则让这个阴谋自然而然地滑过去了。

老先生病情危机的解除必然要用一场酒席来庆祝，只不过，江山刻意把聚会限定在四五个老同学之间。聚会过后，江山邀请胡一文和他一起住在宾馆里，两人可以秉烛夜谈。江山创造这样的机会完全是给胡一文设定一种氛围，以便胡一文在没有任何戒心的情况下说出事实的真相。

而胡一文本来就有找江山谈谈的打算，这样一来，一切就顺理成章了。

江山终于明白了整个事情的经过。

这看来就是一起严重的生物恐怖案件。有人借助梦都公司的转基因玉米把这个毒素基因拼接进去，并散布到了全球各地。可怕的是，里面拼接了胡一文的年轮开关基因。按胡一文的设计，这个基因将在特定时间启动紧连其后的肉毒杆菌毒素基因，而后者将进行表达。这就意味着，这些玉米将造成食用者的集体死亡。尽管尚不清楚他们是怎么做到这一点的，也不明白他们的目的是什么，但这些只要有时间就一定可以查清楚。

而现在的关键是，如何阻止这个毒素基因的表达。这帮坏蛋把胡一文的控制开关基因放进去就是为了控制毒素基因表达的时间。胡一文知道，那个年轮开关基因中有一段序列决定了时间。那段特定的序列循环一次就表示一年，从序列测定的结果来看，它循环了三次，就意味着要过三年。现在是 2009 年，三年后是 2012 年。啊，世界末日呀。

这帮家伙要干什么。胡一文说完这些判断和分析，心里反而轻松了许多。其实，他是知道后果的。如果没有人出面阻止这件事情，那么到了 2012 年，这个开关基因一打开，毒素基因就会表达，这样，食用这种玉米或小麦的人就会立即死亡。那将是多么可怕的全球悲剧！

胡一文和江山两人都睡不着觉了。两人在宾馆的房间里各自想着自己的事情。

江山在和关处打电话。几分钟后，江山溜达到了宾馆的外面在通电话，而且时间长达一个小时。最后，江山得到了明确的指示：务必立即稳住胡一文，看看从技术上有什么办法阻止此事的发生。关处将立即向上级汇报，以获得下一步行动的指示。

而胡一文却在忙着与家里联系。他回来后还没有机会和丽莎电话，他得告诉她老父亲没事了。

江山回到房间后才知道，胡一文与他妻子联系不上。家里电话没有人接，而妻子公司里的人却说她没来上班。胡一文刚刚上网发了一个邮件给丽莎，告诉她老父亲没有问题，他自己则可能在几天后回去。

胡一文把这些事情告诉江山后，尽管对后果很是震惊，但他自己却把紧张的心放下来了。

在他的心中，剩下的事情其实跟他关系并不大。C国的官方已经知道了，他回去后也会跟菲尼亚谈，告诉他这件事情。以后这件事情如何解决，那是两个国家官员自己应该考虑的问题，用不着他胡一文操心。尽管这里面牵涉到年轮开关基因，但胡一文相信自己可以说得清楚，而且，这件事情是自己主动报告的，这已经证明自己的清白了。

第二天一起床，他就给妻子打电话。很奇怪，现在这边是早上七点，那A国就差不多是晚上八点钟左右，为什么没人接电话呢？丽莎不在家？那两个孩子也该在家里呀。昨天就没有联系上，胡一文心中有点没底。他又查看邮件，也没有妻子的回音。

怎么回事？他们出去买东西？吃饭？或者有什么事情耽误了回家？胡一文一个上午都没有挪窝，几乎每隔一个小时就拨打一次电话。一直到下午一点，也就是相当于那边半夜两点，家里仍然没有人接电话。

有点奇怪。家里不应该没人啊。胡一文很纳闷，江山也很是为他着急。

　　胡一文干什么都没有心思，而江山也只好陪着他，却无法讨论那个毒素基因的事情。江山提了几次毒素基因的事情，询问胡一文能否有办法从技术上阻止毒素基因的表达。但胡一文根本没有心情回答他的问题。

　　等到那边的早上九点钟，胡一文立即给妻子公司打电话，她的上司告诉胡一文，丽莎已经两天没来上班了。胡一文又给学校打电话，仍然被告知两个孩子也是两天没来上学了。

　　胡一文傻了！

　　出事了！一定是出事了！

第 22 章

已经一连两天没有联系上丽莎母子了。

胡一文心急如焚，异常狂躁，只知道一遍一遍地打电话、发邮件，除此之外，他想不出还有什么其他的办法。他甚至打了他的邻居的电话，央求他们去看看自己家里出了什么事情。邻居总算好说歹说去看了一下，却告诉他家里没有人，大门是锁着的，按了半天门铃没有人来开门。

这下，胡一文彻底崩溃了。他一言不发地躺在床上，江山说什么都没有用。一直过了几个小时，他又疯狂地拨打了无数次电话，才颓然地坐下，让江山帮帮他，看看是怎么回事。

江山其实在胡一文疯狂的这些时间内并没有闲着，他也在分析到底出了什么事。见胡一文总算有点消停，便要他把回国前后这些日子都发生了什么全部讲述一遍。

听完了胡一文的讲述，江山估计应该是出事了，而且就和这起毒素基因事件有关。

"不，不可能！"胡一文绝不相信，"没人知道这件事。如果要出事，早就出了，怎么刚好我回国才出事。一定是别的事情。"胡一文大叫大嚷。

江山却很平静，"你在回国前一天把这事告诉你以前的导师了，对吧，我听你刚刚说过。"

"他？菲尼尔？不可能吧？那会儿他正急着去开会呢。"

"可他听明白了你的事情，对吧？只是他不太相信。我分析，应该是他报告了官方。"江山分析道。

胡一文将信将疑。他立即把电话打给了 A 国的菲尼尔办公室。

不巧的是，秘书告诉他，菲尼尔不在。秘书也不知道他干什么去了和什么时候会回来，同时也和他联系不上。

胡一文订了机票，他要立即赶回去，他已经迫不及待了。但江山阻止了他，告诉他，这种时候回去很可能会被警察抓起来。因为没有人会相信他是清白无辜的，必须搞清楚那边是怎么回事才能回去，否则失去人身自由，那就什么都干不了。

江山怎么可能让胡一文回去，他接到的命令是必须让胡一文留下来，帮助他们搞出阻止毒素基因表达的方案。

就在江山已经快要拦不住胡一文，准备动粗时，事情有了很大的变化。

胡一文不停地给菲尼尔打电话，在第四天的时候，秘书告诉他国家情报局的人把菲尼尔带走了。

是的，这个时候，正是安德烈插手调查并问询菲尼尔的时候。

这个消息让胡一文冷静了下来。

胡一文的彻底冷静却让江山不知所措。

"江山，你不要老跟着我。我不会有事的。"

江山有点尴尬，"啊，其实，我，我想……"

"你想要我干什么，我知道。现在我只想安静一会儿，你让我自己待会儿。"

江山没有办法，"那好，我在隔壁房间等你，有事叫我。"江山退出了房间。

坐在沙发上，江山很是郁闷。心里的一肚子话根本没法跟胡一文去说，而且胡一文也没有给他这个机会。对于胡一文的突然冷静，他有点把握不住。现在，他只好竖起耳朵监听着隔壁的动静。他又给楼下大堂内的下属打了一个电话，告诉他这边的情况，要他密切注意，如果发现胡一文下楼了，要立即通知他。

而胡一文一个人待在房间内，先是闷头想了一会儿，又抓起江山留在茶几上的香烟，点燃后抽了起来。胡一文并不会抽烟，立即被烟呛了一口，他咳嗽了几次后，慢慢也有模有样地抽了起来。

时钟滴滴答答地响着，胡一文已经枯坐了近三个小时。差不多一包香烟都被他吸完了，烟灰缸内满是烟头。他站起来泡了一包方便面，慢慢吃完后，又倒头躺在床上。

也不知他想起了什么，他立即翻身起来，走进了盥洗室。不一会儿，里面传出了哗啦哗啦的流水声。

胡一文围着浴巾出来了。他擦干了身子，钻进了被窝，几分钟的时间，就响起了均匀的呼吸声。他竟然睡着了，而且看起来睡得很香。

江山中间曾偷偷进来过，看到胡一文熟睡的样子，没有惊醒他，又悄悄地退了出去。的确，已经好几天了，胡一文没有好好睡过，就连江山陪着他，也没有睡过一个安稳觉。江山真想自己也好好睡上一觉，但他不敢。他必须好好守着，谁知道在他睡梦中会发生什么。江山必须等到一切都安定了才能踏实。

等待的时间对于江山其实也挺难熬的。他又下楼去买了一包烟，顺便通知楼下的兄弟一声。这已经是他今天买的第三包香烟了。

在烟雾袅绕中，江山在想如何说服胡一文留下来，他预感到胡一文在睡醒后会有一个决定，但无论是什么决定，他都必须让他留下来。

这是命令，江山必须完成，就算迫不得已，动武也要让胡一文留下。

当然，最好的结局是胡一文自己同意，而说服他的理由却不少，比如祖国的需要，挽救他的父老乡亲，解救他的妻子儿女等。江山想了很多的理由，但他绝望地发现，无论什么样的理由，胡一文都有不容置疑的理由可以要求回去，因为他的妻子孩子在那边，而他们却踪迹全无、生死不明。

江山万万没有料到，他整整想了几个小时的说辞，在面对胡一文时却一点用处也没有了。

胡一文甚至都没有让他说出几句话，就做出了自己的决定。

再次面对江山，胡一文异常的平静。他同以前一样穿戴整齐后打电话把江山叫了过来。江山发现胡一文的精神面貌跟前几天很是不同，恢复了他以前的样子，而且更多了几分坚毅。

"来吧，老同学，你不是要找我谈吗？那现在咱们就谈吧。"胡一文指指茶几边的椅子，很像一个主人邀请客人坐下。

"这样，江山，在咱们谈话之前，我要问你几个问题，请你如实回答。"

"可以。"江山简明地答应，心里却不知道胡一文要问什么。

"请你代表官方告诉我，这次我发现的这个毒素基因事件的性质以及你们的打算。"胡一文的问题很是让江山出乎意料。江山感觉到，这个问题说明胡一文远比自己想象的要聪明得多、复杂得多，他应该预感到了不少东西，而那些东西距离真相应该不远。

江山决定如实回答："从目前你讲的情况分析，这可能是一起很严重的生物恐怖事件。我们目前并不清楚这是什么人干的，他们的目的是什么。我们正在调查，相信不久就会有结果。但目前最急迫的事情是，如何阻止这个事件在 2012 年发生，我们很想知道你是否有技术方法来阻止事情的发展。事实上，我们正在组织一批研究人员从技术上讨论方案，而其他方面的应急方案我们已经着手准备了。"

胡一文点点头。他又问道："以你对 A 国的了解，他们的做法也会一样吗？"

江山考虑了一下，回答道："一文，说实话，我们现在还不清楚这是不是 A 国官方针对我们的行动，还是他们也是受害者之一？不过，无论怎样，他们的应对办法应该和我们一样。当然，他们也可能会拼命阻止我们的行动，如果这是他们的阴谋的话。"

胡一文停了一下，又问道："那我在其中应该是一个比较关键的环节了？"

"是的。一文。"江山觉得可以适当表达对他的特别重视，"从技术解决的层面来看，你无疑是最好的人选，尤其对于我们。而且，我相信，A 国也是这么认为的。如果有人能够从技术上阻止这事的发生，你是最可能的。"

"那么，为了得到我，他们可能绑架我的家人，而你日夜不停地看着我，是不是也怕我跑了？"胡一文说完，眼睛直盯着江山。

江山有点害怕胡一文的眼神，但他还是一点也没有躲闪。"事实上，你目前就是阻止这起生物恐怖事件的突破口和主动权。所以，任何一方都不会放过你，这起事件的制造者更不会放过你，尽管我们还不知道这个组织是谁。而且，从你的人身安全来说，我也必须保护你。"到这个时刻，江山觉得没有隐瞒的必要，应该让胡一文清楚一些东西，这对于说服他留下会有好处。

"那么，你认为我的家人会有危险吗？"胡一文的语态让江山知道回答这个问题应该很客观，而且要慎重，这恐怕是留下胡一文很重要的一个考虑。

江山没有着急回答，而是点了一支烟，慢慢抽了一口。然后，他抬起头，直视着胡一文，诚恳地说："这个问题，我只能帮你分析。我并不是绑架者，但我可以设身处地地去分析绑架者的动机。"

胡一文明显感受到了这份诚意，点点头。

江山接着说："从目前的情况来看，丽莎母子被绑架的可能性非常大。如果是这样，那么可能有两类人会绑架丽莎他们。一是事件的制造者，绑架他们是因为你发现了这个事，也是为了不让你参与技术解决方案。另一类绑架者可能是 A 国官方，他们或许带走了丽莎母子，目的可能也是为了让你回去为他们干活。而且，即使你回去帮他们干活，他们也一样不会放过丽莎他们，除非你找到了技术解决方案。而且，我怀疑，在特殊的情况下，他们甚至可能把你当成替罪羊。但，无论怎样，丽莎他们应该都是安全的。因为，目前让他们死对这起案件没有任何好处，反而可能激怒你。相反，有了丽莎在手，你回去最好，如果不回去，将来他们也有筹码。"

停了一下，江山觉得应该更深入一些，就接着说："从现在来看，我认为你留下来结果会更好一些。因为，不管丽莎母子在谁的手里，你回去都很被动，而且路上可能会有危险。我担心事件制造者会在半路追杀你。即便不是这样，如果出现你和丽莎母子分别在不同的人手中，那情况就更复杂了。而且，退一步说，即便你回去为官方做事，也不排除他们把你当替罪羊的可能，那样，问题就很难办了。我认为，最好的办法是，你留在这里，帮我们搞出技术解决方案。我们一方面帮你寻找和营救丽莎母子。而且，如果你搞出了技术解决方案，也可以当做谈判的条件逼对方放人。这样的处理目前看来最安全，也最有把握。否则，丽莎母子和你的安全都可能会有问题。"

说到这里，江山小心翼翼地说道："另外，对于我们，目前也别无选择了。"江山相信胡一文能够听懂这句话。江山有点难过，但他不得不这样说。

果然，胡一文点头了。他没有说话却拿起了香烟盒，从里面抽出一支，再慢慢地打着了打火机。他的右手停在空中，让打火机燃烧着火焰，却用左手夹着烟，含在嘴里，全身往前倾，努力去够这个打火机。胡一文用这个奇怪的姿势点着了香烟。他狠狠地吸了一口，随着烟雾的弥漫，他的身体收了回来，背靠在椅子上。

时间在一分一秒地过去。烟雾在一点一点地上升。胡一文在思索，江山没有打破沉默，他在等待。

"好吧，我没有什么可问的了。我会留下来帮你，但有两个条件。"胡一文平静的声音传入了江山的耳膜。

江山心里大大地松了一口气。他知道，自己想了几个小时的理由全是废话，不用多说了。他也相信胡一文不是赌气，或是假装，因为他很平静，而且，看得出来，很真诚。

"第一，如果我帮助你们搞出了技术解决方案，你们必须帮助我解救丽莎母子三人。我需要你们全力的支持。"

"这一点没有问题。其实无论你留下与否，我们都会帮助你。这本来就是我们应该做的事情。"江山很肯定地回答。

"第二，在这件事情结束以后，我可以选择离开，你要保证我的来去自由。"

"可以。"江山回答道。但其实他自己对这个回答并没有那么自信，因为这需要请示。而江山之所以这么快地给予肯定的回答，一是他希望坚定胡一文的决定，二是感觉以后还可以做工作，不在乎这一时。更何况，未来事情的发展还很难说，先同意再说。

江山在这一瞬间转了如此多的念头，胡一文又如何得知呢？

但胡一文却一点也不怀疑。

"好吧，那就这样决定了。我没有其他事情了。"

江山也没有什么可谈的了。他的任务只是留住胡一文，后面怎么操作要等关处来安排。两人简单商量了一下日程安排。先是与胡一文的父母告别，再是收拾行李回 B 城。

一路上，胡一文的表现很是让江山惊讶。他很沉稳，话也不多，基本上不再讨论丽莎母子的话题，但他也没有过多的忧虑，不像一个消沉的人，相反，他好像在思考着什么。

其实，海量的思考和焦虑早已经折腾过胡一文了，只不过多年的人生经历让这样的煎熬只炙烤着胡一文一个人。他不习惯让别人在旁边看着他疗伤，舔舐着伤口。

胡一文清楚，如果不同意留下，等待他的将是可怕的后果。他闭上眼睛，但那些可怕的景象偏偏不停地浮现在他的眼前。

他自己四处逃跑，妄图躲开别人的追杀。或者被人关在屋子里，逼迫进行着实验。

他的妻子儿女被人绑架，遭人威胁。

他的父母在责骂他。

他的祖国和父老乡亲也在唾骂他。

……

如果留下，自己以前的一切将不复存在。

妻子儿女的安全也不一定有保障。

……

胡一文当时的感觉可比死亡更恐怖。你可以死，死亡对于你也很容易，但你却不能死，你还必须干一件你极为不情愿的事情，为的是先救你的妻子孩子，再救你的父老乡亲。

胡一文没有任何选择。他清楚的知道这一点，江山也知道这一点。

所以胡一文就这样进入了研究所，就这样开始了实验，开始了一个必须成功而且还有时间限制的实验。

胡一文还从未听说过这样的科学实验。是实验，就可能失败，就可能永远也不会成功，也可能会用很长时间，一年、十年，甚至几代人。而他胡一文，则必须用不到两年的时间去完成一个从未有人做过的实验，而且必须成功。

否则，他的妻子孩子会死，他的父老乡亲会死，成千上万的人会死，但他胡一文活着，孤独地活着，被人千古唾骂地活着。

在那一刻，他感受了前所未有的痛苦，他无比仇恨这个阴谋的设计者，也无比仇恨那个偷他基因的基因拼接人。他恨不得用牙齿把这两人撕成碎片。

现在，实验有了重大的突破了。胡一文仔细想想。做这个工作，并没有以前他想象的那样恐怖和可怕。如果没有丽莎母子的被绑架，一切倒也风平浪静，也不是不可以接受的。

等实验完全成功再说吧。等丽莎母子一切平安再说吧。

到时候，也许一切就是水到渠成了，也许你完全没有了选择的机会。

胡一文想通了这个问题。

他现在的精力主要放在实验上。初步的试验已经帮他找到了一个不错的配方，胡一文把这个配方命名为 HX 药物。

接下来，他要用试验来验证 HX 的功效。

另外，胡一文还有一件小事。刘彤给了他一堆资料，都是有关最新生物高科技在军事上的可能应用的资料。刘彤希望在下月召开的生物高科技的军事应用讲座上，胡一文将作为主讲专家来主持这个会议。

作为朋友，胡一文无法推辞。

作为科学家，胡一文痴迷于科学的发展，更无法拒绝。

第 23 章

和丽莎不一样，也和胡一文不一样，这个中秋的夜晚，A 国中央情报局的安德烈则显得有些兴奋。

因为他刚刚得到一个消息。

这个消息让他知道了他寻找了一年多的胡一文到底在哪里，也彻底明白了胡一文发现的其实是一个将在 2012 年给世界带来巨大灾难的生物恐怖事件。

安德烈值得庆幸的是，这个可怕的生物恐怖问题有可能得到解决，尽管代价可能略为大一些，但至少不用再担心那个该死的上司会拿走他的脑袋。

安德烈根据今天从情报部门得到的消息，终于搞清楚胡一文事件的来龙去脉。

为了这个该死的胡一文，安德烈已经被上司骂得狗血喷头。现在，知道了里面真实的内情，安德烈心里很清楚，如果把这些汇报上去，上司如雷的咆哮和漫天的唾沫肯定是免不了的。不过，从这个事情的严重性来说，安德烈也不得不承认，仅仅臭骂他一顿实在是大大的便宜了。如果后面的事情处理不好，说不定会掉脑袋。

现在好了，只要动动脑子，就可能拿到那个该死的 HX 配方。

作为 A 国负责基因安全的情报特工负责人，安德烈自然要为胡一文事件负责。尽管这半年来都没有搞明白具体是怎么回事，为此挨了帕特里奥不少骂，好在上司骂归骂，却没有什么实质性的处罚。

自从 20 年前从警校毕业到现在，安德烈一直在这个部门，并在5年前混到了目前这个位置。他挺满足，手下有不少得力的下属，自己在这方面的积累和背景让他的工作游刃有余。而且，令他高兴的是，基因操作，包括基因拼接和人工合成，这个技术越来越发达，一些稀奇古怪的事情时有发生。

当然，安德烈高兴的并不是那些稀奇古怪的事情，而是他的地位的显著提升。事情越多，越稀奇，安德烈捞取资本的空间和机会就越大。比如前些日子出现的人造生命的技术突破就因为其军事用途让他甚至见到了国家安全顾问助理。那可是个大角色。安德烈一直希望自己的地位离这个人近一些，不用沐浴现在上司可恶的唾沫淋浴。

但，安德烈想想就很恼火。作为一个精明的特工人员，这个毒素基因的整个事件他都被搞得糊里糊涂。安德烈记得所有的事情过程是怎么发生的。

先是警察局来人报告说N大学的一位教授认为现在的转基因玉米中可能含有剧毒的毒素，危害国家安全。而且，有关人员突然去了C国。只是这份报告也承认，这些没有任何证据，只是那个去C国的科学家对那个教授所说的片言只语。

安德烈简单看看这个报告就丢在脑后。手里有这么多事情要做，谁有工夫去搭理一个老疯子的胡言乱语，更何况没有任何证据。

然而，过了几天，更多的消息从警察局报来。那个可能与此事有关的华裔科学家去了C国，而且到现在仍未回来。另外，更怪异的是，在他走后的一天后，他的妻子和孩子全部失踪了。这是他妻子的上司向警察局报告人失踪的消息，因为她丈夫也打电话来寻找她。警察局联系到那个教授的报案，认为事关重大，于是上报了安德烈。

安德烈把整个事情梳理一下，发现确实有些问题。

坐在他的转椅上，安德烈在他的办公室与那个报案的科学家菲尼尔见面之后，安德烈认为有必要立案调查。他预感到这将是一件很麻烦的事情。他的好日子有可能要泡汤了。

这个预感是在与那个秃顶的科学家菲尼尔见面五分钟后产

生的。

"你凭什么认为胡一文失踪与那个什么毒素基因有关联呢?"安德烈到此时仍然认为那只是一个简单的人员失踪问题,根本没有什么可怕的毒素基因的鬼话。这一切都是那帮无能的警察为了自己的前途而编造出来的。安德烈认为自己负责生物安全已经五年了,如果有什么毒素基因事件,那他应该是第一个知道的人。

菲尼尔有点生气,他已经是第三次给有关人员解释这个问题。他本不想再说,但看得出来,眼前这个满脸横肉的家伙可能是真正的主角。

"胡是我们学院最好的一个教授,他也曾是我的学生,我了解他。他从读博士以后就一直留在我们这里,已经十几年了。"菲尼尔还想再说,被安德烈粗暴地打断了。

"教授,请你讲关键的东西,其他的事情如果有必要,我会问你的。"安德烈不耐烦地喷出了一口雪茄。

菲尼尔只好咽了咽唾沫,简短地说:"胡在失踪前几天来找过我,他说他的研究成果被人用在了一个毒素基因上,如果不加以制止,将带来很大的麻烦。"

"很大的麻烦?他是这么说的吗?"安德烈追问道。

"是的。"菲尼尔肯定地回答。

安德烈的脸色变得严肃起来:"教授,请把那天你与胡的谈话细节尽可能地告诉我,我需要知道这些。"安德烈按下了桌上的一个白色按钮,马上有人敲门进来。

"请给教授准备一杯咖啡。""是的。"来人迅速退出。不一会儿,一杯芳香四溢的咖啡端了进来。

菲尼尔喝了一口,给自己找了一个舒服的姿势,开始了从容的回忆。

其实,菲尼尔的回忆并没有太多的实质性内容。

事实上,那天胡一文去找他的时候,菲尼尔急于去参加那个学院的学术委员会的工作会议。他能记住的东西就是胡一文告诉他有人把胡一文的研究成果和肉毒杆菌毒素基因拼接到了转基因玉米当中,而这可能会引起中毒死人。除此以外,菲尼尔并不比安德烈知道的更多。

但这些已经足够了。

安德烈突然搜查了胡一文的实验室。

他至少得到了几个关键的东西。一个装着十几小袋玉米的标本袋。另外就是在基因序列测定中心找到的几十万份基因序列图。可惜的是，他们只是要求基因测序中心的扎妮卡小姐把资料给他们，而并没有耐心地询问扎妮卡。

他们忽略了不少细节。

这个疏忽让他们花费了一年多的时间和无数的金钱，即使到最后也没有找到关键的人物。

比如拉达丽和郭建人。再比如，那些玉米是在哪里找到的，也是安德烈的手下疏忽的地方。

作为真正的特工人员，他们远没有江山他们思维缜密，注意细节。

对找到的那些玉米的重新检验并测定基因序列的任务，自然落在了菲尼尔教授的身上。而菲尼尔又把这个任务交待给了拉达丽。遗憾的是，尽管序列测定结果和比较数据跟胡一文的结果类似，而且他们也从玉米标本袋上的标签知道了这些玉米来自哪里，但，他们并没有胡一文的年轮开关基因。从测序结果看，这是一段未知的基因。

当然，这并不妨碍菲尼尔得出结论。

菲尼尔向安德烈报告的结论是：至少有一些转基因玉米含有剧毒的肉毒杆菌毒素基因，而庆幸的是这些玉米中的毒素基因尚未表达，也就是说这些玉米目前没有毒性。不过，基因序列测定结果表明有一段未知基因无法识别，即便是国际基因库也不能告诉我们那个基因是什么，但考虑到胡一文研究的正是年轮开关基因，我们有理由怀疑这是一个控制基因。或许在一个特定的时间，这个毒素基因可能会开放，那时，这些玉米将成为可怕的杀人武器，而不是粮食。

菲尼尔不愧是资深的生物技术专家，他得出的结论和胡一文的判断基本相同，也和哈立德的"玛雅男孩"计划大致吻合。

安德烈为了搞清到底是哪里的玉米出了问题，他派人到 A 国各地凡是生产玉米的地区采集样品，以找出可能会有危险的区域。同时，他下令，不管是玉米，还是小麦，或者水稻等各种农作物，都要采集样品进行检验。

两周后，从全国各地收集到的转基因玉米和小麦等陆续汇集到菲尼尔的实验室，所有的标本都交给序列测定中心的扎妮卡小姐，由她安排基因序列测定。扎妮卡小姐提供的最后的检测报告说明，有不少地区的植物中的确含有剧毒的肉毒杆菌毒素基因和另外一段未知基因。

当各种检验报告源源不断地递到安德烈的手里后，安德烈苦难的日子便开始了。

不过，安德烈庆幸，这些植物只含有毒素基因，并没有毒素蛋白，这就意味着到目前为止，这个基因还没有危害。

但联想到那个失踪的科学家胡一文主要研究基因控制和开关，安德烈的冷汗就冒了出来。

鬼知道什么时候这个基因就被打开了，那样的话，会有无数 A 国人吃着吃着饭就去见了阎王。

安德烈清楚，这就是一起非常严重的生物恐怖事件。

按照 A 国制定的应急处理总原则，"先阻止蔓延，再找出病因"。因此，上头对这种事情最关注的就是如何防止灾难的发生，也就是需要控制办法。安德烈苦闷的是，连具体怎么回事都没有搞明白，怎么去制定控制方案呢？

他立即安排菲尼尔教授研究那段未知基因，同时提出技术解决方案。

现在，让安德烈很不安的事情是，他该怎样向他的上司报告这件事情，而且，作为这方面的负责人，下一步该怎么行动也是他要提出的建议。否则的话，如果只是一个简单的案例报告，那个可恶的上司一定会把他骂得狗血喷头。

另外，他能想象到，当那个咆哮的上司给他描绘这个悲惨的结局时，安德烈肯定要禁不住浑身发抖。而夸张地描述一个很不好的结局是上司很喜欢做的一件事情。

安德烈不让自己往下想，又控制不住地联想到那样的场面：国内一片恐慌，谁也不敢随便吃饭。舆论哗然，民情激荡，当局者被撤职查办，总统被弹劾。影响如此重大的恐怖事件情报局居然事先没有一点察觉。

想到这些，安德烈腿都发软，一向很结实的心脏在砰砰乱跳。仿佛想象中的上司那一连串愤怒的指令在他的耳边回响。

第 24 章

怎么办？

是先隐瞒一阵子，等到菲尼尔教授搞出技术解决方案后再给上司汇报？还是立即汇报？或者，是把目前得到的所有信息全部上报，还是只轻描淡写地简单提一下此事？安德烈有点拿不定主意。

千万不要认为这是小题大做，只是一个如何汇报的问题。实际上，这个问题处理的好坏，有时会直接影响最后的结局，而这将直接关系到安德烈能从这事上捞取多少晋升的资本。安德烈对此类重大事件一向很敏感，并且慎重，否则凭他自己很一般的背景和能力，怎么能爬到现在这个位置？

无奈，安德烈只好采用老办法。每当他束手无策时，他都会这样做。

安德烈去银行提出一些现金钞票，他要去见见他原来的老上级，那个叫特尼的家伙跟安德烈现在的顶头上司帕特里奥是同期同学。

特尼知道怎么对付帕特里奥，只是特尼每次必须让安德烈出点血。那是一个见钱眼开的家伙。

带着这种烦闷的心情，安德烈乘飞机到达了拉斯维加斯。

他已和特尼通过电话，知道这个家伙这个时候会在哪里。特尼特别喜欢玩德州扑克，尤其是无限注德州扑克。在退休之后，他经常光顾这个赌场。

其实，安德烈挺喜欢赌城，也喜欢赌博，只不过他更喜欢的游戏是黑杰克 21 点。从某种意义上说，他不太喜欢那种需要很多算计的游戏。安德烈认为，做情报工作，已经够让人费脑子了，如果休闲的时候还不让脑子休息，那这种生活就一点也不让人留恋了。

两分简单的算计再加上八分的运气，这就是安德烈需要的休闲。

而他的老上级特尼，却和他刚好相反。

他的观点是，脑子就如同机器，越用越好用。对于特尼而言，德州扑克这样依靠七分算计三分运气的游戏很符合他的胃口。

安德烈大概每半年会和特尼到赌城玩一次。每次赌完之后，无论输赢，他们都会找几个漂亮的小姐狂欢一夜。当然，赢了钱的话，也许会多待一天。这是特尼没有退休前的生活规律。

自从他退休之后，几乎每年有三个月泡在赌城。而这三个月，正是全球的德州扑克大奖赛的比赛时间，这可是全球的德州扑克爱好者聚集在拉斯维加斯的例行时间。特尼当然不会放弃，而实际上，这个家伙也有点小本事，每年在这里都会赢不少钱。尽管这些钱比起他干情报工作时私自贪污的要少很多，但特尼已经只能用这个办法弄钱了。

另外一个赚钱的办法就是与安德烈单挑，每次不让安德烈输掉两万美元决不罢休。安德烈自然也不会太吝啬这点小钱，因为每次他向特尼讨教的事情总很麻烦，而特尼的办法以及他在局里的老关系可以帮安德烈渡过难关或者安全地弄到更多的钱。

一出机场大门，安德烈径直走向米高梅酒店的直达班车。这种免费的班车是各赌场为吸引客人而安排的，这倒给人们带来不少的便利。

下车后，安德烈躲开那些草绿色的玻璃幕墙反射过来的耀眼的光线，走向米高梅度假村酒店的大门。

米高梅广场是赌城最大的娱乐广场，坐落于赌城的中心区拉斯维加斯大道及热带路的交会十字路口上。而米高梅度假村酒店则是拉斯维加斯最大的酒店，也是世界上最大的酒店。

进门前，安德烈就和每次一样，驻足大约半分钟看看门口那只被喷泉围绕的巨大的金色狮子。这尊高达45英尺的镀金狮子堪称全美最大的铜雕像。每次，安德烈都会向它祈祷自己的好运。这次自然也不例外。

一进入大门，就看见采自意大利的大理石衬托着各种光怪陆离的装饰，耀眼夺目、极尽奢华。安德烈看都没看就拐向右边的赌场。他知道，左边的那条路通向米高梅历险游乐园，是拉斯维加斯规模最大，也最受大人和小孩欢迎的娱乐中心。在33英亩的场地内分成九个主题区，歌舞、立体声影片、现场表演每日不停上演。尤其是巨大的青少年电子游戏中心，那可是安德烈十三岁的儿子罗杰斯的最爱。

往前走不远，就可以进入赌场了。走进这个拉斯维加斯最大的赌场时，安德烈总感觉到自己的渺小。

这个赌场的面积也确实非同小可，赌场有171000平方呎之大，相当于四个足球场那么大，光是老虎机就有3200台。无数的人们日日夜夜地坐在老虎机前，盼望着那哗啦啦的筹码响个不停。老虎机安静地吞噬着人们的金钱，对于眼红的人们，它却孕育着歇斯底里的希望。

安德烈轻车熟路地穿过老虎机区域，再穿过密密麻麻的德州扑克散户区，直接走向其中一间贵宾房间。上面的标志标明这儿属于德州扑克的世界。

德州扑克，20世纪初开始于德克萨斯洛布斯镇。据传是当地人为了消磨时光，就发明了一种可以有很多人同时参加的扑克游戏，于是德州扑克就诞生了。以无上限投注德州扑克为主要赛事的"世界扑克大赛"（WSOP）自上世纪70年代登陆美国以来，比赛在赌城拉斯维加斯的各大赌场举行。其中以冠军大赛的奖金额最高，参赛人数最多，比赛最为隆重，北美各地的体育电视频道都有实况转播。这一赛事能够完全反映德州扑克在北美的流行程度与发展趋势。

"世界扑克大赛"是所有的扑克锦标赛中一项最权威、最受尊重的赛事。而随着电视、媒体对各种国际比赛的直播，特别是互联网的传播与宣传，毋庸置疑，德州扑克已经成为了所有扑克游戏中最流行的一种玩法。

在美国，如果有人说他在玩扑克游戏，那多半就是在玩德州扑克。德州扑克以其易学难精的特点在世界上吸引并凝聚了数量庞大的忠实玩家，受到各国棋牌爱好者的青睐，成为了当今风靡全球的经典扑克游戏。而德州扑克也被人称之为"学一时，精一世"的扑克游戏。

推开贵宾厅的大门，安德烈就看到了一张大圆桌，里面已经坐上了八九个人。不过，从脸色看，好像已然经过几次大洗礼了，只有少数几个人露出了轻松的笑容，而大多数人的神态却很严肃和紧张。

看到安德烈进来，特尼大声嚷嚷："嗨，安德烈，快过来，你来的可真是时候。这儿可全是小鱼儿。"特尼粗鲁地推开他身边的一个玩伴，让安德烈坐在这张椅子上。

安德烈对那个挪位置的人歉意地笑笑。他知道，这个时刻一定是特尼赢了不少钱心情很是高兴的时间，安德烈很庆幸自己又赶上了好机会，今天晚上，牌局结束后，特尼一定会给他传授很多的秘诀。否则的话，即便你怎么求他，他也会惜字如金。

服务生给安德烈把现金换成筹码。安德烈在赌场从来不使用信用卡，他只用现金。这样，当现金用完时，也就是他离开赌场的时候。安德烈对度的把握让他得到了许多，并避免了更多不必要的风险。

而当年，特尼正是看中了他可以控制自己的能力，才选择了安德烈来继任自己的位置。

今天晚上，安德烈设定的筹码是三万美元。他其实一共提取了五万美元，但他必须留下两万美元在随后和特尼的单挑。因为，这次安德烈所遇上的事情比较麻烦，他必须设法让特尼的心情好起来，而两万美元则足以让特尼兴高采烈并吐露许多值钱的东西。

简单地适应了几把牌，安德烈有点熟悉了身边那几个牌友的叫注风格。他准备打起精神来好好玩玩，说不定可以从这些鱼儿身上弄到一些。或许，今天晚上，他即便输给特尼两万，也可能从那些鱼儿身上捞到更多。

在德州扑克中，那些技巧较差并大把输钱的家伙经常被人称为"鱼儿"。安德烈玩德州扑克的本领并不差，只是他不喜欢这种算计的游戏，但这不代表安德烈不会算计。

事实上，这几年来，他的本事比起特尼而言，只略差一点，而特尼，基本已经是一条鲨鱼了。

德州扑克中，人们喜欢把那些技艺特别高超赢钱无数的家伙叫做"巨鲨王"。特尼的"大鲨鱼"绰号是那些经常一起玩牌的牌友送给他的，这也说明特尼已经达到了一定的高度。

安德烈从筹码的多少也已经判断出局势。他和特尼对面的两个家伙有点实力，基本上，除开他是新来的，其他人面前的筹码已经不多了，特尼面前的筹码堆得最高，剩下的就基本全在对面的那两人手上了。

看到这里，安德烈突然明白，特尼让他坐在右手边是有深意的。如果特尼的牌好，可以多赢安德烈的一份钱，而如果牌不好，就可以在安德烈之后逃之夭夭。

嗯，这很符合特尼的性格，安德烈心中清楚，特尼正是这样的一个人。朋友往往是用来遮挡危险的。如果朋友有些利益，特尼会毫不犹豫地跑来共享。

安德烈制定了自己的策略。

输给特尼，那是天经地义的，因为自己有事求他帮忙。他今晚要收拾那两个家伙，争取也有点小收获。他注意到那两个人的牌风有点奔放，这就意味着，如果你有一把好牌，一把牌把他们清场的可能性就会很大。

但你需要做的首先是制造一个假象，让他们认为你是一条"鱼儿"，这样，你在拿到一把好牌时就不会引起他们的重视，就会逼得他们最后"梭哈"，这样，你就可以一把定胜负，把他们的筹码全部席卷到你的怀里。

假象和机会。在随后的三个小时内，安德烈一直贯彻着这个战略。其实在德州扑克的牌桌上，要做到这点很不容易。因为"鱼儿"是要输钱的，而你却不能在好牌机会来临之前只剩下一点筹码，这样怎么可能一把把别人清场呢？但问题是，如果不输钱，别人又怎么会认为你是"鱼儿"呢？这就要给对手一个错觉，你能赢钱，那纯粹是因为运气好，而输钱则是必然的。你要控制住每把牌的叫注和你的表情，要让你的筹码在慢慢地下降，但其实你输的并不多，同时又给人你是"鱼儿"的感觉。

关于"鱼儿"，德州扑克游戏规则中有这样一句名言：如果你不能在半个小时内找到牌桌上的"鱼儿"，那么你自己就是那条"鱼儿"。

给对手一种你是"鱼儿"的错觉，你在牌桌上就可以稳操胜券。如果你能给对手这样的感觉，那你就有可能在有一把好牌的机会下，一举奠定你筹码的优势，然后，激起你的对手想翻本的冲动，再把握机会就容易多了。

说到底，赌博只是自己控制自己的游戏而已，但这一点因为牵扯到巨大的利益，在那种情况下能够控制自己实际是很难做到的，更何况你还要玩弄计谋，制造假象，算计别人。

赌博本来就是一个自玩和玩人的游戏。

而安德烈恰好就是一个自我控制能力很强的家伙，这已经在游戏中占了上风。这样的本领再加上这两个多小时的铺垫，安德烈终于等到了一个好机会。

德州扑克的规则是这样的：每个人会先发两张牌，然后公共牌会先发三张，再发一张转牌，最后一张是河牌。一共有五张公共牌，但每人最后可以从中选出三张牌和你手上的两张牌任意组合成五张牌，然后所有人来比较自己手上的五张牌组合谁最大，谁就取得最后的胜利，赢得所有的筹码。在每轮发牌时都可以跟注或加注，要看对手的情况而定，当然也可以弃牌。

最后五张组合牌的大小是有规定的，一般大小是按照皇家同花顺、同花顺、四条、葫芦、同花、顺子、三条、对子和杂牌的顺序来比较的。

因此，同花顺在德州扑克中是一把巨大的牌，任何一个玩家都不会轻易放弃这样的牌。换言之，如果你拿到这样的牌，无论多大的赌注，你都会跟注或加注，直到你所有的筹码全部放进去，而这就叫做"全下"。

但你不能在前面几次叫注时就叫"全下"，这样你会吓跑你的对手，你必须在前面几轮玩点小计谋，到最后一次叫注机会时"全下"，这样奖池里的筹码已经让对手不甘心放弃，同时他又认为自己手中的牌也很大，也就会跟你一样，"全下"。如果你的牌大，基本上就可以一把清场了。

现在，安德烈就有这样一个好机会。

尽管公共牌只发了三张，还有两张没有发下来，他手上已经可以组合成一副巨大的牌：同花顺。安德烈心里一阵乱跳。千载难逢的好机会，要不动声色地钓鱼。相对示弱。如果对手手里的牌还可以，比如是一把同花，那这样的牌就可以赢很多钱。因为谁也不肯放弃这么好的大牌。

而事实上，这看来是一个很难得的火并场面。因为在场的四个人好像都拿到了好牌。

对面的那个胖子估计牌很大，而另一个满脸胡子的家伙牌也不小，更有趣的是特尼也来凑热闹，难道他的牌也不错？从叫注的筹码来看，第二轮就火药味很浓。

转牌还没发下来，大家面前的筹码已经放进去差不多一半了。每个人都清楚，对手都有拿到好牌的机会，现在就看你是已经好牌在手了，还是要等待另外两张牌的机会。

转牌发下来了。那个大胡子尽管已经损失了将近三分之二的筹码，还是选择了弃牌，估计是没有等到他要的牌，而最后河牌的机会可能很小，他遗憾地放弃了。

轮到大胖子叫牌了。看来是一把很不错的牌，他加注了，把手中的筹码放进了四分之三。轮到安德烈了，由于同花顺在手，不用再等什么机会，这是一把绝好的大牌，没有什么可以犹豫的，他很想"全下"，但想想还是先跟注吧，不能把对手吓跑了。他假装犹豫了很久，才决定跟注。

有趣的是，特尼好像也拿到了一把好牌，但看上去还没有凑成大牌，可能要等最后一张河牌，特尼犹豫了半天，还是选择了跟注。

安德烈看到大胖子眼里的光芒一直在盯着特尼。他知道，这两个小时的努力没有白费，大胖子根本就把他当成了"鱼儿"，眼睛只管盯着特尼，而大胖子显然判断出了特尼的牌还没有凑好。当轮到大胖子叫注时，他竟然毫不犹豫地推出了所有的筹码。"全下。"

到了清场的时刻了。

这一瞬间，安德烈怀疑自己的好牌还不够大。大胖子肯定有一把巨好的大牌，否则不可能这么有信心要战胜两个对手。安德烈犹豫地想起自己的牌，这绝对应该是很大的牌了，如果这种牌都会输，那是天意。安德烈一把推出了所有的筹码。"我也全下。"

这个动作让大胖子有点吃惊，他好像此刻才注意到安德烈的存在。这就是假象的妙用。安德烈得意地想着。

轮到特尼了。他显然也是大牌。事情已经逼到这个份上，手里的筹码已经放进去四分之三了，留下这一些已经很难翻本了，赌了。特尼也同样"全下"了。

三个人全部都是"全下"。

但只有特尼眼睛在盯着牌桌，牌桌上红心Q、红心J、红心10和两张其他的杂牌。他翻开了手上的牌。也是红心5和红心6。红心同花。但这个牌显然没有大胖子的牌大。他得意地亮出了手中的牌：四条Q。

真是不错的大牌。大胖子哈哈大笑，已经伸出双手，准备把所有的筹码划到自己的身边。看来，安德烈的假象做得太成功了，大胖子根本没有把他放在眼里。不过，凭心而论，四条在德州扑克中的确是难得一见的大牌。

但，且慢，"看看我的牌。"安德烈"啪"的一声翻开了自己的牌。大胖子哈哈的笑声戛然而止，伸出的双手还没有合围，就那样僵在那里。Q带头的红心同花顺。刚好比那个Q四条大一级。

安德烈彻底赢了。几乎这张牌桌上所有的筹码都归他了。

这好像不完全是运气。这是计谋，这是算计，这更是天意！

赌博，以安德烈的理解，实际就是对局势的判断和计谋的运用。在局势不利时，比如牌不太好的时候，要警惕，避免落入别人的陷阱，把损失降到最低。而在局势有利时，比如拿到了一手好牌，则要尽量发挥它的作用，运用计谋，将利益最大的扩大化。

　　其实，在赌博中，最差和最好的牌都相对容易操作。最难的是拿到一副中等偏上的好牌，往往把握不好损失最大。这个时候，最需要你的判断和敏锐，既要有效躲避别人可能比你更大的好牌，又要善于猎取那些弱小的猎物。

　　赌博如此，生活中难道不也是如此吗？

　　等到其他人沮丧地离开了牌桌，特尼沉着地对安德烈说道："我们找个地方聊聊吧。我喜欢运气好的人。"

　　安德烈知道，特尼惦记着他那两万美元了，不过，筹码在手，安德烈今天的目的也一样能够达到了。

　　两人一同回到了特尼的房间。

第 25 章

在这个米高梅酒店很普通的房间内，两人分别坐在橘红色的沙发上。

特尼拿出了一瓶好酒和两个杯子。他一边倒酒一边对安德烈说道："我特意准备的红葡萄酒，请你尝尝。这种酒目前频繁出现在美国和中国这两个大国的国宴上，据那些美食专家声称，这是目前不成文的美食国际惯例。"

紫红色的酒液盛在晶莹剔透的玻璃杯里，在灯光的映照下煞是好看。安德烈端起酒杯，轻轻和特尼碰了一下，再摇晃几圈，闻闻味道，葡萄的清香扑鼻而来。安德烈经不住诱惑，喝了一小口。

"怎么样？味道如何？"特尼一直在盯着他的反应。

"嗯，真不错。"安德烈有点陶醉了。

"当然，这种酒可是现在的葡萄酒中的新贵。"特尼很是得意。

安德烈注意地看看旁边的酒瓶。张裕爱斐堡酒庄赤霞珠干红。真是好酒。安德烈打定主意回家后也去买一瓶。

喝完了杯中酒，该进行两人的单挑对决了，这是一个必走的过场。安德烈只盼望这个过场尽快过去，他甚至都想直接把钱甩给特尼。

不到一个小时，安德烈就已经输了一万八千多美元了。这种没有悬念的赌博还叫赌博吗？不仅安德烈没有心思，就连特尼这个厚脸皮的家伙都不好意思了。他收起了手中的扑克，站起身来，又把刚刚的酒杯拿了过来，倒满酒，还从抽屉里拿出一盒雪茄。

"不玩了。抽支雪茄吧。"特尼发出了邀请。

安德烈求之不得，他早就厌烦了这样的游戏。正事还没办呢！他根本已经没有了兴趣。现在，他知道，到了聊正事的时候了。

在满屋子雪茄的香气中，安德烈对特尼说完了事情的全部经过。

"这真是一件棘手的事情，特尼，你帮我参谋参谋，下一步该怎么办？我该怎么向帕特里奥那个家伙汇报呢？"安德烈求助地看着特尼。

在安德烈讲述的过程中，特尼一改他那平时满不在乎、嘻嘻哈哈的样子。安德烈瞬间回到了从前的时光。这会儿的他正在给他的上级汇报案情，并等待着指令。

"这有可能是历史上最大的一起生物恐怖事件。"半天，特尼突然冒出了这样一句话。这句话吓了安德烈一大跳。

"不会吧，有这么严重？"

"其实你心里比我清楚，对吗？安德烈。"特尼眨眨眼睛。又补充道，"就它可能造成的后果来说，你见过比它更可怕的情况吗？"

安德烈没有吭声。这的确是很可怕。

"你千万不要想着先隐瞒，等你弄出点眉目后再向帕特里奥汇报。这种案件，如果处理不好，掉脑袋是很有可能的。我估计，就连帕特里奥也不敢耽误，这小子肯定会在第一时间向局长报告。不过，局长何时给国家安全事务顾问助理范特斯尼先生汇报，那就不好说了。"

安德烈被特尼说中了心事，但对特尼的忠告有点不相信。

特尼看到了这一点，"老弟，有些事情你可以隐瞒，有些事情你可以先斩后奏，但有些事情你绝对要及时上报，否则灾祸到了你头上你都不知道。"

"可是，我怎么判断哪些事情该怎么操作。要知道，在我的管辖范围内发生这么可怕的事情，我却事先一点风声也不知道，帕特里奥不会先给我安一个失职之罪吧。"安德烈还是有点担心。

"不会的。这么大的事他可不敢捂着。汇报给局长后，他只会推卸你们部门的责任，绝不会说你失职，否则，岂不是同样在责罚自己吗?"特尼点破了其中的奥秘。

"那我马上如实汇报?"安德烈仍有点不踏实。

"没错，从我这儿回去后，立即面见帕特里奥，当面口头汇报，然后再马上补交一份书面报告。越快越好，而且要有一说一。"特尼很坚定地指示安德烈。

"可我还没有想好这起案件下一步该怎么做?帕特里奥不会又骂我个狗血喷头吧。"安德烈想起上次挨骂，心有余悸。

"这种事情不会。你只要第一时间上报，并等待指令，你就不会有任何问题，否则，大祸将至。"特尼好像想起了什么，安德烈注意到了这一点。

"你肯定吗?你肯定我照你说的去做没有问题?"安德烈越发不安。

"唉，老弟，这可是我那同学用生命换来的教训。或许，到了该告诉你的时候了。"特尼突然间变得消沉了许多，拿着雪茄的手很久没有动弹。"我本想把它带到地狱去的。"特尼根本没看安德烈疑惑的眼睛。

看得出来，特尼陷入了深深的回忆。

一会儿，特尼开始了诉说，而安德烈则在一旁静静地听着，这个故事其实他也曾听说过一点风声，只是他从来没有想到会是这样的内幕。

那是将近三十年前的事情了。那时的特尼正是年轻气盛的时刻，发展势头很猛，正担任着非洲特别行动队的队长一职。这是一条正确的上升之道。在 A 国情报界有一个不成文的规矩。凡是将来可能担当重任的家伙，必须先在国外特别行动队干过。那个位置不仅可以熟悉世界各国的情报界，更关键的是可以接触到最高级别的机密，因为往往有很多不可告人的事情要这个行动队长去操办。

现在，特尼就接到了这样一个任务，上头要他立即前往非洲

E 国处理一起严重泄密事故。具体是什么任务要等到达后才会有具体的指令。

等到了 E 国，特尼发现那里竟然有一个极其隐秘的医学研究所。这是军方布置在非洲的一个秘密研究机构。

特尼很奇怪，因为他所在的情报局与军方一向不和，这次上头怎么会派他们到这里来执行任务？不过，让特尼略为高兴一点的是他遇上了熟人。这个人叫巴克利，是一个陆军少校，曾在国家情报局的丛林生存培训基地当过特尼的教官。

两人很快就无话不谈了。巴克利告诉特尼，估计自己很快就可以回去了，因为自己的管理严重失误，导致发生了很严重的事件。他判断，特尼是来接手他现在的研究所的监管任务。尽管可能要被贬回国内，但巴克利仍然挺高兴。"待在这个鬼地方，我厌烦透了。"他这样告诉特尼。

这个研究所其实不太大，只有五十来人，其中，有不到三十个研究人员，还有十个左右当地的女孩子做一些辅助的工作，比如清洁、护理和饲养动物等工作，剩下的全都是巴克利及其手下，他们担负着这个研究所的警戒和安全保卫工作。

这个研究所的地点相对偏僻而且隐秘，平时人员不允许外出，每月只有几个当地人可以到附近的小镇购买粮食、蔬菜等才可以外出，管理极其严格。

特尼只看出这是一个医学研究机构，但具体研究什么，没人告诉他，就连巴克利也不肯跟他说实话。

第一项指令很快下达了。

指令要求特尼全面负责该研究所的管理和安全保卫工作，这等于是把巴克利撤职了。上头要求这个研究所准备搬迁到另一个地方，搬迁的原因没有任何说明，只是特别强调要特尼亲自负责整理好所有重要的文件资料，要会同研究人员把特别重要的文件资料单独包装并保管好。

这项工作进行了将近两周。所有的资料已分别打包，重要的部分已经放在特尼的监管之下，重要的仪器和物品等也包装完毕，就连那些用作试验的猴子和狗都一一装进了特殊的笼子，全部存放在研究所里几个屋子里。

接着，第二项指令来了。

上头派来一架直升飞机，把那些研究人员认为非常重要的资料箱全部运走了。指令要求，在这个研究所内，不允许留下一张纸片和照片。

资料运走后，特尼等着派来大型的运输机，他认为，下一步应该运走的就是剩下的仪器，普通的资料，然后就是这些人了。

指令在资料运走后一周才下达。

这次指令的下达极其机密，是在半夜两点直接发给特尼的联络员接收的。这个指令要求该命令只能让联络员和特尼看到，并在任务完成后立即销毁。

这个命令是：立即把研究所全体人员集中到明天夜里到达的一架直升运输机上，并预先安装好炸弹把飞机和那些人员全部炸毁，然后，放火烧掉整个研究所。在特尼小分队完成任务，确保没有任何痕迹后，会有另外一架飞机来接他们回国。此命令必须无条件执行，并保证绝对的机密。

特尼接到这份指令电报后完全傻眼了，他无论如何也没有想到会是这样一个结局。

上头竟然派他来执行这样一个任务，尽管这说明了上头对他的绝对信任，但这是一个怎样的任务啊。让那些同一个国家的同胞死在自己的手上，无论他们是研究人员，或者是与他们不和的军方人员，特尼感到自己很难下这个手。

他怀疑自己的眼睛看错了，或者怀疑联络员的密码错了，为此，特尼专门发了一个紧急电报给上头，以求证此指令的真假。

回电来了。口气极其严厉，而且无可质疑。再次重申要一丝不苟地执行指令，否则将按最严厉的纪律制裁特尼。

一切都不可置信，但又不可挽回。特尼知道自己已经没有任何的选择了，只有执行命令。

特尼在极度无奈的同时感到了无边的恐惧。

他担心等自己执行完这个指令，上头会在某一天让自己无声地消失，或者，那些伺机报复的军方会搞出一些名堂让自己死无葬身之地。特尼那一整天都在绞尽脑汁，如何保护自己成为完成这个任务的关键。

那份电报必须销毁。因为联络员的存在，特尼必须当面销毁，因此不可能保留以作为将来的证据。

那么怎么办呢？

特尼抽光了两盒香烟，才想出了一个好办法。

他将诱使巴克利说出事情的全部真相，然后保留这份录音。这样，他就有了自己的护身符。为了达到这个目的，他将不惜把这个指令告诉巴克利。

果然，巴克利不肯告诉他这里的真相，反复说明这是纪律，甚至对特尼发誓说这是他作为军人的信念。因为他在上帝面前发过誓，他会遵守纪律保守机密。

无奈之下，特尼告诉他这是上头的指令。上头要杀人灭口，巴克利根本不相信特尼的说法。愤怒之下的特尼已经顾不得许多了，保存自己是现在的首要任务。特尼向巴克利出示了上头的那份电报。

这下，巴克利彻底蔫了。

电报上的每一个文字都像利剑一样刺向他的心脏。他像一头被困的狼，在屋子里来回走动，狠命地嚎叫："不，这不是真的。这不是真的。"

没有意料到这种情况，特尼倒有点慌了。如果巴克利不肯就范，不肯赴死，那特尼就真的完了。

作为情报人员，没有完成任务或者失职，都是可以被判死刑的，而且是名正言顺的死刑。

特尼开始急出了一身的冷汗。他试图安抚巴克利，让这头狂暴的野狼安静下来，可怎么也办不到。巴克利曾试图反抗和逃走，怎奈这几种情况早就在特尼的意料和安排之中。逼不得已，特尼威胁说现在就要处决他，这才让巴克利消停下来。

经过了将近两个小时的反复劝说，巴克利总算安静下来了。

其实，巴克利心里也明白，这样的指令下达后，自己已经不可能再活在这个世界上了。他的严重失误早就可以判处他的死刑，只不过特尼的到来增加了他的幻想。他天真地以为上头已经放过了他。

其实你很难想象，要让一个认为自己早该死，但后来又重新燃起了活着希望的人再次浇灭生存的火焰，这一点有多么的艰难和残酷。

特尼在给安德烈讲述这个经历时反复申明，但安德烈仍然不能理解。事实上，有太多事情旁人是无法理解的，除非他自己亲身经历过这种痛苦和苦难。

第 26 章

这件事情在特尼心中埋藏了三十年。

特尼在三十年之后，仍然很难原谅自己。尽管有上头的指令，也尽管巴克利失职在先，论理该死，但无论怎样，他都有生存的强烈欲望和机会，比如逃走，比如挣扎后被打死，那也比这样束手就擒在心理上要好很多。

特尼联想到自己，在巴克利死前告诉他这个消息，显然比把巴克利蒙在鼓里，在飞机上和那些同事在瞬间突然升天要残酷一万倍，而造成巴克利这种惨痛的是自己生存的欲望。是我要保护自己才撕破了蒙在巴克利眼前的纱布，让他亲自在心里先杀死了自己。

特尼很痛恨自己的残暴，但又每每原谅自己，因为自己也是迫不得已，也是被逼无奈。但，即便这样，你就可以疯狂地残害别人吗？你有这个权力吗？

多少年来，特尼想到此事，既惊讶于上头的残酷无情，也痛恨自己的残暴冷血。这种时刻，唯有酒精才可以抹去它的痕迹。这其实是特尼心中永远的痛，没有人可以安抚。

而安德烈听到这里，虽然震惊于特尼还有这么一份惨烈藏在心里，但他更关心后来的事情发展。这个故事肯定有后来，而且这个后来和他现在的状况有一些关联。否则，特尼为什么要给他讲这个故事。

安德烈为特尼点燃了雪茄，让他抽了一口，以平息特尼心中的波澜。

果然，特尼在接连抽了几口后，恢复了平静，他继续往下讲述。

在接下来的时间，巴克利也像现在的特尼一样平静了下来。

他很后悔，对特尼说道："老弟，干咱们这行的，千万不要自作主张，也千万不要先斩后奏，因为事情往往朝着你无法控制或意料的方向在发展，而你永远也搞不明白上头是怎么想的，他们会采取什么办法。如果你一意孤行，出了问题，那你就是天然的替罪羊，谁叫你不听命令，自行其是呢？"

巴克利沉重地说出了这个用生命换来的教训。

在秘密工作领域，严格按照上级的指令行动，如有意外，在第一时间汇报并等待指令，那你就永远不会有过错。这可不是带兵打仗，将在外君令有所不受。

那个时候，特尼仍然不清楚到底发生了什么。

巴克利终于把这个研究所的来龙去脉全部如实地告诉他了，而这，又是一个让特尼吃惊的故事。

从那以后，特尼学会了明哲保身，绝不多打听任何事情。

这个医学研究所其实是军方的秘密研究机构，目的是想找到一种不同于二战时期的那些细菌战剂。

在二十世纪七十年代，以参议员麦卡锡为首的极端反共分子在 A 国的政坛上占有优势，他们煽动军方部分决策人员企图偷偷采用一些神秘的大规模杀伤性武器消灭共产主义分子和一些他们认为的劣等种族。在鼓吹使用核武器无效的情况下，他们秘密开始了生物武器的研制。这个研究所就是试图找到一种可以快速致人死亡或丧失工作能力的细菌或病毒。它之所以设立在非洲，原本是试图找到本土的病毒或细菌，或者说，希望找到一种主要攻击当地黑人的细菌和病毒。

终于，经过近十年的研究，这个研究所在非洲丛林生活的猴子身上发现了一种病毒，该病毒攻击猴子的免疫系统并使之对任何细菌和病毒丧失抵抗能力，从而快速地衰弱，直到死亡。

研究人员在猴子身上繁殖这种病毒，并全力进行疫苗研制和治疗的药物研究，以准备对付该病毒可怕的蔓延。

不料，在两年前，离研究所不远的小镇突然发生了几起奇怪的死亡病例。那些当地的医生不知如何处理，便找到这个研究所寻求帮助。当地人知道这里有一个医学研究所。

研究人员一看，大为惊讶，病人的症状与研究所内犯病的猴子极为相似。就在他们对此产生怀疑之际，研究所负责饲养猴子的一个当地姑娘因病死亡，其症状与小镇的那些病人极其相似，也和猴子的症状类似。

研究人员因此怀疑是这个病毒泄漏引起的。对那个姑娘的尸体解剖发现其手上有被抓破的疤痕，故而怀疑是被犯病的猴子抓破皮肤后把病毒传染给了姑娘，而检查外出记录发现，这个姑娘曾经每月都有外出，调查发现正是到那个小镇购买动物饲养物品，而小镇的那些死者中，其中有一位就是该姑娘的男朋友。

事情尽管没有确实的证据，但基本上形成了一条证据链。

研究人员要求巴克利采取行动封锁该小镇，以防病毒向外界传播，同时对每个人实行检查。

但巴克利没有同意，这样引起的动静太大。他选择的办法是默不作声，也不采取任何措施。

在巴克利心中，这么偏远的非洲山区，死几个人不是什么大事，不值得大惊小怪。他也担心一旦汇报上去，上头会给他管理不严以及失职的处分，何况并没有证据证明该病毒与他们有关，何必没事找事。在巴克利心里，他其实根本不清楚那些病毒的危害，因为没有任何人会告诉他，研究所的那些科学家在干什么。巴克利也根本不认为这个病毒会有那么大的威力。

没想到，这个病毒的传播速度还很快，一年多的时间就在A国本土发现了这种病人，随着医生的互相交流，渐渐有人查到了这里。

网上开始盛传有人在搜集一些证据以证明这个病毒来自于军方病毒研究所的泄漏。此事很快引起了上面的注意，并派人到所里进行了调查。

军方的研究人员见事情闹大了，便隔过巴克利，直接向上面汇报了前后经过。军方高层大为震怒，当这件事不得不汇报给国家安全事务顾问助理时，顾问更为震惊。

军方人员居然不经批准，擅自进行此类生物武器的研制工作。

所以，才有了上头派特尼到非洲后采取的那些行动。

巴克利把事情的全部经过告诉了特尼。

当特尼执行完任务回国后，第三天，他在军方的例行新闻发布会上得知，军方通报了一起军方援非医疗人员飞机失事的事故，机上 21 名乘机人员全部身亡。特尼当然相信，那个研究所的着火和烧毁，根本不可能会引起人们注意。那只不过是当地的一起普通的火灾而已。巴克利那些人就这样消失了。

后来，特尼在电视新闻和报纸中看到，曾有一位加拿大的医学家注意到那个非洲研究所的存在，并提出第一起病例发生在那个小镇。特尼惊奇地发现，那个病毒叫做 HIV，所引起的疾病叫做 AIDS，简称艾滋病，全名叫做"获得性免疫缺陷综合症"。

让特尼特别关注的是这样一个新闻。2004 年度诺贝尔和平奖得主、肯尼亚环境保护活动家旺加里·马塔伊公开宣布，艾滋病病毒是西方国家实验室故意制造出来的生物制剂。"有人说艾滋病病毒来自猴子，我表示怀疑，因为自远古以来我们就和猴子生活在一起。另一些人说，这是上帝的诅咒，但我认为那不可能。"马塔伊说，"在这个星球上，与其他人种相比，死于艾滋病的黑人要多得多。事实上，这是一些人制造出来的制剂，以消灭另外一些人。艾滋病病毒是被科学家制造出来并用于生物战。"

特尼惊讶地注意到，根据联合国公布的艾滋病评估报告，在全球 3800 万感染艾滋病病毒的人当中，非洲人占了 2500 万，其中大部分是女性。

类似这样的言论在网上传播很快，但由于没有证据而慢慢地销声匿迹了。

但特尼却心中有数，他知道，之所以要毁灭这个研究所，就是当局必须销毁所有的证据，同时让巴克利做了整个事件的替罪羊。

等到特尼讲完这个故事，安德烈才真是如梦方醒。

原来艾滋病病毒的传说是真有其事啊。

震惊！极度的震惊！

安德烈仿佛看到了死神黑洞洞的眼睛。

他一直认为这是有人在向军方或者 A 国泼污水，而实际上，没想到确实是军方研究所的泄漏。

尽管这并不是故意的行为，但毕竟是军方从猴子身上分离出来的，而且其动机却是为了寻找一种比现有细菌战剂威力更大的生物武器，同时培养成可以主要攻击黑人人种的一种病毒。

这个目的是如此的不可告人。即便一向厚颜无耻的军方也无法承认自己的恶行，而且必须销毁所有的证据。

巴克利不过是这个丑恶事件的殉葬品罢了。

当然，如果他在病毒刚泄漏时就上报上级并采取行动，恐怕也不会把事情闹大，闹到国际上都在追查这件事情，最后弄得把自己脑袋也丢掉了。

联想到自己遇到的这件事，安德烈更多的是害怕巴克利的惨事发生在自己的身上。对比一下这两件事例，他突然明白了特尼的良苦用心。

无论怎样，即便发生了毒素基因这样的生物恐怖，自己并没有太多的过错。即便有处分，也比掉脑袋要好得多。关键是要立即上报，这样，万一事态发展不可控制，至少自己不会成为巴克利那样的替罪羊。

"谢谢！特尼。"安德烈真诚地道谢，"我知道该怎么做了。"

特尼没有说话。

他其实已经平静下来了。这个故事跟随了他三十年，在他七十多岁的时候，特尼好像随着这个故事讲给安德烈之后，他得到了解脱。

没错，该结束了。

特尼在想，我是因为此事得到了不少的好处。局长不仅不敢给他好看，还不得不提升其职位。这个事情的录音带，特尼藏在一个很隐秘的地方，永远也不会被人找到。

至于这个故事，特尼本来想带着它入地狱，但现在，它将跟随安德烈。天堂也罢，地狱也罢，跟我没有太大的关系了。

超级瘟疫

特尼拍拍手，一切该结束了。剩下的故事，也有几个是不能讲的。其他的都可以写在回忆录当中了。

特尼这两年的日子过得很滋润，写书的事情自然也就缓慢了不少。作为情报人员，他知道哪些该说，哪些不该说，不过，对于安德烈，这个跟随他几十年的老部下，特尼还是特别照顾的。这不，讲完这个故事，特尼还在叮嘱安德烈一些事情。

"安德烈，要想走得更远一点，必须找机会认识你上司的上司，哦，现在你应该认识局长。在 C 国的古话中，这叫做隔山打牛。平时没有这样的机会，现在有事了，就要好好利用这个机会。要想尽办法接近局长，最好是直接向局长汇报和请示。这样，你就可以争取到晋升的机会。"

安德烈点头，这点他早就知道了。他很早就发现当官的都这样。

当年特尼就是如此，现在的帕特里奥也是像防贼一样防备着他与局长直接联系。安德烈其实一直在等待重大事件或者紧急情况，这样，他就可以直接跟局长通话了。

有时候，听到州政府官员玩忽职守的消息，安德烈也在想，说不定就是这条规矩或者说对下属的担心，才使得情报系统的办事效率比较高，而且胡乱指挥的也比较少。在情报系统，谁都知道事情重大，一旦有事，立即上报。玩忽职守的罪名基本上安不到这样的人头上。

在安德烈离开之前，特尼还告诉安德烈一个内幕。

"军方一直以来与情报系统互有摩擦，而且勾心斗角。各个系统都有一些类似深仇大恨的典故，比如生物安全这一块，非洲艾滋病毒那件事就是横在两个部门之间的梁子，估计永远也解不开。另外，军方系统相对的人员比较简单，基本都是职业军人，控制起来也相对容易，所以他们的胆子也往往比较大一些，经常按照自己的行事路子做事。类似艾滋病毒那样的事情还有不少，他们防范情报局其实也是怕别人看到他们的脏屁股。对于他们的问题，要学会睁一只眼闭一只眼。多知道一些，但不要轻举妄动，关键时刻这些机密说不定可以保住你的位置或者小命。从这次的事情来看，军方没有一点动静，这很不正常，反而说明那些家伙在玩猫腻。要特别小心。"

特尼果真是一条老狐狸。

他的这番话提醒了安德烈。就这么简单的几句话，恐怕其价值远高于两万美元了。安德烈心里颇有些安慰。

实际上，当后来特尼主动告诉他一个天大的好消息时，安德烈甚至有点受宠若惊。对于那个帮他找到丽莎母子的消息，安德烈的确对特尼达到了感激涕零的地步。

当然，这是后话。

第 27 章

果然，安德烈按照特尼的指点向帕特里奥汇报了这件事情。

随后，命令来了。

找到那个该死的胡一文以及他的家人，搞清楚这个混账的毒素基因是怎么回事，一定要阻止这种事情的发生。全力以赴！不惜代价！

安德烈唯有组织几乎全部力量来清查此事。

快一年了，事情的进展让他很不满意。胡一文以及他的家人仍然没有任何踪影。从记录上看，胡一文去了 C 国，但他的家人却在这里消失了。

安德烈却通过那些玉米标本查到了这家转基因作物公司。

这个名叫梦都的生物技术公司是 A 国目前最大的种子公司，这是一家农业生物技术公司，专门生产和研发转基因农作物。该公司有各种转基因作物，如玉米、土豆、小麦、水稻等。其中，转基因玉米已获准在全球各主要国家进行推广。目前他们正在欧洲和亚洲申报转基因小麦的推广许可。从各种检验记录和申报资料来看，一切都很正常。

当安德烈他们把毒素基因问题通告给公司高层时，他们表现出来的是极度的震惊和不疑。看得出来这些人的表情可不是装的。显然，这是有人利用这家公司进行的生物恐怖活动。表面上一切都安然无事，但实际上有一只黑手在操纵着。

谁在操纵？他们又是谁？他们要干什么？

安德烈很是郁闷。在安德烈看来，查出黑手其实也不难，只需要把那二十多个负责基因操作的实验人员抓起来严加审讯，总可以获得一些线索。再顺藤摸瓜，自然不难找到根源。

但上头却不这样认为。

上头担心把这些具体的办事和研究人员扣留起来，很可能打草惊蛇，最后的结果是只抓到几个小喽啰，真正的幕后黑手则逍遥法外。无数个与恐怖分子打交道的经验告诉他们，这些都是亡命之徒，等你抓了他们，要么是什么都不说，要么就是吞毒自杀。斩草除根是消灭恐怖分子最好的办法。

听上去原因很是冠冕堂皇，但安德烈却清楚，实际的原因是，他们并没有什么合法的理由可以抓人或扣留人，因为一切从表面上看都是合乎程序的、合法的，检察机构根本找不到可以抓人的法律依据。

事实上，这一切要归功于伯恩。这家伙早就在法律层面上做好了手脚，现在终于派上了用场。

当然，安德烈又怎么可能知道这些内幕呢？

因此，上头要求安德烈不能随便抓人，只要求他暗中监视和调查，以便彻底摧毁这个黑手。同时，上头还要求他们尽快安排研究人员搞清楚那段未知基因。必须竭尽全力搞出技术解决方案。局长大人告诉安德烈的原话就是，第一先阻止其发生，第二才是查明黑手。

安德烈由此得到了极大的权限，但同时他也知道，一旦出了问题，他能否吃到下一个汉堡就不得而知了。

而研究那段未知基因的任务便落到了菲尼尔的肩上。菲尼尔为此得到了大笔的科研经费，招募了不少优秀的博士后研究人员进行研究。

若干年后，尽管菲尼尔并没有实际搞出阻止毒素基因表达的药物，但因为他对基因的控制和调节的高深造诣而得到了诺贝尔医学奖的提名，差点获得了这份世界最高研究荣誉。

这个消息曾让胡一文很是郁闷和遗憾，因为这是他的研究成果的后延，如果没有这个毒素基因事件，如果让胡一文继续研究下去，那这个荣誉是属于他的。当然这也是后话。

可气的是，几乎一年了，安德烈没有得到什么有价值的东西。上司越来越没有耐心了。安德烈自己也快要崩溃了。

安德烈曾向帕特里奥提议，寻求军方的合作。他很怀疑军方在这个事件中的作用。因为，按照惯例，每次遇到此类案件，军方要么拼命撇清自己以示清白，要么就横加干扰，争风吃醋，抢夺功劳。但这一次，他们却没有任何动静，既不合作，也没有干扰。

这本身就是一件怪事。

帕特里奥也和安德烈一样怀疑，并向上头流露过此类意思，但上头没有任何回音。他在私下里怀疑，军方到底知道多少并参与了多少。

帕特里奥告诉安德烈，很可能这次军方在偷偷与他们打擂台，在这个千载难逢的事件中出出风头。所以我们一定要抓紧，绝不能让他们占得先机。

安德烈汇报，他怀疑军方对梦都公司以及胡一文的家人都有涉足。他有强烈的预感，胡一文的家人可能在军方人员手里。

帕特里奥指示，如果胡一文的家人没有任何消息，那么先安排几个人去打听，现在要集中精力搞出技术解决方案。这才是最重要的。要利用一切手段，搜寻一切信息，争取早日占得先机。

终于，救命的消息来了。这个时候，只要是有关的消息都可以救命，无论其价值多少。更何况这真是一个无价的好消息。

这个消息就是，胡一文在 C 国人手里，而且他们知道这个危机何时爆发，也知道如何防止危机的爆发。C 国人正在实验 HX 药物，据说可以阻止毒素基因的表达，而且马上要实验成功了。他们希望合作，希望换取一些等价值的东西。

安德烈总算等到了一些有用的东西，但他奇怪，为什么 C 国人把这个消息透露出来？他们要干什么？他们想要什么？他们是否把这个消息还透露给了其他国家？

对于生物高科技的发展，安德烈还是知道不少的。

尽管他只负责生物科技中的基因安全部分，但他也大概知道其他的生物高科技应用。虽然军方老和他们争权夺利，但军方有一些东西对他们并不保密，甚至还需要他们保驾护航。

安德烈相信 C 国人不会搞这类恐怖活动，当然他们肯定也会对此有所研究。现有的那些研究机构在安德烈脑子里都有数，他想不出会是谁呢？

老实说，安德烈心里很是不服气。在他近三十年的特工生涯中，像这次这样自己啥都不知道而对手则操纵一切的局面几乎没有过。联想到他所遭受的窝囊气，他对他的对手真是又痛恨又佩服。玩得够高明的，不动声色地搞出这么大一个行动。

而让他更佩服的是 C 国人。他们不声不响就把胡一文给弄走了，而且搞清楚了全部的事实真相。安德烈在心里盘算，有机会一定要见见这些高手。

安德烈决定先接触一下。上头要求他不惜一切代价搞清事实真相并找到解决办法。作为资深的情报人员，他知道根本和重点，至于手段和代价，绝大多数是为目的服务的。

安德烈甚至不打算把这个消息和来源告诉上司。他得在具体接触并弄明白后才会汇报上去。这次的事件让他丢掉了很多，安德烈希望这个好消息能够把失去的统统捞回来，有可能的话，附带一些利息。

这一次，安德烈决定亲自出马。

他叫来肖特，这个精干的助手跟随他已经十年了，忠心耿耿。

"肖特，尽快安排与 C 国人的接触。我要亲自与中间人见面。"

"好的，头儿。我尽快安排。"肖特回答的很干脆。

安德烈想了想，又叮嘱了一句，"这事就你我两人知道，不要扩散。"

"是。"

安德烈按铃给门外的秘书，"来两杯咖啡。"

门开了，秘书送来两杯热气腾腾的咖啡。安德烈先拿起一杯递给肖特，然后才端起自己的那杯喝了一口。

"谢了，头儿。"安德烈从肖特的眼神中看到了他的忠心和感激。如果可能，安德烈绝不会放过任何机会向下属表示其肯定和关怀，而这些小手段往往令这些生死不惧的汉子颇为感动。

喝了几口咖啡，安德烈想起了一件事。

"肖特，最近对那些人的监听有什么重大发现吗？"他所指的那些人是涉及胡一文事件的那家转基因公司也就是梦都公司的有关人员。这一年来，他们日夜监听其各种联系电话。快一年了，原来紧张的气氛由于时间而冲淡了。安德烈感觉应该有点什么了。

果然，肖特的话给了他很大的希望。

"头儿，表面上一切都相对正常，但我分析过，感觉上，里面有几个与 M 国的通讯联系有问题。他们使用的是数字通讯系统，这本身就意味着可能有问题。我们无法监听到具体内容，但从通话的频率和时间来看，有两段时间我看有点蹊跷。一是一年多以前，恰好是胡一文失踪后的那段日子，再有就是前几天，C 国传来的 HX 药物获得突破的日子。我认为这两段异常的通讯联系有问题。"

M 国，一个小国家，以毒品的生产和贩卖而著称。除了旅游，谁会与他们联系？安德烈认为肖特的怀疑很有道理。

"嗯，干得不错。"安德烈指示道，"重点调查 M 国与这个人的关系，很可能这就是个突破口。"

肖特的直觉果真很敏锐。

这段日子，正是李银来与哈立德和欧阳龙见面的时间。

肖特所监测到的通讯正是在 A 国的伯恩与在 M 国的哈立德的通话。这对堂兄弟的密切联系是因为欧阳龙刚刚策反了李银来，哈立德需要与伯恩确认，李银来提供的实验进展信息意味着什么。同时，他们也在商量下一步的行动计划。

不管那些通讯联系都意味着什么，但至少意味着安德烈的调查有了突破性的进展。

他就像一头雪豹，闻到了慢慢走近的麋鹿的味道。

第 28 章

伯恩总觉得这些日子有些异样，只是与一年多以前胡一文失踪时相比，异样的程度略差一点。

伯恩在那段日子着实慌乱了一阵，差点就卷起铺盖回老家 M 国了。哈立德已经快要同意他回去了，只是欧阳龙认为事情还远没有到那个地步，不要自乱阵脚，而且，这个时候露出马脚就等于是引火烧身。

欧阳龙告诉伯恩，他的情报网显示伯恩没有任何危险。而哈立德这个家伙很听从欧阳龙的建议，也坚持要他再看看，先不忙撤退。

伯恩在心里痛骂着这两个老家伙。

自从制定了"玛雅男孩"，所有出头露面的事情都由他来干，理由是伯恩是他们财团的海外联系人和负责人。伯恩很不愿意，但又无话可说。可他心里很明白，一旦出了问题，他身在 A 国，决计是脱不了干系的。

在 A 国过了几年大把花钱的日子，伯恩开始喜欢这种当老板的感觉，也非常适应这种奢华的生活。

他在 A 国，主要的任务有两个。一是负责"玛雅男孩"的实施，二是伺机参股和控股粮食贸易商。这都是花大钱的行动，当然少不了揩油的机会，为自己捞点小钱。但伯恩也不敢太过分，他知道欧阳龙在这里有一个情报网，伯恩也不清楚其中的内情。他曾经试图想染指，但被哈立德毫不留情地拒绝了。这让伯恩很不自在，也不踏实，自然也不敢太胡作非为，以为自己山高皇帝远了。

伯恩在刚开始执行"玛雅男孩"时比较顺利。他很快找到了一个科学家全面主持这个转基因研究，但这个科学家只愿意暗中帮助他。伯恩只能姜受这个隐身人的现实。好在这个隐身人很是得力，计划在其协助下进展极其顺利，并且一直没有出现任何问题。

伯恩自从来到 A 国，就一直在考虑如果事情败露，他如何脱身的问题。对于这个他想置身事外的念头，伯恩一点也不敢让哈立德和欧阳龙那两只老狐狸知道。这说到底是对自己的保护。

伯恩清楚，哈立德不会故意害他，但一旦出了问题，那也会先把自己择得干干净净。所以，这年头，要想活得滋润，活得长久，首先得学会保护自己。

"玛雅男孩"自然不是什么光彩的行动。这个邪恶的计划一旦暴露，自己可能就要在 A 国的监狱里呆一辈子，或者被人暗中搞死。为此，伯恩也制定了很多保护自己的措施，布置了一些关键的眼线。

其中，与隐身人的联系都是他自己亲自安排，这刚好也符合隐身人的要求。按隐身人的说法，这种事情，知道的人越少越好，最好就是只有他们两人清楚。伯恩很同意这一点。

在隐身人帮助他完成基因的拼接后，后续的基因转移和种子的生产等各个环节都是伯恩安排专人完成的，其他的人根本不清楚内中的秘密。

在一切完成后，他把这个专人转移到 M 国，再也没有让他回到 A 国。这个环节的安排是防止万一出问题，没有直接证据指向伯恩，这样，A 国的法律就没有办法来惩罚伯恩。

伯恩花费了大量的时间来研究法律。尤其是 A 国的棒球球星辛普森血案给了伯恩很大的启发。这个血案告诉伯恩，除非是在现场被抓了个现行，或者是你自己亲口承认，如果没有铁证，基本上一个人即使干了坏事，在 A 国也可以逍遥法外。

目前，与这件事情有关联的人证只有隐身人了。波恩相信隐身人对他的忠诚和依赖。除此以外，没有任何证据可以说明波恩与此事有关。

更何况，在转基因玉米的行政许可的申报过程中，伯恩还玩了一个"瞒天过海"的花招。正是这个办法，即使在官方因为胡一文的失踪而发现了这个转基因玉米的毒素基因事件，也只能哑巴吃黄连，自己咽下这个苦果。

伯恩很得意自己的这招保护了梦都公司，使得官方不敢大张旗鼓，也无法名正言顺地调查他们。而情报机构的暗中侦查，伯恩自信可以应付得了，至少不会让那些笨蛋查到自己的身上。

伯恩万万没有想到，安德烈的手下肖特并不是他想象中的笨蛋，他仅仅从通讯联系的发生时间、频率和持续时间就敏锐地觉察到了伯恩的异常，并从此入手，彻底搞清了伯恩的底细。

这一点很类似于密码破译，你也可以从电报的流量和内容的长短、文字的数量来判断这支部队可能的动向。

当然，现在事情还远没有发展到那个地步，而伯恩也远没有到准备逃跑的时候。

目前这个时刻，对于"玛雅男孩"，他已经切断了所有与隐身人的联系。

现在，已经没有任何线索表明他和这个胡一文或者毒素基因事件有任何的瓜葛了，伯恩的主要精力已经转移到李银来的身上，或者，更精确地说，转移到最新的生物科技身上。

因为，哈立德已经指示他，立即从现有的生物科技进展或者甚至从李银来那里，尽快找到一种更好的类似"玛雅男孩"的方案。

伯恩自然也不会反对这样做。

因为，最近的胡一文事件已经被人隐约地透露出来，国际粮食市场已经有了不小的涨幅，仅仅这个涨幅，就足以让哈立德前期的有关行动得到了令人欣喜的收获，而这已经远远超过了毒品交易的收入，但所付出的代价却很低。

伯恩也没有想到，尽管因为胡一文的失踪使得这个"玛雅男孩"几近夭折，但就是这样一个基本完蛋的行动依然让他们获益颇丰。这充分说明这个脆弱的地球和惊恐的商人以及贸易市场实在是不堪一击了。没有成功的行动都可以得到巨大的收益，更何况成功的计划了。

这样的结果反而更坚定了哈立德的决心。

生物恐怖实在是一个很好的武器。代价不大，但收获颇丰。哈立德很佩服欧阳龙的眼光和韬略。因此，李银来或者说伯恩就这样成为了他哈立德手中第二轮行动的棋子。

他要用这些棋子，和这个巨大的地球下一盘赌注更大的棋局。

而现在，这盘棋局中主要的棋子——伯恩正面对着一大堆资料，他在精心测算如何使用这些最新的生物武器可以做到代价最小，效果最好，收获却最大。

摆在他面前的有一大堆资料。这些都是目前最新的研究热点，也是可能用于生物武器的新技术：

合成生物学。比如人造生命。

基因工程，如种族特异性基因武器。

人类遥视技术等超能力。

知识、记忆和思维物质。

改良的威力强大的致命细菌和病毒。

等等。

伯恩正在苦苦思索，哪一项技术可以为他所用？

第 29 章

伯恩的确暂时已经和毒素基因事件没有了任何的纠缠，但这并不说明这件事情与哈立德他们没有任何关系了。

恰恰相反，有了李银来提供的信息，哈立德和欧阳龙对于重新获得这个事件的主动权很有信心。他们制定了好几套计划，其目的就是绑架胡一文并拿到 HX 配方以彻底获得最后的胜利。

哈立德对与 C 国特工为敌很有点忌讳，但为了"玛雅男孩"以及他们可能得到的利益相比，他的胆子壮了不少。为此，他们反复演练，并制定了各种可能情况下的应对方案。他们已经志在必得了。

哈立德选定了整个财团中战功最为彪炳的"沙漠黑狼"莫沙作为队长，另外的几个队员也是颇有经验的特种部队的老兵了。这支小分队唯一的白丁就是强子。选择他是因为他比较熟悉 C 国的国情，有些紧急情况需要他这样一个人物去应对。

此刻，莫沙正开心地喝着啤酒，这已经是第八听啤酒了。他的身边围着强子等几个小兄弟，而莫沙正在讲述着他过去行动时辉煌的经历。

莫沙看上去与云南当地人没有什么两样，只不过身材高一些罢了。但他其实是一个真正的 M 国人，只不过据说他的祖先有印度人的血统。在特种部队干过几年后，莫沙投靠了一个雇佣兵团，继续着随时可能喋血沙场但收入不菲的职业。

在一次帮助哈立德的行动中，他挽救了哈立德助手的生命因此而受到赏识。哈立德把他招到了特别行动队。

由于经验丰富而又胆大心细，几年后，莫沙就担任了特别行动队的负责人。几次漂亮的行动下来，他的位置变得固若金汤。他就是毒界杀手中有名的"沙漠黑狼"。

前几天，莫沙已经得到指令，组建一个特别行动小组去 C 国行动，随时准备出发。现在，人员已经挑选完毕，各种演练也已经滚瓜烂熟了，就等着边境过关那边的人员做好准备就出发。

这会儿没有什么事情，正在与弟兄们闲聊。这几个弟兄，正是莫沙准备带去 C 国执行任务的那几个人。其中一位，就是强子。当然，强子现在的公开身份是一个很普通的农民工，通过关系弄到的新身份证此刻正揣在他的怀里。现在，他正羡慕地望着他的队长。

"喏，就是这样，我们八个人干掉了他们三十多个，而且全身而退，无一伤亡。"莫沙骄傲地喝了一口啤酒。天气有点热，冰镇啤酒对于莫沙是绝妙的饮料。

"队长，我们什么时候可以做到您这个样子？"有一个人问道。

"这可不仅仅是靠训练就能达到的。你必须有丰富的实战经验，除了各种技术，还有的就是对危险的直觉。"莫沙回忆着这些年得以死里逃生的秘诀。

"直觉怎么训练啊？"

"直觉是没法练出来的。它靠的是鲜血和你的天赋。一有危险，我就能感觉到异常。"莫沙的回答让强子有点沮丧。他很难理解，也不太清楚自己是否有直觉。

"队长，我们这次的行动要注意什么，您跟我们先讲讲。"强子是第一次参加这类行动，而这还是沾光他是 C 国人。因为他们要去 C 国执行任务。

莫沙没有马上说话。

其实，去 C 国执行任务是他最不愿意的事情。当然，在云南边境收拾一些不听话的毒贩他没有问题，但直接面对 C 国特工，莫沙心里还是有些犹豫。

以前，在雇佣兵团，他听到过那些雇佣军人对各国特工人员的评价。C 国人的狡猾、计谋、冷血、果断和坚韧都让他们胆战心惊。尽管莫沙并没有直接面对过那些令人生畏的 C 国特工，这几天他的脑海里却一直在回忆他曾经听过的各种 C 国特工的故事版本。

欧阳先生曾单独给他交代这次行动任务。

最好的人员、最好的装备以及从未有过的高额奖金使得莫沙心里一阵激动。欧阳先生反复告诫他尽量采用秘密手段，避免与 C 国特工直接对抗，但必须把胡一文给我弄回来。如果有问题，也可以就地关押，回头再慢慢想办法，总之先把胡一文控制在手中。

对于行动，欧阳先生要求莫沙慎重、慎重、再慎重，一定要仔细摸清各种情况，要想好针对各种意外的解决办法，没有绝对的把握千万不要随意出手。

如果打草惊蛇，一旦 C 国人把胡一文转移了，我们就再也找不到机会了。机会只有这唯一的一次，所以必须一战而胜。

从龙先生的嘱咐以及老板哈立德的再次叮嘱中，莫沙感受到了这次行动的绝对重要性。他一点也不敢大意，反复将计划和李银来画的地图来回斟酌，一直到所有的细节烂熟于心。他已经和强子他们几个演练了无数次，直到扮演胡一文的那个人厌烦透了为止。

在莫沙的房间内，对付胡一文的高强度麻醉手绢以及有关的设备全都准备好了。

每拿起一种设备，莫沙就在考虑如何使用效率更高。他整天琢磨着这些东西，就连在吸食毒品时都没有放下那个高精度的微型示踪器。那可是好东西，而且，要想发现并跟踪到胡一文的行踪，这个玩意儿可是必不可少的。莫沙一直在研究如何使用这些东西而又不被发现。

这几天下来，莫沙发现自己吸食毒品的次数增加了，他知道这是由于自己太紧张的缘故。

莫沙是在两年前的一次行动中负伤后染上毒瘾的。当时身边没有药品，只有一小包毒品，为了生存，莫沙只能服食以遮掩痛苦，保证行军速度。不过好在莫沙还是有一定的控制力，他吸食的量并不大，而且他还尽量选择纯度略差一些的。

他这个毛病龙先生并不知道，莫沙也决定在这次 C 国行动之后找个机会去疗养院休假，彻底戒掉毒瘾。

对于跟随他行动的强子等人，他的唯一要求就是绝对遵守命令，没有命令严禁任何行动。其他的莫沙也无法预测行动中会发生什么。

莫沙又打开了一听啤酒。

他身边的印度籍副手拉兹一直在抱怨他所负责的这次行动很艰难。

的确，与莫沙相比，拉兹他们几乎没有任何线索。莫沙知道，拉兹的任务是找到胡一文的那三个家人，胡一文的老婆和他的儿子女儿。拉兹基本上认为自己无法完成这个任务。

他对莫沙说道："A 国人想要藏起来的人我们怎么可能找到，更何况那还是在他们的本土，而且时间已经过去一年多了。我们到哪里去找他们？"

莫沙手拿啤酒，碰了碰拉兹的酒，安慰他："没关系，会有办法的。伯恩他们不是一直在努力吗？好像他们已经有了一些线索。反正龙先生给你们的任务又没有时间限制。慢慢找吧，总会找到的。"

莫沙又给拉兹出主意了。他说："你到了那里后，先跟伯恩他们联系。看看他们手里有什么有用的信息，然后再慢慢寻找吧。不过，有可能的话，可以要伯恩动用他在 A 国情报网的关系。总之，你比我强，老板并没有规定你们必须完成任务，而只是说尽最大的努力。哪像我们，这次要完成的可是硬任务。"

拉兹听了心情好多了。

没错，着急也没有用。反正也不是死任务。他知道莫沙这次的担子比他重，有明确的任务要求，而且还有那个什么李先生的地图。实际上，如果拉兹知道自己这次去 A 国将是他最后一次的机会，他是无论如何不会去的。

而莫沙，却对自己的行动充满信心。

的确，一切都准备好了。

在一个凌晨，莫沙和他的小分队出发了。

迎着晨雾，他们走进了 C 国的边境。

那么，在最后的角逐中，谁是猎人？谁又是猎物呢？

第 30 章

在莫沙和强子他们出发后的几天内，李银来也走了。

不过，这次他是和一个叫做阮小梅的女人一起走的。而且，他和阮小梅是乘坐民航客机飞走的。

在空中，李银来还在回味这几天不同寻常的日子。

对他来说，这几天从一个处男变成了一个真正的男人，这几天，他经历了一次从肉体到精神的彻底洗礼。可以说，这几天完全地改变了这个男人。一个有才华有魅力的男人由此诞生了，只不过在若干年后，对于许多因他的研究成果而遭受苦难的人绝不会这么认为。

然而，对于李银来，在见过哈立德和欧阳龙之后的 24 小时却令他终身难忘。

每次想起，他都有一种亢奋，一种激动。

这一天，其实就是一个严格意义上的分水岭。每一个人都有其生命历程中的分水岭，只不过有人很短，像李银来，只有短短的 24 小时，而有人却比较长，比如胡一文，时间长达近两年。在这个分水岭的两端，一个男人的内心世界可以完全不同。你从外形根本看不出任何的变化，其内心的激荡只有当事人自己可以体会、可以感觉、可以今后无数次地独自回味。

李银来正经历了这样一次精神和肉体的双重沐浴。

那天，谈过话之后，欧阳龙亲自把他送入了一个小院子，在敲开大门后，一个女人出来为他们打开了院门。

欧阳龙没有迈进门槛，他站在门外，指着那个女人对李银来说道："这是你的家。她是你的女人。"说完，欧阳龙抬脚走了，只留下李银来站在门口张大嘴巴发愣。

女人拉了拉李银来的袖子，他便像一个呆子一样跟着她进来。

院子很漂亮，里面的装修是那种典型的欧式风格。这种欧式风格的装修色彩明亮，用材奢华，图案大气夸张，整个院子给人的感觉是富丽堂皇，金碧辉煌。

李银来在客厅内刚刚坐下。

女人便端上了一盆温水。"洗洗脸吧。"女人轻声说道。纯正的 C 国话，带有广西一带的口音，但声音却挺好听。

李银来站起来，用毛巾捧了水洗脸。洁白的松暖的毛巾和着温水让李银来感觉到洗去了这十天来所有的风尘。

洗完脸，李银来便看见沙发边的茶几上有一杯茶，袅袅地冒着热气。女人对李银来又说道："你辛苦了。坐在沙发上喝杯茶吧。你先休息一会儿，我去给你做晚饭。"

女人端着洗脸盆走了，客厅内只剩下李银来。

他环顾四周，一台 48 吋的大液晶电视正播放着 CNN 的新闻，声音不大，刚刚李银来都没有感觉到，但现在听来，音量刚好合适。橙红色的软布沙发散发着暖意，淡茶色的玻璃茶几上干干净净，有一个蓝色的烟灰缸，旁边是一包中华香烟，烟盒上有一个 ZIPPO 打火机。

除开这些，茶几上便只有那杯冒着热气的茶水。

四周的家具应有尽有，像酒柜、花盆、鱼缸等布置都恰到好处。李银来并不懂得装修，也不太会欣赏艺术，但这个客厅却让他感觉很舒服，刚进门时的陌生感和紧张感已经在洗脸时洗掉了，他只觉得很亲切、很温馨。

这是泡得恰到好处的龙井茶。李银来在体味了第一口温香后，接连喝了几大口，几乎喝光了茶水。喝完茶，李银来拿起了茶几上的那包香烟。他打开包装，抽出了一支。ZIPPO 打火机发出"哒"的一声，李银来模仿着美国大兵的动作，很酷地打着火，点燃了香烟。他深深地吸了一口，醇香的烟雾像记忆中姐姐的手抚摸一样从鼻腔里缓缓冒出。李银来让全身深深地陷在柔软的沙发里，享受着香烟的滋润。这一刻，他感到自己已经别无所求了。

就这样望着烟雾在客厅的天花板上四处飘荡，李银来任思绪纵横驰骋。

也不知过了多久，当女人来叫他吃饭时，他才发现自己好像什么也没有想。

随着女人进入餐厅，他看到了用自然原木做成的餐桌上摆了五六个碟子，一股香气顿时让他感到自己确实饿了。女人帮他拉开了一张椅子，等他坐好后，一边盛饭，一边说道："不知道你是哪里人，我就做了几个我们家乡的菜，你尝尝，合不合你的口味。"

李银来接过饭碗，拿起筷子先扒了一口饭。嗯，米不错，很香，很好吃。又夹了一筷子的辣椒炒肉，大口大口地吃了起来。女人也盛了饭，在他对面坐下吃了起来。

两人没有说话，只听得咀嚼声。一碗饭吃完，李银来刚刚扒完最后一口，女人便接过碗，却没有马上给他盛饭，对他说："想喝酒吗？家里有白酒。"不等他回答，女人转身从旁边的柜子里拿出一瓶茅台，又摸出两个小杯子。她并没有倒酒，只是拿着酒瓶望着他，看起来像是征询他的意见。

李银来从来没有喝过茅台。刚刚那碗饭填充了他饥饿的感觉，这会儿他倒真的想喝几口酒，便朝女人点点头。女人很快地倒满了两杯酒，嘴里说道："我陪你喝几杯吧。一个人喝酒挺没有意思的。"

李银来端起女人放在他面前的酒杯，对女人说了他进门后的第一句话："谢谢你。辛苦你了。"李银来并不知道自己为什么会这样说，只是他心里好像感觉到女人为他做了很多，他应该谢谢人家，也就随口说了出来。

女人却好像有点惊讶，端着酒杯的手明显有一丝颤抖。她的眼睛盯着李银来，好像有一种别样的光在闪。女人轻声说："应该的，我是你的女人。"说完，和李银来碰了一下酒杯，一饮而尽。

李银来没有想到，他所说的第一句话让这个女人感动了一辈子，最后甚至为他而死。

多年后，李银来听到了女人当时对他这句话的感觉。"你知道吗？银子，本来伺候你就是我的任务。但你那句话却实实在在地让我觉得我天生就是你的女人。我一辈子都会记得你跟我说的这第一句话。"

一句话换来了一个女人，一句话换来了一个对他一辈子倾心的女人。李银来发自肺腑的真心话使得他一生中有了一个心爱的女人。当李银来在临死时想起这段往事时，他老泪纵横，泪流不止。

酒，真是好东西。李银来喝着酒，慢慢开始了和女人的聊天。

聊天是从女人的家乡开始的。女人实际上是越南人，叫阮小梅，她是个孤儿。只因她的家乡离广西很近，其实就是隔着一条小河。她家乡和广西人的生活几乎没有什么两样。一样的风俗，一样的饮食，一样的水土，只不过语言不同而已。实际上是阮小梅会多说一种语言，除开家乡的越南话，她的广西话和附近的广西人没有什么不同。

小梅告诉他，她大概在十一二岁的时候就被村里人卖给了哈立德。因为父母早逝，生存困难，她自己也愿意来这里。每隔两年，哈立德都会派人去那个村庄，那时就会有一些小女孩自己愿意过来。早先基本上是孤儿或家里孩子多生活困难的，后来有些家境好一些的也愿意出来。

这个村庄其实是哈立德的一个手下的老家，在一次行动中那个手下负伤死了，临死前要求哈立德把他在老家的妹子接过来，要哈立德照顾。从此以后，从这个地方选一些女孩子到基地来打杂就变成了惯例。

再后来，从欧阳龙来了之后，他便会从中挑选一些有姿色的女孩子，给与一些特殊的教育，比如语言、武功、文秘等等的培训，当然也有一些特工技能的培训。这些女孩子便作为一些头领的夫人或者驻外人员的随从。从某种意义上说，这些女孩子实际上是欧阳龙的耳目和监工，她们对于主人有着伺候和监督的双重职能。当然，监督任务这一项，小梅并没有告诉李银来。

晚饭自然持续了很久，因为喝酒，两人倒也亲近了许多。但李银来还是有一些紧张，那是对女人的紧张。他对女人的了解几乎全部来自于他的姐妲，半是呵护半是命令是他对女人的认知。

而小梅对他的顺从有时倒让他有点无所适从。好在有点喝多了，小梅便放水让他洗澡。这个时候的李银来很是执拗，本来小梅要帮他洗澡，他坚决不依，就这样稀里哗啦洗完后，李银来感到很有点头重脚轻。酒劲上来了，小梅赶紧扶他上床，李银来很快便睡着了。

也不知过了多久，李银来醒了过来。在静谧的夜里，四周静悄悄的。李银来睁开眼睛，慢慢适应了黑暗。借助星光，他看到了卧室天花板那盏漂亮的顶灯，但很快，他便感觉到了异样。一偏头，一个女人像小猫一样侧卧着躺在床的那一边。李银来吓了一跳，使劲摇摇脑袋，有点清醒了。他记得白天是有一个女人，但怎么也想不起睡觉时身边有一个女人。他很快记起来这是阮小梅。

女人的体香引诱他不由自主地去看她。李银来轻轻支起胳膊，看着女人恬静的睡容。女人散乱着长发，一定是沐浴后就躺下了，头发几乎遮住了她半个脸庞。粉色的睡衣下摆卷起来，露出白皙的腰部。女人侧卧的姿势显得双腿修长。李银来看着看着，感觉到自己的身体有了明显的变化。他调整了一下自己的姿势，双腿跪在床上，让膨胀的下体伸展开来，深深呼吸了一大口气。他挑起自己盖着的夹被，准备给女人盖上。

突然间，女人动了动。李银来心中一惊，挑起被子的手和被角就这样僵滞在半空中，不敢盖下被子。女人翻了一下身，从侧卧变成了仰卧，双手却举起后放在脑袋的旁边，又沉沉地睡去了。

李银来一直僵硬着身子，生怕惊醒了女人，这会儿见她睡熟了，赶紧放下了手和被子，甩甩手腕，眼睛却死盯着女人的身体。女人换了一个姿势变成仰卧后，睡衣的胸部有一个纽扣脱了出来，露出了大半个饱满丰腴的乳房。李银来盯着乳房看了一会儿，又把目光移向她的脸。依然平静、安详，好像还带有一丝微笑。

他顺着她的身体往下看，乳房、细腰，还有丰满修长的大腿，李银来感觉自己的血液涌上来，心脏"砰砰"乱跳。他有点控制不住自己的手了，不由自主地摸向那凹凸有致的身体。手刚碰到女人的乳房，那温润滑腻的感觉让他心动。他用手指轻轻按了一下那富有弹性的乳房，女人好像有点动的意思，李银来吓得一动不动，手却舍不得拿出来。

就这样停留了一会儿，看到女人没有反应，他又开始大胆地抚摸起来。他的手顺着身体往下移，慢慢移到了女人的大腿边。李银来感到一种前所未有的感觉在全身游动。这是他第一次如此近地接触女人的身体，这种对于异性的渴望和占有的感觉让他很兴奋。

他的呼吸明显地粗了起来，两只手都不听话地放在了女人身体上，一只抚摸着乳房，另一只则在女人的大腿上。突然，李银来把心一横，慢慢解开女人睡衣的扣子，完了以后仍未停手，又慢慢脱下了女人的睡裤。这时的他全部的身心都在欣赏女人的身体，根本没有注意到女人实际没有穿内裤。

脱下睡衣睡裤后，女人一丝不挂的身体全部裸露在他的眼前，李银来彻底被面前的这个美好的胴体征服了。他跪在女人的大腿边，两只手分别撑在女人身体的两侧，低下头，用嘴轻轻地含住乳房。

就在这个时刻，一个美妙的声音传入他的耳膜："来吧。老公，我就是你的女人。"

这简直就是他盼望已久的天籁之音。

李银来不再压抑着自己，任由强烈的冲动自由而行。他使劲揉搓着女人的乳房，却让自己在女人的身体内放纵地驰骋。他强烈的占有和征服欲指挥着他的身体，这个时刻，李银来只知道没有了天，没有了地，没有了时间，也没有了一切，只有两人的身体在交融、在深入、在化为一体。

……

过了很久，李银来好像从梦中醒来。他全身异常轻松和满足，仿佛这一辈子的苦难和痛苦从来便不存在一样。

李银来感到无比的幸福。

这种无法言喻的幸福感觉在两周后更是达到了顶点。

那时的他，已经身处异国他乡，但李银来却认为自己身在天国，旁边就是他满心喜爱的小梅姑娘，而他俩所住的房子，正坐落在 P 国一所著名大学的教师宿舍区内。

在这所四室一厅的房间内，李银来和阮小梅将度过他多年平静、幸福而富有成就的生活，直到命运女神又一次把他带到崎岖的山路。

而此时，李银来的身份则是这所大学生命科学研究所的研究员。在护照上，他的国籍是越南。

第 31 章

就在东半球轰轰烈烈、险情迭出的时候，被软禁在西半球的丽莎看上去一点也不焦躁，她是那样的平静安详，心如止水。

换作任何一个人，在莫名其妙被关押在一个陌生的地方，与外界没有任何的联系的时候，自然会焦躁不安，举止失常。

丽莎也不例外，只是她的这段失常的时间比其他人要短很多。究其原因，一是丽莎本就是一个坐得住的安稳的女人，二是她的身边还有两个孩子，两个惊慌失措、诚惶诚恐的孩子，三则得益于她的研究领域。

丽莎在作出了许多努力都没有效果以后，她反而变得平静了。

其实，当你被软禁后，你能做的不外乎是寻求与外界的联系，询问自己丈夫的下落，与看守们套套关系以求有所收获，最后的办法自然是寻找一切可能的机会报警或者逃走。当丽莎把这些行动都付诸实施后才发现，看守他们的绝不是一般的人，而是精明强干的特工人员。她的一切努力在这些人面前看上去像一个儿戏。

既然如此，那就既来之则安之了。

两个孩子于是成为了丽莎一切行为的焦点和重点。

两个孩子在骤然失去自由、失去父亲的时候免不了脾气暴躁，行为狂乱。丽莎知道这是心理失常引起的连锁反应。作为一个长期研究心理思维与行为学的学者，丽莎清楚如何平复孩子的异常情绪。

有了母亲在身边的帮助，还有母亲的镇定与平静，孩子们逐渐平复了下来。一切都在有条不紊地进行着。为了不耽误孩子的学业，丽莎当起了孩子的老师。她像一个教师那样开始了正常的教学和生活，只是这个学校只有一个老师和两个学生，只能在一个院子里生活。

但这已经足够了。

每天早上，母子三人起床，跑步锻炼，共同准备早餐。在吃完早餐后上课，丽莎根据不同的课程为孩子上课，就像 C 国偏远山区的复式教学一样，然后是午餐，下午是自由活动时间，晚饭后则是必做的阅读时间。晚上十点上床睡觉。

日复一日，生活规律而又充实。不到两个月，孩子们就恢复了安静与天真。

作为母亲，丽莎很欣慰自己的努力与强作镇定得到了应有的回报，但她自己却把对丈夫的思念以及对未来的茫然和焦虑紧紧裹在一起，只在寂静的深夜一个人独自徘徊，独自无眠。

这样度过三个月后，丽莎感觉到自己的承受极限快要到了，她明白决不能这样下去，否则，就算丈夫平安归来，她却早已不在人世了。

她开始强迫自己重新开始原先的研究工作，必须让自己的大脑运转起来，这样才不会整天被那些无法排解的焦虑所纠缠。

渐渐地，两周之后，丽莎发现自己真的平静下来了，她对自己的研究又重新拥有了兴趣。

有一天，她从一本书中读到，有些国家在秘密研究人体的超能力，也就是人类的特异功能。目前公认的人体特异功能有：特异致动、人体非眼图像识别、遥视、透视、预测、心灵传感等。

正是遥视技术这几个字引起了丽莎的注意。她在想，如果特异功能是可以开发和培训出来的，那我为什么不看看，或许我也能学到一点什么，说不定透过遥视技术，还能够看到一文的一点动静，那该多好啊。

抱着这个天真的想法，丽莎开始收集这方面的资料。

近些年来，在世界其他地区对人体特异功能现象的发现和研究成果，也屡屡见诸于报端。而西方科学家经过半个多世纪的实验研究，早已确证人体特异功能的存在。

2001年底，著名心灵心理学家若欧编辑的《心灵心理学基础研究》出版，系统地收集整理了心灵心理学主流实验及结果分析，其中包括隔墙隔物看到隐蔽物或图像的透视功能。

其实中国古人对人体之玄妙就有深刻的认识。道家认为人体是一个小宇宙，通过修炼，返本归真，人体就会出现特异功能。中国古代有许多神医，被认为具有超越常人的能力和智慧。许多修炼者对特异功能的存在深信不疑，他们认为这是人类天生就具有的能力，只是随着人类道德的衰败而逐渐丧失了。不少专家也认为，特异功能的研究会使人类看到一个全新的自我。

实际上，经过半个多世纪的实验研究，人体特异功能已被确证存在，并且科学家们日趋清楚地认识到所有这些功能密切联系，全部来源于现代生理科学认识到的神秘心理能量。

据世界最权威的科技杂志《科学》1980年的调查，1139名科学家中，确信有特异功能的占16%，认为可信的占50%，认为不可信的只占34%。

对于特异功能，目前的研究主要包括两大类：超感知觉和心理致动。

超感知觉是指不通过五官而获得知觉信息的能力，包括他心通、透视力或天目、遥视、宿命通（预知未来、回知过去）。

心理致动是指不动手不动脚而能影响、操控外界物质的能力，如意念移物、意念影响电子仪器、催发种子等。

其中，有一种现象称为特异致动。自从19世纪末意大利一位妇女被发现并实验证明有特异致动功能以来，人们进行了大量的特异致动实验，获得了很可信的实验资料。具有特异致动功能的人可以使被密封在玻璃瓶中的目标物突破空间障碍移动到玻璃瓶外来。高速摄影机已经清晰地拍摄下了目标物突破空间障碍的全过程。

另外一种特异功能叫人体非眼图像识别。就是不通过人体的肉眼，而通过人体的其他部位，如耳朵、手指等，识别颜色、图像、文字等。很多定量实验证明了此功能的存在。

当然，其他的特异功能还有不少。

例如心灵传感：无需感觉器官，两人之间单向或双向传递心灵思想信息。日本学者本山博士的实验证明意志力可以通过电磁波无法通过的房间，成功传递给被试验者。实验还显示志趣相投者之间的心灵感应更明显。

透视：无需通常的感觉器官（如肉眼）透过障碍物获知物体内部的状态。1920年美国学者JB莱茵在Duke大学超心理学实验室用25张瑞纳卡（不同形状图样的卡片）进行"双盲性"实验，共进行了85000余次的观测，发现被测试者的成功概率远远大于随机概率，结果证明透视是存在的。

遥视：无需肉眼或心灵感应，远处目标物的图像直接被大脑获取。研究者采用定量化的实验研究手段，用随机数字表随机产生被遥视物体，以排除研究者的心灵信息对被测者的干扰，结果证实了遥视功能的存在。

预测：能预知未来时间发生什么或是否发生。最著名的实验是卡林顿的绘画实验。完全被隔绝的被试验者可以成功地描述卡林顿按照随机原则，在过去和将来绘出来的画，表明被试验者具有感知过去和未来的能力。

丽莎的这些笔记有一天被儿子胡地看到了，他惊奇地问他的妈妈："妈妈，你记录的这些是真的吗？"

丽莎想了一下，决定告诉儿子真相："孩子，我不敢肯定。但从记录和历史的实验来看，的确有很少数的一些人身上具有这种特异功能，也有不少科学家在深入研究。这不是人类的普遍现象，但的确存在。"

"是吗？我还以为那是魔术呢。"胡地心里很惊讶，"那么，妈妈，我们是否也有这样的功能呢？或者说，我们是否也有这种潜质，只要好好开发，也可以拥有这种特异功能呢？"

丽莎感觉到了胡地的敏锐。这其实正是科学家关心的问题。丽莎实话实说："我不知道。科学界对于这些也很有争议。这正是需要人们研究的地方。"

丽莎看到，当科学家们还在实验室中对其反复验证时，异常敏感的美国军方和中央情报局已捷足先登。从40年代开始的美国超能力研究尽管在学术界尚有争议，但进入70年代后，美国政府开始资助并组织这方面的研究工作，这完全是出于特异功能可能具有的潜在的重要性。

1981年6月，美国众议院科技委员会专门就《当前和将来科学和技术问题概况》向国会提出报告，提出："最近关于遥视和其他人体特异功能的实验意味着人类的意念可以获取超越地理和时间的信息。鉴于这些知识的潜在的巨大力量和鉴于众所周知的苏联正在由官方支持进行高水平的研究，希望国会采取步骤，认真估计在这个国家进行的这方面研究。"

特异功能在美国尽管还为许多民众所不理解，军方和中央情报局却经常求助于它。近年来，他们曾经数次请特异功能专家侦察前苏联武器秘密，监视诺列加以及在伊朗等国寻找恐怖分子和人质所在地。

特异功能之所以被重视，毋庸置疑的原因有两点：其一是，在其他做法不能奏效时，总有人会在危机之中找特异功能；另外政治领袖们和一般百姓一样，继续被这种超自然现象的神秘境界所吸引。

从1972年起，斯坦福大学研究所在美国政府的资助下，进行了一系列关于遥视和遥感的实验。五角大楼拨款支持斯坦福研究所国际公司进行机密的小型特异功能研究。该公司的前身是美国的一个思想库。另外，中央情报局和五角大楼亦密切注视着苏联这方面的研究工作。

而前苏联也有类似的研究机构。俄罗斯科学院的通讯院士亚历山大·斯皮尔金就是原苏联"特异功能者秘密实验室"的第一任主任，这个实验室也就是所谓的"生物信息实验室"，当时计划招收200个"特异功能者"。

整个工作由斯皮尔金亲自挂帅，筛选极其严格，让"特异人"现场表演自己的"超能力"，并介绍自己的"奇特"经历。选中的"特异功能者"就成了实验室的研究人员，他们参与搞生物技术"科研"等工作。有些特异功能者经常被克格勃请去"执行任务"。

丽莎发现，人类众多的发明与创造、科学技术的发现及应用，竟大多被首先用于军事，用于人类的互相残杀，这不能不说是科学的悲哀！丽莎知道，人类的许多科技发明首先是出于军事目的被开发出来的。

被列入人体生命科学的特异功能现象，也是如此。

生命现象在不同空间可能有不同的表现形式，甚至生命本身在不同空间也有不同的存在形式。生命的物质基础也许远不仅仅是基因、蛋白质这些已经发现了的表面上的东西。

但现在，丽莎更关心遥视技术的发展。

丽莎自从发现了这个技术之后，又看到了一些关于遥视的研究和实验。她很紧张，又很兴奋，她希望从中学会遥视的本领，以找到她的丈夫。她几乎每天晚上都和儿子胡地在研究这个，两人都有点入魔了。

作为孩子，胡地对母亲的这些研究异常地有兴趣。

"妈妈，你说的那些是真的吗？"

"妈妈，我也想看看爸爸，我昨天晚上还梦见爸爸了。"

"妈妈，我们能学会遥视吗？"

问题很多，也很实际。丽莎告诉胡地，两人要一块研究，或许就能看到爸爸了。

有一段时间，母子两人非常热衷于研究遥视。

遥视实际上就是我们日常所说的"天眼"或者"千里眼"。遥视功能是指能看到视觉范围之外，相距遥远的事物的人体潜能。实验心灵心理学对这一功能的科学实验始于 1930 年代，70年来的实验已证实该功能的客观存在。

最经典的遥视功能研究是 1979 年由艾尔马·格鲁勃（Elmar Gruber）和马瑞林·史立兹（Marily Schlitz）进行的跨越欧美两洲的遥视实验，结果发表在 1980 年第 44 期和 1981 年第 45 期的《心灵心理学学刊》上（Schlitz & Gruber, 1980; Gruber, 1981）。

近年的大量实验在不同的文化人群和不同实验状况下重复验证了遥视功能的存在。有些人天生具备较强的遥视功能，有些人经过训练可产生一定程度的功能，但是，产生这种功能的人体机制科学家们还不甚明了。

人居然能准确地"看到"千万里之遥的事物，显然不是表面身体的感官在起作用，但除了感官，科学家们绞尽脑汁也不能在可见的生理组织上找到遥视功能的基础。

其实，我们人体结构在各个空间中极其复杂，并非像表现在肉眼可见的物质空间的这种形态。在一个特定的空间中，人体周围存在着一个场，这个场和宇宙有着对应的关系；宇宙中的事物在这个场中都有其影像存在。人的遥视功能就是看他自己空间场范围之内的东西。

人体有无限的潜能，只是我们普通人不知方法，我们的很多潜能都在隐藏着，比如开发眼部松果体的特异潜能的透视法与遥视法，无论从佛家的六大神通中的天眼通，道家、气功家的天眼开发，到如今的人体特异潜能的透视法开发，我们人的眼经过特殊训练与开发，就可看到我们凡人看不到的另外空间

科学家发现，"第三只眼"出现在人类胚胎发育两个月的时候，但它刚一出现，马上就开始退化，最后成为小脑前豌豆大的松果体，这就是所谓"退化的眼睛"。另外，科学还证实松果体具有眼睛的一切结构和分辨光与颜色的蛋白质。

有科学家相信，第三只眼是真正存在的器官。在极少数情况下，现代人也会保留这一功能。

关于人类"第三只眼"的说法由来已久。

佛教寺庙的壁画佛像和雕塑的前额上都有第三只眼。传说认为，这只眼睛具备他心通与遥视等超自然能力。很多人，特别是佛教徒，通过日积月累的修炼，也可以获得这种奇异的能力。

丽莎开始忘我地研究这些遥视技术，是因为她希望借助掌握遥视的一些技巧，幻想看到她的丈夫。而胡地也同样天真地认为，经过一段时间的修炼，或许他也可以拥有"天眼"，也可以看到常人看不到的东西。多年以后，胡地的确看到了许多常人看不到的东西，不过，那不是"天眼"，而是一个偶然的机遇。而他所看到的东西险些让他陷入万劫不复的境地。

　　但在那些被软禁的日子里，母子两人却在辛苦地探索着。因为，丽莎相信，每个人利用合适的方法，是可以获得某些特异功能的。

　　的确，根据最新科学研究成果得知，采用某种方法，任何人都可以诱发出自己潜在的功能，"弯曲金属集会"便是其中的方法之一。

　　弯曲金属集会是美国科学家之间曾经盛行的一种试验，利用这种方法90%以上的人，都可以用意念之力，弯铁如泥。美国海军海上武器研究所的科学家艾尔顿伯德博士，主持进行这种"弯曲金属集会"至今已100多次了，每次都能获得圆满成功。许多物理学家、心理学家、医学博士都积极参加他所主持的试验，并亲身体验了人类所特有的特异功能的威力。

　　通过试验，人们体验到这样一个异常现象："在某一瞬间，自己手里的金属突然变软了"。由于人的素质不同，这一瞬间到来的时机不同，有的人在试验开始几分钟即可到来，而有的人则需要20分钟以上。另外，金属变软所持续的时间也因人而异，有的几秒钟，有的可持续几分钟。在这段时间里，只要稍稍用力，手中拿的勺或叉子，就会像皮糖一样软软的弯曲下去。

　　虽然研究人员对这种现象现在还不能做出圆满的解释，但有一条却是明确的，那就是众人意念一致时，易于产生特异功能。

　　根据书中提供的修炼方法，丽莎也做了不少的练习和尝试。她甚至还动员两个孩子和她一起练习。尤其是儿子胡地，他好像已经真正迷上了心理学。

　　在这些日子里，丽莎感到自己仿佛真拥有了遥视能力，她好像看到了一文的痛苦和快乐，看到了一文在遥远的地方模糊的背影。

　　但实际上，那只是丽莎自己的幻觉，她根本没有这个超能力，所以她没有看到胡一文即将被强子所俘获，也没有看到她要求购买书籍的这个与外界有联系的唯一行为竟然给他们带来了致命的危险。

第 32 章

这个时候，李银来最尊敬的导师胡一文却坐在家里阳台上的那张椅子上，陷入了深深的苦思。

前段时间，进展相对顺利，但突然间，实验就卡在那里。

尽管前期实验基本确定了诱变药物的种类，但定点诱变的效率却一直提不上去。对于那些毒玉米来说，HX 药物要想获得成功，必须满足两个硬性指标。

第一是保证只对年轮开关基因进行定点诱变而不影响其他的基因，第二则是要保证所有样品全部都被定点诱变，不能有任何的遗留，否则仍然会有毒素的产生。

其实，对于已经发现的毒素玉米、小麦或大豆，消灭它的最简单的办法就是勒令那些种子生产商不再生产这些种子，全面封杀就可以了。

但现在的问题则不那么简单了。

首先，这些种子播种的范围太广了，几乎遍布全球各地。如果发布销毁的命令，将在全球引起一场恐慌，这对于社会的稳定很不利，甚至会引起社会动荡。所以，迫不得已才能采取这个办法。

其次，植物间的基因交流远比动物来得广泛而且容易，这其实是植物进化并适应环境的手段之一。这就意味着，很可能这些毒素基因已经和一些同时生长的农作物之间有了基因的交流和整合，也就是说，这些毒素基因有极大的可能性已经融合到了其他农作物的基因中，这样就必须要有一种手段可以关闭其毒素基因。HX 药物就是目前能想到的最好的办法。

最后，也不知是什么原因，带有这种毒素基因的转基因作物的生长力极其旺盛，抗病虫害的自我保护能力很强，产量也相当高。而这种带有毒素的转基因作物除开有毒素之外，几乎是其他方面，包括产量、抗病虫害、抗旱、抗冷等各个方面最好的农作物。这也是大家能够广泛接受的优点之一。

如果简单地封杀，可能对于农业生物技术的推广、社会接受认可新技术的难易程度等等，将会有致命的打击。

如果研究出了 HX 药物，只需要采用一些奖励和强制性措施保证农民的使用，这个毒素问题就可以很容易地得到解决。

故而问题的关键就变成了 HX 药物。

现在，其实胡一文的思路是针对年轮开关基因，采用定点诱变的办法来关闭它对毒素基因的启动，而 A 国菲尼尔教授的思路则是直接破坏毒素基因。两者是殊途同归，就看谁更快而已。胡一文对他的年轮开关基因比较熟悉，一直在研究，所以进展略快。而菲尼尔教授则几乎没有进展，尽管做了一年多的实验。

很多研究成果的突破其实是一层窗户纸。但这张窗户纸的捅破需要大量的基础研究作为它的基石。另外，思路的巧妙也是问题的关键。如果这两者都具备，那就只剩下运气了。

胡一文前期找到的 HX 配方中有四种化学物质的混合，目前要解决诱变的效率，他感觉只是这四种药物的配方比例问题。他的助手林织云和刘彤也都同意他的看法，但近两个月来，尝试了很多种配方，效果都没有什么变化，甚至有些配方的诱变效果还在下降。

前天是前期制定的实验中最后一轮结果出来的日子。

诱变效率仍然不高。胡一文决定先停下来，全面检查一下实验的方案，重新审视前期实验的方案和结果。在思考的时候，胡一文专注、执著、全神贯注。在外人看来，这个时候的胡一文浑身散发着无与伦比的魅力，这种魅力早已让林织云为之倾倒。

林织云在半年前终于发现了自己这个变化，而刘彤作为旁观者则非常忧虑。她很是担心这两人的感情往下发展，因为胡一文是有老婆的，如果发展下去，一定会有人受到伤害，而伤害的结果则肯定影响实验的进展。

现在，胡一文坐在那里一动不动，脑子里却翻江倒海，正在生物技术的 DNA 分子模拟世界中遨游。他好像已经抓到了问题的尾巴，但又感觉什么也没有抓到。这时候，他其实是一个 DNA 分子，而不是一个活生生的人。

两天以来，他的生活起居都由云儿照顾，而他本人则没有任何感觉。胡一文早已经魂不守舍了，他的魂魄已经和基因的 DNA 分子混合在一起，在混沌无序的分子世界中肆意穿行。这，其实就是真正的科学家的研究境界。换句话说，只有达到这种境界的科学家才有可能获得研究的突破，才能被称作科学家，否则的话，只不过是一个科学工匠罢了。

科学研究，首先要有超乎寻常的想象，然后才是对这个想象的验证。

科学，其实在人们发现之前是一个奇妙的未知世界，谁也无法预知其内在的规律。因此，科学研究，是研究科学，而不是科学地去研究。研究科学是没有方法可言的。因为你要探索的世界本来就是你不知道的，谁来告诉你方法和规律？既然都不清楚，你怎么知道我这种方法和思路是错误的呢？胡一文经常这样告诫他的学生，而他自己也从来不拘泥于研究方法和角度。

研究未知世界，可以随心所欲地从各个角度、各种方法去探索。这种时刻，其实更需要与常人不一样的想象力。胡一文对研究的独特观点是很多学生喜爱他的原因之一，而他自己，自然也不是一个按常理出牌的人。于是在别人很难想象的时候，胡一文往往有惊人之举。

比如，已经两天了，胡一文没有上班。实际上，前一阶段的实验已经结束了，而配方仍然没有找到，或者说，高效率的定点诱变的药物配方没有找到。胡一文在仔细研究了所有几千次的配方组合的数据后，感觉按目前的思路做下去，也不太可能得到好结果。

于是，他下令，全部休息，放假一周。研究室内的十来个人基本都是年轻人，自然热烈欢迎这个决定，几分钟之内，整个基因实验室就空空如也。而这种安排，自然引起了其他研究室的强烈抗议和不满，这便闹到了江山那里。

江山在胡一文的家里找到他时，已经是放假后第三天了，而胡一文正像一个木头人一样坐在阳台的椅子上发呆，在屋子里忙碌的是林织云。

"为什么不上班？为什么让大家放假休息？"江山只好小声问云儿。

云儿的回答却很大声："你没必要那么小声。他根本听不见。我已经试过多次了。现在的他，魂儿不知在哪里漫游呢，心里根本没有咱们这些凡人。"云儿的脸上滋润而光泽，浑身散发出一种让人着迷的魅力和体香。江山刚进来便感受到了云儿的不同寻常，但现在没顾得上这些。

江山看看一文，果然没有一丝受到影响的样子，便也用正常的声音把刚才的问题又问了一遍。

"我也问过一文，他没有正面回答，却给了我一个比喻。比如一个人，已经到了体力的极限，是让他继续跑，直到精疲力竭彻底倒下，还是先休息一下，养精蓄锐之后再跑。"云儿这样回答江山。

江山无话可说。

他无法反驳胡一文，那个道理是对的，但好像这跟全体放假休息不是一回事，但现在的问题是他无法与一文讨论。想到这儿，江山和云儿相对一笑。

胡一文已经进入仙界了。

对于实验来说，四种基本药物已经找到，配方应该就是每种药物的比例而已。的确，在配方优化组合中，胡一文进行了几千次不同比例的组合，诱变的效率也有高有低，但基本都在30%到80%之间。这个数据说明了至少这些药物是有效的。但各种组合基本都试过了，这让实验无法再继续进行了。因为四种药物的配方比例可以达到几百万种，我不能一个一个逐一去测试，那样，做到2015年也做不完。

如果问题肯定是配方比例的话，那么应该可以找到一些大致的比例，而这些比例的诱变效率应该有所不一样，起码有一个规律可循，这样，沿着这条路走下去，就可以寻找到最优化的效率最高的配方比例。但奇怪的是，这样得出的数据中，其诱变效率却杂乱无章，根本没有规律。

四种药物肯定没有问题，这已经反复测试和实验过了，但最优配方又找不到，甚至连基本规律都难以找到。那么，下一步该怎么办？继续下去只能是无谓的劳动，所以，胡一文干脆让大家休息，他自己则要好好琢磨一下。

接连几天，胡一文没有碰那些实验数据。他好像刻意地让自己离实验远一些，仿佛要彻底摆脱它们一样。他不碰那些东西，也不准云儿提一句和实验相关的话题。

就在这个时候，胡一文提出了那个异常行为游戏。

这几天，按胡一文对云儿的说法，就是你可以做任何你想做的事情，我都会全力配合，决不敷衍了事。除了与实验有关的任何话题和行为都可以。游戏持续的时间无法现在约定，但必须在胡一文要求终止时随时停止。

云儿喜出望外："真的，你不骗我？我可以做任何事情，而且你保证配合？"云儿不太相信。她曾经邀请胡一文一块吃饭，他都不干。

胡一文脸上的笑容很真诚，"我从不骗人。"

其实，胡一文是想采用极端的做法来进行这个游戏。他想让自己暂时彻底地忘记实验这回事，让脑子彻底休息，甚至忘记曾经有过这件事情，这样，当你重新开始时，脑子便会以一种全新的方式来重新接受实验，说不定，你变换了角度和思维，或许就会有不一样的收获。

这个办法是丽莎告诉他的。

丽莎对人类思维和意识研究很有心得，她在人类心理和行为学研究中发现了一个规律。那就是，人的思维和行为是有一定的内在联系的。如果你的行为是正常有规律的，那么你的思维也基本是按照这个规律，思维正常而有序。如果你突然改变你日常的行为，也就是你的行为不那么正常并有规律，或者说有些标新立异的话，这个时候你的思维便同样会不循常规了，而这种思维的变化对于新事物的研究往往非常有好处，因为它教会了你换一个角度来思考。

胡一文曾经有几次尝试过这个办法。他和丽莎玩过几次这个游戏，尽管他的行为变化并不大，丽莎和他基本上都属于比较含蓄和内敛的人，但胡一文仍然在随后的研究中感觉到自己思维的变化。而那些思维的变化对于他的研究则很有帮助。

这一次，胡一文想故伎重施，只不过他知道自己的行为变不出什么花样，所以把云儿请来帮忙。

他哪里知道，云儿一直在暗恋着他，这次胡一文的要求正中下怀。胡一文并不知道，正是这个机会让云儿窥探到他的内心，这反而坚定了云儿的信心。本来云儿就是一个很执著的女人，因为这，她才在科学研究的道路上走得比别人远一点，突出一点。

几年以后，云儿告诉胡一文，正是这次机会，上天给了他们俩走到一起的契机。云儿说，正是从这天开始，她下定决心，她要拼命挤进胡一文的心里，要把丽莎挤到一个角落里，而她自己则占据着胡一文心里的制高点。

江山进来找胡一文的时候，正是这个行为变化的游戏进行到关键的时刻，那一刻，云儿已经下定了决心，而胡一文刚刚进入到另一种思维当中。江山也同样没有想到，这个游戏改变了一个男人和一个女人，当然也改变了实验的进程。

胡一文做出那个异常行为游戏的决定之后，就想过把自己完全地交给云儿。胡一文想用云儿与他不一样的生活习惯和行为来改变自己延续多年的行为，从而达到改变思维的目的。

因此，当时他的承诺是真诚的。后来，当云儿做出那样的举动时，他曾想过拒绝，而当云儿指出他的承诺时，胡一文则放弃了自己的挣扎。

一半是承诺的信念，一半是感情的顺从，胡一文从此陷入了两个女人感情的漩涡中，很久都无法动弹。

当然，这一切在他说出自己的承诺时并没有意料到，否则他绝对不会把这个异常行为游戏进行下去。然而，胡一文自己也不敢肯定一定会终止这个游戏。

多年以后，当云儿成为他生命中的第二个女人后，他一直在怀疑自己。当时那个异常行为游戏是真的有必要？还是自己对云儿的一种测试？一种信任？或者一种诱惑和勾引？

第 33 章

历史就是这样的迷人，谁也无法预测未来的发生，同样，谁也无法改变已发生的历史。

而云儿作为独身女人的历史却要在这个游戏进行到第二天才能结束。

今天只是第一天。

这个游戏是从这天上午的十点开始的。云儿作为胡一文的行为主宰的身份从这一刻开始。那时，她和胡一文刚刚互相用小指拉过勾，胡一文再次保证自己的承诺。留在小指上的感觉让云儿有点心跳，这个三十岁的女人其实就是一个青涩的苹果，很少和异性有过工作之外且有点暧昧的身体接触。

这个时候的云儿想法很简单。

其实此时她还没有完全领会这个游戏的精妙之处。她只是清晰地知道，这几天胡一文会听从她的安排。而她的第一个想法就是，做一顿丰盛的午餐，和胡一文两人安静地享受。

她其实和胡一文在一起吃过很多次饭。集体会餐、工作盒饭，等等，但那都是工作需要，或者说那并不是两个人的世界。即便是两人挤在唯一一张干净的桌子上吃盒饭，云儿在心中也不认为那是真正意义上的共进午餐。云儿此刻一边准备菜肴，一边在回味自己心中想象过无数次的进餐场面。

它可以是在家里或是在餐厅。如果是在家里，那么他在书房看书，或者在客厅看报或电视，而她，则在厨房内忙碌，随着一盘盘飘香扑鼻的菜肴端上桌，她会开心地嚷嚷一句"吃饭了"，这时，他会快速站起来，帮她盛饭，然后两人一起坐下，共同吃饭。这个过程中，他会赞赏她做的菜很好吃，同时也跟她讲一些天南海北的话题，而她，则会因为他的赞美而心中欣喜，并认真地倾听他的谈话。

这么一个老套的妻子和丈夫吃饭的场面却在云儿的梦里出现过多次。或许全世界幸福的夫妻都在如此这般地生活着，云儿却一直在追求着这个梦。

今天，这一切竟然真的发生了。

只不过，实际发生的一切和她想象的情节只有一个很小的不同。在她做饭的时候，胡一文非要来帮忙，云儿坚决地拒绝，只要求他在客厅内看报或看电视。除此之外，一切和想象中一样，就连胡一文对饭菜的赞美都和她梦中的一样。云儿暗自很开心地笑了。

其实，像胡一文这样身上有浓厚的儒雅风度的男人，一定会对任何人的付出给与感谢和尊重。这也就使得他很受下层人的欢迎和尊敬，同样地，他的这种风度影响了身边的每一个人。就像已经离开的李银来，经过半年的熏陶，同样也会对清洁大婶或送货人员说上一声"谢谢"，而且绝对让你感觉到他的真诚。这时候的云儿就体会到这样的真诚。

如果云儿知道，真诚可以让人为之而死的话，那云儿此刻的感觉正是如此。真诚的力量是如此巨大，云儿可以体会到，阮小梅恰恰是因为李银来随口一句真诚的感谢，就把自己的一生与这个陌生的男人紧紧地结合在一起。

其实，女人的幸福感往往来得比较容易，而且细微。

吃完午饭，云儿让胡一文好好睡个午觉。阳光从窗户里照进来，很是温暖，在这样深秋的暖阳之下，浑身轻松地睡上一觉，那绝对是一种难得的享受。胡一文很乐意地遵从这样的指示，美滋滋地闭上了眼睛。而云儿，则坐在客厅的沙发上，趴在茶几上正兴致勃勃地计划这几天的活动安排。

从云儿的内心来说，她清楚，胡一文有权利随时终止这个游戏。这意味着，云儿的喜悦有可能会戛然而止。所以，云儿要好好谋划，尽量让这些时光更有意义一些。

云儿知道丽莎的存在，也知道自己对胡一文的感情不会有结果，但即便是在远处看着胡一文，云儿都认为是一种幸福，更何况可以近距离与胡一文一起生活。云儿在设计着。

可惜的是，在这个封闭的部队大院里，可以有效地舒展恋人感情的地方并不多，而胡一文肯定也会比较在意他们两人在公共场所的行为。

如果这样，可供选择的地方并不多。研究所边上的那座小山，围绕小山的那些树林和小路，运动场所，游泳馆，餐厅，还有就是胡一文这个房子。申请离开部队大院是一件很麻烦的事情，而且云儿也不愿意把时间浪费在公共场所，她希望两人在一起的时间越多越好。

那么，可以多安排一些室内活动。一起听音乐，一起看电视，一起读书，还可以一起做饭，甚至打扫房间。云儿计划了不少活动，写满了两页纸，但都没有最后定下来。看心情吧，也看一文的兴致。动静是可以相结合的，计划也是可以随时调整的。

等胡一文醒来，云儿就拉着他去菜市场买菜。

中午相对匆忙，也不清楚一文喜欢吃什么，晚上要好好准备一下，云儿想做一顿烛光晚餐。女人在空闲的时候总是想象一些浪漫的事情，而且只要有条件，就会冒出一些稀奇古怪的念头。

胡一文一觉醒来，心情很好。他活动活动身体，做了几下扩胸运动，就和云儿一块出门了。既然决定了这个游戏，胡一文就会认真对待，他是真的把自己完全交给云儿来安排。每当自己不知道该干什么的时候，就会认真地请示云儿。云儿很喜欢胡一文的那种神态，每当这个时候，总是亲昵地拍拍他的胸脯，告诉他该干什么了。

两人买了不少菜，几乎把未来两三天的都买好了，好像不再准备出门了似的。回来后，两人一起开始了劳动，打扫房间卫生，洗衣服和床单，擦玻璃，忙得不亦乐乎。到后来，两人干得高兴，索性连窗帘都洗了，最后弄得没有地方晾晒了，干脆就那样潮乎乎地再挂起来，屋子里顿时有了湿漉漉的味道。

胡一文和云儿一点也不觉得累，两人反而一边干活一边唱歌。一个下午，两人几乎把自己一生会唱的都唱了一遍。云儿高兴地发现，两人都会唱的歌曲还真不少，这使得屋子里不时响起很好听的二重唱。

等到再也找不到可干的活了，两人才坐下来休息。

云儿泡了一壶好茶，是那种很清爽的洞庭碧螺春。一边喝茶，两人一边巡视着清洁的屋子。其实，这套房间尽管有三室两厅，但由于只有胡一文一人居住，而且几乎没有什么家具，所以需要清洁的东西和地方都不太多。经过这样一番清理，房间给人一种清新明亮的感觉。

"累不累？一文。"云儿脸上泛着红光，轻轻地问道。

"一点也不累。"胡一文也同样觉得自己浑身骨骼舒展，精力充沛。

"啊呀，都五点多了。一文，我们休息一会儿，待会儿动手做饭，好吗？"云儿征询着一文的意见。

"现在你是老大，你说了算。"胡一文无所谓。他突然发现，没有责任的日子应该很惬意，因为你可以对未来没有一点忧虑。

"那好。我想做一次烛光晚餐，你看行吗？"云儿有点像撒娇。又有点像挑衅。

"没问题。听你的。"胡一文站起来就要往厨房走。

云儿高兴了，她其实要的是态度本身，至于一文干不干活根本不重要。她突然发现，胡一文很认真，绝对就是按他所说的去做。"你就是我的行为主宰。我只有行为，没有脑子，完全听从你的安排。"

云儿开始理解并完全懂得了这句话。不过，她心里仍然在想，如果我安排一件他不喜欢或不愿意做的事情，他还会如此听从我的安排吗？心里这样想，嘴里也就这样说出来了。

胡一文停下脚步，很认真地对云儿说："只要游戏没有结束。我一定听从安排。但是违法乱纪的事情我不做，我是有原则和底线的。"

"放心，我不是一个坏女人。"云儿回敬了他。两人相对一视，同时哈哈大笑。

云儿随即安排晚餐，"这样吧，一文，我们两人比赛，一人做三个菜，比比看，谁做的更好吃。"

"好，就这么定了。"

整个房间只有两根蜡烛在燃烧着。屋子里的一切变得有些模糊，就连胡一文的脸都看不太清楚。音响里传出了肖邦的《夜曲（第9号）》钢琴柔美的声音。一切显得很温柔并且朦胧，但这朦胧却正好让气氛变得有些暧昧。

云儿端着一杯红酒，柔柔地对胡一文说："一文，谢谢你。我今天很开心。这也是我第一次和我喜欢的男人共进晚餐。"

一不小心，云儿说出了自己的心里话。其实，胡一文也很喜欢云儿，但却一直是把她当妹妹一样看待，云儿的这句话分明让他感觉到她是一个女人。

"云儿，我也同样很开心，谢谢你为我做的这一切。"胡一文不想太伤害云儿，只好点到为止。他和云儿碰碰杯，喝了一大口。

在这样的夜晚，有这样的音乐，身边还有一个妩媚的女人，胡一文有些伤感。内心有对丽莎的思念，也有对云儿的柔情。他心中知道，今晚，只有他才可以把握好后面的发展。可他却一点也不想破坏这种气氛。

"云儿，你知道吗？我在离开C国去国外留学的时候，我母亲对我说，一个幸运的男人就是在他的一生中有一个美好的女人。我一直记得这句话。如果有一个好女人，那这个男人就是幸运的。"

云儿安静地听着。

胡一文接着说："后来，我遇到了我的妻子。我又想，如果一个男人在他的一生中有两个美好的女人，那他就不枉人世间来一次。我的母亲、我的妻子。她们两个就是我一生中最好的两个女人。我应该就是一个既幸运又幸福的男人。"

云儿仍在安静地听着，但她的心里有些悲伤，只因为自己不是那两个好女人中的任何一个。

胡一文再接着说："刚刚，我在想，如果一个男人能够在一生中遇到三个好女人，那这个男人就一定是世界上最幸运和最幸福的男人。如果是这样的话，那么，今天晚上，我就是那个最幸运最幸福的男人，而你，就是我生命中第三个好女人。"胡一文说完，站了起来。

云儿的眼睛睁得大大的，眼泪却一颗一颗地流了下来。这一刻，她觉得自己是最幸福的女人，因为得到了心爱男人由衷的赞美和欣赏。

而让她更幸福的还在后头。胡一文喝光了杯子里的酒，走到她的身边，拿起了她的手，把她拥在怀里，就这样和着轻柔的钢琴，旋转着脚步，跳起了慢舞。

云儿依偎在胡一文的怀里，巨大的幸福感像音乐一样淹没了她。她不由自主地随着胡一文舞动起来。他们两人相拥在一起，就像微微春风中的小船一样，轻轻摇晃。

烛光摇曳着，音乐弥漫着，窗外的秋风柔柔地吹来，潮湿的窗帘也微微地摇晃着。两个人都闭上眼睛，在忘我的境界中感动着自己，幸福着自己，直到红红的烛光一点点地逝去。

夜深了，云儿没有说话，只是慢慢挣开了胡一文的怀抱。她慢慢地退向房门。

"晚安，一文。"门在她身后"咔嗒"一声锁上了。

云儿走向自己的房间，脚步声在空旷的楼梯间回响。

第 34 章

窗外的鸟儿"唧唧喳喳"地叫了起来。明媚的阳光照进了卧室，里面却空空如也。在那座小山旁边的小路上，房间的主人正在轻快地跑着。一会儿，后面又传来了略为急促的脚步声。云儿一身蔚蓝的运动装跑了过来。

"早，一文。"

"早，我的女主人。"胡一文开着玩笑。两人并肩跑了起来。昨天的时光仿佛消融了以前隔阂他们的一切障碍，两人反而觉得亲近了许多。

回来后，云儿极其自然地随着胡一文进了他的房间，"我帮你做早餐吧。"话未说完，人已经进了厨房。很快，牛奶、煎好的鸡蛋、涂满苹果酱的面包片、一盘火腿肠、一小碟榨菜、一小锅白米粥，就像变魔术一样被端了出来。胡一文有点看呆了，"你是怎么变出来的？"

云儿没有理他。一边盛着白米粥，一边说："今天的早餐自选。快吃吧。"

胡一文几乎每样都吃了一点。摸着肚子，他看着早已吃完的云儿说："哎呀，吃得太饱了。请问我的女王，今天干什么？"

云儿白了他一眼。胡一文笑了，笑容里有些用意。云儿从他的话里很快悟了出来。每次到实验室，如果胡一文有自己的安排，总会问云儿这么一句话，只不过，今天多了"我的女王"这四个字。云儿意识到胡一文可能有建议。便说道："暂时没有什么特别的安排。你有什么想法，尽管说来听听，本女王可以考虑。"

胡一文嘿嘿一笑："我有个建议，是刚刚跑步时想到的。能否给我一些自由时间，我想到小山那儿去转转。"

"为什么？"云儿警觉地追问。

"没什么，只是想转转。"胡一文不肯说。

"那我就和你一起去。"云儿反正也没有安排，倒想看看胡一文搞什么鬼。

"走吧。"胡一文没有反对。临出门，他顺便从书架上抽了一本很厚的书，拿了一把小剪刀，还找出了一部相机塞进挎包。

"你要干什么？你要看书？还要照相？拿剪刀干什么？"云儿不解地问。

"我有用。别问了，像个小特务。走吧。"胡一文刮了刮她的鼻子。

秋天的野外其实很让人心旷神怡，就连这个小小的野山包都有诱惑。五颜六色的野花开满了小山包。胡一文和云儿两人随意地走着，到处乱看。一会儿比赛，看谁跑得快。一会儿追逐着蝴蝶，满世界都是云儿的笑声。

在几乎转完了之后，胡一文又从头开始转了起来。云儿正想发问，发现胡一文像小孩一样跑向一朵野花。云儿便没有说话，只看着胡一文的动作。只见他围着这株紫色的野花转了一圈，好像在寻找什么。接着从包内拿出相机，先用近镜头对着野花照了一张，又用远镜头再照了一张，然后拿出剪刀，从根部把野花剪了下来，再掏出那本厚厚的书，把野花夹了进去。云儿好奇地看着，跟着。

做完这些，胡一文又走向远处，但很有目标，并不像随意乱走。他在一株红色的野花前站住，把刚刚那些动作同样做了一遍。小红花也被夹进了书里。

看明白了，他这是在采摘野花。果然，粉色的、白色的、黄色的，还有一朵蓝色的。胡一文一共采了12朵花，每种颜色都是双份。采完了这些花儿，胡一文对云儿说："我们回去吧，我有点累了。"

云儿挽着胡一文的胳膊，使劲地追问："你告诉我，你要干什么？你要编花环？"

胡一文哈哈大笑："傻丫头，回去帮我泡一壶好茶，我就告诉你。"

云儿几乎是迫不及待地烧水、泡茶、倒茶。一边端上茶水，一边问："现在可以告诉我了吧？"

"嗯，我想送你一个礼物，一直没有想好送什么。早上跑步看到这些野花才明白应该送你什么。我要把这六色花做成标本，用一个玻璃镜框装起来送给你。我要做两个，你我一人保留一个。"

胡一文一边说，一边用手比划着："我还要在镜框的背面附上我刚才照的照片，那是这些野花生长的地方，也是我们两人相识相知的地方。我要把它送给你，让你永远记住这个花一样五彩斑斓的日子。"

云儿又一次泪流满面。这个男人哟！云儿一把从后面紧紧抱住了胡一文。

接下来的时间过得很充实。两人一直在整理野花，打印照片，做镜框等，一直忙到华灯初上。

云儿伸伸腰，发现自己很饿，身上还挺脏。本想洗澡做饭，实在有点没有心情，便提议去外面的小餐馆简单吃点东西。胡一文同意。

吃完饭回来，路过游泳馆，云儿有了一个主意："我们游泳去吧。反正也要洗澡，刚好还可以活动一下，圈在屋子里憋坏了。"

"太好了。"俩人快速回家拿了游泳衣就去了游泳馆。

人不多，现在正是吃晚饭的时候。俩人慢慢游着，很是惬意。

突然，游泳馆内的电灯灭了。随即，有人在大声嚷嚷：停电了，停电了，回去吧，回去吧。没办法，俩人只好披着毛巾跑回了家。快到家门口时，胡一文上台阶时以为台阶没有了，一迈腿，"哎哟"一声，脚扭了。

借着月光，云儿摸索着开了门，扶着胡一文坐在卧室的床上。自己却摸索着去厨房找了一根蜡烛和一个打火机，点着了以后，也来到了卧室。胡一文正摸着肿胀的脚踝叹气。云儿说我帮你敷敷吧。端了一盆冷水，拿了一条毛巾又回来了，赶紧用冷毛巾帮胡一文敷上。

俩人本来就只穿着游泳衣，刚刚敷毛巾时还没有太注意，这会儿安静下来，俩人肌肤相亲，都有一种异样的感觉。尤其是云儿，接触着自己心爱男人的体肤，让她心跳的男人的味道使得她血往上涌。胡一文也感觉到了云儿的异样，正在强自压抑自己。只听得"哎哟"一声，云儿的身子倒在了胡一文的身上，与胡一文裸露的身躯贴在了一起。

胡一文的心"砰砰"跳着，他一动不动。事实上，他的身体也不想动，异性滑腻的皮肤激发了他的血液，他全身发热，脑子里却总感到有点不对。而云儿早已忍不住了，她松开了自己游泳衣的扣子，那一直绷紧的乳房一下弹了出来，与胡一文的胸脯紧贴在一起。而云儿的双手却环抱住了胡一文的脖子，胡一文发现自己的嘴被云儿的嘴堵住了，一条甜蜜而略带疯狂的舌头伸了进来。

胡一文本能地抱住了云儿，云儿的乳房和大腿像蛇一样缠在他的身上。他感到自己的全身开始疯狂。干涸了快两年的身体猛然膨胀起来，他知道自己有点顶不住了，他想推开云儿，可手被云儿的大腿压住了，他想说话，可嘴被云儿的嘴堵住了，更何况，他的手和身体根本不想离开云儿。他的意识想反抗，可他的身体却不听他指挥。

云儿突然松开了嘴，没等胡一文说话，云儿开口了："一文，今天是我最幸福的日子，你就让我幸福个够吧。你说过要给我一个永远不会忘记的日子。另外，你承诺过听我的。你给我吧，我的男人。"

如同一道神秘的咒语，胡一文那点本不坚定的抵抗立即消失了，随之而来的是一个男人如狂风暴雨般的疯狂。

俩人紧紧地拥抱在一起。身体的交融如同两块满是雷电的云彩，它们碰撞在一起，激荡出天崩地裂般的风云。天底下，只剩下这一段无法忘怀的激情。

这个夜晚，俩人相拥着进入了梦乡。

这是他们开始行为游戏的第二个夜晚。

这是一个值得纪念的夜晚。

就在这个夜晚，奇异的灵光冲进了胡一文的脑海，这个灵光彻底改变了实验的结果。

也是在这个夜晚，云儿一直躁动不安的心找到了平静的港湾，带来的却是令胡一文进退两难的纠缠。

也就是在这个夜晚，李银来在 P 国和他的妻子阮小梅度过了第一个在异国他乡的销魂的日子，

而，还是这个夜晚，莫沙和他的小分队穿越了边境进入了 C 国。

这真是一个不平凡而又多事的夜晚。

但紧接着的早晨，对于胡一文来说，却是一个他梦寐以求的日子。

在往常他应该起床出去跑步的时刻，他突然醒来，脑子里却依然闪现着自己像一颗子弹，正射向一座坚固城池的大门。胡一文睁开眼，猛然记起那座坚固的城池的城墙上，每一块砖头上都刻着一个符号：ATGC。这正是他那个年轮开关基因的顺序。这就是由那个基因幻化而成的城墙。

胡一文意识到，刚才的梦境正是他日思梦想的实验。他立即起身，坐在阳台那张椅子上，闭上眼睛，他又回到了刚才的梦境。

在梦中，他发现自己的各个部队混乱地攻向城池的大门，却被敌人猛烈地挡了回来。望着溃散的士兵，他急得跳脚，却毫无办法，正犹豫着怎么继续攻城，突然有一位身穿紫衣的女神骑在一匹白马上，把他四处溃散的部队归拢过来，立即站成了四个方阵。

其中，一队士兵高举火把，不断地把它们扔向大门，大门熊熊地燃烧起来，发出"噼哩啪啦"的声音；在大门被烧的同时，一队士兵不停地向城墙上的敌人射箭，以掩护向大门扔掷火把的

士兵，双方各有不少伤亡；等到大门被烧得差不多了，突然冲出一队士兵，他们抱着一根巨大的圆木，在猛烈地撞击大门，"咣当"、"咣当"，大门摇摇欲坠，随时可能在强力的冲击下"哗啦"一声坍塌；就在这时，第四队士兵则骑在马上，挥舞着长矛冲向大门。

终于，大门"轰隆"一声倒下来，潮水般的士兵在骑兵的带领下冲向敌人的城池……

胡一文体悟着梦境的启示，城墙就是年轮开关基因，是我们需要定点诱变的基因，而那几队士兵，不正是我们已经找到的诱变药物吗？

大门倒下了，城池被攻克了。

天啊，上帝在点化我！

"哈哈，哈哈。我明白了。"胡一文发出了爽朗的笑声，这个预示着胜利的笑声让正在厨房的云儿欣喜不已。

难关解决了！

胡一文按照梦中的提示，突然间想明白了。本来四种诱变药物的配方其实不是各种药物的组分比例，而是不同时间的顺序。也就是说，这个配方根本不是通常意义上的各个药物的不同组分比例，也即空间配方，而是一个时间配方，也就是说要把这四种药物按照先后不同的时间顺序逐次加入，而不是同一时间的加入。

这个实验的关键点就是把空间比例配方转化为时间顺序配方。

真是精妙而不可明言的神奇世界。

胡一文的实验取得了决定性的突破，而这个突破让 HX 药物马上就要诞生了。

胡一文的实验要成功了，但胡一文本人却正面临着危险。

胡一文就要被别人绑架了，而绑架者正是来自 M 国的莫沙及其小分队，他们已经看到了胜利女神在向他们招手！

第 35 章

关云海望着卫生间里的大镜子欣慰地笑了。他拍拍那张略显苍老的脸，对它说："老伙计，等这个关口过了，你就可以休息了，可以回家享受天伦之乐了。"镜子里的那个人咧嘴笑了，尽管笑声中有一些不太相信的意思。

老了。你看脸上的皱子，还有灰白的头发，精神也远不比从前了。关云海用手从额头往后捋捋日渐稀疏的头发，心里发出了一丝感慨。

回到办公桌前，关云海往杯子里续了一些热水，又点上一支烟。屋子里很安静，他甚至可以听到烟丝"嘶嘶"的燃烧。刚刚和刘局的谈话历历在目，关云海倒觉得自己彻底放松了，这种感觉很类似他儿子出生落地的瞬间。

刘新局长其实是关云海的大弟子。他已经是第三次动员关云海出任副局长了。作为一个老处长，现任的几位局领导和处长都是关云海的老部下。但他却决定了退下来，这个决定在几年前就朦朦胧胧地浮现在他的脑海，只不过在他两年前得知自己有很严重的冠心病时才正式向上级提出。刘局一直没有同意，直到今天还坚持要他出任副局长。

关云海知道这个病的厉害，只是其他人并不清楚罢了。他想陪陪自己的老母亲、自己的妻子，关心关心自己的儿子。对于工作，他已经心中有数，整个安排刚刚也与刘局谈好了。应该没有什么遗憾了，等胡一文的实验成功，这件事一了结，他就退下来做一个调研员，为局领导做一些参谋和顾问的工作。

作为一个负责高科技安全的国家情报人员，关云海自认为还算是一个够格的。从无到有，自他这个处，已经培养和独立出去了好几个栋梁之材了。信息安全、化学武器、新材料等。现在，他正在筹划生物安全处的成立。

老实说，他以前一直以为生物安全也就是那些细菌、病毒等老一套的玩意儿，那些当年小日本鬼子731部队玩的那些东西，最多有一些翻新而已。但经过了这几年，他突然意识到，除了那些老玩意儿，控制基因武器恐怕已经迫在眉睫了。而且，前段日子从国际三处传来的最新消息是，A国有科学家搞出了人造生命。尽管后来证实，那只是一个有最简单的生命特征的细胞而已，但这已经是了不起的突破了，这或许意味着过不了几年，人造生命就可能呱呱坠地了。

从这次的胡一文事件，关云海分明看到自己的观念严重落后了，跟不上生物科技发展的步伐了。老了，这是一个因素。但也有以前不太重视的问题。你看看那个研究所，还是以前的那些老东西。引进像胡一文这样的人才，彻底改造研究所的现状，把最新的生物科技研究搞起来，否则，一旦发生类似毒素基因那样的事情，我们就措手不及了。那样，国家就要遭受巨大的损失。

对于下一步防范和控制生物武器的整体构思，关云海是有一个全盘想法的。这次和刘新局长的深谈，说明上级党委也同样在考虑这个问题。关云海很高兴，刘局长对他的想法给予了充分的肯定。

想了想，他拿起电话让江山和刘彤过来。他知道江山平时都在研究所那边上班，今天局里有个会江山要参加，他正好可以和江山把下一步的工作安排一下。

对于江山，关云海一直很眷顾。

说不上什么具体的原因，只是总感觉这小伙子很像年轻时的自己。当然，江山在遇上真正的问题时有时有点妇人之仁，侠义之情，尽管这是从事情报工作的大忌，但关云海却反而从心里认为江山可以担当大任。江山的这种所谓的职业缺陷并不可怕，其实在历练中是可以弥补的。没有人生下来就是冷酷无情、六亲不认的，你遇到的事情越多，遭遇的人性复杂度越高，你吃过的亏越多，人也就会变得更狡猾、更机智、更善于隐藏自己真实的意图。

关云海希望江山学会这些斗争技巧，而不是变成那种冷血动物一样残暴和无情的性格。正因为此，尽管关云海有一些事情并没有告诉他，但他其实是在慢慢地教他。要让江山明白，很多常人不理解或不原谅的行为其实是对他们的一种保护，或者是对未来的一种保障。只不过，这个道理关云海自己也是在四十多岁时才明白，而且付出了惨痛的代价。从内心来说，关云海不希望江山也用同样的方式懂得这个道理，因为那样的话，代价的确太大了。

有些事情，关云海将会选择时机告诉江山，比如这次"葱花行动"里的一些行动，江山并不知情。关云海本来认为到了可以告诉江山的时候，但昨天局党委会的一个决定使得现在这件事更为重要和迫切。

"关处，您找我有事？"江山和刘彤两人风风火火地进来了。关云海喜欢这小子的这段劲。

"来，坐下坐下。今天的事比较重要，我们要好好谈谈。"关云海微笑地看着江山和刘彤，指指沙发。

刘彤很快坐下了。江山一脸疑惑，犹豫着坐下，口里却说道："怎么啦，是不是葱花行动又有什么麻烦了？"江山所说的葱花行动实际就是胡一文的实验，在局里的代号就是葱花行动。名字则源于当初的一句玩笑话。在提到胡一文的名字时，江山当时解释说就是一文钱的一文，刘彤开玩笑说一文钱只够买一棵葱，于是，这个行动就被关处命名为葱花行动。

关处知道江山现在满心都是这件事，便笑着说："跟葱花行动没有直接关系。不过，江山啊，我觉得葱花行动最近有点太平静了，不太对头。尤其是李银来失踪后，这平静得有点问题，你要多注意啊，特别是各种异常的细节问题。"

"是，关处。我也觉得不对劲，但又没有什么动静，好奇怪。"

"目前我们只能以不变应万变。唯一要做的是暗中加强对胡一文的保护，要绝对保证他的安全。"关云海指出了问题的关键。

"是，关处，您放心吧，我已经有了安排。"江山回答。

关云海给江山倒了一杯热水，递给他，自己却点燃了一支烟。江山也不说话，只是端杯喝水。

烟雾中，传来了关处的声音，"江山，跟着我有几年了？"

江山有点诧异地看看关处，怎么突然说起这个来了？但还是回答道："跟着您已经有十年了。但负责葱花行动只有一年多。"

"嗯，差不多了，是时候了。"关处有点像自言自语，声音低了一些。

"你对生物基因安全问题怎么看？"关处突然又抛出一个问题。

江山感觉今天关处有点怪，但还是老实回答："现在看来，国际生物科技进展很快，有许多新技术，对国家安全会产生很大的影响。我们以前对这块重视不够，要加强防范。"

关云海很满意江山的回答。他微笑着注视江山，但江山却从中感受到了一份严肃，他不禁挺直了腰杆。刘彤也感觉到气氛有些异样。

"你说的非常对。我们一直比较关注核武器、高科技军事武器等方面的发展。对于生物武器，由于这些都是最近二十年才兴起的科技发展，我们的水平还很低，没有想到会有如此巨大的危险。另外，从我们的主观意识来看，总觉得生物武器离我们很远，二战时期的细菌武器我们倒很重视，却不知基因武器等一些新型的高科技早已经发生在我们身边。我们的对手在行动，那我们就决不能闲着。为了国家安全和民族的未来，我们必须挺身而出，急起直追了。"关处沉重地说出了这段话。

"因此，局里决定，从明天开始，十八处正式成立，主要负责生物高科技的安全防范问题。处长由关云海兼任，常务副处长为江山，助理为刘彤。"关云海严肃的声音响起。

"是，服从组织安排。"江山和刘彤同时站起，异口同声地回答。

"坐，坐嘛。"关云海端起杯子喝了一口水，神情变得随意了許多。

"十八处刚刚成立，要做的事很多，以后你们两个要多操点心，可不要指望我这个老头子。"这句话其实已经点明了未来的当家人就是江山了。

江山立即感觉到肩上的担子重了许多。

关云海接着说："研究所也完全划归十八处。我大概想了一下，有这样几件事情。具体的你们两位去考虑吧。"

"第一，是十八处的整体发展思路问题。这个问题要有大眼光、大局观，要站在生物科技的前沿。第二是机构和人员的组织和调配问题。要根据整体构思来组建班子。第三是设备配置问题，一定要有技术的前瞻性。最后一个问题是要重视后备人才的培养，要能够发现人才、留住人才。胡一文的未来以及李银来的教训值得我们好好思考。"

对关处考虑的十八处未来的安排，江山在认真地倾听和思索。

第 36 章

江山对于胡一文的实验进展很是开心。

这块大石头一直压在他的心上。现在好了，按胡一文的预计，再有三个月，确切的 HX 药物配方就可以定型了。那其实就意味着实验完成了。

江山开始在盘算如何去找丽莎母子三人。

他在心里觉得事情有些不对头，这么长的时间了，他们没有任何确切的消息，丽莎母子可能凶多吉少。否则，为什么到现在都没有任何消息呢。即使偶尔传来的信息也是模棱两可的。

这件事一直是关处与负责国外行动的三处在协商，他记得跟关处谈过这事，关处的原话是这样的："三处正在全力处理这事，有消息我会告诉你的。你现在的任务是看好胡一文的实验，保证他的绝对安全。"

从关处的口气中，江山看不到任何的迹象。跟随关处多年，江山明白要猜出关处话里的意思很难。但他总感觉关处可能知道一些消息，而且结果不一定很好。只是关处不愿意告诉他而已。他曾经试图把这个意思稍稍暗示给胡一文，但这小子就是不相信他们会有事，而且情绪颇为激动。

为了保证实验的正常进行，请示过关处后，江山只好编了一个故事给胡一文，而刚好那天李银来吐血住院，他怕胡一文情绪波动，就告诉他已经找到丽莎母子了。江山自己却明白的很，所谓已经找到丽莎母子，他们三人很好等等的消息都是他安慰胡一文的假话。

现在，等到 HX 药物实验一旦完成，胡一文找他要人的时候，他将如何向胡一文交代呢？江山有些焦虑，也不敢再去问关处，这是工作纪律，只好在心里祈祷丽莎母子三人平安无事。

除开这件让人烦心的事，江山在其他工作上倒是挺顺利。

他最近开始主持十八处的工作。关处跟他的私下谈话已经有两次了。这两次谈话让江山感到极其振奋，同时又压力重大。

关处告诉他："从目前与各国的合作谈判来看，我们这次葱花行动很可能非常成功。"

"能不能透露一点啊？关处。"根据经验，关处刚刚的话应该还有更多的细节。

"本来就是要告诉你的。"关处笑着点点江山，"我们这次可是有重大收获。"

关处端着茶杯闻着茶香味："现在看来，葱花行动是老天给的一次极好的机会。上头希望利用这次机会，一是彻底挫败恐怖分子的阴谋，二是缩小我们在生物安全方面与那些大国的差距。"

江山没有说话，只是安静地听着。

关处接着说："从目前传回来的消息看，我们的国际同行都很愿意合作，用他们的生物高科技的应用情报换取我们的 HX 配方。"

"啊，把我们辛辛苦苦搞出来的 HX 配方给他们？"江山张大了嘴巴。

"呵呵，你不要那个样子。"关处看着江山的表情，又笑了，"从反恐合作来看，我们这次开创了合作的先例，这也是一场正义与邪恶的斗争。从人类的道义角度出发，我们也必须和各国分享 HX 配方。我们总不能眼睁睁地看着那些无辜的老百姓去死吧。当然，这也不是白送的。"

"那我们能换回什么？"江山很疑惑。

"钱和情报。一大笔钱。还有最新的生物技术军事应用的进展。怎么样？"说完，关处不再理他，只顾自己喝茶了。

江山明白了。目前我们在生物武器的防范和研究方面，人才和设备是最重要的问题。这次如果能够一次性得到解决，对于我们那是一件大好事。

"对于生物武器，早在 1972 年就有了国际公约，我们也是签字同意了的。其他那几个大国也是如此。但是，树欲静而风不止啊。没有想到，这些年，基因技术的迅猛发展又打开了这个潘多拉的盒子。甚至，还有一些恐怖分子也搅和进来了。老实说，这次葱花行动，如果不是偶然发现，后果是不堪设想的。"

江山知道这次事情的全部过程，仔细一想，很是侥幸。尽管冥冥之中好像注定是现在这个结果，但实际上过程确实偶然加幸运啊。

关处接着说："从目前的情报来看，最少有 20 个国家在搞这些基因武器，或者其他的生物高科技，而且，已经有几个恐怖组织和黑社会财团也涉足了这个领域。如果不赶紧制止，这个后果是很严重的。联合国安理会已经有了这个共识，正在考虑制定措施。但我们也不能在这里坐等，必须行动起来。要想不被威胁，必须自己有所准备。"

江山听了，心中很震惊。他一直在忙于具体的事情，从没有站在这个角度看问题。他知道，这是老处长在提醒他，作为一个方面大员，必须有大局意识，有全局观念。他趁机整理了一下思路，发现有不少问题。

"关处，为什么各国，尤其是恐怖分子会对生物武器感兴趣呢？据我所知，生物武器可是很古老的武器之一，而且在二战之后，各国对于生物武器是很反感的。"

"你说的没错。生物武器在二战后的确是安静了一段时间。主要是国际公约的签署，以及二战后暴露的一些东西使得政治家们不敢轻易行动。例如臭名昭著的日本 731 部队，国际舆论和人道的压力让这个东西不再张狂。但在 20 世纪 80 年代后，随着基因技术的飞速发展，人类对自身和生命的认识手段极大的丰富，人们发现对基因的改造可以很快制造大规模的杀伤武器，而且成本低廉，这使得不少国家对基因武器有所垂青。"

"关处，我以为国际上对核武器控制比较严格，也是生物武器受青睐的原因之一。"江山插话道。

"没错。大规模的杀伤武器一般有核武器、化学武器和生物武器。核武器控制太严格，而且成本巨高，化学武器则太过赤裸裸了，也遭到政治家们的反对。而生物武器，尤其是当今的基因武器，则因为其操作相对简单，花费低廉，而且在很多程度上具有突然性和蒙蔽性，当它以瘟疫的形式发生时，很难判断是人为的还是自然的，这就给这些使用者们提供了借口。这一点也是现代生物武器偷偷盛行的原因之一。"关处一边说，一边走向窗户。

江山也站了起来，走到关处身边："我仔细看了您上次给我的那批资料，除开基因武器之外，现代生物技术的发展在其他方面也有惊人的进步。"

"对呀，江山，作为负责人，你必须站在科技的前沿，站在国家的高度，你要特别重视现代新型的生物技术的发展，要密切关注其新技术，同时还要组织一批人才进行深度研究。我们在这方面已经落后了，必须赶紧追上去，否则，落后是要挨打的。"关处说着，推开了窗户。一股清新的空气扑面而来。这气息让江山为之一振。

"您放心，我知道自己肩上的担子很重。我会努力的。这次葱花行动，实际上说明国际上有些机构一直没有放手，如果不是我们偶然发现，后果不堪设想。"江山想到葱花行动就有颇多的感慨。

"是呀。我这次委托三处搜集的生物技术的资料说明了很多问题。不仅仅是基因武器人家走在前面，其他方面更是大有进展。可怕的是，有许多东西原来都不在我们的视野之中，我们只看到了传统的生物武器，殊不知，天地之大，正暴露了我们这些井底之蛙呀。"关处说着，对窗外吐出了一口香烟。烟雾在清风中转瞬即逝。

"您说的太对了。有很多现代生物技术我甚至是第一次听见，问了问胡一文，他也不太清楚。比如合成生物学、遥视技术、直觉感应技术、人造生物、纳米生物等，能够转变成大规模杀伤性武器的生物技术可是不少，而这些正是我们的薄弱之处。"江山把他看资料时的惊讶此时才表现出来了。

关处表示同意："江山啊，在技术方面，我们有很大的落后，希望研究所以后在这方面有所突破、有所收获。但是，对于生物武器，不能仅仅局限在技术层面，还要从管理方面去考虑。"

"管理方面？"江山一下子没有转过弯来。

"对呀。"关处笑笑，点燃一支香烟，说道，"对付生物武器，尤其是生物恐怖行为，在很大程度上是一场公共卫生的大型战役。这需要国家各个部门、各个层次进行流畅的协调合作，否则，就算有顶尖的技术支持，也一样无法打赢这场战争。"

江山有点开窍了："美国人搞了不少演习，实际上就是进行各方面的准备，对吗？"

关处点头："没错。演习当然可以让民众和各个部门有所准备。这些是必须的。但更重要的是，要在国家组织和法律层面也做好充分的准备，把这些当做日常工作的一部分。因为，你无法预测何时何地，用何种方式，那些生物恐怖分子就会使用这些生物武器。你看看美国人的有关政府工作。"

关处转身从文件柜里拿出一份文件夹，翻到其中一页，递给江山。"你看看这个，或许也会认识到我们还应该做些什么。"

江山接过，仔细一看。原来是美国政府为应对生物恐怖所进行的各种预防措施和应对系统。江山一下子看进去了。

他注意到美国制定了不少法律，几乎涵盖了各个方面。

例如，《联邦仪器药品和化妆品法》、《有毒物质控制法》、《植物检疫法》、《联邦种子法》、《濒危物种法》、《国家紧急状态法》、《联邦应急计划》等。在"9·11"事件及"炭疽事件"后，美国为进一步加强其生物恐怖和疾病暴发的应对能力，又相继出台了一系列针对生化袭击的法律法规。例如，《防止生物恐怖袭击法案》、《公共卫生安全与预防和应对生物恐怖法案》、《世纪生物防御国家战略》以及《国家突发事件应急预案》。

江山看完后，对关处感慨道："美国生物防御计划的核心是威胁预警、预防和保护、监控和检测以及反应和恢复等方面。他们的法律和法规就涵盖了所有的这些层面。看来，有不少地方值得我们借鉴。"

关处同意地点点头，补充道："其实不仅是法律，在具体执

超级瘟疫

行和资源协调方面，美国也有很不错的系统工程。你看看这个。"

关处又打开了一份文件，江山看到了如下的内容：

美国为防范生物恐怖的计划主要包括生物监测计划、生物传感计划和生物盾牌计划，从侦检预警、做出反应到解毒救治，形成了一套完整的计划体系。

在发生公共卫生危机时美国应急管理体制的总原则是"先阻止传染病蔓延，再找出病因"。在决策层面，依据法律授权，颁布总统行政命令，界定传染病性质，并对卫生部门进行授权。然后，根据总统行政命令，总医官依法授权颁布和实施传染病防治条例和规定。在具体防范传染病条例执行方面，形成了卫生与公众服务部牵头，多部门分工协作的机制。

从纵向看，这个体系自上而下地纵向包括联邦疾病控制与预防系统—地区州医院应急准备系统—地方城市医疗应急系统三个子系统，确保城市在公共卫生危机的最初的几小时内能有效应对，从而使得城市在全国应急资源被动员起来之前能以自身力量控制危机事态。

从横向看，公共卫生突发事件应对系统是包括公共卫生、突发事件管理、执法、医疗服务和第一现场应对人员例如消防员、救护人员等在内的多维度、多领域的综合、联动、协作系统。

总体而言，美国横向的政府职能部门均能协同运作，纵向的"国家—州—地方"三级公共卫生部门也能高效协调。同时美国还重视与世界卫生组织等国际机构的交流与合作，从而建立起了一个全方位、立体化、多层次和综合性的公共卫生应急管理网络。

关处对江山说："作为生物安全的核心指挥，还需要有一套行之有效的计算机管理系统。你再来看看美国的应急管理网络和信息系统。"

随着关处的手指移动，江山读到了如下的内容：

美国的公共卫生应急管理网络的子系统包括：全国公共卫生信息系统（包括国家应急行动中心、电子网络疾病监测报告系统、大都市症状监测系统以及临床公卫沟通系统）；全国公共卫生实验室快速诊断应急网络系统；现场流行病学调查控制机动队伍和网络系统；全国大都市医学应急网络系统；全国医药器械应急物品救援快速反应系统。

目前，美国有 6 个和反生物恐怖准备和反应活动相关的联邦机构已建立和研发的应对生物恐怖的信息系统共 72 个，其中检测系统 10 个，监测系统 34 个，通讯和报告系统 10 个，支持技术系统 18 个；而且大多数信息系统已实现了内部和外部的有效沟通和联系。

根据设计目的，信息系统一般包括以下几类：环境空气微生物监测报警系统和检测信息系统；疾病信息监测报告系统；诊断和临床管理信息系统；通讯和报告信息系统以及支持技术等。

看完这些，江山很是震惊和激动。

"关处，看来美国对于国家生物安全的防范和控制还真是下了一些功夫的。他们对于未来的生物安全形势应该说不太乐观，所以防范的迫切性以及重视性在这些工作中可见一斑了。这样看来，我们还是有太多的工作要做了。"

关处沉重地说，"你说得很对。我们的确有很大的差距。这些年的和平气息太浓了，以至于我们闻不到危险的味道了。而且，我们对于反生物武器国际公约过度依赖，现在看来，我们这些年也有些天真。有些国家，还有一些恐怖组织和黑社会财团，为了争霸世界，其手段之卑鄙和阴险毒辣，绝不是善良的人们可以设想到的。这次葱花行动让上头下了决心，决不能束手待毙。因此，江山啊，我在退下来之前，会给你创造好条件，打好基础，要人给人，要钱给钱，要情报给情报，剩下的事情就靠你们去做了。"

"是，关处。"江山没有说太多。

关处转过身，两眼炯炯有神，盯着江山，"无论敌人使用什么手段，我们都将给予有力的反击。我们不当霸主，但也绝不能让别人欺负我们。"关处掷地有声的话语让江山热血澎湃。两人看着窗外秀美的景色，很久没有说话。

过了很久，关处从窗边踱步回来，坐在办公桌前，对江山说道："葱花行动已经快到尾声了。胡一文的安全和 HX 配方将是你们保护的重中之重。要特别警惕，往往在这个时候要比以往更为小心。"

江山回答："我知道。这段时间太平静了，尤其是李银来事件，平静得好像没有发生过一样。这里面肯定有问题。我会多加小心的。"

关处欣慰地点点头。"你心里有准备我就不多说了。"

现在，坐在自己的办公室里，江山把最近的一些工作在脑子里过了一遍，心里合计着要再找保卫科的人开个会，布置一下安全防卫工作。

另外，他算计着，他的劳拉就要来了。再过几天，就是这些军犬每年体检的日子，而作为军犬和军马研究所，他们唯一符合身份的工作就是每年在这两周给这些军犬进行体检。

第 37 章

实际上，任何安全保卫工作都有漏洞可钻。

无论江山布置得多么严密，外部环境的漏洞则是江山无法弥补的，而莫沙就是从这里钻进来的。

有些东西无法解释，人们就只好将其归结于神灵。比如，这次，莫沙行动的顺利让他觉得这便是天意。明天，莫沙将亲自前往研究所，如有可能，他将直接看到胡一文，这个让他们吃不好睡不香的男人。

自从潜入 C 国，渗透行动就一直很顺利，几乎全部是按照事先的设计在一步一步地进行。

莫沙早就知道，进出研究所的人员控制非常严，而进出那个部队大院就相对简单了。部队大院坐落在一座大山的山脚下，里面有很多家属和各种的生活设施，如菜市场、餐馆、运动场、游泳馆等。研究所的大多数人住在部队大院的宿舍区内，但胡一文等一些重要的研究人员则住在研究所的小院内。

研究所其实是一个院中之院，也即是那个巨大的部队大院内的又一个小院。而且，事实上，那个院子并不小，里面除了办公大楼，一座宿舍楼之外，还有一座不小的山，环绕着小山的湖和树林。胡一文住在二单元的三楼，江山就住在他的隔壁，而刘彤则在四楼，紧挨着她的是林织云。按李银来的印象，胡一文很少出研究所的院子，而且，他经常加班。研究所的院子里几乎每隔一小时就有保卫科的人员在巡视。李银来还注意到，可能整个院子都有监视器在 24 小时监视。

莫沙的设计是，明天，他将乔装进入这个研究所。必须寻找一个机会见到胡一文，并把那个精密的示踪器放在胡一文的身上或者随身的公文包内。而到晚上，他就要行动，示踪器会告诉他在哪里可以找到胡一文。

莫沙这次带来了四个人，其中一个就是强子。他的安排是，一个人待在离部队大院外二十公里的小镇上接应，那是他们的潜伏地点。另一个在部队大院内的一辆汽车上等待，而莫沙和他的助手将进入研究所，伺机绑架胡一文或者安置好示踪器再等待机会。强子则被安排在部队大院外的那座大山上，用远程望远镜进行观察并随时通报莫沙有关研究所内的情况。

进入研究所在整个计划中是一个很大的难题。这个研究所对进入人员的控制相当严，而且，事实上，生活问题基本在部队大院内可以解决，没有必要进入研究所。研究所的进出人员基本上都是那些研究人员。

莫沙曾经设计了很多进入研究所的方案，都被他自己或者李银来否定掉了。最后，还是欧阳龙先生让李银来列出他知道的所有可以进入研究所的外人名单，才决定下来现在这个进入方案。

莫沙现在正在等待着进入研究所。

此刻，他坐在一辆七个座位的面包车的后排座椅上，司机则是他的助手。随行的另一个坐在副驾驶位置上的人正在研究所的门口办理进入手续。

卫兵出来了，先是对照着证件上的照片看了看莫沙和他的助手。卫兵手上拿着三份工作证，而其中两份莫沙很熟悉，那是他前天才找人制作好的。卫兵脸上没有任何反应地打开了后车门，莫沙对他笑笑。卫兵的眼睛掠过莫沙，在那些码放整齐的箱子上扫视着，他甚至还钻进了车内，在座位底下看了看。

面包车缓慢地驶进了研究所的院子。莫沙快速巡察着院子里的情况，与李银来的画图进行着验证和比较。没有太大的出入。一切都比较顺利，而且这次进门比他想象的顺利。

莫沙扭头看了看那些箱子。箱子上面印刷着花花绿绿的英文字母。精通英语的莫沙知道，那些盒子里其实是核酸提取试剂和DNA序列测定试剂。而这辆面包车，正是德国QN公司的送货车。

莫沙选择的进入研究所的办法就是冒充这个销售分子生物学试剂的德国公司的业务员。

从李银来的讲述中，他知道，由于胡一文实验的需要，他的HX 药物定点诱变实验需要大量的核酸提取试剂和基因序列测定试剂。而这些试剂国内无法生产，全是由一家德国公司提供，而且固定在每周三上午送货。

现在，他们成功地进入了研究所，但莫沙却不敢太大意，他注意到那个陪同他们的公司业务员有点紧张。这个中文名字叫陈杰，英文名字叫杰瑞的男人明显有点不安。莫沙担心了，他对陈杰说："杰瑞，放松点，就像平常一样，过了今天，一切就没事了，你要放松点。"

杰瑞心中在骂着莫沙。他并不知道他们要干什么，只知道这两个人在前几天就绑架了他们三人的妻子或孩子，而他的另外两个同伴这会儿正被关押在小镇的一个农家小院内，他们三人的孩子或妻子也被关在那里。杰瑞提心吊胆地过了一周，不敢报警，也不敢声张，心里却在猜测这几个人要干什么。

杰瑞知道这个研究所一定有一些机密，否则进门的管制不会那么严，但杰瑞从不关心那些人在研究什么。作为业务员，他只知道他负责的这个研究所很有钱，他的不错的业绩大部分要归功于它。

然而，这个壮实的汉子用那样的方式找到了他，并要求让他们的两个人冒充杰瑞的那两位同事进入研究所，还要求把他带到那个胡博士的办公室。如果这一切很正常地完成了，他和他的两位同事每人将得到一万美元的酬谢，但条件是必须好好配合，否则，他们的妻子或孩子，以及老家的父母等等亲人将再也见不到了。

杰瑞没有任何办法可以反抗。好在一切还算顺利，到明天，他就可以拿到一万美元并送走这些瘟神。

现在，杰瑞听到了莫沙的吩咐，抚摸了一下发紧的心脏，走进了研究所的大门，这里还有一道门岗，看门的是一个瘸腿的大约四十岁的男人。

杰瑞热情地打招呼："邵师傅，你好！"随即，递过工作证给他。

瘸腿男人其实是一个负伤的原特工人员，对于这段时间的安全工作，保卫科长三令五申，已经让所有安全保卫人员的弦绷紧了。今天，尽管是这家公司固定的送货日子，但他发现来人中有一张陌生的面孔。昨天，那个叫杰瑞的人提前打过电话，提到原来那个助手因病来不了，公司给他换了一个人。

就是这样，瘸腿男人还是认真地核对工作证。

"你叫王玉田？新来的？"

莫沙对付这种人太有经验了。他无所谓地笑笑，回答："对呀。科恩病了，头儿就让我来了。"语气中略有一点不满。这种回答应该很正常，挑不出毛病。对于瘸腿男人那个"新来的？"问题，莫沙根本就不回答，这样符合逻辑，你不能太热情，但也不能太过分。

果然，简单地看看，瘸腿男人没有再问。杰瑞却问了一个问题："邵师傅，今天胡博士在所内吗？上次他让我带一些资料给他，要是他不在所内，我就交给你吧。"

这个细节其实是莫沙设计的。他知道很多时候你主动出击或者挑开这层面纱，反而显得你光明磊落，不会让对方怀疑，何况，这样发问还有试探的意思在里面。

邵师傅放松了警惕，对方口中说出的胡博士反而让他不自觉地松了一口气。他不加思索地回答道："胡博士在家呢，你直接给他吧。"

两人开始往小拖车上搬东西。那一箱箱的试剂盒并不沉，但挺多。两人搬了十来分钟。在这个过程中，那个扮成司机的助手一直悠闲地坐在车上听音乐，根本没有出来帮忙的意思。

这个细节也是莫沙问过杰瑞后安排的，因为杰瑞告诉他，公司的那些司机从来不主动下车帮忙，即便叫他也十有八九不会下车。

这个细节自然也没有逃过邵师傅的眼睛，很多次他都忍不住要那个司机下来帮忙。今天也不例外，他还注意到那个司机不是以前那个，正想着过去盘问一下，看到那个司机根本没有下车帮忙的意思，也就多一事不如少一事，反正他也不会进去，没必要搭理这种人。他还在心里骂那个司机："什么同事，要是我的同事，早把他骂下来帮忙了。"

邵师傅正在心里庆幸自己从来没有过这样的同事，他哪里想到，这两人恰恰就是他们这些日子日夜防备的坏人。而现在，就在他目光的注视下大摇大摆地进入了他的防区。

就这样，这两个坏蛋，一个跟着杰瑞上楼了，另一个则待在面包车里，而汽车就停在邵师傅面前有半个多小时之久。后来，在说到这个细节时，邵师傅把自己狠狠地臭骂了两天。

后面的工作异常顺利。搬货，抬箱子，码放整齐，莫沙在劳动中还发现了一个女人过来和杰瑞打了一个招呼。这个女人身材修长，体态不胖却丰腴，说话明快而有弹性，正是莫沙喜欢的那种类型。

此人正是林织云。她当然不会想到，那个搬箱子的强壮男人将在晚上绑架她心爱的男人。

她这些日子的心情极好，因为异常行为游戏让她得到了胡一文的感情，而胡一文对实验的突破性思路更让她欣喜。在她眼中，每个人都是那样的美好，哪里想到这个世界时时刻刻都有罪恶在发生或将要发生。

接下来，莫沙则非常担心自己没有很好的机会。因为这个时候，他跟在杰瑞的身后来到了胡一文的办公室。

莫沙见到了胡一文，他瞟了一眼就确认此人正是胡一文，那张照片已经烂熟在他的心里，这个人的形象比他父亲还要熟悉地刻在莫沙的脑子里。但此刻他的脑子却在关心另外一件事，那件可以帮他完成任务的关键事情，那就是：我怎样才能找到机会把示踪器放到胡一文身上或他的随身物品内。

杰瑞正在给胡博士介绍一种新产品。

其实，胡一文根本没有让杰瑞带什么资料给他。现在介绍的这种新产品是一种可以高通量和快速的核酸提取试剂，是杰瑞按照莫沙的要求特意为胡一文挑选并认为他可能感兴趣的新产品。

莫沙要求杰瑞这样做，一是必须制造一个机会面见胡一文，另外就是为莫沙争取一点时间让他放好示踪器。

现在，莫沙很是心急，他没有办法接近胡一文并放好跟踪器，尽管那个棕色的公文包就在桌子的那一边，距离莫沙不过两米。

莫沙心急如焚，时间马上就要过去了。

杰瑞的产品介绍最多可持续八分钟，这一点莫沙在事先测算过。他自己念了一遍新产品介绍，发现最多要七分钟，如果加上中间略有耽搁或者胡一文提问，估计最多九到十分钟。现在，凭感觉，至少已经过去了六七分钟，而莫沙还没有找到机会。如果这次不能做到，就要等下周的机会了。

这样的话，风险至少增加了几百倍。谁知道扣押和威胁这些人帮我们做事会发生什么，更何况要持续两周的时间。

行动前，莫沙其实最心中无数的就是这个环节，但他却没有任何办法来设定一个预案，因为这一切都是不可预料的。你怎么能知道是否可以见到胡一文？你又怎么知道在什么地方见到胡一文？还有，你怎么知道胡一文的公文包会放在哪里？一切都需要你随机应变，当机立断。

这次的机会多好呀。莫沙不仅见到了胡一文，而且还是在他的办公室，他的公文包甚至就在两米远的地方，另外，杰瑞也按照事先的计划已经拖延了六七分钟，可现在，莫沙却苦于一点机会也没有。

就在这时，一个声音从门外传了过来："一文，我跟你说点事。"随着声音，胡一文的门口出现了一个人。

江山。

江山此刻就站在门口，他没有想到胡一文屋里有人，声音便戛然而止。胡一文对杰瑞歉意地笑笑，说了一句："你等我一下。"便赶紧迎了上去，在门口截住了江山。杰瑞和莫沙都扭头看了看那个说话的人。

江山见胡一文迎上来，就停住了脚步，"哟，你这儿有人？"

胡一文知道江山一定有事找他，便转身带他走向旁边的会议室。"那是 QN 公司的业务员，跟我介绍他们的新产品，你有事先说吧。"会议室的门"咔嗒"一声在他们的身后关上了。

这个声音无异于一个惊喜，在莫沙心里炸开了花。

感谢上帝！真是天赐良机！

莫沙如何会放过这个天大的好机会，快步上前，迅速地把示踪器放进了胡一文的公文包最里面的角落里。杰瑞看着他的动作，心却在"砰砰"乱跳。那一瞬间，他极度后悔自己的行为。但几秒钟后，莫沙已经完成了动作，回到了原位，什么都没有发生过，杰瑞仿佛感觉到那是自己的一个错觉。

两人出来了。江山还在说话："那好，我去安排这些事，可能会比较乱一些，你提醒一下大家。"

江山其实也没有什么大事，他是路过进来告诉胡一文，下午，会有一批军犬到四楼进行体检，他其实是来知会一声的。到时会有不少人进来，要胡一文注意安全。他会在胡一文所在的二楼加派临时保卫。

江山没有想到，他日夜防范的对手此刻就站在他面前。

为此，在这个事件过去以后，他还专门在总结会上向关处请求处分。而现在，他口袋里装着黑巧克力，满心期待的是那条救过他命的劳拉。

刚才还火烧眉毛的莫沙正沉着地跟随杰瑞下楼、出门、上车，面包车轻松地轰鸣着驶出研究所，驶出部队大院，驶往小镇边那个农家小院。

在那里，莫沙将休息到晚上，12个小时后将再次出动。这次，他们要对胡一文下手了。

莫沙对此很有信心。他把刚才的机会看作一个预兆，一个很好的预兆。这是天意。上帝将助他成功。

莫沙很高兴上午行动的顺利，也很得意自己在事先对每一个细节的关注和推敲。对于晚上就要开始的行动，他准备再进行一次缜密的复习。

多年的实战经验和成功的案例，都无可辩驳地告诉他，除了运气和能力，对每一个细节的仔细思考和把握，其实才是他能够活到现在并活得很好的关键。

第 38 章

下午一点，江山站在研究所的大门内，大院的门卫刚刚通知他，军犬的车队到了。江山心里很高兴，他的劳拉就要到了。

车门一开，劳拉便向射出的弓箭一样冲向江山。这条拉布拉多军犬，是一条有战功的缉毒犬，曾经跟随江山在缉毒战线上战斗过五年。两年前，江山被调入十七处助理，才和劳拉分开。此刻的劳拉趴在江山的怀里，用脑袋拱着江山，巨大的冲力让江山有点站不住了。

对跟随而来的训犬员张建国说道："辛苦了，建国。"

张建国笑着摇摇头。他太理解劳拉与江山的感情了。劳拉其实已经很少出去工作了，它身上的功勋让它成为了这批军犬中的"老佛爷"，其地位异常尊崇。而在那些功劳当中，其中就有一次救过江山的命。它把一颗快要爆炸的炸弹衔到安全地带后爆炸，救了江山和张建国的命，而它自己也只受了一点轻伤。还有一次，这条嗅觉灵敏的缉毒犬凭借贩毒分子遗留的一件衣服，成功地引领江山摧毁了一个贩毒团伙。

劳拉是一条纯种的拉布拉多犬。

在世界主要的军犬中，种类其实并不多，主要有德国牧羊犬、罗威那犬、多伯曼犬、比利时牧羊犬、中国昆明犬、拉布拉多猎犬、高加索犬，还有泰国的良种犬、英国的金毛猎犬、丹麦的大丹犬和中国的藏獒等十来个品种。

拉布拉多猎犬是一种中大型犬类，天生个性温和、活泼、没有攻击性和智能高，是适合被选做导盲犬或其他工作犬的狗品种，跟黄金猎犬、哈士奇并列三大无攻击性犬类之一。在美国犬业俱乐部中拉布拉多是目前登记数量最多的品种。该犬既是能在室内饲养的大型犬，又能成为我们人类的好伙伴，在全世界最受欢迎犬种流行榜中已多年排名榜首。

拉布拉多犬原产地区为加拿大，一般寿命为十到十二年，性情温和、聪明听话、容易训练、活泼好动、忠实主人、服从指挥，被广泛使用为警卫犬及导盲犬，同时也是优秀的水陆两用猎犬，此外，还是个值得信赖的家庭犬。

它体型中等，短毛垂耳，高度兴奋，有较强的猎取反应。颜色分为三种：黑、黄、巧克力色。公犬肩高 57～62 厘米，母犬肩高 54～60 厘米。拉布拉多虽然个子不高，让人很难相信它可以进入军犬的行列。但是，它的嗅觉在执行搜毒、搜爆、追踪和鉴别任务等，是其它犬种无法相比的，其嗅觉灵敏度令其它犬种望尘莫及。

探测爆炸物、武器并在一定程度上发现毒品是武装力量使用军犬的重要方向。专家们认为，军犬仅凭嗅闻几个分子就能够鉴别被搜查物质的性质。如果没有军犬的帮助，只有在实验室条件下才能保证这样的精确程度。

正是由于其灵敏的嗅觉，拉布拉多犬成为了缉毒警察的极好帮手。劳拉正是一条这样的军犬，并在缉毒行动中屡立功勋。

现在，吃完巧克力劳拉心满意足地跟着江山，从楼梯上去四楼的体检室。劳拉一直跟随在江山的腿边，就像每次执行任务一样。一路上，劳拉的耳朵竖起，这表明它进入了工作状态。劳拉以为江山带它去执行任务，这个神态让江山和建国两人相视一笑。

在楼梯口，正碰上从二楼下来的胡一文。

"一文，是不是又刚下班？还没有吃午饭吧？你要注意身体啊。"江山心情很好地打招呼。

胡一文胳膊下夹着公文包，走到江山面前。

"没事，这不，正准备回家吃饭呢。云儿来电话催过好几遍了。"

看到劳拉，又伸手摸摸它的头。

"劳拉又来检查身体了。"

劳拉友好地摇着尾巴，围着胡一文转了两圈。江山正和胡一文寒暄着，忽然发现劳拉发出了"喔"的一声轻吠，尾巴也不摇了，两眼却盯着胡一文。

胡一文有点害怕，嘴里却开着玩笑。

"怎么啦，劳拉，你不认识我了？"

去年体检时，江山带着劳拉和胡一文玩了一个下午，晚上才把劳拉送回去。劳拉和胡一文玩得挺开心的。

胡一文对江山说："给我点吃的，我得和劳拉联络一下感情。"

江山给了他一块饼干，但奇怪的是，劳拉根本不吃，只是警惕地望着胡一文。

张建国在一旁打岔道："劳拉老了，不记得胡博士了。走吧，走吧，检查身体去吧。"他拍拍劳拉的身体，劳拉极不情愿地走了。

胡一文苦笑地摇摇头，往下走了。江山有点奇怪。劳拉这是怎么啦？是不是生病了？还是真的老了？江山有点心酸，还有一些伤感。他追上张建国。

"建国，劳拉今年是不是有什么问题？它真的老了？"

"可不是吗？山哥。劳拉已经多大了，你知道吗？劳拉今年九岁，按人类的年龄来计算，劳拉已经七十多岁了。"张建国回答道。

江山心中感慨着，手却一直抚摸着劳拉的脑袋。劳拉蹭着江山的腿，又高兴起来，用力摇晃着它的尾巴。

体检结束了。劳拉的体检结果却没有什么问题。

不知为什么，江山对劳拉见到胡一文的异常表现心里总放不下。职业的敏感让江山对一切异样都要弄个明白。本来以为劳拉可能是老了，或者病了，才会有这种异常反应，但体检的结果却否定了这一点。

这样看来，很有可能是什么东西引起了劳拉的警觉。

那会是什么呢？劳拉是一条缉毒犬，特别熟悉和警觉的就是毒品了。江山很清楚劳拉的嗅觉灵敏。劳拉曾在全国缉毒犬的毒品嗅觉比赛中得过亚军，几乎只要一点毒品的气息都可能引起劳拉的注意。从劳拉的表现来看，只有毒品这类的东西才会引起这种反应。

可是，胡一文身上怎么可能会有毒品呢？

江山和张建国讨论了半天。忽然，江山想到了胡一文的实验，或许实验中有一些试剂可能引起了劳拉的异常。嗯，很有可能，胡一文他们的实验经常使用一些莫名其妙的物质，有毒的危险品买了不少，江山就审批过不少这样的申请。

这样一想，江山轻松了许多。不过，江山还是决定再带劳拉去看看胡一文，不搞清楚这到底是怎么回事，他心中总是不踏实。

尤其在这样一个多事之秋，而胡一文又是他重中之重的保护对象。就算他胡一文没有问题，江山也想弄清楚劳拉是不是有什么毛病，对于劳拉，他一样有一种战友的情怀。

一人一狗又走进了胡一文的宿舍。

胡一文和云儿正在阳台上喝茶聊天。江山带着劳拉直接到了阳台，这次劳拉对胡一文又变得异常的热情。它亲热地舔舔胡一文的手，用力蹭着他的身体，使劲摇晃着尾巴。

这才是一切正常。

江山放心了，坐下来和胡一文、云儿一起喝茶。

三人一狗使得阳台过分拥挤，劳拉趴在那儿待了一会儿，就站了起来。按它的规矩，每次到一个陌生的地方，如果主人不反对，它要巡视四周，以检查有无危险。长期从事毒品稽查的劳拉已经和一个缉毒特工没有什么区别了。江山没有理它，任由劳拉在屋子里溜达。

正说着话，几声狗吠传了过来。

这是劳拉发现问题时发出的声音。江山一跃而起，发现劳拉在客厅内对着什么警觉地盯着。江山很奇怪，难道劳拉发现了什么？他四周看看，翻翻劳拉盯着的地方。这是一个小木柜，上面放着胡一文的那个公文包，柜子里凌乱地放了一些杂物。江山看看胡一文，而胡一文也朝江山摇摇头。

江山拍拍劳拉的脑袋。"没事，没事，别紧张，劳拉。"

但劳拉却并不离开，仍然很是警惕。江山腾出身子，再次打开柜门，示意劳拉上来。劳拉好像在嗅着什么。

突然，它一口叼住了公文包，送到江山面前。江山摆摆手，让胡一文和云儿退后，自己却蹲在地上，打开公文包。他把公文包内所有的东西都倒在地上。文件、签字笔、钥匙、香烟、打火机等纷纷落地。江山把包放在一边，招手让劳拉过来。劳拉大致嗅了一下，仍然叼住了公文包。

包内肯定有问题。江山立即警觉起来。他把手伸进包内，一点一点地摸索。突然，手上碰到一个东西，他略用力，把它取了出来。看上去像一个纽扣一样，可能是一个电子元件。劳拉冲着他手上的东西轻轻叫了两声，使劲摇着尾巴，似乎在说它发现的就是这个玩意儿。

定时炸弹！

江山的脸色立即大变，他立即让胡一文和云儿退到阳台。劳拉注意到主人的不对，也仿佛全身绷紧了，戒备地站在江山的身边。

江山等胡一文走远，这才仔细检查这个玩意儿。好像不是炸弹，倒像个窃听器什么的。江山翻来覆去也没闹明白这是什么，但可以肯定的是有人在胡一文身上做了手脚。

这太可怕了！

对手就在我们日夜的严密监视下竟然搞到了胡一文的身上，要不是劳拉，还不知道会有什么后果。

江山一身的冷汗。侥幸，真是侥幸！

随后，江山打电话叫来了刘彤和保卫科长。那个纽扣很快被专人送出去检查，几个人就在客厅开会。

江山开始询问胡一文和云儿，这几天有没有什么异常情况，有没有见过什么陌生人。随后，保卫科长召集了所有的保卫人员开会，征询和分析最近这几天有无异常。

很快，疑点就集中在今天上午试剂公司的送货人员上，因为只有他们几个人是陌生面孔，而其他的人员尽管是外人，但都是熟面孔。而这个可疑的疑点正是邵师傅首先提出的。

正开着会，对那个纽扣的检查结果出来了。那是一个目前最新型的高精度和高强力信号的示踪器。

有人在跟踪胡一文！

江山彻底清醒了。他们想干什么？如果是暗杀，早已经得手了。那剩下的可能性就是绑架了。

江山的冷汗"嗖"地冒了出来。他后怕地看看胡一文，又欣慰地摸摸劳拉的脑袋。对劳拉的感谢尽在那温柔的抚摸之中了。

江山自己根本没有想到，这是自己最后一次这样抚摸劳拉了。

关处和几个精悍的特工人员赶来了，后面还有一车全副武装的特种士兵。

全面搜查胡一文的房间。全面搜查研究所。立即对胡一文进行全面的身体检查。

与此同时，关处、江山等几位领导则在会议室内开会，研究分析。

搜查结果：一无所获！

随后，搜查的范围迅速扩大。这一次，建国带着劳拉和另外几条军犬也参加了搜索行动。

行动人员跟随着劳拉出了研究所的大门，又出了部队大院的大门，一直朝更远的地方走去。

搜索行动自然是隐秘的，因为不能惊动对方。而江山，则和关处在所内坐镇指挥，更何况，按关处的命令，江山的首要任务是必须保护胡一文的绝对安全。

其实，对于历史的进程而言，细节并不重要，重要的是结局。

搜索行动自然会有一个结局，那是另外一个故事。一次偷袭和反偷袭的对抗，一次劫持人质和解救人质的对抗。但无论怎样，这次行动的结局就是，莫沙小分队的五个人中，除开强子之外，其他四人或被击毙，或吞毒自杀。有一人在逃跑无望的情况下，他果断地选择了自行了结生命。而逃跑，在强悍的 C 国特工面前几乎没有可能。

莫沙则不愧是"沙漠黑狼"，在劳拉发现他的同时也发现了劳拉，他迅速掏枪，开枪打死了劳拉，却在逃跑的瞬间被特工击毙了。临死前，有一道闪电在莫沙的脑子里闪过。

这才是真正的天意！而他，竟然一直把放好示踪器的瞬间视为他成功的天意，殊不知，那其实就是引领他走进地狱的信号。

对于那些长期在雇佣军或者贩毒集团的行动队员，每次任务出行之前，都意味着一次生死抉择。如果行动失败，对他们就是彻底离开这个世界。他们根本不奢望在被俘后生命会有机会再延续，因为他们的所作所为，对于任何一个政府和组织，都是一场巨大的灾难，都意味着很多条生命，涉入其中的或者无辜的。他们血债累累，战功卓著者更是如此。所以，他们在行动失败后唯一的结局就是自行了断或者同归于尽。

千万不要指责他们对于生命过于轻率，他们正是出于对生命和身体的尊崇才选择了最简单的处理方式。蝼蚁尚且偷生，何况人乎？

对于每一个人或者动物而言，生命的机会只有一次。在造物主面前，生命无所谓高贵和卑贱，但生存的方式则有千千万万。事实上，对于大多数人而言，生存方式的选择或许就决定了生命存在的意义。

对于莫沙他们，当生存方式变得无可选择时，生命也就没了价值。

对于胡一文，当得知只要改变生存方式而价值同样可以体现时，他选择了妥协。

而对于李银来，事情就变得颇为复杂。因为姐姐的死，他有点冲动地选择了另外一种生活方式。而后来因为阮小梅的死，他则彻底改变了自己，自愿地选择了一条残酷而又惨痛的生活之路。

生命，对于每个人都一样的公平，唯一的区别就是你活下去的意义。

而生命，对于动物而言，恐怕也有不同的意义，只是人们并不知道动物们是怎么想的。那些一直和人类生活在一起的动物们，或许早已超脱了普通动物的境界了，它们为了忠诚和感谢一样可以献出自己的生命，就像劳拉一样。

　　站在劳拉的墓前，站在这个有无数墓碑但全都属于动物的军犬墓园里，江山在感悟生命，张建国在怀念生命，胡一文也在思索生命。

第 39 章

而对于生命的意义这个问题，强子很快就要遇到了。

此时的他，正躲在山上一个山洞内，在这里，用望远镜就可以看到那个军马和军犬研究所。

这个在镜子里显得很安静的研究所此刻却森严无比，因为没有人知道，除了死去的莫沙四人，还有没有更可怕的敌人藏在暗处。

江山这些天一直在暗自庆幸，胡一文能够逃过这一劫实在是天意，除此，无法解释。

但江山清楚，他不可能靠天意躲过更多的灾难，如果有第二次的话。所以，这些日子，他和保卫处的兄弟们日夜监视，生怕漏掉任何的蛛丝马迹，但日子却平静得让人犯困。

只有强子在苦撑着双眼，每天用望远镜观察研究所内的情形。他对目前的情况其实很清楚。那个上午，强子还在望远镜里看到了那辆面包车，看到了莫沙。后来，他看到了军犬，也看到了那一车的特工。联想到后来莫沙的通讯沉默，强子猜出了结局。自从那天晚上之后，莫沙一直没有联系，按龙先生的说法，肯定是凶多吉少。

而现在，只剩下他一个人了。

强子本想偷偷回去，但那天半夜定时开机的卫星电话里却收到了龙先生亲自发来的短信：这次行动的希望就全部寄托在你的身上了。这或许也是我们唯一的一次机会，因为对手会因为胜利而有所疏忽。请努力把握好这次机会，只许成功，不许失败！我等着你胜利归来。

强子明白，按照龙先生的说话风格，这就是最后的指示和通牒。如果不成功，那也就不用回来了。

可强子只能在这个山洞内忍耐着，他知道目前没有机会，也只能等待。他的胜算不大，机会渺茫，必须一击而中，否则，结局和莫沙一样。

但是，机会在哪里呢？强子每天白天都趴在山洞口，观察着下面，希望能找到那个几乎不可能出现的机会。但是，如果不这么做，他又能怎么做呢？待在这个鬼地方，除了观察下面，他还能干些什么呢？

强子一直以来就跟随着莫沙或别人，从没有自己谋划过什么。

这回出来行动，也不过是躲在这个山洞内观察，并每隔12小时用手机发个短信。

现在，一切要自己做决定，而目标却那么遥不可及。强子想逃走，可他知道哈立德肯定不会放过他。没有完成任务而逃回去的人从来也没有好下场。强子也想过自己不回去了，可天下之大，他又能去哪里呢？一个身上有命案的家伙能跑到哪里去？又能躲多久？

只能拼命了，说不定老天有眼，可以发现一个机会。如果不行，那也就听天由命吧。

强子感到小腹一阵紧张，不好，要拉屎。强子蹲在离山洞不远的地方，脑子里却在想着有什么办法可以混进那个研究所。

他听过莫沙的那个计划，他曾经认为那是一个天衣无缝的方案，但现在，他不这么认为了，因为莫沙完了。我要找一个人不知鬼不觉的办法混进去，不让任何人知道。

怎么办呢？他一边拉屎一边在想。任何东西都必须有进就有出，就像人一样，有进口的地方，就有出口的地方。现在自己就在干着出口的事情。

人是如此，那么那个研究所也应该一样啊。如果把它看作一个人，它的入口就是大门，出口呢？那就是后门了。

强子想着，暗自骂自己笨嘛。一边骂自己，一边回到了那个观察点。强子拿起望远镜找那个出口，也就是后门。好像没有啊。他记得自己这几天把这个研究所都看遍了，不记得自己见过后门呀。没有后门，就像人不拉屎，岂不是要憋死。

强子打了自己一耳光。真是笨蛋啊。那些脏东西不可以从大门出去啊？谁规定要像人一样走后门。那些没用的东西完全可以从大门拉出去嘛，比如垃圾啦、灰尘啦、屎尿啦，这些乱七八糟的东西不都可以从大门出去吗？

等等。还有东西不是从大门出去的，它们走下水道。城里可不像农村，它们有下水道。

下水道？强子灵光一闪。我以前怎么没有想到？我可以从下水道钻进去呀。强子高兴了，他为自己想到一个好办法而高兴。找找看，这个研究所有没有下水道。

接下来的两天，强子就一门心思地寻找下水道。功夫不负有心人，还真让他发现了。其实那是清洁工人帮他发现的，强子看到清洁工人在掏下水道。它其实就在那个小湖的旁边，估计当初的设计是把那些脏水排进湖里，毕竟这不是城市啊。而小湖则和外面的部队大院的排水沟相通。这就是说，只要进了部队大院，强子就可以通过那条排水沟进入下水道，从那里可以进到研究所里。

这可是一条很不错的路了。

强子开始设计，在进入研究所以后该怎么办。到了研究所里面，想找到胡一文太容易了。他几乎每天都要围着小山和小湖跑几圈，找一个相对隐秘的地方抓住他就行了。如果他使劲叫唤怎么办？那就把他打晕。强子想着找一根木棍把胡一文打晕，可千万不能打死了。

哎呀，不好，自己在关键时刻总是不能控制自己的力量，上次与那个城管队员不就是这样吗？一下没把握住，就把人打死了。要不，自己怎么会落到今天这个地步。不行，得想个更好的办法。

强子想着，突然用力打了一下自己的脑袋，你这个大笨蛋。口袋里不是有高强度的麻醉手帕嘛。当初还问过莫沙怎么要带这个，被莫沙一句话骂了过来："你这个笨蛋，不把他弄晕了，怎么带他出来？"

强子摸摸口袋，手帕还在，有好几块呢。强子有点不好意思地笑了，只不过这里没人看见而已。

抓住了胡一文，下一步怎么办呢？强子实在不知道下一步怎么办。用什么办法可以让胡一文和自己安全地离开那个研究所？强子几乎想了一夜也没有想出办法。实在不行，用枪逼着胡一文和我一起出来，就像平原游击队长李向阳那样，用枪逼着鬼子的翻译官走出了城门。

这也许是一个好办法。到了外面，那就好办了。可以给手机充电，请求龙先生的帮助。他可以派人来接我。

这几天，强子没有跟龙先生联系，是因为手机没电了。自从有了手机，在外面行动方便多了。但这家伙有个毛病，过不了几天就得充电。自己尽管多带了几块电池，在前几天也就用完了。

可惜呀，要不然，可以把这个计划汇报一下，请示龙先生该有多好，成功的可能性会大很多。

强子的心一直不太踏实，他翻来覆去地思考自己的每一步行动该怎么做，可能会有什么问题或者紧急情况发生，如果出现了那些问题，他又该怎么办？另外，强子总不放心自己的办法，总想着找一个更好的办法。

事实上，强子无意中已经学会了一个优秀的特工所具有的思维方法，而且，他甚至做得更好，因为他没有经验，也不会轻敌，因为他总担心自己的办法不好，所以各个细节都是反复考虑、反复推敲，直到他认为真的没有什么可以再琢磨的了。

就这样，在莫沙出事后的第九天，强子终于出动了。

而这个日子，从人的心理和行为学观点来看，正是戒备心理和警惕意识最为薄弱的时刻。

江山和保卫科的那些兄弟如临大敌地防范了一周，没有发现任何的动静，哪怕是一个微小的异常也没有。慢慢地，这些保卫人员认为，对手早已经在一周前的那次围剿中全部报销了，不可能再有活口了，就算有，也不可能会等待这么久，一定回去重新谋划，下次再来了。

在他们戒备的第六天，江山还专门开会提醒大家不要松懈。这最后的一剂强心针又让大家坚持了两天，到了第九天，就连江山本人都认为应该不会有事了。江山尽管没有下达撤销戒备的命令，但对大家松懈的状态却也不是很在意，事实上，连续八天的高强度紧张的确到了极限了，江山他们太需要休息了。

而强子恰好就定在这天晚上行动。

这完全不是强子的神机妙算。之所以决定在今天动手，是因为实在没有什么可拖延的理由了。

强子把所有的借口都使用过了，不得不开始行动了，何况食物早在两天前就快要吃完了。在强子的内心，他强烈地希望就这样一直拖下去，他对自己的计划没有太大的信心，对后面的事情如何发展也茫然无知，很是恐惧。

你可以帮他算算。

莫沙出事后的那两天，他就没有回过魂来，直到第三天，接到了龙先生命令他继续行动的短信。那之后，他考虑了两天，想出了从下水道进入的办法。又翻来覆去地设计、计划和思量了两天，把个计划折腾得尽善尽美。最后又拖延了两天，实在没有其他的办法了，这才决定开始行动。这就是强子九天来的动静。

凌晨两点来钟，强子顺着排水沟进入了部队大院，又下到下水道进入了研究所。

一切都很顺利，就是下水道比较狭窄，也比强子想象的更臭一些，更难以忍受一些。刚开始没多久，强子就吐了，即使戴着口罩，强子也把肚子里本来就很少的东西吐了个干干净净，到最后只剩下干呕了，差点连苦胆都吐出来了。

这下水道可真不是人待的地方，我这辈子再也不要进到这种鬼地方了。强子在心里发狠着。

强子开始了在下水道的行走。

其实不是走，几乎是半趴半跪着。你可以想象用这样的姿势在前进是什么样的滋味。强子无数次想伸直腰杆，或者完全趴下，但这是不可能的，上有管道，下有臭泥巴，他只能等到有地井的地方休息一会儿。估摸着走得差不多了，他从一个地井顶开盖子伸头看看，又缩了回去。还没有到地方。

他掏出自己画的地图，用电筒照着，对比着刚才看到的景物，在地图上判断自己到了什么地方。就这样，出来了好几回，终于在不到五点的时候到达了他设计的最好的地点。

强子要在这里等着胡一文。他在心中暗自拜着菩萨，胡一文，你千万要出来跑步，否则，我在这种地方待上一天，非要了我的小命不可。强子半弯着腰等了一会儿，这个姿势实在太累了。他又换了一个姿势，到最后没有办法，索性坐在了淤泥里，那恶心的味道扑鼻而来，几乎让他无法呼吸。

好在为了观察外面的动静，他把地井的盖子掀出一点，用一颗小石子顶着，自己就从那条缝里看着外面，同时也尽量让鼻子靠近这条缝。

就这样等了将近两个小时，在六点半左右的时候，胡一文终于出现在远处。

哎呀，我的娘啊，总算来了，强子这时候的满腔心思都在盼望着胡一文的早点到来。

当胡一文穿着薄薄的运动衣跑过来的时刻，强子简直把他当作了真正的菩萨。

强子立即偷偷地活动着自己的手脚，活动着腰部和肩部的肌肉，那又冷又僵的关节几乎麻木了。

强子屏住呼吸，像一只恶狼一样，全身的骨骼和肌肉都进入了高度的戒备，随时准备着爆发。

他知道，成功或者失败，就在此一举了。

二十米、十米、五米、两米、一米，

强子猛地起身，掀开地井盖，扑向胡一文。

第40章

就在强子偷偷进入研究所的那个早晨，军方第八份生物安全情况通报正放在 A 国国家安全事务顾问助理范特斯尼先生的桌上。

看完报告，范特斯尼了解了这样几个问题：

事情的发展完全出乎军方的预料。由于 C 国人的介入，他们已经对事态发展有点失控了。但他们却因此了解了更多的情报和信息。今后他们能够做的就是密切地关注和监视事态的发展，并在适当的时机尽量参与和干涉以维护国家利益不受侵犯。

在 HX 药物研制方面，C 国人看来快要成功了。他们好像要无私地贡献出这个 HX 配方，以促进全球反对生物武器和生物恐怖的国际合作，但军方对此持谨慎的态度，并高度怀疑 C 国人的诚意。军方正在调查其中的内情。

对于一直潜伏在国内的制造这起生物恐怖事件的那个财团，军方一直在采取引蛇出洞的策略，目前已取得了可喜的进展，正在试图跟踪和描绘出该恐怖集团遍布全球的基地和据点，以争取一网打尽、斩草除根。

对于军方和情报局的那些计划和行动，范特斯尼先生都很清楚，他也知道这两方就像一对不和的兄弟经常尔虞我诈、勾心斗角，比如这次行动，双方都老死不相往来，甚至还会设置一些沟沟坎坎。范特斯尼先生深知其历史根源，只要他们双方不太过分，也没有损害到国家利益，他是不会出手的。

第 41 章

强子根本没有想到，那个对他至关重要并把他逼到无可选择的短信对于欧阳龙来说，只不过像一只脱线的风筝，对它可能会落在自己的屋顶还抱有一些幻想而已。

当和莫沙失去了联系之后，欧阳龙基本已经对 C 国这边的行动失去了所有的期望，而强子的存在只是最后一根稻草而已。

当后来与强子每天半夜的短信联系也中断之后，欧阳龙就彻底绝望了，而比他更早绝望和伤心的则是哈立德。

每次派出莫沙，哈立德就从未失望过，这次亦是如此。

当莫沙告诉他，已经成功进入研究所并放好了示踪器准备晚上行动时，哈立德更是开心，他已经吩咐厨房准备晚上的庆功宴，他要和龙先生好好喝一杯。他甚至在想，以前自己对于 C 国特工的恐惧实在是自寻烦恼。那些前辈们对于自己失败的事实和对手总是给与太多的夸张，否则岂不是说明自己太无能了吗？C 国特工也不是三头六臂，没有那么神机妙算。

你看，莫沙不是挺顺利的吗？他摸摸自己的脑袋，看来自己还有不少好日子，否则的话，这一次"玛雅男孩"的失败怎么可以这么快就要被他挽回败局，重新获得主动权呢。

他嘿嘿地笑了。

谁料，自那以后，莫沙就再也没有了消息。与强子联系也不清楚具体怎么回事。哈立德感觉自己的心有一个地方开始冰冷起来，并逐渐蔓延到整个心脏。

一天以后，他清楚莫沙完了。

三天以后，与强子失去了联系，他也清楚，最后的希望也完了。

莫沙的死让哈立德很是心疼，那可是跟随他多年并颇有战功的好兄弟。C国人太可恨了！他实在想报复，可又不知道怎么报复，而且凭他的实力，面对那么强大的对手，他只有叹气！

欧阳龙在一边也毫无办法，在安慰了几句之后，他能做的只有沉默了。

莫沙的死也罢，强子的失踪也罢，欧阳龙其实都没有放在心上。他觉得那些都是他事业中的一些棋子，就连哈立德也是，只不过他是一只最大的棋子而已。

欧阳龙已经在外围建立了忠于自己的情报队伍和行动队伍。因为可以动用大批的资金和资源，再加上哈立德的极度信任，欧阳龙所做的一切没有人敢怀疑，手下都以为他的每一个指示都代表着哈立德。

基地之外，欧阳龙基本上完全控制住了，他甚至建立了只有自己知道并完全控制的情报网络。比如在A国的情报网，至少有三分之二在欧阳龙的秘密控制之下。

长期待在A国的伯恩知道龙先生的厉害，但他却不知这些其实与哈立德没有任何关系。事实上，所有的国外情报网只由欧阳龙一人控制，而渗透到A国情报局的内线更是欧阳龙的绝对机密。

这次，莫沙的死尽管让欧阳龙很是失望，因为这意味着对胡一文的行动方案的破产。但从另外一个角度来看，欧阳龙却有点暗自欣喜，因为莫沙是哈立德的绝对死党，而他则控制着基地的所有安全保卫以及最精锐的行动队员。

这样看来，欧阳龙的机会就要来了，但欧阳龙并不急，他一点也不急。

急躁，就会有疏忽，有漏洞，就会有危险，而他欧阳龙最富有的就是时间。他最大的本事就是忍耐和等待。

更何况，目前的日子也挺好的。

哈立德信任他，一切几乎完全按自己的设想在发展。如果有一天，哈立德不听从他的建议，那时再除掉他也可以。欧阳龙心中还是挺感谢哈立德的，如果没有意外，欧阳龙准备让哈立德寿终正寝，这样对欧阳龙的名声也有莫大的好处。

而强子，欧阳龙本想好好培养成自己的亲信，所以这次才派他跟随莫沙。积累经验并熟悉行动，是一个负责行动计划的核心人员必须经历的。为此，他甚至亲自出手，安排强子在山上的远距离监视。可惜呀，这个短命的家伙。

欧阳龙很快忘记了强子的存在，但他怎么也没有想到，三个月以后，他在C国境内所有的情报和毒品网络会在一夜之间分崩离析，烟消云散，而这一切，会和那个他早已忘记的强子有关。

此时，随着莫沙行动的彻底失败，他和哈立德一样，开始把所有的注意力放在了已经进入A国的拉兹行动队身上。

这个行动队正在A国像无头苍蝇一样乱撞，这使得伯恩极为害怕，担心这些家伙的行动暴露自己，撞到了A国军方或者情报局的手上，进而引火烧身并牵连自己。

欧阳龙得知了伯恩的这种担心之后，确认已经到了该自己出手的时候了。他指示拉兹停止漫无目的的寻找，安心等待消息。

欧阳龙知道"玛雅男孩"已经到了山穷水尽的时刻，他只能动用那些机密的资源，尽管他为此花费了无数的心血和资源。

养兵千日，用兵一时嘛。

除了与他在A国的情报内线联系之外，欧阳龙还有很多事情要做。

先说说赚钱的事吧。考虑到有可能无法把握"玛雅男孩"，欧阳龙决定先在国际上散布一些消息。他把"玛雅男孩"的部分信息故事含含糊糊、断章取义地散布出去。没等大家核实和相信，他的情报网就传来了C国人研制出HX药物并将无偿与国际社会合作的消息。欧阳龙知道这是C国人玩弄的把戏，李银来就明确地告诉他HX药物尚未研制出来。而且，这才过了几天，即使实验顺利，也不可能在这几天就完成实验。

欧阳龙断定这里面有阴谋，他指示其情报人员密切关注事态的发展，却没有想到，这个消息无形中帮了他极大的一个忙。这个消息反而证实了他以前散布的"玛雅男孩"消息的可靠性。

欧阳龙当然不会傻到暴露自己，也不会那么明显，他只是模棱两可地暗示而已。全球粮食市场果然经不住这样的风波，粮价大涨，连世界粮油组织都出面来辟谣了。但事情发展往往相反，C国人的好心尽管遏制了粮价的疯长，但就是现在这样的涨幅也足以让欧阳龙欣喜不已。欧阳龙控制不住地反复设想，要是没有C国人的捣乱，或者说，要是"玛雅男孩"获得了成功，那自己的所得远比现在要高上百倍。

即便如此，他们把囤积的粮食只卖出了三分之一，其所获利已经远高于毒品所得。

为庆祝找到了一种成本更低，更快速高效的敛财办法，哈立德和欧阳龙两人就在他硕大的客厅内喝酒，兴奋而又得意。生物恐怖的成本和代价并不大，而收益却是如此巨大，看来我们是选对了。两人更加坚定了要继续把"玛雅男孩"干下去，要让伯恩尽快设计第二个、第三个这样的计划。欧阳龙甚至和远在P国的李银来聊过这方面的话题。

再说说J国和L国的事情。这两个小国的政局这几年都有些不稳定。由于和M国毗邻，很多时候会动用军力来扫荡毒贩，而这自然影响哈立德的收入和基地的稳定。这一点让欧阳龙很是烦闷。在哈立德时代，他们从来不涉及政治，不和政治家与政党打交道，但欧阳龙成功地说服了哈立德。

现在，与这两个国家的反对党有了许多往来。先是谈经济合作。谁都需要钞票。如果用钱来生钱，生出更多的小钱，也是任何人都愿意干的事情。欧阳龙采取高回报的手段，吸引了这两国的反对党不少的资金。先控制住他们的经济命脉，再进行军事和其他方面的合作，这是欧阳龙的如意算盘之一。

为了在"玛雅男孩"中获取更多的利益，欧阳龙也需要筹集更庞大的资金。他用这些资金购买了更多粮食贸易和囤积企业的股份。这样的合作使得哈立德的边境更为安宁，而且，还有了随时可能夺取的政权。

欧阳龙做梦都想控制一个小国家，只不过他目前只能利用这些反对党来实现这个目标。无论如何，他至少在这方面又前进了几步，而这几步距离他的梦想更近了一点。

不过，说到底，与这些反对党合作最重要的是经济利益。欧阳龙必须全力保证那些巨额资金的高回报，而这，都押宝在"玛雅男孩"的进展上了。

欧阳龙最近在忙的另外一件就是伯恩的事情。

从"玛雅男孩"得到了好处后，欧阳龙要求伯恩全力关注生物技术的发展，从中找出几个类似"玛雅男孩"的机会。从上次伯恩发来的资料来看，伯恩所选择的几个可以操作的计划很有前景。

欧阳龙不是专业人士，他看不懂那些玩意儿，但他知道其危险在哪里，也知道机会在哪里。对于一个指挥者来说，这就足够了。

战略的指挥者只需要把握大的方向，具体而繁琐的工作则可以交给伯恩这样的人去做。

伯恩的专业、忠诚以及喜欢出风头的特点很可以帮他把这些事情做好。比如，眼前，欧阳龙就吩咐他，要特别注意 P 国和 I 国那两个研究基地的保密问题，千万不能让人发现我们利用那两个研究所在干别的事情。

那个时刻，欧阳龙并没有想到，安德烈已经开始跟随伯恩的眼光注意到 P 国的生物技术研究所了。

可笑的是欧阳龙却一直担心"玛雅男孩"的暴露会让 A 国人找出伯恩，从而找到哈立德。

为此，他特别安排伯恩目前断绝了所有与"玛雅男孩"的联系，而且在他身边安插了一把尖刀，在伯恩完全暴露的情况下这把尖刀将发挥它的作用。

第 42 章

同样的一把尖刀也布置在李银来的身边。

欧阳龙其实一直怀疑准备去 P 国的李银来会又来一招"金蝉脱壳"。阮小梅就是欧阳龙的尖刀，只不过这把尖刀已经远不如欧阳龙设想的那样锋利，甚至快要幻变成一张盾牌，一张可以保护李银来的盾牌。

当然，阮小梅也的确负有保护李银来的任务。

为了笼络李银来，欧阳龙已经花费了不少的钞票。比如给李银来小外甥的十万元人民币，比如把精心培养了好几年的阮小梅送给李银来，再比如给他在 P 国谋定了一个研究员的职位，并投入了几百万美元的研究经费。这些可都是真金白银的投入，但欧阳龙却认为一定会有巨大的回报。

投入的金钱是一个保证，送出的阮小梅更是一个保证。

欧阳龙相信自己没有做错。从李银来去 P 国前的那天晚上的表态来看，金钱和美女的确可以俘获一个男人的心，何况李银来这样一个心态不健全的男人。

但欧阳龙布置给李银来的任务很笼统却很艰难：尽其所能，搞出一个可以让全世界恐惧却无能为力的东西来。

对于这样的任务，哈立德倒是很赞成，但他数次对欧阳龙谈到李银来是否可靠，而欧阳龙心里也一直忐忑不安。

不过，当他听到李银来在临走前提出的那个问题时，欧阳龙就彻底放心了。

那个晚上，在一顿丰盛的晚餐完毕之后，哈立德破例邀请李银来一起抽抽雪茄，喝点咖啡。自然，同时被邀作陪的还有欧阳龙和阮小梅。

李银来的抽烟是在见到强子后才学会的，烟龄尽管只有几天，但享受的却都是顶级的好烟。这次雪茄的享受自然也是他平生难得见到的奢侈。

哈立德从原木做成的烟柜中拿出一盒"哈瓦那"雪茄，给李银来和龙先生每人一支，再给自己拿一支，一边用一把精致的小剪刀修剪着，一边说道："我已经抽了快十年雪茄了，在生活中已经无法离开它了。可龙先生却只喜欢中华香烟。不过，我倒乐意和你们一起分享。"

欧阳龙笑笑说："抽雪茄那是贵族和豪门的生活，我不过是一个普通的老头子而已。在这个世界上，能够有资格天天享用顶级的哈瓦那雪茄的人并不多，而您就是其中的一个。"欧阳龙手里摆弄着那支雪茄，恭维地说了这句话。

哈立德朗声大笑，高兴地说："来，来，来，让我们点燃它吧。我已经有点迫不及待了。"

哈立德拿起一盒火柴，"刺啦"一声，李银来看到这种比普通火柴长不少也粗不少的火柴燃烧出蓝色的火焰。

小梅在一边轻声告诉李银来，点雪茄必须使用特制的火柴，决不能使用打火机。

李银来学着哈立德的样子，先在嘴唇边舔了一下雪茄，再点燃后，使劲抽了他有生以来第一口雪茄。

欧阳龙告诉他，抽雪茄要先在嘴里品尝一下烟的美味，再把它吐出来。千万不要把烟吞到肚子里。

李银来先咂摸一下嘴里的烟味，好像没什么特别的，只不过比香烟多了几分浓郁和芳香。他再把烟缓缓地吐出，吐出的烟逐渐形成各式各样美丽的图案。三个男人都心醉神迷地望着吐出的烟雾随风冉冉地或飞快地升起，白烟、蓝色的烟、灰色的烟，形成谁也无法违遏思的各种形状。

过了一会儿，哈立德开口了。

"请到这边来，李先生，我请你看看我收藏的雪茄。"

哈立德率先站起来，穿过客厅，来到了一间大约四十多平米的房间。房间里靠墙摆着类似书架的木柜。

哈立德得意地说："这是我的雪茄收藏屋，里面可全是宝贝。"哈立德指着这些精美的木盒子里存放着的包装精致的雪茄，开始了喋喋不休的介绍。

李银来一路看过来，耳朵边听着哈立德的讲解。

最初登上美洲大陆的欧洲人惊异地发现当地印第安人头上腾腾地冒着烟，后来才知道这是他们在吸食一种植物的叶子卷，并欣赏它们点燃时的烟雾。这便是雪茄的原型，这种植物被称为 to-bacco（烟草），后来被带回欧洲，雪茄的时代从此开始。

雪茄到达欧洲之后，一直便是一种奢侈品，只在贵族中流行，人们对此一贯的认知是——抽雪茄似乎会令人性感，富于男性魅力。

古巴正是当年欧洲人发现烟草的地方，至今仍出产最好的烟叶和最著名的雪茄。制作高品质的雪茄首先要选择好的品种在适宜的地方种植。烟叶采摘下来，经烘干、发酵、整平、存放，然后挑选烟叶制作雪茄，其间大约要经历三年时间，80 余道工序。卷雪茄用的烟叶外层与内层是不相同的，外包烟叶要挑选叶薄、油分大而有光泽的品种，这样雪茄的外形才会漂亮而且燃烧得好。雪茄的内层又分为 Ligero、seco、volado，它们分别是产生沉醉感、制造芳香和助燃的部分，Ligero 是雪茄的灵魂所在，雪茄50% 的味道取决于它。

古巴现存的雪茄品牌有 35 种，品种有 500 多种。古巴人每年吸 2.5 亿支雪茄烟，其余 6500 万支"哈瓦那"雪茄则出口到国外。

哈立德收藏的雪茄已经有近三十个品牌了。一路讲来，哈立德在房屋中间的一个木架边停了下来。

"这里收藏着世界上最好的雪茄。"哈立德炫耀地从盒子里拿出一支。

"这支雪茄的牌子叫做 Trinidad，它比一般的雪茄要长一些，属于超长雪茄。它可是世界上最好的雪茄。这种雪茄是由哈瓦那郊外的 EI Laguito 雪茄厂生产的，专为古巴总统费德尔·卡斯特罗制造。卡斯特罗曾把它作为礼物送给外国的外交官和达官显贵。我这里就有一盒，很是珍贵。"

李银来接过来在鼻子下闻闻，好像和刚抽的那种没有什么区别，看不出这是卡斯特罗喜欢的东西。

哈立德又从另外一个盒子里拿出一支雪茄，"你们知道这样一支雪茄要多少钱吗？"

李银来大胆地说："我猜一百美元。"

哈立德一听，神秘地说："不，不，这可是世界上最头牌的雪茄了。知道这个牌子吗？它叫 Cohiba，是古巴最流行的雪茄，在《雪茄迷》的排名中，Cohiba 始终位列第一。"

哈立德放下这支雪茄，从旁边那个覆盖着金色缎锦的盒子里又小心翼翼地取出一支，对他们说道："你们看看，刚才那支雪茄是雪茄界的奢侈品头牌 Cohiba 雪茄，而这支，才是世界上最贵的雪茄，它是 Cohiba 家族中的极品，雪茄皇冠上的真正明珠 CO-HIBA Behike，迄今为止没有多少人知道这个尊贵雪茄到底什么味道，神秘感十足。"

哈立德贪婪地闻了闻手中雪茄，意犹未尽地说道："要知道，COHIBA Behike 每根售价高达 471 美元，而且必须整盒出售，每盒 40 根。Behike 在西班牙一盒售价就要 18860 美元。按照古巴卷烟工诺尔玛·费尔南德斯的话说，除了少数品尝者在这种雪茄进入手工制作程序前试过烟丝的味道外，迄今还没有人点燃过这种珍贵的古巴雪茄。真想尝尝它的味道。那一定是全世界最美的。"

哈立德闻了一会儿，把这支雪茄又放进了盒子里，根本没给别人闻一闻的机会。

他关好盒子，铺好金色缎锦，转过身来接着说："这种雪茄只限量生产了 4000 根，完全由费尔南德斯一个人卷成。他说，'Behike' 这个名字源自古巴一个部落首领的名字。这种雪茄是为庆祝 Cohiba 牌雪茄诞生 40 周年而生产的。"

从雪茄收藏室回到客厅，李银来仍然很惊讶。一盒雪茄就要十五万元人民币，这也太奢侈了，太匪夷所思了。

对于李银来而言，他没有见过的世面太多了。

但在李银来心里，却陡然产生了一种极为不忿的感觉。他的姐姐曾因为无法一下拿出两万元而耽误了治疗最终香消玉殒，而有钱人一盒雪茄就要十五万元。这个世界也太不公平了。

对于这些高档奢侈品，李银来以前没有见识过，也没有任何感觉，但这次在基地，耳熏目染却都是这些高档的玩意儿。有很多东西尽管李银来不知道其品牌，但也一样可以体会到东西的精致、高档和舒服的感觉。

直到现在，李银来好像才有点恍然大悟。原来有钱人过的是这样好的日子，难怪世界上那么多的人们在追求财富。

我一定要有足够的钱，让我爱的亲人过上好日子。李银来在心中暗暗发誓。而在他品尝完咖啡后，这种感觉尤为强烈。

在继续抽了几口雪茄后，女佣端上了一直在旁边烹煮的咖啡。客厅内弥漫着雪茄和咖啡混合的香味，让人有一种心醉神迷的感觉。

李银来在老板的建议下嗅闻着端上来的咖啡，觉得它醇厚浓香，而在他知道这种咖啡有着那样一个来历后，他顿时觉得这种咖啡别有风味。不过，从此以后，他再也没有喝过这种咖啡，他只喝蓝山咖啡。

而阮小梅陪同李银来参加这样的一次宴会自然心中很是紧张。在经历了李银来的彬彬有礼和温文尔雅之后，老板们在她的心目中就只剩下了凶残、暴戾、阴险、毒辣的形象了。整个过程中，李银来所表现出来对她的爱恋和珍重让她感动，这让她在晚宴中暗示了好几次，但李银来在老板面前却毫不掩饰他对小梅的喜爱。阮小梅在整个宴会中都是小心翼翼，战战兢兢，只是在听到这个咖啡的故事后终于忍不住笑了。

原来这个咖啡真的是一种很特别的咖啡。

欧阳龙开玩笑地对李银来说："我打赌你从来没有喝过这种咖啡。"说完，他和哈立德对视一眼，哈哈大笑。

哈立德笑完，便告诉了李银来这种咖啡的来历。

原来，这便是世界上最有名的最贵的咖啡。鲁瓦克（Luwak）咖啡。

欧阳龙对李银来说："你先尝尝，喝完后要深吸一口气，你再感觉一下味道如何？"说完，自己先喝了一口。

李银来首先闻到了咖啡散发出的似蜜糖与巧克力的香味，喝下第一口时，他体会到了有点土腥味，稠度则更是接近糖浆，不过有一种很特殊的香味，说不清是什么。不苦、不酸、不涩，却多了几分奶香味，口感依然甘醇。连喝几口之后，口间还会留有淡淡的薄荷清凉感觉，这是一般咖啡所没有的"独家味道"。他再深吸一口气，便能明显感觉到由口至喉一股清凉，真似刚吃完一颗薄荷润喉糖。

李银来惊讶于这种咖啡没有苦、酸、涩，便询问欧阳龙。他却笑了笑，把煮咖啡的女佣叫了过来。"我只会品尝，却不会煮鲁瓦克咖啡。但我知道冲泡工艺很复杂，让她给你说说吧。"

女佣告诉李银来，鲁瓦克咖啡的香味较一般咖啡容易流失。为保持风味，咖啡豆都要以独立包装，再注入氮气防止咖啡豆氧化，制作工序繁复而且严谨。如果要享受鲁瓦克咖啡的真味，千万不要在咖啡里加糖或奶，烹煮时使用的是塞风壶，加入大约180毫升的纯水，倒入17克（约咖啡专用匙2平匙）的咖啡粉，待水温滚烫上升后以平竹片将隆起的咖啡粉轻轻往下压。这个过程要切记不可搅拌，否则咖啡会变得苦、酸、涩。在沸腾约2分钟后迅速移开火源并同时以冷湿布反复擦拭玻璃瓶使其急速降温，冲泡好的咖啡将快速落下而呈现大量的金黄色绵细泡沫，如此即可达到最极致的风味。

如此复杂！这种咖啡自然味道会不同寻常。李银来在心中暗自咋舌。但让他最吃惊并有点难于接受的则是哈立德告诉他的真相。

鲁瓦克其实是印尼所特有的一种俗称"麝香猫"的树栖野生动物，它喜欢挑选咖啡树中最成熟香甜、饱满多汁的咖啡果实当作食物。而咖啡果实经过它的消化系统，被消化掉的只是果实外表的果肉，那坚硬无比的咖啡原豆随后被"麝香猫"的消化系统原封不动地排出体外。这样的消化过程，让咖啡豆产生了无与伦比的神奇变化，风味趋于独特，味道特别香醇，丰厚圆润的香甜口感也是其他的咖啡豆所无法比拟的。这是由于猫的消化系统破坏了咖啡豆中的蛋白质，让由于蛋白质而产生的咖啡的苦味少了许多，反而增加了这种咖啡豆的圆润口感。

所以，鲁瓦克咖啡其实来自于野生麝香猫的粪便，因此有许多人称它为"猫屎咖啡"。一斤麝香猫排泄物中只能提取出约150克咖啡豆，在烘焙过程中还会造成20%的损耗，由于原材料和制作工艺都十分独特，这种咖啡可以说十分稀有，每年供应全球的咖啡豆最多也不会超过400公斤。

"猫屎咖啡"是世界产量最少的咖啡，一袋50克包装的咖啡豆价值1500元，只能泡3～4杯咖啡。折算下来，一杯售价约为400元人民币。"物以稀为贵"，由此而导致鲁瓦克咖啡这个稀世珍品的价格一直居高不下，喝一杯这样的咖啡，恐怕你要准备50英镑，并且还不一定随处都能找得到。

哈立德最后总结道："人类真是不可理喻。我们花了那么大的价钱，喝到的只不过是猫屎而已。"在场的人都哈哈大笑。

气氛在这场大笑后变得更为融洽，仿佛是几个亲兄弟在一块聊着家常。

当哈立德问起李银来生活上还有什么问题时，李银来是这样说的：

"老板，谢谢您给予我的这一切。大恩不言谢，我知道自己该怎么做。我没有什么要求和问题了。如果非要提一个问题，那我的问题就是，老板，我能为您做点什么呢？"

这个问题，让哈立德心花怒放，也让欧阳龙彻底放心。

阮小梅也从李银来的这段话听出了不少意思。首先，李银来的这个回答让阮小梅彻底明白，自己要在这条道路上陪着李银来一直走下去，而这也彻底击碎了她的幻想。她藏在心底的幻想是和李银来偷偷出逃到一个无人打扰的地方度过两人剩下的日子。不过，这个回答其实也告诉了小梅，她在李银来心里的分量。阮小梅尽管有一丝遗憾，但却拥有了无比的满足和幸福感。

这个问题，其实是李银来这段时间心理的真实写照，同时也是他的一个承诺。

只不过，这个承诺将伴随李银来痛苦、凄楚、纠结而又陶醉的一生。

晚宴归来，欧阳龙心里颇有几分感慨。李银来这个人引起了他对人生的一些感悟。

他正在沉思着，却怎么也没有想到，那个他已经抛弃的强子，却在这个时候发来一条短信，告诉他一个天大的好消息：胡一文已经在他的手里了。

这个消息如同一颗巨大的炸弹，让哈立德和欧阳龙口瞪目呆，同时又欣喜若狂。

第43章

这个时候，丽莎已经完全沉浸在知识的海洋中了。

她已经快要忘记了自身的存在，更不要提胡一文的安危了。

自从丽莎发现自己无法通过学习获得特异功能之后，她开始了探索人类自身秘密的研究。她对人类的精神、心理和思维等颇有兴趣。

她开始要求守卫帮她采购有关的书籍。每次她会根据书中的提示，写出书名让守卫去购买，到后来，她索性提出了一些关键词，要求守卫按照这些关键词来筛选书籍。她买书的关键词有这样几个：意识、记忆、灵魂、超能力、潜意识、心理活动、思维、异常行为、特异功能等。

凡是符合这些关键词的书籍她都要，反正不花她一分钱，反正这些守卫也不会拒绝她的要求。只不过，她选书的关键词越来越多，送来的书也越来越多。甚至有一次一个守卫告诉她，那个送书来的书店曾经派来一个销售人员，他们以为这里新开了一个小型专业图书馆。

有关的书籍就这样源源不断地被送来，有时是一本、两本，有时则是成箱地送来。在享受阅读快感的同时，丽莎有时会有一种很奇怪的感觉。

除了自由和丈夫，她好像在享受挺高的待遇，她的要求基本上都会得到满足。守卫们也很有礼貌，并且很尊敬和礼遇他们三人。

对于这个现象，丽莎很探究过一阵子，是因为胡一文本身的重要性？还是我们母子三人对于胡一文的重要性，或者我的研究课题对于他们的重要性。一切都不得而知。由于无法得到答案，丽莎慢慢转移了自己的思考，她开始全身心地投入到自己的研究中去了。

而她的儿子胡地，也开始对丽莎的研究表现出极大的兴趣。胡地本来是被丽莎拉来学习遥视技术以便"看到"胡一文的，但遥视技术没有学成，胡地却每天和母亲一起阅读那些书籍。准确地说，胡地主要阅读母亲的笔记，因为那里往往会有母子对书籍内容精辟的提炼，更关键的是有不少丽莎自己的理解和解析，而这，相比书籍，更能让胡地看懂。

丽莎的研究领域是人类意识思维与异常行为学。实际上，这和人体的特异功能以及直觉感应等有很大的关系，说白了，就是研究人类的超能力。这听起来很类似玄学，与宗教、魔法、神秘等联系在一起。丽莎知道这些东西在科学界有很多不被承认，认为那是故弄玄虚，但她却坚持认为这也是科学。和她持有同一观点的人还真不少，而且研究一直在往前深入，逐渐有了一些让人信服的证据和行为，这同时自然开始了应用研究，包括军事目的。

丽莎最近特别感兴趣的课题有：

人到底有没有灵魂？

灵魂是不是一种超能量？

人的特异功能是不是这种超能量的发挥或应用？

精神到底是什么？思维和物质有什么内在的联系？

记忆和知识如何体现？它们是否以物质的形式存在？

在丽莎及其同行的理解中，人类本身的研究包括了两大部分。一类是目前医学研究的重点，那就是对人的身体器官组织和遗传物质的研究。这也就是我们现在生物科学和医学的主要研究领域。这部分的研究丽莎把它归类为人体的物质研究。而人类的复杂则恰恰在于另一部分的存在，那就是精神的存在。

相对于物质而言，精神是属于非物质的范畴，它包括灵魂、意识、思维、心理、记忆、知识等各种非物质领域的东西。对人而言，物质的研究已经很深入了，已经深入到细胞、基因、分子等细微的层面了。这些层面的研究成果自然对于人类的生命和健康起到了极大的作用，这是毋庸置疑的。

但科学的发展很是有意思。随着物质层面研究的深入，科学家们发现有许多东西开始牵扯到了非物质领域，比如神经学的研究，比如对大脑的研究。人体，正依赖这样一个很难用物质说清楚的联络体系，而组成和指挥这个体系的正是那些非物质的东西，比如知识、记忆、思维、心理，甚至灵魂。

有许多现代研究证明，这些非物质的东西有很多可以呈现出物质的形式。

比如灵魂的存在，有实验证明人是有灵魂的，并且这个灵魂还是有重量的。有一个无可挑剔的实验证明，人的灵魂重量是有克重的。

胡地就问过丽莎一个问题："妈妈，人类真有灵魂吗？如果有，那么什么是灵魂？它有什么作用？它存在于哪里？"

丽莎无言。

但她的脑子里却闪现出许多关于灵魂的记载。

俄罗斯著名科学家、世界著名的人脑研究所的维得罗夫斯基教授就说过："俄罗斯的科学家经长期观测发现，人体死亡以后，从尸体中发放出一种肉眼看不到的物质。这种物质到底是什么？人们尚不知道。如果这种物质有灵性的话，可能就是'灵魂'。科学家们尚未得到证实之前，只能是假设，而不能肯定。我们正在追踪、探索此物质到底是什么。"

美国华盛顿大学教授克里斯多夫是位物理学家，他将最先进的微波探测仪安装在一家大医院的太平间里，对每具死亡不久的尸体进行检测，终于发现：人在死亡后的几小时里，有一种肉眼看不到的物质离开人体，大约持续四五分钟的时间。克里斯多夫和俄罗斯的人脑研究所得出同样的结论。他认定是"灵魂"离身，标志着人的真正死亡。他还惊奇地发现年轻人的尸体磁电波讯号强，老年人尸体磁电波讯号弱。克里斯多夫教授根据自己的研究和自己的亲身体验写出了《生命·灵魂》一书，成为美国研究"死亡学"方面最畅销的书。

最著名的是在日本东京开展的"阿拉本3号"计划，为"死亡学"开辟了一片崭新的天地。该计划由国际上几个大财团出钱赞助，由日本、美国及西欧一些国家的著名医学家、神经心理学家、生物学家、物理学家、电脑专家参加。他们对19到75岁濒临死亡的垂危病人开展观测。

这项观测约有20多名自愿者参加。科学家们在自愿者死亡之前，在病人的骨头中植入电极，并且与电脑相连，使电脑可以在一定的范围内，接收到濒临死亡者的脑电波，并在60秒内把脑电波译成文字，显示在计算机的终端荧光屏上。参加"阿拉本3号"计划的科学家们认为：他们的实验结果证实了人体死亡以后，尚有生命信息的反馈。"阿拉本3号"计划将深入下去，他们将研究任何与"灵魂"的对话。

科学家在暗室里面安装多角度视频摄像头观察发现，在一片黑暗的暗室中，所有人毫无例外的死时都有一丝白光由体内射出，有的修行人光从头顶射出，多数人是从颈部以下的身体其他部位射出，脚部、腿部，各个部位都有，几秒钟时间，这道白光迅速穿透一切阻力，消失不见。这是什么？日本的研究报告就说了，这是人的灵魂。研究报告已经表明，人体内确实有一个东西存在，佛教叫"神识"，其他宗教叫"灵魂"。民间老百姓也管这个东西叫做灵魂！

在科学家试图找到灵魂的同时，有人提出了一个观点：意念超越物质，或者说，人的意念可以改变实体世界。如果能够证实意念，或者意识和灵魂是一种超能量，而思维、记忆、知识等可以用物质的形式来表达，那在某种意义上来说，未来是可以产生超人类的。许多人体特异功能就可以得到解释，比如直觉感应、遥视、透视、意念移动物体等等。

目前有许多研究在揭示物质和精神的某种联系。基因，这种存在于人体的物质，就和很多精神层面的东西相关联。

比如，一见钟情其实是一种感情的形容词。但实验证明，这些人的基因中有一些地方是相同的，正是这些相同的基因才导致了一见钟情。英国一所大学的研究表明，善良和体贴是女性与生俱来的特性，是由基因决定的。也就是说，女性的一些基因决定了其善良和体贴，而男人这样的基因就不同了。（其他的基因）这些基因研究证明，有很多感性的特征，在原来人类对自身的了解中是归类于非物质形式的，现在却可以用物质的基因来决定了。而对于原本就属于物质层面的东西，比如疾病、遗传、性格等，则基本上都和基因有关，甚至是由基因来控制的。

基因这玩意儿实在太神奇了。它几乎是你的一切。你的性格，你的容貌，你的头发，你有没有暴力倾向，你对谁一见钟情，你喜欢吃辣的还是咸的，甚至，你喜欢什么样的家具都可能由一个基因来决定。而人体包含有数十亿个基因。

当然，基因同样也会决定你的记忆和知识。记忆和知识这些纯精神层面的东西则很可能是承载在类似基因这些有形的物质上的。

对于这点，胡地的理解是这样的："妈妈，如果思维和记忆与基因有直接关联，那么，我们改变了基因，是否就可以改变记忆或者思维呢？"

这真是一个令人震悚的假设。丽莎很惊讶胡地能够提出这样的问题。我一直在研究这些东西，为什么我就想不到这一点呢？丽莎仔细考虑后发现，自于长期的正统思维，在她的概念中，记忆、思维或者意念等等，都是一种精神层面的东西，是无形的，是不可触摸的。她无法把这些和有形的物质联系起来，但经过胡地的提示，她想起了不少实验记录。而这些实验似乎都在证明类似记忆这些东西和某种物质有着紧密的关联。

有人做过这样的小白鼠迷宫实验，一只小白鼠来到陌生的迷宫后，经过一段时间的摸索，会很快形成对迷宫路线的记忆，这样就可以快速穿越迷宫。有人把这只对迷宫路线有记忆的小白鼠杀死，提取出其大脑内的所有成分并注射到另一只从来没有见过这个迷宫的小白鼠身上，结果，惊异地发现这只小白鼠可以很快穿越迷宫，仿佛它拥有了此前那只小白鼠的记忆一样。这说明，记忆可能承载在某种物质上面，而这种物质是有形存在的，并且可以保存、提取并传递的。

美国得克萨斯州贝依拉医科大学的阿恩格博士从进行过迷宫训练的鼹鼠的脑中提取出一种后来被称作"学习多肽"的化学物质，注射进未进行过迷宫训练的鼹鼠的脑中，结果，它穿越迷宫要比未注射的鼹鼠容易得多。

上述哺乳动物的实验结果给人以有趣的启发：动物后天生活过程中学得的行为、经验、体验等记忆，的确能够经脑的提取物移植给另一个体。科学家由此设想，可能有一些特殊物质能携带信息将记忆转移。这些实验结果使一些科学家有理由相信：记忆不仅可以移植，而且可以在实验室中人工合成。人们设想，经过若干年后，也许专门制造特殊记忆物质的专业化工厂，也将像制造录音带或光盘一样投入生产，并可以输入人体，直接提供给人们新的记忆和知识。那时，人们就真正生活在记忆的自由王国中了。

但可惜的是，在动物实验中取得的结果却未能在人体中再现，一些实验结果也没能经受住大批量重复实验的检验。人们虽然已经开始了直接添加记忆物质给大脑带来改善记忆的探索，但是对转移记忆物质的研究还处于启蒙阶段，如想取得成功，还须漫长的屡败屡战。

如果记忆可以采用某种物质的方式存在于人体，那么知识呢？思维呢？是否可以同样以某种物质的形式来承载并且传递？如果是这样，是否可以说以后学习知识通过服用某种药丸就行了？或者，要想获得某类思维方式，只需要注射一些专用物质就可以了？这实在是很有意思的研究。

以上这些实验和研究实际是对人类精神研究的重大突破。丽莎的研究就集中在这里。她搜集了大量的实验记录。无论怎样争论，现代社会是一个注重证据的时代。而证据则可以说明一切。丽莎把这方面的有关实验全部记录下来，详细记录了实验的准备、过程、工具、方法、结果和分析。

她在积累各种资料和数据，因为她坚信，这种被软禁的日子应该不会太久，等以后自由了，她恐怕没有机会这样阅读海量书籍了。

她把这些资料分类整理，以便日后使用的方便，更关键的是，这些数据的后面都写有丽莎对这些实验结果的思考，这显然对以后的研究颇有益处。

对这些资料颇感兴趣的除了丽莎，还有一个人，那个人就是她的儿子胡地。胡地尤其对于记忆物质念念不忘，他很希望有一种药物可以帮他抹去那些不好的记忆，比如在课堂上提出了愚蠢的问题而遭到同学哄堂大笑的场面。当然，他也希望有那样一个药丸，一旦吃下去，就可以不再天天背诵那些公式、单词和格言等等。让他没有想到的是，若干年后，他果然吃下了这样的药丸。

而现在，胡地几乎每天都在阅读母亲的那些笔记。可惜的是，丽莎本人在日后却根本没有机会去重新温习和思考这些资料，而从这些资料入手并取得了巨大进展的那个人却是胡地，还有另一个女人。就在丽莎记录这些资料的当时，这个女人才刚刚拿到硕士学位，刚刚进入到胡一文的研究所。她的名字叫秦初。

第 44 章

我们先来看看丽莎收集的关于人类大脑研究的资料吧。

数百年来，在个性、意识和记忆探索的最前沿，人类思想看起来就像探险家们当年初见新大陆时一样的黑暗、广袤而又神秘。

过去几十年，研究大脑的神经系统科学取得了巨大的进展，该领域让那些看似不可能的事情变成了可能，化腐朽为神奇。科学家发现了一种至关重要的记忆分子。人类可以通过调整大脑中的某种物质，或利用记忆分子，抹去某些记忆，以此帮助我们忘记长期的恐惧或精神创伤，甚至是戒掉不良习惯，最终还能用以改善记忆和认知。

现在，神经系统科学，这个在几十年前刚撩起神秘面纱的科学领域，正快速发展，吸引了数十亿美元的资金、一批批研究人员投身其中。美国神经科学学会称，美国国立卫生研究院 2009 年对大脑相关研究项目投入 52 亿美元，这几乎是其年度总预算的20%。另外，像维康基金会和科维理基金会这样的慈善组织迄今已投入数亿美元用于在世界各地的高校建立研究机构。

资金、人才和技术的涌入意味着科学家们终于有机会可以解开围绕大脑的各种谜团，与此同时，也带来诸多让人反应不过来的科学和伦理问题。例如，数百万人可能会经受不住诱惑而抹去某些极度痛苦的回忆，然而，倘若在此过程中，他们丧失了与之有关的重要个人记忆，又该怎么办？或者，一种能帮人们"消除"后天成瘾积习的治疗方式会不会诱使人们实验更广泛的用途？

也许更为重要的是，当科学家研制出一种强化记忆的药物，人们能否抗拒使用这种药物的诱惑？

大脑科学领域存在的风险及广阔前景只会加快探索大脑机制的步伐。

数百位研究人员正试图揭开一个自现代研究开始以来便令思想家们目瞪口呆的谜团：一小团组织何以能捕捉并存储诗歌、情感反应、最喜欢酒吧的位置、遥远童年情景等一切记忆？有关的体验会给大脑留下某些痕迹。在1904年，德国学者理查德·塞蒙把这种神秘痕迹命名为"记忆印迹"。

"记忆印迹"究竟是些什么东西？之前一项研究结果显示，问题的答案是被某种体验激活的大脑细胞在"生物快速拨号"中不断彼此交流信息，就像是一群人共同见证了某个激动人心的事件。被激活的大脑细胞会将信息快速传递给更为庞大的细胞网络，而显然，每一个细胞都会增加一些细节、视觉、听觉、味觉。大脑看上去可以令细胞间的通信线路变得更粗或更高效，以此来保存记忆。

这种快速信息交流又是怎么实现的？这恐怕是一个价值千金的问题。科学家最早在二十世纪六七十年代描述了这一过程，并在随后的岁月里发现了在此过程中发挥作用的大量分子。然而，数十年过去了，科学家至今仍难以确定每一种分子的具体功能。问题并不在于此类物质难以被发现，恰恰相反，就是因为它们太容易发现了。

渐渐地，科学家的目光集中在117种在某种程度上参与细胞间持久快速信息交流的分子身上，科学家相信这些发现必然可以解释记忆形成过程。

目前，有科学家发现一种叫ZIP的药物，一剂ZIP就能使老鼠忘记一种令其强烈厌恶的气味，要是以前，老鼠一闻到这种气味，它们便会病倒。哈佛大学神经生物学家史蒂芬·希曼说："这种编辑记忆的可能性具有无穷的潜力，同时也会引发严重的伦理问题。一方面，你可以想象这样一种情景：一个人身处某一环境中引发了痛苦的回忆，可现在有这样一种药物，在这些记忆被唤醒时可以削弱它们。再比如毒瘾，如果恰恰有药物可以抑制这种渴求，这具有多么大的意义。"

不过，希曼和其他一些研究人员认为，此类药物可能被滥用，用以抹去或阻止对不良行为甚至是犯罪的记忆。如果说痛苦记忆就像挥之不去的噩梦，那么徒增烦恼的记忆以及由此产生的有益恐惧则构成了道德良知的基础。研究人员认为，人类需要有恐惧心理，比如说普通人走在马路上被自行车撞了，他会产生恐惧心理，此后走在路上就会很小心。如果这种恐惧记忆被抹去，那么罪恶的发生就会像潮水一样淹没这个世界。

记忆不是我们能控制的东西。你想记住的，往往记不住，你不想记得的，偏偏忘不了。哪怕再正常的人，都会有那么一点往事不愿再记起，更何况那些深受悲伤或恐惧记忆折磨的人。但如果有人说，给你一粒小药丸，能让你把这些不好的记忆都给删了，你愿意吗？

就记忆科学而言，这是一个革命性的发现，彻底改变了人们对记忆的理解。其实，萨克特教授在1993年就发现了PKMzeta，但直到2006年才最终将它与记忆联系在一起，其中关键的挑战在于，如何有选择地开关这个分子，从而只影响某个特定的记忆，而不是把所有的记忆都给删了。

不少人对萨克特博士的研究深感不安，认为可能危及人性的根本，导致天下大乱。但是，这位科学家认为，知识的探求过程中，永远有基本性的冲突，但不能因此阻断科学的发展。

随着人类对记忆的理解的不断加深，记忆"编辑"技术的发展势在必行，只是时间上的问题而已。但一旦这种技术成熟，社会必须学习如何理智地使用这些技术。

当然，这种技术的首先受益者将是那些饱受记忆折磨的人们，比如老年痴呆症患者。还可以利用这个原理治疗成瘾症，比如毒瘾等。从更长远的眼光来看，他的研究还可能用于改善普通人的记忆和认知，比如开发一种记忆强化剂，将短期记忆快速转化为长期记忆。

但这种增强记忆或删除记忆的药物将会带来巨大的灾难。说白了，这些都是"洗脑"的技术。

想象一下，如果人的记忆像电脑文件一样，可以随意地删减和修改，将快乐的记忆一一保留，将痛苦、恐惧和生命中的种种伤痛统统遗忘，那是多么可怕的事情。可怕的在于你可以有选择地保留某些东西，但你也可能被人强制性留下或删除某些东西。

这就是记忆的吊诡之处——你得相信它，因为它是你人生绝大部分决定的基础，但又不能太相信它，因为它从来都不可靠，很容易被外界操纵。一个小小的暗示、一个错误的细节、当下环境或心态的变化，都可能让你的记忆变形、扭曲，甚至编出一堆子虚乌有但又深信不疑的记忆。

比起删除记忆，人为添加记忆其实是一件更可怕的事情，但这方面的技术发展也从来没有停止过。比如科学家已经成功地在果蝇脑中植入人造记忆，让它们躲离具有网球鞋臭味的气体。

记录完这些实验，丽莎对于未来有点恐惧。

但恐惧却远没有停止，心理学家的实验甚至比这个走得更远。他们甚至不需要采用药物，而只是给你暗示，就可以让你改变记忆。

加州大学欧文学院的心理学教授伊丽莎白·罗夫特斯是记忆植入方面的专家。她曾经成功地在数千人身上植入创伤性的记忆，比如幼年时走丢、被动物攻击、濒临溺死、窒息等等。很多实验对象都相信自己经历过这些事情，而实际上，他们根本没有。

暗示是最重要的技巧，提供一些虚假信息或细节，或者通过精密的盘问技巧，可以轻易地改变一个人对事件的回忆。这种事情在法庭案件中尤其常见。比如你问一个证人，嫌疑人是不是穿着绿色的夹克？他往往能自信地回忆起那个人的衣着和颜色，但事实上根本就没有绿色夹克，而是黑色的风衣。

在一次实验中，她给一起恐怖袭击案的目击证人提供了一个小小的错误信息，使得这些证人都回忆自己在现场看到了受伤的动物，还言之凿凿地增加了许多逼真的细节，比如尘土中一只血流不止的猫。事实上，现场根本没有任何动物。

伊丽莎白教授在上世纪 70 年代就提出过"记忆诊所"的概念。

她想象在未来世界，人类在记忆方面遭遇到诸多问题的时候，都可以找专门的记忆医生解决。比如你的婚姻出了问题，医生可以帮你强化幸福的记忆，而弱化不开心的记忆。她甚至想象记忆诊所能够治疗社会偏见。这当然是过于天真的理想。

但是，到了上世纪 90 年代，美国真的出了一批"记忆医生"，专门帮人"恢复"失去的记忆。而伊丽莎白认为，这些记忆很可能是在心理治疗师的暗示之下被灌输到"受害者"脑中的虚假记忆。这是一场公开的"记忆之战"，双方分歧的焦点其实就在于记忆是否可信，而伊丽莎白教授的立场始终如一——你不能相信自己的记忆。

如果你不能相信自己的记忆，那你还能相信什么？

从输送信息的感官，到解读信息的庞大神经元集群，人类神经系统的全部意义就在于，让我们对目前正在发生什么、未来将要发生什么产生一种意识，从而尽可能以最好的方式应对。我们的大脑从根本上说就是一部预测仪器，为了正常运转，它必须从有可能成为记忆的混沌信息流中找出秩序。大多数经过大脑的事情，想过以后就可以忘了，不需要记更长时间。

或许，就如作家博尔赫斯所断定的那样，遗忘，而不是记忆，才是人之所以为人的关键所在。

博尔赫斯写道："思维，就是忘却。"

美国生命伦理学委员会在一个报告中谴责这一研究。其理由是，记忆是人之所以成为不同个体的一部分，而利用药物"重新书写"记忆是在"冒让人失去真正身份的危险"。

一个可以随意修改或增加记忆的人生有什么意思？这也太可怕了！

丽莎无法想象未来的人生。她无法说服自己，人类对记忆和思维的研究已经进入了很艰深的时代，而最大和最多的应用也同样在情报人员之中。

情报人员对于这些精神记忆和思维控制的科学进展特别关

注，并投入了大量的研究经费。而且，在暗中，他们甚至把某些成果应用在人类自身。他们的终极目的实际是如何控制人类，如何让别人按照自己的意念来行动。在他们看来，如果记忆可以被改变，那么思维和意念也一样可以被改变、被控制。而所有这些假设的前提是，人类意识必须是某种物质，或者与某种物质密切相关。

对于人类意识是否是物质的问题。丽莎也收集了不少实验记录。

例如，心灵心理学权威刊物《心灵心理学学刊》于2001年9月发表了一篇论文，这一实验是35年前设立的"全球意识研究项目"的一个部分。来自世界各地的二十多位科学家参与了这一研究，试图通过客观测量的手段来证实人类整体意识的物质存在及其作用。35年来，大量实验表明，人的意识会与随机事件仪发生相互作用，致使这些仪器产生的数据呈现规律性模式。该实验结果表明人类意识存在于物质空间并能与物质相互作用。

所有这些证据表明，在比较重大的事件发生时，人类大范围高强度的关注会作用于物质空间，并使物质发生具有规律的运动。长期以来，人类一直将意识视为非物质性的，不能对物质发生任何作用。全球意识研究的结果表明意识可能具有实体结构，并能通过一定方式作用于其他物质。这一方面的发现推翻了哲学范畴中物质与意识相对立的理论，将会推动对意识具体存在形态的研究。

这个结论也告诉我们，如果未来找到了这种意识物质，那么，人类就可以随心所欲地控制别人的意识和思维。

我们无法想象这个结局是可怕还是辉煌。

丽莎阅读的越多，就越惊讶于科学发展对人类自身研究的突破。她惊恐地意识到，如果这些研究被别有用心的人所利用，那么对于人类社会或许同样是一个大灾难，就像基因武器一样的可怕。而后来，随着她收集的资料增多，她发现，这个担心有可能正在慢慢变成现实。

而对于胡地来说，这些资料让他异常兴奋。他惊讶地看到，自己在晚上的胡思乱想有可能变成现实。兴奋之余，胡地无论如何也无法想到，自己会在多年以后亲眼目睹这一切，甚至，他还吞下了改变记忆的药丸。

第 45 章

除开记忆、灵魂等人类特有的东西，丽莎还注意到人们一直对于如何影响或控制别人也很有兴趣，尤其是那些霸权国家。

丽莎发现，当代生物科技的成就使得信息及心理生理技术的发展成为可能，而正是基于这些技术，于是出现了秘密、远程地影响个体或某个群体的心理和生理的方法和手段。

丽莎从资料中找到了不少可靠的方法来改变人的思维能力，操纵人的行为，干扰合理反应，或人为制造出依赖症状。比如利用电磁辐射、超声和次声波，这些微弱的低于域限的刺激是人类无法有意识地知觉到的。但它们却能够被导入深层潜意识，并且在当事人无法察觉到其存在的情况下将他的思想和行为导向事先确定的方向。

实际上，世界各国都优先考虑秘密影响人类心理的项目，并将其看作 21 世纪最重要的技术。发达国家将在地区冲突中优先考虑使用非致命武器写入他们的军事学说，这将在赢得胜利的同时不仅使自己的士兵伤亡减至最小，而且也使敌方的人员损失是最少的。

20 年前，大众传媒首次提到一个奇怪的组合词"精神武器"，据称这种"精神武器"能让数百公里外居民的大脑陷入混乱，行为受控制，甚至会被驱使自杀。

到了 2000 年，精神武器的报道消失得无影无踪，它们对人们的影响也不再被提及。但近年来，有关精神武器的问题似乎死灰复燃。

有人透露，俄罗斯从 20 世纪 20 年代至今一直在研究精神对人类的影响。在 20 世纪 80 年代中期，在克格勃协助下，调查精神对人类影响的秘密研究中心遍布苏联各大城市。成千上万名优秀科学家在 20 多个秘密研究中心从事"精神武器"的研究。

2007 年，俄罗斯总军事检察院高级官员鲍里斯·拉特尼科夫少将曾经透露，俄罗斯一直在开发能将人变成行尸走肉的特殊武器，这种武器能在数百公里外控制人们的思想和行为。

他相信，在 10 年内，精神武器将变得比核武器更危险。

"精神发生器"的机制是基于对心脏、肝、肾和大脑等人体器官响应功能的共鸣。每个人体器官都均有其独特的频率反应，一旦通过电场辐射将这种频率用于影响人体器官，可能会造成急性心力衰竭、肾衰竭或不当行为。这种攻击在某些情况下是致命的。

20 世纪 50 年代初，苏联人认为，美国可能已制造出一种可以调节信号的辐射发射器。通过这种装置，可以在数千公里之外影响甚至遥控一个人的行为举止，而且一些具备特异功能的人也能制造出一些超感官特殊设备来影响人的神经系统。自那时开始，美苏两国便暗中展开了一场看不见硝烟的"精神特工战"。

事实上，美国宇航局首席科学家丹尼斯·布什内尔 2001 年在美国国防工业协会发表演讲时表示，使用微波攻击人脑，是未来战争的一部分。"这种研究工作极端敏感，不太可能在任何公开的文件中出现。"

而美国媒体认为，考虑到美国秘密研究的历史，如果美国军方能够发展控制大脑的武器，他们几乎肯定会加以研制。而且，一旦研制出这种武器，他们在无辜平民身上进行试验的可能性绝对不可排除。

最近的关于能引致恐惧和精神控制的技术发展是：人类的脑电图扫描记录器和任何目标受害者或实际团体的脑电波的克隆。随着超级计算机的使用，分割人的情感，包括生气、焦虑、沮丧、害怕、窘迫、嫉妒、怨恨、害羞和恐惧，脑电图扫描记录的信号已经被识别，作为"独立的情感标志"，相关的频率以及振幅已被测量，接着特别的频率、振幅被综合并存储在另一台电脑上。每个这样消极的情绪被完全的和单独的做成标签，接着放置在无声的声音载波频率上被发射到另一个人的头脑中，并能无声地引发这个原本正常的人出现以上相同的情绪。

从原子弹的秘密研制开始，美国就有了关于暗箱操作的丰富的经验。"黑色项目"的存在不仅由"黑色预算"资助，也由国会资助。由于"国家安全"的原因，在1949年，国会颁布规定，允许CIA运用秘密财政和管理程序，并免除了CIA在联邦经费支出的许多通常的限制。他们也免除CIA必须透露它的"功能、名字、官员、头衔、薪金以及许多雇佣人员"。所有这些规定放开了CIA的手脚，这使得生物武器的研究和应用得以秘密地进行。

CIA研究的一个主要领域是精神控制。这个叫"MKULTRA"的项目（即人类行为控制项目）包括利用药物、感官剥夺、邪教、微波、心理调节、精神外科、脑部植入，以及其他领域的研究。它由149个分项目包括其他33个密切相关的分项目组成，所有这些都通过黑色预算得到资助。

这种"精神控制"技术已经达到了很高的程度：首先，能够在绝大多数场所内获取受害人的思维。该场所包括地下室、电梯、飞机等对电磁信号屏蔽较强或较敏感的地方。思维包括人的情感，例如痛苦或喜悦、兴奋或疲惫、喜好或憎恶等，也包括抽象思维和形象思维等。其次，在上述场所内刺激受害人的大脑神经系统，使受害人产生听觉效果。该声音可以很微小，无方向性，似乎就是从人的潜意识里发出，但足以对受害人形成影响；也可以很大，并且有方向感，受害人一般无法判断是否是真实世界的声音。最后，能够合成所有具体人的语音，也包括模仿动物或非生命的声响。

实际上，不光是美国和前苏联，其他国家也有类似的动作。

有资料显示，不少国家也在积极研制"心理武器"，如美国正在东方心理生理系统基础上，借助催眠术、神经语言学编程、计算机应用心理疗法、生物钟刺激（改变人体细胞状态）等，从事心理影响方面的研究，目的是获得控制他人行为的能力；以色列人研究的重点旨在通过自我调节、意识改变，挖掘人体潜能使人得到新的能力，主要为运动员、情报人员和特种分队服务；日本自卫队国家研究所和日本宗教心理研究所也在研究如何利用超常心理现象，特别是在情报侦察活动中；巴基斯坦为特工机关研制了能导致人体生理活动紊乱的仪器；西班牙军事情报局资助能够影响人体和大脑的各种生理因素的研究，试图制造能够扰乱人体机能、改变心理状态的设备；德国波恩大学和弗赖堡大学，英国伦敦大学和剑桥大学心理研究实验室也在进行相关研究。

丽莎在大量资料中发现，不仅在情报工作中研究和使用精神控制等手段，其实在大规模战争中，这种精神、心理和思维的干扰和控制方式正在引起重视。

与第二次世界大战不同，现代的战斗行动倾向于使用大量的兵力、兵器，旨在影响敌人进行破坏和恐怖活动的意图。除了传统的资源之外，大量的非传统的武器也得到了使用。非传统的武器倾向于影响公众舆论、人的思想、潜意识和行为，以及心理的状态、感觉和健康。这些武器，首先就包括信息和心理影响手段；精神药物；技术性精神武器；精神药物武器。

精神武器的使用可以有效对付破坏活动。这种武器是以通过控制药品、麻醉剂和毒药浓度来使敌方军事人员产生所需的心理反应、不良状态和行为的方式改变人类神经系统中生化特性机制为基础的。这些影响精神的物质可以以喷剂、粉末的形式散布到指挥所、保障部队、导弹发射台、火炮阵地及其他地域。

技术性精神武器是以一定频率和强度的电磁辐射影响人类大脑电波的机制为基础的。各种不同类型的产生器、共鸣器和听觉装置能被作为辐射源，因为它们可以引起恐惧、头昏眼花、恶心、痛苦和心智的混乱；它们能使人恐慌而且产生精神运动功能性障碍。应该注意到超低频率能很容易地穿透庇护所的墙壁和装甲车的装甲。

身体—心理的武器主要以微波的电磁波动为基础，可以破坏敌人的通信系统和计算机网络，也可以破坏战斗车辆和运输系统设备的电子系统。

应该说这些非传统的武器往往压制人类抵抗的意志；它们被

设计用来降低人的智力，影响与控制军事人员和平民的行为，使它们对敌人最不利。这些武器甚至也能用在使用常规武装力量阶段之前，以达成政治、经济或军事目的，这种行动可以看作心理破坏活动。

除开这些武器，丽莎还注意到自 1990 年以来，出现了一种"心理武器"。

这种可以强烈影响人体感觉器官的"心理武器"构想 1998 年问世，2006 年美国军方文件《非致命生理影响武器》被解密。美国首次正式承认研制心理武器"美杜莎"，这也是世界范围内首次正式承认有心理武器。

"美杜莎 MEDUSA"（Medusa 希腊神话中的蛇女，如果被她看到就会变成石头）的原理是利用高频信号直接作用到人体大脑，通过微波脉冲让脑神经加热，其结果在增加脑神经压力情况下出现音波，使其莫名恐惧或出现幻听。声音是出现在大脑内部，所以根本无法抵挡。噪音不仅无法根除，而且你对它束手无策。

这种设备很难归入到哪种武器范畴，因为它将声学和微波学连接到一起。因其主要作用是影响人的心理，所以可以称其为"心理武器"。此种武器虽说是非致命性的，但如果大脑经常受到这种声波影响，会产生中风现象，强大的声波还会伴随大量热量，引起身体无法承受的痛感。

丽莎搜寻到的这些实际都是"非致命性武器"，背后的构思是使敌人丧失自我功能而不真地杀死他们，或者，在骚乱控制或人质危机的情况中，使参与者失去能力而不造成永久性伤害，最好是他们不知道。电磁心理改变技术将全部属于这一武器级别。

加拿大的米歇尔·珀辛格博士写道："在最近 20 年里，一个过去不大可能实现但是现在稍微可行的潜力已经浮现。这一潜力是通过在一个所有人类成员被卷入其中的物理媒介之内产生神经信息，直接影响大约 60 亿人类大脑而不通过传统感知模式的主要部分的技术能力。"

丽莎利用大量的时间阅读和记录有关对于人脑的控制的技术

发展情况，她的本意是想了解人类对自身的意识、思维、心理的认识达到了什么程度，而这些却可悲地从秘密研究中的应用得到了验证。

对于丽莎每一次的讲述，儿子胡地的反应往往是："妈妈，这是真的吗？"

"妈妈，我能相信真有这种事吗？"丽莎对于这些问题往往哑口无言。

不过，好在胡地对那些进展也只是问问而已，他的主要兴趣还在于记忆物质。

胡地一直很认真地倾听母亲的讲述，但听完之后，他却仍然有些迷茫，他问母亲：

"妈妈，您刚才提到了思维与记忆物质，能稍微具体一点地讲讲吗？"

丽莎想了一下，"我用通俗一点的话语来说吧。像记忆、知识、思维、意识等我们一直以为是精神的领域，但现在研究表明，它们很可能以某种物质形式存在着，或至少与某些物质有非常紧密的关系。举个简单的不太恰当的例子吧，或许，人类未来可以像吃药丸一样，获得数学、语文、英语等各种知识。更夸张的假设是，我们可以把某个人的体验，比如登山、打仗、运动等，用某种物质形式做成药丸，你一旦服用，就好像本人一样拥有了他的体验和记忆。如果我现在讲的变成了现实，你认为未来是可怕呢还是精彩呢？"

胡地回答道："我感觉既可怕又精彩。"

两人一阵大笑。就连旁听的守卫也跟着一起笑了。

胡地又问："您刚才描述的可能是很遥远的未来，最近可能发生的是什么呢？"

"我怀疑有人在研究这些记忆和思维物质。目前的可能是，你也许会记忆中毒、思维中毒，或者体验中毒。就好像服用了毒药一样。比如，干扰你的记忆，干扰你的思维，让你做出异常的行为。如果有人对那些重要岗位的人员进行这样的攻击，世界很可能就大难临头了。"

在丽莎的意识里，她好像看到了这些事情正在发生。

人类对大脑和心理思维的认识和了解竟然主要来自于那些不可见人的秘密研究。正是某些人的邪恶用心反而促进了人类对自身秘密的了解，这实在是一个极大的讽刺。

更可怕的是，丽莎从正在秘密研究的电子精神控制技术的进展中窥探到了人类悲惨的结局。

电子精神控制技术包括读脑技术与控脑技术两方面。我们都知道人的一切生理心理活动信号都是靠生物电波传输的，人脑实际上是一台生物电脑，我们的大脑无时不刻在产生传输脑电波，而有电流产生就会有电磁辐射伴生，大脑会产生不同但有规律的脑电波反应，从脑电波信号中分离出视觉、听觉、语言、情感等各种神经活动信号，以图像文字方式显示在电脑屏幕上，记录在电脑中，所以根据脑电波变化特征就可以研制出破译思维的仪器。

电子精神控制技术就是根据这一原理，通过高灵敏的接收元件接收并放大大脑活动所产生的微弱脑电波电磁辐射信号，经专门的译码软件处理就可读懂大脑内部的思维活动，反过来通过向神经系统发射调制后的特定脑电波信号，也可以向人脑直接写入信息，从而实现对人脑的直接遥控。

可控制的大脑活动几乎囊括了神经系统活动的方方面面：从视觉、听觉、触觉、味觉、嗅觉，到语言、情绪、潜意识、梦境，甚至爱情反应，都可以轻易被远距离读取和遥控。这一切早已不需要向大脑内植入电脑芯片就能办到。

尽管这一技术目前仍有不少的技术障碍，距离实际应用还有遥远的时间，但现代技术的发展早已让无法预料变成现实的时间。

丽莎很耐心地给胡地讲解这些新技术的发展历史，而胡地听得也很仔细。母子两人都有的是时间，他们需要用这样的方式去消磨时间，同时让自己沉浸在对科学的遐想中。

如果那一天到来了，丽莎认为，那很可能就是人类的末日。

第 46 章

与安静的丽莎相比，同在一个城市的安德烈却蠢蠢欲动。

丽莎被软禁的秘密地点很快就要在一个偶然的机会被安德烈发现了，只不过此时的安德烈却顾不上这头，他满腔兴奋，像一头闻到了血腥味的饿狼正准备出击。

的确，安德烈现在有几件喜事同时进门。

首先，他已经私自与 C 国人联系上了。C 国人承诺对于 A 国，只会把 HX 配方给与安德烈，条件是提供有关生物技术的新进展以及部分资金。

第二是，HX 药物和毒素基因事件已经引起上头的高度重视，局长指示凡有重大情况或进展，安德烈可以直接与局长联系。这意味着安德烈地位的提高。

第三，安德烈的得力助手肖特已经发现了梦都公司某个人物与 P 国生物研究所的内在关联，这只黑手开始露出了几个手指了。

最后一点，安德烈把可能拿到 HX 药物和发现那只黑手的消息报告给局长后，局长大人极度兴奋，并暗示在任务完成后给与安德烈可能的晋升。

安德烈前些日子的烦躁早已一扫而光。

现在，坐在池塘边，一边注视着红色浮漂，安德烈的眼睛看着貌似平静的湖面，脑子里却在比地球仪旋转还快地思考着。

而他旁边的肖特，正在全神贯注地对付那条刚上钩的大青鱼。他把钓线绷得笔直，任由大青鱼在水里转来转去。肖特在等待它的筋疲力尽，那时就是他收钩的时刻。

　　尽管很紧张，也很累，但安德烈的心情却异常的好，因为一切都不像几个月前那样茫无头绪，杂乱无章。现在的一切尽在掌握之中。

　　肖特已经钓到好几条鱼了，可他一条还没有钓到。安德烈却一点也不着急，也不在乎。因为现在他满脑子都是 HX 配方。

　　尽快拿到 HX 配方是重中之重。

　　局长大人对于这个配方是志在必得，而且允许他可以在任何时间打扰他，并且允许他直接与之联系，而不必通过帕特里奥。安德烈不明白这其中的缘故，但他清楚，尽管毒素基因这起生物恐怖事件他们没有事先发现并防范，但如果能够拿到 HX 配方，则一切都可以解释并遮掩过去，毕竟结果是最重要的。

　　根据安德烈这么多年的经验，那些高高在上的政治家们只关心结果，只关心他们是否可以控制局面。如果可以，他们才懒得去关注过程，那都是像我们这样的小喽啰该干的事情。

　　安德烈感觉到局长这么做很可能是毒素基因这事他还没有上报，局长十有八九是想等拿到 HX 配方后再去上报，就像他得知此事后的第一念头一样。安德烈当然不会费劲去想万一被发现了局长是否有巴克利那样的下场，反正安德烈已经上报了局长，并且局长要求他直接汇报给他，这就够了。这正是安德烈盼望的机会，上升和晋职的机会，他把这层意思告诉了肖特。

　　肖特这会儿正安静地守着浮漂，他提醒安德烈："或许您可以找蕾切尔打听一下。"

　　安德烈得意地点头。事实上，他已经这样做了。

　　安德烈这样猜测是有道理的。因为在每季度与军方的通气会议上，安德烈打听到局长并没有告诉军方这件事，而军方也没有提到这件事。

　　这说明，局长没有提到它肯定是想等到事情有一个好交代后再说，否则又会引来军方的一通奚落，而这可是局长最为痛恨的事情。

　　安德烈相信这一切极为可能，因为这许多的消息和分析都是他从那个局长秘书身上花了不少银子才得到的。安德烈坚信，如何对付上头，他们思考的心理和采取的办法估计都差不到哪里去。

安德烈不得不经常打点那个女秘书，是因为他自己经常也会有一些不妥当的地方被局长发现。贿赂女秘书则可以探听到局长大人是否明了这些事情并且明了到什么程度。

比如这次，与 C 国人的私下接触就是他自己的私自行为。安德烈希望搞到 HX 配方的功劳可以自己独吞，而且可以自己随心所欲地编一个故事，反正只要他拿到了配方，局长才不会真正关心是如何拿到的，而巨大的奖赏则是肯定的。同时，也可以防止帕特里奥那个家伙趁火打劫。他可没少干这种事。

C 国人可以给我 HX 配方，而开出的条件却有点难度。

想到这个，安德烈不禁苦笑着对肖特说："C 国人的这两个条件挺苛刻的，他们的胃口还挺大，既要钱还要情报。"

肖特很同情安德烈，这可是难度不小。他附和着安德烈，"头儿，我看钱好办一点，而那些情报则有点难啊。"

是的，相比之下，两千万美元这点小钱基本不成问题。安德烈统管着国内和国际的生物安全计划，神不知鬼不觉地弄出千把万美元来对他不是问题。安德烈知道，自从"911 事件"以来，国家对生物恐怖异常的重视，再加上"炭疽白色粉末"信件的发生，经费对他们太不是问题了。

安德烈自己知道的经费就有：2001 年众议院通过的 26.5 亿美元用于打击生物恐怖威胁，2002 年国会通过的 46 亿美元的反生物恐怖法案，2003 年国防部的 59 亿美元的反生物恐怖活动经费。而且，这些经费已经由立法的形式予以固定，每年都会有一定幅度的增加。

另外，科技生物反恐也有不少经费。比如国立卫生研究院的 15 亿美元，国家过敏与传染病研究所的 5.92 亿美元，都是专门用于生物科技反恐研究的。安德烈与这些地方都有合作，弄出点经费来不成问题。

而生物技术的最新军事科技应用情报则有点困难。要知道，这些研究基本都是军方在负责，安德烈他们只是负责其外围的安全而已，而且，联邦调查局的那帮家伙也在护卫之列，要避开他们的眼睛还是挺困难的。

安德烈绞尽脑汁也没有想出好办法。

他苦闷地问了问肖特："你那里有没有什么好渠道可以搞到这些东西？"

肖特偏着头使劲想了想。回答："我有一个朋友在国防部，估计他手里会有一些凌乱的信息，但这些我怀疑 C 国人不会有兴趣，而且也不可能糊弄他们，必须给一些有价值的东西。"

安德烈听了后有些苦笑。C 国人太高看自己了，以为自己手里有很多值钱的东西，其实，值钱的玩意儿全在局长那里，就连帕特里奥也不过和他一样，两手空空。

机密这玩意儿，如果接触的人多了，那就什么都不是了。

看来，情报局那些官僚也不完全是饭桶，至少他们懂得把那些真正有价值的宝贝紧紧地捂住自己手里。

想到这里，他向肖特抱怨道："像我们这种职位，撑死了就是个卖命的，要想知道真正的机密，起码得局长助理那个级别。帕特里奥那个混蛋也一样没戏。"

"没错。头儿，我看，您还是在那个蕾切尔身上使劲吧。"肖特出主意。

看来，只有再加把劲，把那个贪婪又狡猾的狐狸精蕾切尔彻底地拿下，否则这个巨大的功劳肯定要归帕特里奥或者其他什么人，反正与自己无关。安德烈下了决心，这次机会是千载难逢，可以说是上帝专门赐予他的，如果浪费了，那才是十足的笨蛋。

至于风险，总归是有的，如今干什么没有风险。只要把握好了，而且织成一张大网，那就风险很小了。

安德烈对肖特说了风险。

肖特却说："头儿，这次可是极好的机会。或许拿到了 HX 配方，局长就会升您的职，那就离局长助理不远了。我估计蕾切尔也知道这点，我看她肯定会帮你的。"

安德烈扔给肖特一支烟。英雄所见略同。

一切就看蕾切尔了。

这个局长的女秘书应该会有办法。情报局对于军方的研究进展无法知道具体的细节，但主要进展程度还是知道的，这要归功于情报局与军方每季度的通气会议了，而蕾切尔，则掌管着全部的会议资料，关键是她是否愿意拿出来与他分享。

价码！一定要摸摸蕾切尔的价码！安德烈相信任何人都可能出卖机密，最关键的是你的价码！

安德烈抬头看看这个湖。湖面并不大，阳光照在湖面上，波光闪闪，反射着耀眼的光芒。清风吹过，湖面一层涟漪，仿佛蕾切尔脸上的微笑。

骨子里，安德烈对这个世界是很乐观的，他根本不相信目前的状态下会有什么军事或战争的大型冲突，倒是经济货币战争很有可能。因此，安德烈认为他们和军方的那些机密也好，进展也好，统统都是扯淡。那些东西是禁不起时间的考验的。

只要在二十年内不打仗，那些玩意儿都会变成一堆废物，因为科技的发展太让人惊讶了，你一觉醒来就会发现很多东西就过时了。这个时候你还再对那些不值钱的东西保密，有个屁用。

安德烈认为，真正的保密在现在这个时代就是不断地研究，不断地创新，永远拥有新的东西才是你真正的机密。

那么，现在这个情报系统说穿了就是一个政治动物。安德烈认为自己要做的就是爬得高些，再高些，只有在顶层，你才可以随心所欲，才可以为所欲为，才可以更多地操纵别人，而不是被别人控制。

安德烈太清楚在这个国家的体系里，个人的生命和一切是多么的渺小和不值一提，而让自己受重视的唯一办法就是跻身在决策者里面，而且你要保证每个重要时刻都不能离开。否则，等待你的就是别人的蹂躏和摧残。

安德烈时常想起年轻时在 C 国旅游时听到的一个笑话。那是一个年轻的 C 国导游讲的。

笑话发生在 C 国反右派运动时期，有一个单位在讨论谁是右派，而这是上级规定必须有一个右派分子的。大家很是为难，平时关系也不错，也的确没有什么出格的言论和行为，实在是没有什么右派。但又必须有一个。怎么办？商量了很久也没有决定。这时有一个人出去上厕所，等回来的时候，他的命运已经被凄惨地决定了：他转瞬之间就被变成了那个右派分子。所有人在他上厕所的瞬间心照不宣地出卖了他。

这个笑话一直安静地躺在安德烈这个外国人的心里。谁也不会想到，一个 C 国人的笑话，其实也不一定是真是假，却被一个外国人牢牢地记在心里，融化在思想里，贯彻在行动上，而且因为它，安德烈在其四十多年的经历中一直顺风顺水。

任何人都肯定会为了自己的利益而出卖别人。个人如此，组织如此，国家亦如此。安德烈知道要让自己成为那个不被出卖的人，最起码要先变成出卖别人的决策参与者。

一切都是可以用来出卖的，就看你出卖的动机和所获得的利益了。

安德烈知道，自己的最大的可被利用的筹码就是 HX 配方和那个发动毒素基因恐怖的幕后操纵人。

而目前，这两方面都正在有条不紊地进行着。

安德烈想象着那个胜利时刻的到来，他闭上眼睛在计算着那个日子。

第47章

安德烈没有想到，又一个喜悦的日子提前来到了。

告诉他这个好消息的是一个电话，特尼打来的电话。

"安德烈，晚上有事吗？不请我吃顿法国大餐吗？我这里有个消息一定不会让你后悔的。"

特尼这老家伙，知道我最近很忙，还来打搅我。安德烈心里有点烦躁。

哎，等等，这家伙可不是一个看不出别人眉眼高低的东西，他只是有点爱钱而已。这个时候来找我，肯定有什么好消息。

"好啊，"安德烈看看表，现在是下午三点，"不过，晚上九点如何？你找好地方后通知我吧。"

在 A 国首府这样的城市找一个高档的法国餐厅并不是什么难事。

特尼在十分钟内又打来了电话，而安德烈在这十分钟又有了新花样。

"OK，特尼，我会在九点准时到达的。不过，我还要带一个人来，你不会反对的，对吗？"

电话那边传来了特尼咕咕咙咙含糊的声音。这是特尼的抱怨，但绝不是反对。安德烈知道特尼的表达方式。

他有点期待这次的约会了。会是什么好消息呢？特尼会猜出我要带的人吗？

而对于特尼来说，他根本没有费神去猜测什么。他高兴的是，与局长的一顿饭花费了他心爱的几百美元，不过，换来了一顿丰盛的法国大餐，说不定安德烈还会再给点什么。特尼也期待着这次晚餐。

酷似烛光的灯光照在三个人的脸上。

特尼没有想到，自己的老情人蕾切尔也来了，这就是安德烈要带来的人。

特尼有点感激安德烈的好心，心想这个徒弟还真是投桃报李，有点味道，自己还真没有看错他。他哪里知道，安德烈根本不是为他考虑，而是利用他来增加一个砝码，以保证他攻克蕾切尔这座堡垒，获得军方那些生物技术的新进展。

这个时间，特尼和蕾切尔两人窃窃私语，完全没有工夫搭理安德烈。而安德烈却也乐得自在，他欣赏着侍者端上来的法国菜肴。

安德烈对于法式大餐并不很陌生。他大概知道一些法国菜肴是怎么回事。

法式大餐至今仍名列世界西菜之首。法式菜肴的特点是：选料广泛（如蜗牛鹅肝都是法式菜肴中的美味），加工精细，烹调考究，滋味有浓有淡，花色品种多；法式菜还比较讲究吃半熟或生食，如牛排羊腿以半熟鲜嫩为特点，海味的蚝也可生吃，烧野鸭一般以六成熟即可食用等；法式菜肴重视调味，调味品种类多样。用酒来调味，什么样的菜选用什么酒都有严格的规定，如清汤用葡萄酒，海味品用白兰地酒，甜品用各式甜酒或白兰地等；法国菜和奶酪，品种多样。

法国人最爱吃的菜是蜗牛和青蛙腿，最喜欢的食品是奶酪，最名贵的菜是鹅肝，家常菜是炸牛排外加土豆丝，此外，法国人还是世界饮酒冠军，尤其是喝葡萄酒。

安德烈也很喜欢法式菜。在所有的菜肴中，他最喜欢的是中国菜，然后才是法国菜。他对法式菜中的原汁原味特别推崇。

法国料理十分重视"食材"的取用，次等材料，做不出好菜是法国料理的至理名言，而法国料理就地取材的特色，使南北各地口味不一。

法国料理的精华在酱汁，因为对食材的讲究，法国人使用酱汁佐料时，以不破坏食材原味为前提，好的酱汁可提升食物本身的风味、口感，因此如何调配出最佳的酱汁，就全看厨师的功力了！此外，法国菜也被喻为最能表现厨师内涵的料理，每一道菜对厨师而言，都是一项艺术的创作。

安德烈知道特尼喜欢法国传统名菜，因此他点了几个法式菜肴的名菜，有：马赛鱼羹、鹅肝排、巴黎龙虾、红酒山鸡、沙福罗鸡鸡肝、牛排等。

安德烈还知道特尼喜欢吃肉。这个习惯和法国人很像。法国人除了猫狗肉不考虑之外，肉食也可谓品种繁多，有大家熟知的蜗牛、青蛙腿、马肉，加上一般传统肉类；海鲜更不在话下：生蚝、龙虾、鳌虾、蜘蛛蟹及各种海贝；鱼类主要为海鱼，最走俏的有海鲂、狼鱼、鳎鱼、大菱鲆及一些译不出名字的鱼，而吃熏大马哈鱼则为圣诞节传统之一。会打猎的人还讲究吃山鹬，是一种体形不大的鸟，却浑身都是肉，肉质极鲜。

安德烈单为特尼点了生蚝和大菱鲆，却为自己点了一款煎牛排。安德烈选择的煎牛排在法式菜中是最有代表性的。吃法分为三种状态，第一种为半生不熟，仅煎几秒钟便上桌，切开后仍血淋淋的，安德烈尤其喜欢这种，为此大快朵颐，而一般人会望而生畏；第二种为带血状，比前者多煎十几秒；第三种为基本熟状，安德烈不太喜欢太熟的牛排，那样他觉得总嚼不烂。法式菜的好处是可以在吃时完全视个人口味选择其需要的状态。

实际上，肉类的做法在法式烹饪中大多为炖、烤和煎。总的来说，法国菜中没有"炒"这个概念，有也只是煮的前奏。所以法餐可提前做好，不像中餐为了保持鲜嫩，总要在最后关头下厨操勺。法式菜用的佐料基本上都是一些"草"，常用的有小葱、百里香、香芹、月桂等。正如中餐佐料不止有酱油醋，法餐中也有五花八门的各类调料，如黄油、牛奶、奶油、鸡蛋等，也能配成各式各样的口味，就看厨师如何选配及操作了。

正式的法国大餐，原则的上菜次序是由开胃菜开始，汤、鱼、果冻、间菜，然后是烧烤、沙拉、甜品和咖啡。点菜时，面包一栏不用填写；而点酒时，每道菜式的配酒都要清楚指明。

安德烈平常最害怕点菜了。可今天却无所谓，因为特尼根本没有注意他，特尼全副心思都放在了蕾切尔身上。

现在，他一边听着特尼和蕾切尔的调情，一边百无聊赖地摆弄着刀叉，等着服务生上菜。看到盘子的两边左右各摆三至四副刀叉，杯子有大中小三号。安德烈明白了特尼选择的这家餐厅是最为讲究的那种，一般的餐厅也就摆上一两副刀叉而已。

在正式的法国餐馆吃饭，餐具、酒具的配合使用都是一丝不苟的。吃甚么样的菜用甚么样的刀叉，是很有讲究的，所以每人面前都摆了两三套。酒杯也是一样，因为在这里吃食与喝品配搭是一门艺术。习惯上，餐前要喝一杯开胃酒；用餐过程中，如果吃肉要配干红葡萄酒；吃鱼虾一类的海味，要喝干白葡萄酒；餐后有些人还喜欢喝一点白兰地一类的烈性酒。每种酒所用的酒杯都不同。

服务生终于端上了第一盘主菜：鹅肝排。

安德烈并没有讲究那么多，尽管他也知道法式菜吃饭的规矩并不少，当然，那更多的是在法国人家里做客时要注意的。

法式菜吃饭的程序是：首先喝开胃酒，以酒精浓度较高的酒为主，同时吃点小咸饼干，让胃先适应一下。然后全体上席，第一道菜通常是冷拼、热菜饼或海鲜，用一只中浅盘子；无论吃什么，这第一只盘子总要撤下。随之而来的主菜用大浅盘盛放，至少包括两个热菜，一荤一素，有时会有米饭或面条，属于配菜。主食永远是法式面包。等所有的人将食物都盛到自己盘中后，女主人拿起刀叉并说"祝大家好胃口"，客人方可开始。热菜之后是奶酪间或加拌生菜。换上一小浅盘，然后就是饭后甜食加咖啡或茶。最后，有时主人还建议喝消化酒，其酒精浓度比开胃酒更高一点。

但现在，安德烈没有这么多的讲究，他在专心地享用鹅肝。

法国鹅肝酱，是与鱼籽酱、松露齐名的世界三大美食珍品之一，是法国的传统名菜。鹅肝酱的精妙之处在于它入口即化、唇齿留香。

据记载，真正发现吃鹅肝的乐趣和美味的，是2000多年前的罗马人，他们搭配着无花果食用，被西泽大帝视为极品佳肴。后来在法国西南部乡村，有人用鹅肝制作肉冻及肉酱，并搭配法国面包食用，食法简单方便，最后正式流传开来，成为法式菜中必不可少的名菜。

其实，吃饭并不是今天聚会的主要目的，对特尼不是，对安德烈也不是。

但必要的寒暄和铺垫是必需的，更何况今天还有蕾切尔，这个四十多岁的资深局长秘书风韵犹存，让特尼兴奋不已。

但席间特尼透露的好消息却没能让安德烈感到特别兴奋。因为这个好消息安德烈早就知道了。局长自己的暗示以及蕾切尔从局长嘴里听到后转告安德烈，它们说的都是同一件事情：安德烈可能得到提升。

所以当特尼兴致勃勃描述今天上午他与局长吃饭时局长的许诺时，不光安德烈，就连蕾切尔都兴致不高。

这算什么好消息？

这当然是好消息，不过，时间已经晚了，远没有那种兴奋了。安德烈有点提不起精神了，但心里还是感激特尼的。

"谢谢您，特尼，感谢你告诉我这个好消息。如果那一天来到了，我会记得今天的。哦，对了，你怎么和局长在一起吃饭呢？局长那么忙。"安德烈没话找话，总不能现在就走吧，就算要留时间给他们两个，也得礼貌性地再呆会儿。

特尼听了安德烈的话，又看到他请来了蕾切尔，知道这个消息有点迟了，对安德烈的刺激度不够高，正有点沮丧，听到他的问话，却又开始兴奋了。

"你知道的。有家出版社要求我把那些往事写出来。我本来没兴趣，谁知出版社那个老头，吉米，非要我写。我告诉老吉米不愿动笔，不料这老东西请来一个小姑娘，只要我口述就可以了。动动嘴就可以赚钱，这事还是可以做的。"特尼点燃了那支退休后从不离身的雪茄，使劲吸了一口。

"这不，前两天写完了。老吉米要求我让局长看看，这要征得局里的许可才能出版。我只好请那个老混蛋吃饭。你的事就是他在喝高兴了告诉我的。"特尼说完后盯了蕾切尔一眼。蕾切尔眨了一下左眼，两人都笑了。骂局长是老混蛋可是他们两人之间的习惯。

"是吗？你的书要出版了，这可是好消息，来，提前庆祝一下，干杯。"安德烈举起酒杯和两人碰了一下，一饮而尽。

"行了，这下可以跟老吉米交差了，这老家伙最近老来烦我，搞得我拉斯维加斯最近都没有去成，耽误我不少收入。"特尼哈哈大笑。

安德烈陪着笑了。他准备再喝一杯酒就提前告辞了。

"哦，对了。"特尼好像突然想起一点什么，"老吉米对咱们那些玩意儿挺感兴趣。比如，基因武器啊，合成生物学啊，遥视啊，直觉感应啊，生物电什么的。他说我这本书肯定好卖，这几年关注生物武器的人不少。前段日子就有人专门到他们的书店来买这方面的书籍，说什么只要有那几个关键词的书就都要。"

"是吗？看来，咱们这些偏门玩意儿还有人关注。"安德烈随意附和了一句。他正在想是回办公室还是回家。

"嘿，人挺多的。老吉米就告诉我，有人成箱地买这类书籍。那天，销售发行部的杰克还以为碰到一个专业的图书馆买书，谁知只是一个研究者而已。像这类的书籍原来都到图书馆去看，没想到还有人这么痴迷，还要自己购买，真是少见。老吉米感叹了好久，开玩笑说关心人类的人还真不少。"特尼提起这些就收不住话头。

蕾切尔接了一句："没错，时代不同了。特尼你那会儿，只有专业人士才对这些感兴趣。哪像现在，普通人都来凑热闹了。"

安德烈正要说告辞，听了蕾切尔的话心中很不以为然。

"其实根本没有什么普通人会有兴趣。现在也只是科学家和一些专栏记者会偶尔关心一下。"话未说完，心中却一动。又有新人对这些感兴趣？安德烈记得胡一文的妻子就是研究这方面的专家，现在也失踪了。

那会有谁呢？如果是老熟人，不至于引起老吉米的关注和误会，一定是新来的什么人。但这些东西很敏感，C国人不是正在想方设法谋求这些资料吗？难道他们又去找了其他人？他们不是说只跟我联络吗？

安德烈起疑心了。

"特尼，你说的这个老吉米在哪儿工作？"

"德普顿出版社，他们同时经营几家书店。在 NY 城市，很容易查到的。"

特尼的回答表明这老东西也明白安德烈的意思了。

回头让肖特好好查一下。凡是跟这些东西有关的人和事都要仔细检查一下。天大的事往往坏在一个针眼上。小心点反正没有过错，说不定也可以为以后积累一些线索。

这其实才是安德烈梦寐以求的好消息。只不过，要过一些日子，安德烈才明白这是上帝委托特尼送给他的好礼物。因为，那个时候圣诞节就要到了。

尽管这是一个好消息，可惜的是安德烈并没有给予高度的关注。他当然有可以原谅自己的理由，但在两个多月后，安德烈为此狠狠扇了自己一个耳光。

就这样，过了两个月，安德烈终于发现了 NY 城外的一个别墅里有一些不明身份的人，而正是这些人在购买老吉米说的那些书籍。安德烈要求肖特查明那些人的身份，但前提是不能惊动别墅里的人。

这个问题对于肖特其实不算很难。大概又花费了一周，安德烈才清楚这很可能是关押丽莎母子三人的地方，因为从远距离的高空直升飞机的拍照只能模糊看到他们的面孔，与失踪的丽莎母子非常相似。对于看守们，则无法调查他们的身份。

安德烈决定采取行动。管他是谁，先把丽莎母子搞到手再说。

第48章

生物武器从本质上来说，也是一种武器，它和常规武器、高科技武器以及核武器一样，可以给敌人致命的威胁，只不过其威力可能更大一些。所以，人们把它和核武器、化学武器等并列为大规模杀伤性武器。

但生物武器有一个显著不同的特点，那就是，隐蔽性和伪装性都很强。它可能在你不防备的情况下突然发生，甚至可能以瘟疫、传染病、疾病等形式出现。

生物武器最主要的种类就是生物战剂。生物战剂是军事行动中用以杀死或损害人类、牲畜和破坏农作物的致命微生物、毒素和其他生物活性物质的统称。旧称细菌战剂。生物战剂是构成生物武器杀伤威力的决定因素。

自有人类历史以来，生物武器就一直伴随着人类。

第一次和第二次世界大战中，都有局部地区使用过生物武器。但在二战结束后，细菌武器的使用并不多，仅美军在朝鲜战场上少量的使用。而且，随着人们认识到细菌武器的危害以及在二战带来的臭名昭著，一般情况下，政治家或军事家们不太愿意再使用它们。不过，研制或者说防范的研究却一直没有停止。

随后的岁月，世界相对和平，只有局部的小型战争时有发生，而且其剧烈程度不至于动用类似细菌武器这样太不人道的工具。只有到了山穷水尽的时刻，政治家们才会考虑使用这种名声很差的武器。

所以在生物技术不算很发达的日子，核武器是全球各国关注的重心，到今天仍然如此。

但是，生物武器却突然被恐怖分子所青睐。已经越来越成为恐怖分子最喜欢使用的恐怖手段之一。

……

以上这些内容其实是胡一文对那些新来人员的培训内容的一部分。

就在他那天早上跑步即将遭遇强子的前三天，也就是击毙企图绑架他的莫沙后的第六天，新招来的一批研究助理正在会议室和胡一文座谈。这里正在召开一个新人的培训会议。

这些日子对于胡一文来说，尽管出了莫沙事件，对胡一文个人的影响程度倒还不如他与云儿的行为游戏以及后来实验的突破来得更为惊心动魄。

不过，胡一文也承认，这样的日子的确让人眼花缭乱，对未来一无所知。这两年发生的事情比他过去四十多年的经历还要复杂多变，还要乱人心魄。

如果胡一文知道，未来还有比这更难以想象、更难以接受的事情要发生，相信他死也不会允许时间再往前走一步。

可惜，时间是任何人、任何力量也无法阻挡的，历史总要前进的。

但此刻，胡一文却情绪高涨，因为他正在进行的两件事都是他最喜欢做的。

一件就是现在正在进行的新人培训。另外一件则是准备一个有关生物技术前沿发展的报告，在研究所的年会上进行讨论。

前者是育人之乐，这份快乐对喜为人师的胡一文自不必多说。

后者则是有机会了解和掌握最新的技术发展，对于像胡一文这样的科学家来说，还有比这更让人兴奋和喜悦的事情吗？

望着台下那么多年轻的面孔和专注的眼神，胡一文感觉自己的精心准备非常值得。为了让这些新来的年轻人了解生物科技的发展，了解生物武器在人类历史上的作用，了解这些技术发展对人类利益和危害的双重特征，胡一文自己查阅了不少资料，越看越惊心，越想越可怕，也愈来愈感到责任重大。

　　而他知道，作为 C 国防范生物武器的主要力量，未来就全靠他们和在座的这些年轻人了。

　　让资深的研究专家给新人们做培训讲座，实际上是这个研究所的传统，也是新人们必须经历的过程。尽管这些新人在招募时就清楚地知道自己将从事什么样的工作，但他们却未必清楚这份工作的来龙去脉以及历史责任与使命感，所以老一辈人的言传身教就成为了必需的过程。

　　而让胡一文来做这件事情却彰显出了江山的老谋深算。

　　首先，他知道胡一文一定不会拒绝，教育学生是他为数不多的喜欢干的事情之一。其次，他一直想说服胡一文彻底留下，但一文却始终没有表态。寻找丽莎母子固然是一个借口，但胡一文心里有怎样的一个心结恐怕只有他自己才能知晓。

　　看到胡一文同意了这次讲座，江山暗自高兴。

　　让你胡一文来对新人讲讲这份工作的重要性和必要性，说不定你自己就能说服你自己，而且，以后你要离开时，我看看你将如何面对你亲自说服他们留下的这些新人。

　　江山对自己这招"以毒攻毒"有点信心，起码它可以有一定的说服功效。

　　应该说，这次讲座的确让胡一文受到了一次很深刻的教育。

　　作为学者，更作为教师，胡一文一直尊崇一个观点，那就是，如果你希望你所教的能够打动学生，那首先起码要让自己感动。

　　而对生物武器本身以及防范与禁止的历史过程的了解，让胡一文真实地认识到，今天由于生物技术的高度发展，所衍生的生物武器一旦被使用，其危害以及对人类文明的摧毁程度将使人类难以承受，很可能会是一场大劫难。

　　这的确让他在内心升起了一股强烈的使命感，而正是这种感觉感染了在座的这些年轻人。在胡一文自己亲身经历了玉米毒素基因的恐怖事件之后，他清楚地认识到，他所阅读到的那些资料绝不是危言耸听，而是真真切切的现实，就像那些玉米标本一样实在，并且触手可及。所以，让新人们全面了解生物武器的历史就非常有必要。

在简单介绍了生物武器之后，胡一文把话题再转回到它的历史起源。

他问大家："有谁知道人类历史上最早的生物武器的使用是在什么时候？"

胡一文并不指望有人可以回答这个问题，因为他自己也是在查阅资料时才清楚的。后排的江山、刘彤和云儿他们几个可能知道这些问题，但他们承诺过只是来听听，绝不参与，所以他们不会出面。

但没有想到，一个清瘦的小伙子站了起来，他扶了扶眼镜，大声说："我知道。前几天我刚看过这方面的资料。"

"好，那你到讲台来，给大家讲讲。"胡一文很高兴课堂上的这种互动。

小伙子走到讲台上，先微微鞠了一个躬，站到讲台的中间对大家讲起了生物武器的起源。

有记载可查的最早使用生物武器大规模袭击敌方，并造成严重后果的，应该是匈奴人利用伤寒病菌对汉朝发动的生物战。西汉武帝时，到汉匈战争后期，由于汉军攻势更加凶猛，"匈奴闻汉军来，使巫埋羊牛于汉军所出诸道及水源上，以阻（诅）汉军。"汉军触及、食用过牛羊尸体或饮用过附近水源，就会大染疾疫。显然，这些牛羊是被胡巫做过特殊毒化处理的"生物武器"。汉匈大决战中汉军人员马匹伤亡严重，汉朝国力消耗巨大，很可能和遭受生物武器袭击有关。名将霍去病，远征匈奴归来后，年仅二十四岁就病死了，现在看来，他的死很可能也与匈奴的"生物武器"有关。

当然，这只是规模较大的生物武器的使用，如果算上毒箭等有毒的杀人武器，那估计生物武器的使用几乎可以和人类历史的年代一样长。

早在公元前600年，亚述人就使用黑麦麦角菌来污染敌人的水源。而同时期雅典大法官梭伦在包围克里沙城邦的时候曾用黑芦荟根给敌人的水源下毒，结果导致敌方军民发生剧烈腹泻。

据有关生化武器历史的研究表明，毒箭可以说是历史上最早的生化武器。在古希腊神话中描写的特洛伊战争，毒箭成了决定战场形势的关键因素。士气高昂的两军战士用蛇毒涂抹在弓箭上射向敌人。

学者梅约研究了大量的文史资料和超过50部用希腊文和拉丁文写成的古籍。她认为，无论化学武器和生物武器在古代战争中怎样被运用，其威力恐怕要远大于现代战争。据说，在现代战争中敌对双方所使用的掺毒蜂蜜、有毒的水、蝎子炸弹、毒气弹和可以引发大火灾的燃烧弹等，都是在古代战争中已经普遍使用的生化武器。而在这些武器下的牺牲者和使用者中，不乏曾经在历史上叱咤风云的英雄人物，如汉尼拔·巴卡、凯撒和亚历山大大帝等等。

普林斯顿大学教授罗伯特·法格拉斯说：“我想，我们不能确定这场古代战争中使用生物毒液来进攻敌人的方式就是生物武器的起源。例如，奥德修斯在此之前也曾使用过涂毒弓箭。”

在古代历史中，有许多可以证明古代的人利用自然界中的毒素来制造毒箭的证据。“至少有20多种有毒植物被使用。最常用的有附子、天仙子（莨菪）、毒胡萝卜、红豆杉果实和颠茄等。”除此之外，还有如毒水母、毒蛙、混入血液中的毒物、虫毒、海胆和鳐鱼的尾部等。

加利弗尼亚大学生物武器专家戴维说：“梅约的这些研究对于今后研究古代生物和化学武器的历史具有重要意义。她不仅探寻着人类自有记载历史以来的生物武器根源，而且用可信的事实来为之提供佐证。”

最惨烈的生物武器之战应该是欧洲的“黑死病”，公元1346年，蒙古人围攻黑海克旦米亚半岛上的卡法要塞，当时中亚地区正流行鼠疫，蒙古部队有人感染，久攻不克之下，蒙古统帅下令将染鼠疫死去的士兵尸体用炮车抛射到城里，使得城内鼠疫流行。随后，城里惊恐的热那亚商人乘船逃到西西里岛，结果把鼠疫带到了西欧。仅仅两年之后，欧洲就爆发了骇人听闻的“黑死病”大流行！欧洲大陆、英国、北非国家无一幸免。短短5年中，估计有两千五百万人死于黑死病，可能超过欧洲人口的三分之一！

后来，欧洲殖民者将天花等疾病故意输入美洲，致使南美印第安人口从2000万锐减到不足100万，更是只能用"种族灭绝"来形容。印加、阿兹台克等美洲大帝国因此而亡国灭种。

由此可见，生物武器在古代早已被使用，而且完全是肆无忌惮毫无顾忌的。其造成的伤亡，不论是绝对数量还是人口比例，都远远超过现代战争。

小伙子讲完了，胡一文带头鼓掌。在掌声中，小伙子高兴地回到座位。

"小伙子，你叫什么名字，来自哪个学校？"胡一文很喜欢这个小伙子。

"我叫顾亦扬，南方大学毕业。胡教授，我是您的校友。您当年的班主任还是我的研究生导师呢。"顾亦扬又站起来回答。

"哦，是吗？顾同学请坐。"胡一文很高兴，挥手让他坐下。

"刚才讲的是起源。下面我们接着讲讲生物武器的种类。其实，凡是可以用以致人伤害的与生物有关的都是生物武器，其种类很多，我们只列举一些常用的介绍给大家。比如细菌战剂，这是大家最容易想到也最常用的。另外一种就是生物毒素武器的使用。比如古代土著使用的毒箭和毒刀等。

"生物战剂的种类很多，据国外文献报道，可以作为生物战剂的致命微生物约有160种之多，主要有细菌、病毒、立克次体类、衣原体类、毒素类和真菌类六种，但就具有引起疾病能力和传染能力的来说就为数不算很多。根据生物战剂对人的危害程度，可分为致死性战剂和失能性战剂。

"致死性战剂的病死率在10%以上，甚至达到50~90%。炭疽杆菌、霍乱弧菌、野兔热杆菌、伤寒杆菌、天花病毒、黄热病毒、东方马脑炎病毒、西方马脑炎病毒、斑疹伤寒立克次体、肉毒杆菌毒素等。

"而失能性战剂的病死率在10%以下，如布鲁氏杆菌、Q热立克次体、委内瑞拉马脑炎病毒等。

"古代的武器相对简单，到了近代，尤其是二战到现在，种类有了很大的变化。比如基因武器，就是随着科技的发展才有的。再比如种族武器，也就是这个武器是专门针对某一个特定的人群或种群的，例如白色人种、亚洲人种等。而在未来，生物技术的发展可能远出于我们的意料，比如，现在就有人在研究意识武器、直觉感应武器。未来，还可能会有知识武器、思维武器、记忆武器、心灵武器和精神武器等等。所以说，生物武器的种类其实无穷无尽，它是随着科技的发展而发展的。"

有人举手问道："老师，那这样看来，随着人类对自身了解的加深，未来的生物武器岂不是威力会越来越大吗？"

"这个问题问得很好。事实的确如此。"胡一文点头。

"科学技术的发展对人类来说永远充满着挑战，它在给人类带来巨大利益的同时也带来了极大危害的可能，这就是科学技术的'双刃剑'，关键在于我们自身的觉悟和共识。"

时间在师生的问答中慢慢消逝。

第49章

培训的最后，在谈到科技发展的双刃剑问题时，胡一文强调了人类自身为限制科技的不良使用而采取的种种努力。

他问道："为了减少或根除这些危害，就像核武器、化学武器一样，联合国也制定了一系列反对生物武器的国际规范。有哪位同学知道这些规范？"

有好几位同学举手。胡一文随意指了指坐在偏后的一位女同学，"你来讲讲。"

那个身材丰腴的女同学大方地讲了起来。

到目前为止，有意义的公约有三个。

1925年，在国际联盟主持的日内瓦裁军大会上，有关国家签署了《禁止在战争中使用窒息性、毒性或其他气体的细菌作战方法的议定书》即"日内瓦公约"。但它没有限制对生物武器的研发项目，也没有限制生物武器的发展和储备，而且签署或认可该协议的国家也保留在遭受生物或化学武器袭击进行同样手段报复的权力。许多国家便利用这个空子来发展生物武器。

1972年4月10日签订的《禁止细菌（生物）和毒素武器的发展、生产及储存以及销毁这类武器的公约》即"生物武器国际公约"。1975年3月26日生效。

2004年4月，联合国安理会的大会上一致通过的安理会1540号决议规定，各国有责任"通过任何手段阻止非国家行为人发展、采购、制造、拥有、运输、转让或使用核、生物或化学武器以及装载系统"。

目前禁止和限制各国研究和使用生物武器的国际公约主要是

这三个。

胡一文很满意这个回答，而且他第一次得知了这个女孩的名字：秦初。此刻的胡一文无法预知这个女孩日后将给他的生活留下很深刻的记忆。胡一文请她坐下，又接着说，"那么，国际公约真有绝对的禁止效力吗？我们可以先来看看历史上谁在研究生物武器？谁又拥有生物武器？谁曾经使用过生物武器？"

法国于1921年开始研发生物武器项目并持续到1940年。日本于1929年开始研发生物武器项目，苏联从20世纪30年代开始发展生物武器项目。

英国和美国受到二战期间其他主要国家的行为刺激而开始发展自己的生物武器项目。而在二战结束后同苏联的冷战促使美国继续开发生物武器。实际上美国政府一直把生物战研究放到了同核武器计划相同的高度。1969年的高峰期，美国生物武器项目雇佣了大约3000名科学家、技术员和其他工人。

加拿大科学家1943年在圣劳伦斯湾一个小岛上培植大量炭疽病毒，用以制造生物武器。这项代号"N计划"的生物武器项目与盟军破译德军密码、成功研制原子弹一道号称二战三大军事秘密。

1979年4月苏联斯威尔德洛夫斯克市的微生物与病毒研究基地发生的炭疽泄漏事件，造成1000多人死亡及很多人中毒。这种情况说明军事大国始终没有停止生物战剂的研制和发展。

由于生物武器比其他大规模杀伤性武器更易制造和走私，因此生物战剂的威胁不仅未消除，反而在不断增长。

1975年生效的《生物武器公约》禁止了对生物武器的研发和储备。到2009年3月为止，总共有163个国家加入该公约。

但是，如俄罗斯前总统鲍里斯－叶利钦1992年公开承认的，苏联的秘密生物武器项目中将某些人类病毒进行武器化。这严重违反了《生物武器公约》的条款。虽然伊拉克也签署了1972年的《生物武器公约》，但是伊拉克政府也在合法的药物研究项目名义下进行秘密的生物武器项目，一直到1991年海湾战争之后检察官们进入伊拉克才发现这些项目。苏联和伊拉克公然违反条约限制进行研发的行为，让人们非常怀疑《生物武器公约》是否能提供有效的限制来防止生物武器的扩散。

2009 年的炭疽邮件袭击之后，美国发表了调查总结报告。但此案恐怕会像肯尼迪总统遇刺案一样，成为难解之谜。没有人知道那些炭疽粉末来自哪里。然而，此案至少让全世界的公众明白，美军一直在研制杀伤力巨大的生物武器，人类离彻底销毁生物武器的日子还很远。

更明显的证据是，美国国家生物武器防护分析和对抗中心下属的研究所甚至宣称，为了科学评估生物武器威胁，他们没有多少选择，必须制造生物武器。他们将制造、实验少量武器级微生物体，甚至有一些经过基因改造的病毒和细菌。

俄罗斯情报人员甚至认定，目前世界上约有 10～15 个国家已经制定或正在制定基因与生物战计划。

事实上，《生物武器公约》尽管禁止研究生物武器，但由于没有有效的强制性核查和监督手段，许多国家仍在秘密甚至半公开地开展生物武器的研究。然而，多数国家建议设立的"特别小组"论坛以及多次审议的关于核查和监督的法律约束报告却被美国等国家否决了。

美国反对这个验证程序的主要原因是因为计划中的程序不足以检验欺骗行为，同时这个程序的实施成本太高而且不适用。美国辩称，因为几乎所有生物研究设施都"可以在一定条件下转变为生物武器设施"，所以不可能统计出精确、及时和全面的生物武器设施。还声称该程序会危及药物工业的机密和美国生物国防项目的安全。

在针对生物武器的问题上，美国却实施双重标准，允许盟国和民主国家保留大规模杀伤武器的能力。同时却按照某些国家的国内政治结构、宗教领导团队、与跨国恐怖分子的关联以及它们对强权国家的仇视态度，将它们视作"邪恶"的国家，要求对这些国家实行控制。

简而言之，美国、欧洲和发达国家的生物研究项目大范围存在也突出了双向发展的问题。美国那些从事防御性生物武器研究的科学家们可以制造具有致命能力的生物武器。

美国和其他国家的生物防御研究越来越隐蔽。这些活动的机密性会引起真正的生物武器竞赛，因为每个国家都会对其他国家的可疑能力和活动做出反应，他们会采取措施来制衡潜在对手对这种攻击性武器的研发。

因为不能成功地达成生物武器裁军的目的，当前有缺陷的军备控制体系会很快崩溃，生物武器能力也会大范围扩散。

最终的规定依然没有包括对生物武器公约的验证程序。显然，虽然许多国家希望进行对可能性的生物武器设施进行实地考察，但是美国依然阻止了此类协议的达成。国际社会正在构建一个效用不足，甚至是危险的生物武器禁令，这个禁令可能会破坏军备控制逻辑的基础。新体制允许每个国家保留对其他国家有威胁的可疑能力。

尽管各国都签署了"生物武器公约"，但美国等西方大国都在进行生物武器的研究。这使得包括印度、古巴在内的许多国家，过去5年都加大了生物武器的研发力度，世界上出现了所谓的"全球性生物防御热潮"。生物武器号称"穷人的核弹"，制作起来比核武器相对容易。美国的这一做法只会刺激更多第三世界国家大力发展生物武器，这将使得整个世界更不安全。

这就是我们这个世界现在的现状。

胡一文之所以大段地介绍这些国家的有关情况，是因为很多资料显示，每一个有一定实力的国家几乎都在偷偷地研究生物武器，而这又成为恐怖分子偷取生物武器的极好的途径。他们有时故意有时疏忽的做法让这个世界不得安宁，同时也成为恐怖分子的借口。

说完这些，胡一文提了一个问题。

"同学们，你们认为我刚才列举的那些政府、组织和人群都是一些穷凶极恶、歇斯底里的人吗？那他们为什么会希望拥有和研制这些可恶的武器呢？"

有人回答了："害怕别人拥有威力更大的武器，这种心理导致更疯狂地研制和生产，这就形成了一个可怕的恶性循环。"

但事实上，的确有一些别有用心的人存在。

"老师，其实我一直在思考，为什么总有人会干出一些完全没有人性的事情。比如生物武器，比如911爆炸等。"

胡一文笑了。他曾经和这个女同学一样的天真和纯洁。这个世界99%以上的人们都同样的天真和纯洁。

"这位女同学，世界上总有一些和大多数善良的人们不一样的人，他们总想控制别人，控制这个世界。这个问题很复杂，也牵涉到人性善恶的问题，我们所能做的就是制定一些约束性的法规。而一旦有人违反这些法规，那善良的人们就要团结起来，给那些恶人们以应有的惩罚。"

"请大家记住，总有人试图挑战别人，征服别人，总有人试图违背法律，而这正是我们这个研究所存在的意义。人不犯我，我不犯人；人若犯我，我必犯人。"

胡一文环视着会议室，大家都在点头。

但他知道，这并不意味着所有人都认为生物威胁肯定存在，也同样肯定有一些人不太相信他刚才说的话。就像他自己一样，如果在两年前，有人跟他讲生物武器，他也同样会认为这跟自己没有多大的关系。他曾经也感觉那些东西离自己和自己的生活非常遥远。他甚至都不相信会有这样的事情发生。即便有，也只不过是炭疽那样的投毒而已，而那只针对那些权势人物，与普通老百姓无关。

作为生物科学工作者，他也知道禁止生物武器的国际公约，对科学的双刃剑问题他也想过。

有人一直在警告会有别有企图的人滥用科学技术的发展，并最终危害整个人类，但他认为那是危言耸听，那是杞人忧天，那些东西应该是政治家们考虑的事情，或者是军人研究的事情，跟我们这些平民百姓有何相干？

但在这两年中，他的思想彻底变了。

没有人要求他改变，是那些事实，那些在他眼前，在他身边发生的活生生、血淋淋的事实改变了他幼稚和天真的想法。现在，这些年轻人仍然像他以前那样，而他们却要从事反对生物武器的工作。

胡一文不能容忍这样的情况在他眼前发生，他要把他知道的以及江山、刘彤告诉他的也告诉这些年轻人。

于是，胡一文问大家："你们是不是觉得我的话有点危言耸听，或者生物武器这种东西距离你们太遥远？"

下面的人们有点乱了，什么表情都有，会场开始有小声的议论。

有人站起来了，"老师，从历史来看，生物武器好像并没有给人类造成很大的危害。"

胡一文笑了。外表看不出来，但其实那是一个苦笑。

"我曾经怀疑这个培训的实际意义，现在看来，很有必要。至少也可以让大家了解人类使用生物武器的历史。我给大家讲几件真实的历史和造成的危害。"

一战中，德军最早进行生物武器研制，制造了一批生物武器。德军间谍携带了生物战剂，秘密地赶到英、法联军的骡马集中地，在骡马饲料中撒入生物武器：马鼻疽杆菌，使几千匹骡马得病而死亡，影响了英、法联军的军事行动。德军开创了生物战先例。

一战后，英国建立了生化武器研究基地，拟定了生物战计划。二战后英国加快了生化武器研制，设计、制造了一种生物炸弹，并秘密地进行了试验。英国原计划以重型轰炸机携带生物炸弹，对德国大城市进行生物炸弹袭击。幸亏盟军反攻顺利，德国大城市一个个落入盟军手里，避免了一场生化武器大屠杀灾难。

在日本发动的侵华战争中，在 1940~1944 年期间，日本的细菌武器曾在中国湖南常德、浙江宁波等地造成鼠疫流行，在中国东部沿海一带造成鼠疫霍乱流行，侵华日军的哈尔滨食人魔窟"731"细菌部队、长春"100"细菌部队、广州波字"8604"细菌部队、南京荣字"1644"细菌部队都对中国人民犯下了滔天罪行。

朝鲜战争中，美军的"毒虫部队"来到朝鲜战场。1950 年12 月，为掩护美军撤退，美军在平壤、江原道、黄海道等地区撒播了天花病毒。后来，又在中、朝阵地后方，撒播带有传染病细菌的毒虫。并侵入中国东北丹东、抚顺、凤城等地区撒播带细菌的昆虫，毒害中国人民。幸亏当地军民及时采取措施，未造成灾难。美军在朝鲜战场及中国东北地区使用的细菌战剂有 16 种，能传染多种传染病。

大家对胡一文讲的这些事实无法反驳。但还是有人提出了问题。

"博士，二战以后，生物武器的使用基本绝迹了。是否可以说生物武器的风险越来越小了呢?"

胡一文回答道："从冷战以来，人类基本没有人再使用生物武器，这说明，反生物武器的国际公约开始起了作用，但这并不能说明以后这方面的风险只会越来越小。事实上，生物恐怖事件却有上升趋势。"

胡一文又强调说："不但生物恐怖势力有所抬头，而且生物武器的危险却越来越大。要么不爆发，一旦使用生物武器，那就意味着巨大的灾难。"

史蒂芬·霍金，这位继爱因斯坦之后世界上最著名的科学思想家和最杰出的理论物理学家，就一再警告人们。他说："从长远来看，我更担心的是生物武器。核武器的生产需要庞大的设备，而生物武器的制造在一个小小的实验室里就能完成。人们根本就无法控制世界上所有的实验室，也许有意或无意之中，我们就制造了某种可能彻底毁灭人类的病毒。"

不少人在点头，看样子他们同意这个观点。有些人则不以为然，胡一文知道，事实是最好的证据。

胡一文打出了一张投影。

大家看到了如下内容:

"1981 年，黑暗收获组织把炭疽污染的土壤散布在英国波顿塘。

1984 年，美国拉金尼什教派使用鼠沙门氏伤寒杆菌污染了饭店的色拉台。

1984 年，一恐怖组织把肉毒毒素装进灌装橘汁使美军潜水艇上发生了肉毒毒素中毒事件。

1995 年，日本奥姆真理教在东京地下铁使用沙林神经毒气，并利用炭疽杆菌和肉毒毒素在日本进行过 3 次不成功的生物攻击。

2001 年，在美国发现了污染了炭疽的邮件。"

胡一文说道："这些还仅仅是八十年代以来报道过的生物恐怖事件。"

2008 年 12 月 2 日，受美国国会委托，美国"大规模杀伤武器及恐怖主义防治委员会"的一些学者收集了包括欧美和亚非各国各地的大量资料，给当时的美国总统布什发了份题为《世界在风险之中》的长篇报告。

该报告说，美国和全球面临的恐怖袭击威胁还在继续发展，该威胁主要来自难以防治和弥补的两个方面，一个是原子武器、另一个是生物武器。而美国卫生部则警告说：恐怖主义的攻击目标可能就是您的食品。

2009 年，美国总统签署行政令，要求美国政府各部门强化优化"布萨特"计划。所谓"布萨特"计划，是英文简称"BSAT"的音译，原文是"Biological Select Agents and Toxins"，它是针对利用生物手段的大规模杀伤和防范相关的"生物国防"计划的重要组成部分。该行政命令说，"布萨特"计划是基于风险防治的国家安全和公共安全的计划，各部门必须在行政令签署后限定时间内全部落实。

如果不是认为生物恐怖的威胁迫在眉睫，他们没有必要执行这样的计划。

大多数人开始承认生物威胁在他们身边。

仍然有人在质疑："老师，刚才这些都是一些小范围的生物恐怖，并没有太大的危险。我坚持认为不会有大规模的生物威胁。"

的确，普通人很难相信自己的身边会有那些可怕的生物恐怖。但问题是，普通人又怎能明白自己所遭遇的劫难究竟是自然灾害还是人造瘟疫。

胡一文明白这一点，这也是他以前的心理状态。

"那好，我给你们讲一个故事吧。"

第 50 章

胡一文其实很想告诉他们他身上正在经历的这个转基因毒素事件，但根据保密规定，他还不能随便乱讲。

他只好讲了一个其他的故事，这个故事是江山、刘彤告诉他的，当时听完这个故事，他很惊讶，不愿相信，但又无法反驳。

模棱两可、含含糊糊，没有肯定的答案，也永远不会有人给你这个答案，但这恰恰就是生物武器与众不同的特征之一，也是大家无法防范，深受其害的根源。

胡一文先问大家："如果出现了一种新细菌或者新病毒，而它是生物界原本没有的物种，那么这个物种会有什么特征呢？或者说我们如何才能识别它是新发现呢？"

这个问题对于下面坐着的年轻人来说，基本不是问题。这些各个著名大学的生物学科的硕士或博士在专业方面还是有一定的造诣的。大家七嘴八舌，很快汇集了新物种的主要特点：

第一，从基因学上，它是唯一的，但与原有物种有一定的相似性和差异性。

第二，从遗传学上，它应该从未出现过，而且与相近物种有一定的相似性。

第三，从适应性上，它有可以长期生存的宿主。

第四，从形态学上，它有独特的结构，但可能与相近的物种相似。

第五，从致病性上，它所导致的疾病在历史上从未有过，暂时可能没有有效药物。

胡一文在黑板上写下了这几条。然后，又对大家问道："大家经历过2003年那次'SARS病毒'（非典）吗？"

"当然。"这次的回答异口同声。

"那么，'SARS'病毒是不是一个新病毒呢？"胡一文开始提出问题了。

大家的意见相对一致："应该是一个新病毒。"

胡一文微笑地看着大家，嘴里却一字一顿地说："如果我说它是一个人工改造过的病毒，是有人故意制造并施放出来的，它就是一种基因武器，你们同意吗？"

这回大家的意见就大不一致了。胡一文请同意的人说出他们的支持证据，并在黑板上一一板书。

首先，大家认可SARS病毒是一个新物种，这本身就表明有很大的可能性是人造病毒。

其次，SARS病毒的基因很怪异，既有动物病毒的特性，又带有人类病毒的特征，但又哪边都不是。如果说是病毒变异，自然界目前尚未发现有如此程度的基因变异。从基因组成来看，这里有明显的人工拼接的可能。

第三，从SARS病毒的出现来看，它的出现是突然的，这一点虽然异常但还可以理解，最让人怀疑的是，它的消失却是很怪异的。从那以后，这个病毒就再也没有了，仿佛人间从未有过一样。如果是一个新发现的，自然界本身就存在的病毒，那它应该还会出现，最起码，在公认的宿主身上应该存在吧。但从那以后，科学家没有在人类，包括其宿主果子狸等野生动物上再次发现，这就很奇怪了。这也是SARS病毒是人造病毒的有力证据。

第四，从流行病学的特点来看，这个疾病的传播采用了气溶胶的传播方式，但奇怪的是，为什么只针对人类，没有证据表明动物受到了传染和侵害。而从致病性来看，其对肺部的损害对人类和动物没有什么区别。

第五，从宿主来看，到目前为止，关于果子狸是SARS病毒的宿主这个问题在科学界仍有争论，而且有证据表明有不少动物可能是其宿主，但广泛的宿主观点又无法解释这个疾病只发生在特定的地域和人群。这个没有特定或固定宿主的结论从反面证明了这个病毒很可能在自然界并不存在，也就是说，它可能是人类自己制造出来的。

第六，从 SARS 病毒当时流行的地域和感染人群来看，亚洲人种被传染的概率远远大于其他人种，而且，亚洲人种得病后的危险性也远远大于其他人种。这有可能说明，这种人造病毒可能是专门针对特定人种或人群的。

从世界卫生组织公布的数据看，截至 2003 年 7 月 11 日，全球非典累计确诊病人为 8437 人，而非典累积病人集中在中国内地以及香港、澳门和台湾等地，加上华人比较集中的新加坡，合计7960 例，再加上加拿大华人非典确诊病人，共占全球非典确诊病例的 96% 以上。世界上包括美国在内的其余地区，合计不足 400例。全球非典累积死亡人数为 813 人，中国内地、香港、澳门、台湾以及新加坡为 762 人，如果再加上加拿大华人死亡病例，也占全球非典死亡率的 96% 以上。

华人发病率高达 96%，而华人的死亡率也高达 96%！

有资料显示南方汉人所携带的某个基因对 SARS 病毒更敏感，更容易感染"非典"。而从实际病例来看，96% 的患者都有华人血统，白人、黑人只有极个别病例，而且没有死亡病例。这说明这个病毒可能针对某些特定人群，而这正和某些西方国家一直研制的人种或种族特异性基因武器的目标一致。

第七，在 C 国其他地域的果子狸身上，或者在全球其他地域的果子狸或其他野生动物身上都没有发现这种病毒。这一现象无法解释，果子狸身上的病毒来自哪里？只有这个病毒是人造病毒这一条可以解释这个现象。

另外，有证据表明，人类已经具有基因拼接、人工改造病毒或细菌的能力。科学家已经在实验室造出了改造过的病毒或细菌，而且其威力远大于天然物种。比如新天花病毒等。

还有，SARS 在中国的扩展有着太多的谜团，有资料注意到感染 SARS 的中国大陆病人有 96% 并无明确的接触史。也就是说在国内感染 SARS 的病人，不像其他国家和地区，如香港、新加坡那样可以找到传染链，而中国大多数的病人就是莫名其妙地得这个病的。患者与患者之间并没有经过密切接触，而且主要来自广东与北京两个地区。

再有，美国人和日本人、欧洲人好像得到了非典的格外关照，对非典具有特殊的免疫力。奇怪的是，美国版的 SARS 要比国外的病例轻的多，以致医生们建议称之为 MARS，即良性尖锐呼吸道综合病症。这也许因为美国根本就没有 SARS。

最后，这个病毒疾病爆发以后，C 国集中力量在研制疫苗，而西方有些大国的表现很是不同，他们对研制 SARS 病毒疫苗并不迫切，远不如针对那些危害性并不大的流感病毒那样有兴趣。

如果从防治疾病的观点来看，甚至从经济利益的角度来看，他们对 SARS 病毒的这些表现的确耐人寻味。因为，尽管 SARS 的流行让 A 国媒体如此大肆渲染，而实际上美国生物科技界却对于有效防治 SARS 的疫苗研制漠不关心，似乎他们早就知道 SARS 病毒对白色人种危害不大。

网络上一直流传一个观点：这个 SARS 病毒是某国的生物实验室故意制造并散播在 C 国大地上的，而且还仅仅是一个初步实验，以验证这种病毒的危害性到底有多大。

胡一文在黑板上罗列出这些证据后，这些证据洋洋洒洒地写满了黑板。胡一文又让那些持有反对意见的人发表自己的意见，他也同样板书在黑板上。

反对的意见其实并不多，而且更多的是一些观点。比如，这应该是一种自然界本就存在的病毒，只是我们对它的认识比较少，所以才会有如此多的异常现象。

我们不能简单地怀疑。SARS 病毒究竟是天然的还是人造的，要有确实的证据。科学是相信证据的，法律也是如此。

应该没有如此丧心病狂的科学家或者组织。这种惨无人道的事情只有那些灭绝人性的家伙才有可能去干。

黑板上互相对照的证据非常鲜明。让人无话可说的是，尽管有人反对，但却无法提出证据来反驳上述正方的观点，反对者大多是认为对这个病毒的了解还不够，所以不能太早下结论。当然，更多人认为需要证据。

胡一文总结道："从以上的板书可以看出，对 SARS 病毒是人造病毒这个观点的支持证据有很多，而我们手中缺乏关键的证据。但至少有一点可以说明，这个怀疑让我们有理由保持高度的警惕，也让我们必须做好相应的防范工作。

"从科学的观点来看，我们的确不能随便下这个结论，而从法律的观点来看，我们也不能下这个结论。但，问题是，谁来替我们解释那些异常现象呢？谁来澄清那些怀疑呢？可怕的是，生物武器从来就是以一种疾病的方式出现的。由于它的臭名昭著和惨无人道，没有人会出面承认自己在研制或使用生物武器。例如日本的 731 部队，即便我们掌握了确凿的证据，日本人仍然在否认。

"生物武器最可怕的特点就是它的隐秘性和伪装性。

"一间小小的实验室和几个人，就可以搞出毒杀和危害全人类的生物武器。这种极高的隐秘性使得人们很难发现，只有在遭受其危害时才会知道它的存在。而它最好的伪装就是疾病，而且，未来的生物武器会更加接近自然疾病，唯一的区别就是它可能对人类更有危害性，更容易致人于死亡。

"其实，人类这几年来，遭受的大规模流行疾病比以前多了不少，而且都是以前从未出现过的病毒和细菌。人们无法解释为什么会发生这些现象，就只好用一些化学污染、环境变化等说法来为自己释疑。但，实际上，又有不少事实无法解释和说明清楚。"

胡一文又列举了几个例子，而这几个例子是大家都相对熟悉的，也是在这几十年才发生的。

一个例子是，艾滋病的起源和流行。特尼的那个故事胡一文自然没有听说，但类似的证据和说法胡一文却看到了。他把这些告诉了大家。

另一个例子则是甲型流感的发生。欧阳龙的观点胡一文也同样无法知晓，但他收集的证据胡一文同样也得到了。对于这个病毒的怀疑却是这两个不可能见面的对手的共同点。

甚至就连禽流感病毒的流行，也有不少人怀疑这是某个国家病毒研究的非故意泄露而引起的。有情报证明，美国洛斯－阿拉莫斯国家实验室在数年前从世卫处获得禽流感样本后，就已经制造出了与禽流感病毒有关的生物武器，美军也悄悄在全军进行了防禽流感的疫苗大接种。他们的行为，究竟是因何而起呢？

当胡一文把这些流行传染病的怀疑也一一罗列出来后，全会场开始了喧哗。

当然，任何一个观点都应该允许别人反对或怀疑。

对于最近几十年出现的大型传染性疾病，其起源和流行的模式本身就具有很大的争议。

但是，特尼、巴克利、安德烈和2004年度诺贝尔和平奖得主旺加里·马塔伊等人相信艾滋病毒是 A 国军方病毒研究的泄漏，哈立德、伯恩和欧阳龙相信甲型流感是人造病毒引起的，而胡一文、江山和刘彤等人则是高度怀疑 SARS 病毒人造的可能性。

国际上很多专业的研究人员以及生物安全人员大多抱有宁信其有的心态。

在座的所有人都可以有自己的立场和选择，这使得大家的意见异常对立，也使得会场秩序越来越混乱，争吵声越来越大。

让大家把这种情绪宣泄了几分钟后，胡一文拍拍桌子，示意大家安静。他早已知道这些事实会带来这样的反应，而这也是人们正常的行为结果。但胡一文心里却很清楚，这种争论是永远也没有结果的，而我们所要做的只能是心理的防范和行动的准备。

胡一文总结道："这些例子就发生在我们的身边，所以才显得那样不可接受，才显得那样惊心动魄。我们不去争论它是还是不是生物武器，但它肯定是事实、是存在，而我们要做的就是尽力提前防备这种惨剧的发生，尽量减少它对我们人类的危害，尽量早一些制止那些丧心病狂的行为。而这，正是国际公约应该发挥的作用。"

胡一文最后说："但更重要的是第二点。上述那些病毒或细菌，没有人肯定说那些不是生物武器，也不会有人肯定说那些是生物武器。这些怀疑和争论将是人类永远的秘密。但无论它们是或者不是，问题的关键是，如果一旦出现了这些病毒或细菌，人类将怎么办。"

胡一文的这段总结引起了大家的思考，会议室里很安静。

其实，胡一文很理解同学们此刻的心情。当初，江山和刘彤告诉他对 SARS 病毒的怀疑时，他比现在的同学们的表现更加激烈，他根本不相信会有这样的事情。但事实就在那里，容不得你去否认。胡一文只得承认，在现在这个风云变幻、人鬼混杂、物欲横流的社会，什么事情都有可能发生。

胡一文只是想警告大家，这个世界远比我们想象的更复杂，更不可思议。

讲完这一段，胡一文让大家休息一会儿。

他和同学们简单聊了聊天。那个叫顾亦扬的同学比较激动，和他争论的几个女同学唧唧喳喳，吵得顾亦扬无话可说。胡一文注意到秦初很是理性，便多和她聊了几句，这是一个北方大学毕业的女孩子。这次讲课，胡一文记住了这两人的名字。

接下来，胡一文又把生物武器防范性研究的现状以及各国的情况作了一个详细的介绍。最后，胡一文想给大家简单地说一下未来的生物武器发展的可能性。

"下面，我要讲的是生物武器的未来。"胡一文停了下来，喝了一口水，随带观察了一下学生的反应。大家都在认真地听。

"一般的生物武器，尤其是古代的生物武器，往往只是造成身体上的伤害，比如中毒等，后来，基本上是疾病的危害了。这些身体上的损害绝大部分是可以治疗，可以恢复的。从战争的角度看，对方只是希望在战争期间对手暂时失去攻击能力，并没有从肉体上消灭的动机。

"征服，而不是灭绝，这一点对于武器的使用很是关键。

"但从现在的科学发展来看，生物武器对人类的攻击开始上升到对肉体无可挽回的伤害，甚至，我以为，未来的生物武器将主要针对人类的基因、神经、记忆、意识、思维等超物质形态的伤害，而可怕的是，这些伤害将不可修复。在人类遗传的角度上来看，这种伤害很可能危害到某个种族，甚至全人类的灭绝。"

正如《侏罗纪公园》的作者迈克·克里顿所说："如果你想

用一颗原子弹毁灭人类，这绝非易事，但通过基因工程就变的轻而易举。"

研究基因武器就是人类的死亡游戏。

据英国《简氏防务周刊》报道，在未来几十年，将可能出现许多不同的生物威胁，从改变基因的病毒到基于基因状态进行杀伤的物质。基因工程的进展将允许扩散这些基因武器。

例如，描绘人类基因的测序成功可能为生产某些生物武器提供可能，这些武器可能根据特定情况下的种族、性别或基因素质瞄准某部分居民。正如太阳微系统公司合作创始人和首席科学家比尔·乔伊所说："基因工程给有权力者——无论是偶然在军事上，还是在周密安排的恐怖主义的行动中——制造一场白色瘟疫的可能。"

基因武器，是一种处于探索阶段的新型生物武器。它利用遗传工程技术，用类似工程设计的办法，按人们的需要，通过基因即 DNA 重组，在一些致病细菌或病毒中，接入能对抗普通疫苗或药物的基因，产生具有显著抗药性的致病细菌或病毒，这种致病菌特别是对遗传型的人种有致病作用，以达到对某些人种进行杀伤目的。或者在一些本来不会致病的微生物体内接入致病基因，而制造出新的生物战剂。一句话，就是用 DNA 技术重组改变细菌或病毒，使不致病成为致病的，使可用疫苗或药物预防和治疗的，变得难于治疗。

胡一文心中清楚，自己正在全力对付的正是这样一种基因武器。那个可恶的毒素玉米就是利用基因重组技术构造出来的。原先的粮食经过这样的改造在突然之间就变成了一个个无法预防但威力巨大的炸弹，足以将人类炸得粉碎。他憎恨这该死的基因武器。把一些有毒的或危害人类的基因放进正常的植物、动物或微生物中，它们在瞬间就可以杀人，这远比核武器更可怕。

胡一文停了一下，又加大了声音，"也就是说，现在发明的或未来发明的生物武器将有可能彻底改变人类的生存方式，最终消灭人类自身。换句话说，如果有什么可以使人类遭受巨大的伤害或是灭绝，那只有人类自己。而这，绝不是危言耸听！"

其实，胡一文描述的未来的生物武器还有很多种，除开基因武器，还有影响和控制人类精神、记忆和思维的生物武器，那些同样也是很可怕的东西。

胡一文在侃侃而谈的时候，根本就没有想到，几年以后，他将领教到那些有关记忆思维的生物武器的可怕，而直接受到伤害的人竟会是他的儿子胡地。

胡一文讲完后，会议室一片寂静。随后嗡嗡的小声议论开始响起。

突然，一个女生的声音响起："耶稣说过，带来人类末日的，将是你们自己。"胡一文注意到，那是刚认识的秦初。

"绝对正确。"胡一文立即大声说，"生物武器如果不加以控制和禁止，它所造成的危害绝不是死几个人那么简单，它关系到整个人类自身的安全，关系到整个人种在地球上的延续，关系到整个人类的灭亡与否。"

会议室里鸦雀无声，只有大家粗粗的呼吸声。

"同学们，你们知道自己到这儿来的使命吗？"没有人说话。

胡一文的眼睛像鹰一样盯着大家。他的身体向前倾，仿佛要贴近你的耳朵，他一字一句地说道："你们就是人类的守卫者，保护着我们人类自身的安危，并随时保证生物技术的发展会朝着有利于人类的方向前进！"

"哗"，一阵掌声从会议室的后排响起，引发了大家如潮的共鸣。江山、刘彤、云儿等人站了起来，为胡一文使劲地鼓掌。

胡一文自己也很是兴奋。他在这次讲课中其实有一个很大的改变，那就是在他的内心，已经把这儿当成了自己未来的归宿。

只不过，胡一文自己并没有意识到这一点。

他没有意识到的还有，两天后，他将被强子扑倒在地，成为强子手中的猎物。

超级瘟疫

第 51 章

强子果然顺利地扑倒了胡一文。

在胡一文没有更多的挣扎之前，强子立即给他捂上了一块手帕。手帕上的高强度麻醉剂让胡一文马上人事不省，强子迅速地把胡一文拖下了地井。

这一切只不过持续了短短的二十秒钟，地面上就已经踪迹全无，仿佛什么也没有发生过。而胡一文却已经到了强子的手中。强子坐在潮湿的地井里大口地喘气。

结束了！

结束了？胡一文此刻就躺在地上。我成功了？强子不敢相信自己，拍拍自己的脸，以为自己是在梦中。嗯，有点疼。这不是梦，这是真的！

他又拍拍躺在地上昏迷不醒的胡一文，地井里发出"啪啪"的声音，脆生生的。这不是梦，这是真的！

我抓到了胡一文！我抓到他了！我成功了。

强子大口地喘气，怪异的臭气直冲进他的鼻腔和大脑。但强子却可以忍受，巨大的兴奋让他可以承受这一切。

等到兴奋的心情安静下来后，强子有点犯傻了。接下来怎么办？这个问题他曾经想了好久，一直没有想出好办法。

当时他设计了三种办法。

一是拖着胡一文从下水道原路返回。现在看来恐怕不太现实，如果胡一文反抗，坚决不走，他就没有办法了。而胡一文反抗则是肯定的。

第二是用枪押着他，就这样从大门大模大样地出去。估计现在也无法办到。身上臭哄哄，脏兮兮的，自己又是陌生面孔，一定会引起别人注意。这法子也不行。

第三就是趁着早上人少，先到胡一文的家里再说。恐怕这是最好的办法了。强子其实一直在硬挺着，这早上的气温够低的，一路走来衣服早湿了，特别冷，强子一直在打哆嗦，只不过刚刚实在太紧张和兴奋，没有体会罢了。而且，胡一文也是一身运动打扮，一会儿醒来之后肯定也受不了，要是生病了，这一路还怎么走？

就这么办。先去胡一文家里，换件衣服，吃点东西。啊，对了，还要给手机充电，这样可以和龙先生联系，让他们帮我想办法。

一念至此，强子不再考虑了。他使劲扇打着胡一文，让他尽快醒来。十几分钟后，胡一文醒来发现自己的双手已经被绑起来了，腰间还有一个硬梆梆的东西在顶着，鼻子里满是那种无法忍受的臭气。

"不要多问，也不要试图反抗，更不要大声叫唤，否则，我一枪崩了你。"胡一文看见一个浑身臭哄哄的男人凶狠地盯着自己，腰间那个硬物明显一用劲。胡一文没有说话，他还有点迷糊，大脑并没有完全反应过来。

那个声音又说话了，"现在，听我指挥。我们马上跑步回到你家里。快走，别磨蹭。"

胡一文没有磨蹭，他真的很想赶紧离开那个鬼地方。太臭了，太恶心了。

真是天助强子。早上六点钟还没有什么人，四周空荡荡的。强子松开了绑手，用枪押着胡一文快跑起来。远远看去，只是两个人挨得比较近而已。胡一文一边跑一边琢磨，他的脑子开始转起来了，也明白自己是被人绑架了。

他的脚步开始慢了起来。几乎每天，云儿都会和他一样出来跑步，他们基本上会在路上碰到，然后两人就一起跑。

但胡一文知道这几天云儿没有出来跑步，因为每天的试验都做到很晚。现在实验到了关键的时刻，也就是胡一文得到梦中的提示后改变了实验方案，现在到了最紧张并且工作量最大的时候。

这几天每天都忙到半夜两三点钟，而试验一旦开始就无法半途停止。所有人都有点顶不住了，只好多睡一会儿，晚点上班。而胡一文则因为早起的习惯，无论多晚睡都会起来跑步，这才遇到了强子。

但胡一文仍然故意放慢脚步，幻想着今天云儿会起来跑步。可惜，云儿并没有出现，而强子也发觉了他的意图。

"快跑。否则我开枪了。"强子压低了声音，"你别想碰到熟人，就算有人来了，我们也要绕开他。"

胡一文死心了。老老实实到家里再说吧，只要不出门，就会有机会的。这个时候，那个家伙比我还紧张，万一枪走火了就不好玩了。现在还没有到玩命的时候。

就这样有惊无险地回到了胡一文的家里。

关上门，强子心里的石头暂时落地了。他真的不敢想象万一在路上遇到人怎么办。好在老天帮忙啊。强子拍拍自己的胸脯，定下心来。

他立即插上了手机的充电器。与此同时，他要求胡一文找几件衣服给他换上。在身后看着胡一文找衣服，强子却感觉肚子咕噜噜地叫唤。

"有没有吃的?"强子一边换衣服，一边问胡一文。

胡一文偷眼看了一下墙上的挂钟，才六点半。时间过得也太慢了。胡一文知道要等到九点钟的时候，云儿会来叫他一起上班，那时就是机会来了，现在的问题是怎样熬过这段时间。

强子吃着胡一文昨天剩下的饭菜，真香啊。脑子里却想，下一步怎么办? 眼睛却看见胡一文总有意无意地看一眼大门。

吃完饭，拿上手机，强子把胡一文赶到了卧室里。他让胡一文坐在床上，自己却靠在门背后，面对着胡一文。他要打电话给龙先生。

电话通了。这正是哈立德和欧阳龙宴请完李银来的那个早上。欧阳龙刚躺下不到三个小时，这个可恶的电话吵醒了欧阳龙，他很不高兴，却不得不接电话。大家都知道他在睡觉时最恨别人打搅，除非哈立德或者特别重要的事情，否则没人敢烦他。

这可能是欧阳龙最希望被人打搅的一个电话。竟然是强子。

"龙先生，我是强子，"强子异常高兴，终于和龙先生通上电话了。那边龙先生从容的话语让他感到温暖，感到亲切，不再是那么孤独，那么无助了。

听完强子的讲述，欧阳龙明白了强子现在的状况。"你先等等，目前相对安全。等我想一个办法再与你联系。"

欧阳龙挂上了电话，自然是立即通知哈立德，并和他商量如何帮助强子。

而强子也合上了手机。他搬了一把椅子放在门边，自己坐在那儿看着胡一文。看那架势，在得到龙先生的进一步指示之前，他会就这样一直盯着胡一文。

现实中恐怕很少有人像胡一文这样，真真切切地听着对方在谈论如何把自己绑架带走。那感觉就像自己是一只待宰的羔羊，而对手却在研究从哪里下刀，把自己切成怎样的几大块。胡一文明显有一种被强暴的屈辱，这种感觉对于一个男人极其不爽。

胡一文开始琢磨怎样对抗。在没有完全想好之前，他决定采用对话扰乱对手的心智。

"你好像叫强子？"胡一文开始发问。

强子没理他。

"你知道我是谁吗？你不认识我，也许你搞错了对象。"胡一文又问道。

这回强子回应了："你是胡一文，不会错的。"

"你说什么？我根本不认识什么胡一文，我叫马东，你是不是搞错了。"胡一文试试否认会有什么效果。

可惜，强子根本不搭理他。这一招不管用。

"你怎么辨认你绑架的对象？能告诉我吗？"胡一文换了一个话题。

"我看过你的照片，而且银子也给我讲过你的特征，我不会弄错的。"强子回答。

胡一文很惊讶，因为他听到了一个熟悉的名字。他知道李银来的小名叫银子。

"你认识李银来？他还好吗？他现在在哪里？"昔日弟子的安危其实一直挂在胡一文的心中，现在有人知道他的行踪，胡一文有点激动，却忘记了自己的处境。

其实，如果换成江山，那他早就知道强子的身份了。因为李银来出走后，江山派人检查过李银来的网络通话记录，知道他最后去了强子那里。只是李银来走后，网名就变更了。而这些，江山并没有告诉胡一文，他们对李银来的追查到了什么程度。

胡一文的激动却让强子有些感动。他曾亲耳听到银子对胡一文的赞赏。事实上，当银子知道强子要来C国绑架胡一文时，他表示过反对，希望强子别干这种缺德事。强子是那种很重朋友情分的人，看到胡一文是真的关心银子，他开始对胡一文有所好感了。

他诚恳地回答："银子很好，现在可能已经去P国了。老板送他去那里继续搞他的生物研究。银子也很想念您，他说这次离开最对不起的就是您，希望您不要记恨他。他也是没有办法。"强子第一次对胡一文说了这么多的话。

"哦，是这样，那我就放心了。你一定是银子最好的那个朋友吧，银子跟我说过他在老家有一个很好的哥们，后来犯事逃跑了。那就是你吧？"胡一文决定套磁，缓和一下双方的关系。

"没错。那个人就是我。您也知道？"强子有点惊讶。

两人就这样开始了攀谈。胡一文很注意控制谈话的气氛，他把话题一直围绕着朋友和家庭。他注意到，说到强子的父母，他有点情绪不稳。而且从许多地方来看，他好像并不是很满意现在的状况。

提到银子为什么会投奔他，强子居然说这不是他的意思，是龙先生冒充他把银子骗去的。胡一文很敏感这个字眼，骗去的。这么说，强子本来并没有打算要银子投奔他。胡一文问强子："你知道龙先生为什么要骗银子吗？"

"还不是因为你。本来一直没事，自从听到你的名字后，龙先生就不让我再跟银子联系了。谁知他们却去骗他，并给了他外甥不少钱，结果把银子也骗去了。"

胡一文明白了。自己才是罪魁祸首，李银来是因为自己的存在才被他们骗去的。胡一文决定探探强子的底细。

"那你们是干什么的？为什么对我有兴趣？"

强子说："具体的我也不清楚。反正听说你搞坏了我们的一个什么计划，所以龙先生要把你带走。"说完后，强子好像有一些警觉，他坐直了身子，看看手机。

胡一文决定示弱。"如果我同意去你们那里，会有什么好处？"

听到这句话，强子有点兴奋，但马上又冷静下来。

"你是骗我的，你不可能听话跟我走。"

胡一文觉察到了强子的内心，感觉这不是一个老手。尽管如此，但老这么聊下去也不是办法。胡一文在想，还是必须让外面的人知道我的事情，这样就可能有救了。

两人之间的气氛比刚开始要缓和不少，但每到关键时刻，强子就会有一些警惕。不过，戒备心在开始变弱，因为胡一文显得非常配合。

第 52 章

就在这个时候，强子的手机响了。

接完电话，强子有点丧气。因为龙先生并没有什么高明的招式，只是要求他尽快想办法出去，一直待在胡一文的家里不是一个好办法。只要出了这个研究所和部队大院，找个地方藏起来，龙先生就可以派人来接应。

那么，怎么出去呢？强子在思考。

胡一文本来发现两人之间的对话效果还可以，结果电话来了以后，一切又恢复了原状。这个时候，他特别仇视这个手机，仿佛它是一个真正的敌人，就是它把自己逼到这个份上，如同案板上的一块肉，随便人家怎么切。

现在应该快八点了吧。仔细倾听，楼下好像有动静。快到上班的时间了。胡一文盯着强子手里的手枪，黑洞洞的枪口对着自己，很是阴森可怕。

不能老这么坐着，要制造一些动静，要分散强子的注意力。胡一文假装尿急了。

"我要上厕所。"

强子跟在胡一文的身后来到卫生间。他站在门口，枪口对着胡一文，生怕他搞出什么动静。胡一文背对着强子撒尿，心里想着如何让外面的人引起注意。他发现卫生间的窗户有一扇是虚掩的。得找个机会扔点什么到楼下，这样下面的人就会有怀疑。

但强子一直在盯着自己，根本没有机会。

就在这时，门口传来敲门声，"啪，啪，啪"，有人在大声叫："一文，一文，上班了。"是云儿的声音。

强子很紧张。他的枪口对着胡一文，手指放在嘴边摇晃，示意胡一文不准说话，脑袋却转向了大门。胡一文趁他没注意，把自己刷牙的缸子连同牙刷和牙膏快速地从那扇虚掩的窗户扔了出去。

　　"啪，啪，啪。"云儿还在敲门。趁着强子又侧过脑袋，胡一文又把手上的卫生纸卷从窗户里扔了出去。他手边只有这两个东西，其他的不太顺手。

　　云儿叫了几声，没人答应就走了。胡一文但愿她到了实验室发现自己没来，会再来找自己。尽管他知道，这种可能性实在太小。

　　强子又接电话了。这次可能对方告诉他用什么办法，只见强子不停地点头，并不时抬头看看胡一文，嘴里却在"嗯，嗯"地回应着。

　　看来，这个电话就是强子的主心骨。每次接到电话，强子好像就振奋一些。得想办法搞掉他的手机，让他无法再联系，这样说不定玩玩心理战，我还有戏，否则，挨到天黑，估计强子会直接带我走。

　　的确，龙先生给强子的办法就是，尽量等到天黑人少时，还从下水道出去，这样更安全一些。如果从大门出去，胡一文搞鬼的机会很大，做点暗示或强行逃跑，这样都很危险，强子也很难逃脱，更不要说把胡一文带出去。现在要做的就是在房间内躲一天，等到天黑就好办了。

　　折腾一圈，两人又回到了开始的状况。胡一文坐在床上，强子拿着枪坐在卧室门口的椅子上。

　　胡一文在枪口下实在是无法可想。他想了很多办法，但都怕激怒了强子，一旦开枪，那就玩完了。有什么好办法呢？胡一文索性躺在床上，双手枕在脑后，闭上眼睛假装睡觉，脑子里却在飞快地思索着。

　　强子坐在椅子上，慢慢地有了睡意。

　　你可以想想，强子一直没有好好休息，昨天夜里又折腾一宿，刚刚穿得暖和了，肚子里又吃饱了，与龙先生也联系上了，办法也有了，心情好了许多，再加上胡一文还挺听话，躺在床上没有声音，好像睡着了。强子的眼睛也开始有点迷糊了。

就这样过了一个小时。看起来好像强子一直盯着胡一文，其实他已经处于半睡眠状态。可惜的是，胡一文不敢动手，否则结果还真不好说。

胡一文其实动过抢枪的念头，但他怕万一搞不好，刺激了强子开枪，所以他放弃了这个办法。现在，时间在一点一点地流逝，快到中午了。不行，不能这样下去，得搞出点动静。

胡一文坐起身，发现强子没有动弹。他又悄悄下床，也没有反应。他一点一点地走向门口，快到门口时惊醒了强子。

"干什么？回去。"强子哆嗦一下，迅速站了起来。不料，左手的手机滑了下来，正好落在了胡一文的脚下。胡一文本来就琢磨搞掉强子的手机，天赐良机，手机却自己落在脚边。胡一文飞起一脚，狠狠踢了出去，手机飞了起来，撞击在对面墙上，"啪"地落了下来，摔得粉碎。

强子看到胡一文踢脚，吓了一跳，"你要干什么？"他下意识地后退了一步，用枪指着胡一文的脑袋。等看到手机摔碎了以后，他咬牙切齿，用手枪顶着胡一文的脑袋。

"老子毙了你。"

胡一文心里一凉，完蛋了。但什么事情也没有发生。

"退回去，坐在床上。"强子命令他。随后，他捡起手机，胡乱捣鼓着装上，试图开机，试了几回，发现的确没有用了，这才恨恨地扔在墙边。

"再敢这样，老子一枪打死你。"

胡一文很出了一口恶气。这下好了，我们两人玩玩吧，不到万不得已，你不敢开枪。当然，还是要小心点，狗急跳墙啊，不值得和他玩命。不过，到了紧急时刻，那也得冒险，绝对不能跟他走出这个院子。

胡一文心里也拿定了主意。但现在还不到那个时刻，想想别的办法吧。

等了这么久，估计扔下去的东西没有引起别人的注意，这个办法算是作废了。云儿这么久没有再来敲门，肯定是以为我去开会了或去干别的什么，估计也不可能再来找我了。江山也不可能，他们这些日子日夜监视，又知道我的实验进行到关键时刻，不会来打扰我。他们这些人哪里会想到我被敌人堵在自己家里。

如果明天还没有看到我，估计云儿会再来找，但那时已经没有用了。现在是下午三点了，再有差不多十个小时，强子一定会逼我走，到那个时刻，我只能找机会拼了。

和强子玩硬的肯定不行。他有什么薄弱之处可以利用呢？从刚才跟他聊天来看，这家伙好像并不是穷凶极恶的家伙，还有点良心未泯的意思。反正闲着也是闲着，先和他玩玩心理战，消磨一下他的意志，这对最后时刻的玩命说不定会有好处。也许，在聊天中能找到一点线索，或者一点灵感。

就这样，胡一文开始了心理战。就普通人而言，胡一文的心理战还是有一定的水平的，这要归功于丽莎了。丽莎本来就搞这方面的研究，两人在谈恋爱和成家后经常各自揣摩对方的心理，而且还互相交换心得。

想到这里，胡一文又开始和强子聊天。他展示出友好的诚意，目的是希望多跟强子聊聊，以便对他有个全面的了解。

强子也希望说说话，他生怕自己睡着了，所以对胡一文的聊天也不反对，有一句没一句地说着。

慢慢地，胡一文知道了强子的过去，知道了他无意伤人的事情，知道了他的父母、兄弟姐妹，也知道了他的朋友。胡一文还清楚强子对于现在的生活其实有一些无奈和不满意，但他没有其他的选择。

总之，胡一文了解了强子很多的信息，现在，胡一文要开始进攻了。

对于强子，有很多的招式可以用上。这不，胡一文用了一招叫"破釜沉舟"。

"强子，你是不是打算到晚上逼我出去。对吗？"胡一文开始试探。

没有回答。

"你有没有想过，如果我不同意的话，你打算怎么办？"

胡一文注意到强子听到这句话，身子好像动了一下。有戏。胡一文决定再猛烈一些。

"我肯定不会跟你走的。"

"为什么？"强子居然问了这个问题。

"你想啊，你们是干什么的？贩毒、杀人放火、生物恐怖，你以为你们是什么好东西吗？你们就是一些人渣。我跟你们走，去干这些坏事？还不如一头撞死了算啦。"胡一文斩钉截铁地说。

强子没有吭声。

胡一文接着说："反正是死，我干嘛要跟你跑那么远去死，死在这里还有人帮我收尸。"胡一文看不到强子的表情。

他接着说："不过，你就惨了，肯定不会有人帮你收尸。尸体喂了野狗不算，你还要害死你的父母，你的兄弟姐妹的。"胡一文在加强和引申强子的悲惨结局。

没想到，强子接了一句："我死了就死了吧，我无所谓。我又怎么去害死我父母？你不要胡扯了。"

"嘿，嘿，你想想，你死了以后，公安局难道不会调查你的身份？你是一个通缉犯，把你的照片在网上一扫就知道你是谁，家在哪里，父母是谁。你干了这样的大坏事，国家会饶过你们家人？你别做梦了。"胡一文发现这招有效，自然不会轻易放过强子。

"一人做事一人当，不可能株连九族的。"强子还在嘴硬。

胡一文决心要打破强子这个幻想。反正是玩心理战，怎么狠就怎么来，管他呢？

"你知道我是干什么的吗？你知道我的重要性吗？"

"我当然知道。"强子反击。

"你知道个屁。"胡一文站起来，"你听好了，我仔细告诉你。本来这是国家的大机密，但你我都是要死的人了，告诉你也没有关系。我要让你死也做个明白鬼。"

胡一文叽哩呱啦讲了一大通，把这个转基因玉米的毒素基因的原理和结果都大肆渲染了一通。他知道强子可能听不懂专业，这没有关系，这正好可以用来吓唬他。

果然，胡一文讲了一大套，听得强子是晕头转向。

"没听明白，是吧。"胡一文故意很看不起强子，"我直接把结果告诉你吧。结果就是，你们那个混蛋龙先生搞了一个计划，要害死至少几百万人，而我的实验一旦成功，就可以解救这几百万人。你要是把我打死了，也就等于你亲手杀死了几百万人，你说，国家还会饶过你的父母吗？不把他们锉骨扬灰就不错了。你知道吗，笨蛋。"

胡一文尽情地辱骂着强子。他要在心理上让强子明白，他做的是一件很恶心很恶心的坏事，绝不可能得到别人的原谅。

"你可不是简单地杀个把人。往大里说，你就是国家的罪人，民族的罪人，是全人类的公敌，你知道吗？瞧你干的这些事，你父母要是知道了，准保会一头撞死。你村里人知道后，一定会挖掉你们家的祖坟。"

"你别说了，别说了。"强子捂着耳朵。

胡一文更加明白方向选对了，一定要痛打落水狗。

"你做了这样恶心的大坏事，政府会把你父母、你全家人剁成碎块，去喂狗，还会把你们家的先人挖出来锉骨扬灰。你想想，让我跟你回去干这种事，我还不如现在死了算了。我这样还算是个烈士，跟你回去，那我就狗屁不是了。你说说，我会跟你走吗？反正是一死，我还是选择死在这里更好一些。"

胡一文现在必须让强子明白最后的结局一定是他胡一文不会跟他走的，这样，强子就不知道该怎么办了。

他的手机坏了，没有人可以帮他拿主意了。如果结局不是他计划的那样，那就意味着他不可能全身而退，那他就要设想自己的后路了。

胡一文其实一直在密切观察强子的表情。看来，他对自己最后的下场有点破罐子破摔，无所谓了，但他心里其实还惦记着父母和兄弟姐妹。胡一文开始考虑，能否好好利用这一点来挽回自己的命运。

胡一文这些话的确击中了强子的软肋。杀人潜逃本来就是无意而为的，再加上哈立德他们的确也干的不是什么好生意。骗来银子已经有点让他心里很不是滋味。他一直想，自己这样也是命中注定，没有办法，无法回头了。如果再牵扯到父母、兄弟姐妹，那就死无葬身之地了。

他其实一直都没有想胡一文会不会跟他走。在他心中，这好像是理所当然的事情。但胡一文却破釜沉舟，挑明了不会跟他走，这的确出乎他的意料。

而这，显然也不是强子自己希望达到的目的。如果胡一文不肯走，那唯一的结局好像真的是同归于尽。但胡一文的描述却告诉自己，即便死也会很惨，也会害死父母。

上次来接李银来的时候，他偷偷给母亲打过一个电话。母亲让他好好活着，一定要好好活着。他并没有告诉母亲自己在贩毒，而是说在云南打工。母亲叮嘱他，一定不要再干坏事。否则，会有报应的。如果母亲知道自己干这种事情，依她的性子，的确会自杀的。

强子不敢想下去，可又找不到好办法。

但胡一文却老在耳边唠叨，煞有介事地描述和夸大这种后果，这让强子极其烦躁。

他终于忍耐不住，哀叹道："我求求你别再说了，我也是没有别的办法呀。"

对于这种心理战，人在极其无助或者烦闷的时刻往往会暴露自己的心声，这就需要你很好地抓住机会。

第53章

胡一文此刻就在使劲琢磨这句话。

"我也是没有别的办法。"

这说明强子认可了他刚才的那些说法，现在的问题是他并没有其他的办法，所以只好采取这个办法。

换言之，如果有一个好办法，强子是有可能采纳的。

那么，有没有什么好办法呢？胡一文在为强子设身处地地进行思考。换位思考是胡一文经常在心理战中战胜丽莎的好办法。这个办法胡一文很是驾轻就熟。

世界上的事情往往是很难预料的。刚才，胡一文的命运就捏在强子的手中，转瞬间，猎物要为恶狼考虑后路了。

历史总是在关键的时刻开一个巨大的玩笑。斗转星移，物是人非，你很难说清楚谁对谁错、谁主谁次、谁生谁死。

但其实，这样的结果又是连在一起的。如果胡一文不为强子想出一条好出路，那么，他也只有死路一条。救强子就是在救自己。为了自己也要想一个好办法。

山重水复疑无路，柳暗花明又一村。

胡一文决定先施展亲情战术。

他问强子："强子，你想回家吗？"

"当然想。"强子脱口而出。

胡一文心中有数了。"强子，你还没有成家吧。"

"没有，可我原来在村里有对象，现在早跟别人了。"

"强子，你想过吗，如果我有一个办法，可以让你回家，可以跟你父母团聚，可以让你娶妻生子，可以安安稳稳、踏踏实实地过日子，你愿意吗？"

强子一愣，"哪有这样好的美事？"强子根本不相信胡一文的话。老实说，这几年在外漂泊，餐风露宿，提心吊胆，强子很想念家里的温暖和平静了。只有常年在外的人才能真切地体会什么是家，什么是老婆孩子热炕头。

强子太怀念以前的生活了，现在想来，母亲做的擀面条是他最想吃的饭。他做梦都想回去，他其实并不喜欢这样的生活，但没有别的办法，只好熬下去。现在，尽管胡一文说可以帮他，他仍然不相信。

"咱不干了，强子，你别为他们干了。"胡一文把这个刚冒出来的想法随口说了出来，那种语气好像在劝说自己的老朋友。

"你说什么？不干了？不为他们干了？那怎么行？"强子有点发愣，一边自言自语，重复着胡一文的说法。

"怎么不行！"胡一文一旦清楚了这个思路，思维立即发散开来。

"你想想。如果你不干了，我就不会死了，当然你也不会死。我不死，国家就没有损失，那你就是功臣。国家肯定会奖励你。"胡一文现在可管不了许多，胡说八道一通。

不管有没有道理，只要能够说服强子就行了。这可不是讲道理的时候，对手可是拿着手枪的人，黑洞洞的枪口正对着我呢。

强子反应过来了，"我不干了，你没有死，我其实还是坏蛋，国家怎么会奖励我呢。这不可能。搞得不好，我一样会死。这不行，这办法不行。"

"那你就反戈一击。怎么样？"胡一文又加码了。他不但要强子不干，还要让他调转枪口。

"啥意思？"想不到强子居然不明白这句话的意思。

胡一文赶紧解释，他略为停顿一下，理顺自己的思路和表达。

"这样说吧，要想国家奖励你，你得要有立功表现，对吧。"强子点头。

胡一文接着说："你看吧，其实你在老家犯的事并不大，你不是故意杀人，对吗？"

强子点头。这是好兆头。

胡一文赶紧添火加柴，"你也就是一个过失杀人罪，其实也就判几年而已。如果你不干了，那就等于你救了我，这是一个大功劳吧。你还可以帮国家清除了那些贩毒分子，这又是一个大功劳吧。同时，你也可以提供情报帮助国家铲除那个生物恐怖组织。你想想，这是多大的功劳。三个大功劳加在一起，难道不可以抵你的罪过吗？说不定，将功补过，政府还可以让你回家了。"

胡一文又在给强子描绘美好未来。其实他也不清楚是否可以这样操作。但无论怎样，强子相信了就行。

"你也不过就是防卫过当，误杀了一个人，其实罪过并不大。政府以前连国民党的大坏蛋都可以立功赎罪，何况你这样的人。"

看见强子没有吭声，胡一文又说道："还有，你可以换个角度想想。即便你侥幸逃脱跑回去了，你也一样没有什么功劳。你别看我，我死也不会和你回去的。那这样的话，你的老板会饶过你吗？"

胡一文注意到强子的肩膀动了一下。有戏，再来。

"就算他饶了你，但你以后还会有好日子过吗？他们会重用你吗？不可能。你想啊，你的同伴都死了，就剩下你逃了回去。你又没有带我回去。你一定要死心，我死也不走。那样的话，谁证明你抓到过我？"

没想到，强子接茬了："龙先生可以证明的。我刚给他打过电话的。"

"是吗？"胡一文快速思考，必须打破强子的这个幻想。"可是最后的结果是你并没有把我带回去，你一个人回去的啊。我们这可是假设你可能逃回去，其实我估计你逃不回去的。

"好吧，我们姑且认为你可以逃回去，但结果是你一个人回去了。"

强子却不同意："我要把你带回去。"

"不可能！"胡一文斩钉截铁地说，"我一个大活人，如果不想跟你走，你根本不可能带我回去。最坏的结果不就是死吗？那也好过跟你回去干坏事。我还可以成为烈士，我的父母和孩子还可以得到抚恤金。

"我们再说你吧。你一个人回去，没有立功。说不定老板还会认为你是卧底呢。怎么那么容易从 C 国特工手下逃回去了。你以为你是英雄啊，嘿嘿，这回，你是一个卧底了。老板这么一想，你的下场那就惨了。"

强子大叫："不可能，龙先生不可能这么想。"

胡一文知道这可能是最后一击了。

"哼，你以为老板那么信任你。为什么都不告诉你我在做什么，他们又做了什么。你只是一个打手而已。醒醒吧。为了他们的安全，认为你是卧底也没有什么不可以啊，大不了把你杀掉。他们又没有什么损失，你又没有什么功劳。你以为你的老板那么仁慈啊。"

强子这回没有说话。

"你好好想想吧。我不会害你的，我说的是不是实话？怎么讲，我认为你反戈一击都是很好的结局。你可以立功，可以活命，可以回家，以后还可以堂堂正正地做人了。多好的事情啊。这可是千载难逢的机会。"

果然，强子考虑了许久。他提出了问题。

"谁能证明是我不干了。说不定别人还以为是你把我抓住的。我倒成了俘虏了。不行，这样不行。"强子又摇头了。

趁热打铁呀。一定要趁热打铁！提出问题就意味着强子动心了，就有可能性了。一定要抓住这个机会。

"我可以证明，我可以证明。我在这里说话还是很有作用的。如果他们不相信我，我就不再做实验了。银子知道，我在这里权力挺大的。"胡一文有点语无伦次了，他真的很担心煮熟的鸭子要飞了。好不容易进展到这种程度，必须抓住机会，绝不能功亏一篑。

看强子没有表态。胡一文又说："我可以给你写字据，现在就写，你看这样行吗？"

"那你写吧。"强子点头。

胡一文写完了。强子拿在手里，想了一会儿。

"不行，光有你的证明还不行，必须要有政府的人表态才行。"

胡一文赶紧抓住这个机会，"那好，我打电话把公安局长叫来，行不行？"

强子又拿枪对准胡一文："可以。如果公安局长不写证明，我就一枪打死你，然后自杀。否则，我也管不了那么多了。"

事情进展到这步就好办多了。到后来，自然是胡一文通知江山赶过来。

江山来了，关处来了，公安局长也来了。一切都是按照强子的要求进行的。甚至强子还要求和母亲通电话，强子母亲听到政府官员的承诺，自然是吩咐儿子照此办理。

后来的事也就不用多说了。

胡一文又躲过了一劫。

事情的发展真是出人意料。一个李银来，一个强子。一个潜逃，一个回家。两边还是同样的人数，只不过，该回来的自然会回来，该飞走的本就留不住。

佛说，一切皆是缘。

只是苦了胡一文，他这后半生尚不知还要吃多少苦头。

难道，这也是缘？或者，这就是劫！

第 54 章

有一句话是这样的：祸兮福所倚，福兮祸所伏。

还有一个成语是这样的：悲喜交加。

胡一文在一天之中的经历同时验证了这两层意思。

就在他和强子斗智的同时，云儿的实验已经得出结果了。只是她不敢相信，又反复检查了实验记录，直到确凿无疑才通知胡一文。

我的天啊，实验成功了！

而胡一文接到电话的时候刚刚和强子分手。

胡一文望着计算机内那一排排基因测序结果，那几个被云儿用红色标示出来的碱基对准确无误地说明，定点诱变完全成功。而这次配方的诱变效率则达到了100%，所有被诱变的基因全部实现了诱变。

这是一次无可挑剔的实验。

我成功了！

HX 配方搞出来了！

任务圆满地完成了！

胡一文紧紧抱着云儿，泪流满面。

见证这个历史性时刻的当然还有江山、关处和刘彤。

尤其是关处，他一向很少来研究所，这实际是他第三次过来。

第一次是介绍胡一文进入研究所，他来了。

第二次是李银来失踪了，他来了。

这一次是强子绑架了胡一文，他来了。

刚好这次实验就成功了。他把这种机遇称作天意。

我们常常把很奇怪的巧合或者偶然叫做天意，因为我们无法解释。就像关处，没有人会想到，关处由于处理玉米毒素基因事件很是得力，得到了上级的大力表彰，并为此单独成立了十八处。但也同样没有人会想到，关处后来还是因为这个毒素基因事件，竟然背了个处分，被迫提前退休，在辉煌的一生中留下一个污点。

不过，今天晚上，没有人会知道以后的事情，所以大家都是兴奋异常。

研究所的会议室摆满了鲜花和水果，关处难得和大家在一起聚会、喝酒，更何况是这样一个值得庆贺的日子。

胡一文的感觉就像是在云上飘。

在他的记忆里，只有拿到国外大学的录取通知书的那次可以和今天相提并论，也只有他和丽莎结婚的日子可以和今天一样让他铭记在心，他根本记不清有多少人来向他表示祝贺，来给他敬酒。他就像一个机器人一样，标准的动作就是笑，然后就是谢谢，再然后就是把酒往嘴里倒。

终于，他倒下了。

在他的床边，纷杂的人群离开了，只剩下云儿守在他的床前。

云儿等众人离开，开始伺候酩酊大醉的胡一文。她重新给胡一文脱掉外衣，摆正姿势，调好枕头，盖好被子。云儿收拾好衣服，放正鞋子。看了看，没有其他要做的事情，就去了卫生间。

一会儿，云儿端着一盆热水走了回来。她绞了一把热毛巾，细心地替胡一文擦脸。擦完脸，她又帮他擦了一下脖子。最后，她还重新洗了一次毛巾，帮他擦了双脚。

然后，她把水端走。在卫生间内，她自己胡乱洗了一把脸，搬了一张小椅子，放在床边。云儿坐在椅子上，脑袋趴在胡一文的身上，她就这样看着，想着，睡过去了，一直到胡一文第二天早上醒来，她还没醒，仍然保持着那个姿势。

胡一文睁开眼睛就看到了趴在身上的云儿。他不敢动，只好就那么躺着。

实验完成了。以后干什么？胡一文心里这才开始了思考。

昨天的一切来得太突然了。其实也不是突然，胡一文自己心里有些预感。不过，选在昨天那样的日子，这真的有点匪夷所思。

胡一文明显感觉到今天的太阳和昨天很不一样。没错，心里很踏实，又很空落落的，不过不慌张，只是不知道今天该干什么。

实验室不用去了，起码今天不用去了，以后也不用那么着急去了。

这其实是一个胡一文设想了很多次的日子，也是他这两年来梦寐以求的日子。

现在，这个日子到了。胡一文却感觉到有些伤感，尤其是看到云儿憔悴的脸。

这是一个让他感到心痛的女人。胡一文清楚云儿这样睡的含意。或许，过不了多久，胡一文就要离开了。

他要去寻找他的妻子和孩子，这是老早就决定好了的事情。胡一文明白。江山明白，云儿更是明白。找到家人以后是否还能留下来，谁也不清楚，或者说，谁也不愿去设想这个问题，就连胡一文自己都没有去想。

胡一文想着，想着，禁不住伸出手来抚摸着云儿的脸。泪水弄湿了胡一文的手。他知道，云儿醒了。他们分手的日子快要来到了。

他柔声对云儿说："云儿，今天我在家休息一天，你能陪着我吗？"

云儿没有回答，只是拼命地点头。

胡一文在心里已经决定了。今天在家休息，明天跟江山谈如何去找丽莎母子。后天把实验室剩下的工作安排好。

胡一文想好了这三天的安排。再往后，他不想多想了。

他只想今天好好休息一天，和云儿安静地休息一天，就像一对知心朋友那样。

这一天的确过得风平浪静。

这一天的一切都是那么平静自然，那么了无痕迹，那么心旷神怡，这一天在胡一文多彩的一生中显得那么平淡无奇，却让他永远铭记在心。

而第二天，也正是按胡一文的设想那样，江山来找他了。略有不同的是，江山并不是来跟他谈如何寻找丽莎母子，而是因为胡一文病了，江山来看看他。

胡一文是人，尽管他热爱生命、热爱运动，但这两天的大悲大喜，殚精竭虑，寒风冻地以及酩酊大醉毫无疑问地从身体到心灵把他摧残了一遍，胡一文终于病倒了。

他发烧，饮食不思，四肢酸软，整天昏昏欲睡。

他需要休息。但他的大脑却不让他休息。自从实验取得突破性进展，胡一文就知道成功是必然的事情。这些日子，如何寻找丽莎母子就一直缠在他的脑海，占据了他全部的思想。躺在病床上的时光，几乎全部是关于丽莎母子的噩梦。胡一文知道这是他心里焦虑的表现。他的担心和急切交织在一起，就变成了对未来的恐惧，就变成了一个个萦绕在心里的噩梦。对未来的无把握和向往使得胡一文变得很偏执。

在江山来看望他时，他固执地要求跟江山谈谈寻找和营救丽莎母子的事情，江山其实很不愿现在谈。胡一文身体不好，情绪不稳定，而这又是一个很容易激动的话题，这对于身体康复极为不利，但胡一文的坚持却让谈话开始了。

谈谈也好。这是胡一文的一块心病，谈好了，对他的心理可以减轻负担，也有利于康复。

一个人半躺在床上，另一个人坐在床边。

"实验基本完成了，再用几天整理一下就可以结束了。我的任务完成了，现在该你表态了。还记得你当初的承诺吗？"胡一文开口了，很平静。

"当然记得。"

"那你们怎么安排，我们什么时候动身？"胡一文很急迫。

"动身？你要去哪里？"江山假装不明白胡一文要干什么。

"去寻找丽莎母子，去营救丽莎母子。我还能去哪里？他们在哪里我就去哪里。"胡一文生气了。

"那你告诉我他们母子在哪里？"

江山的这句话彻底让胡一文无语。

江山其实是在拖延和搪塞胡一文，因为寻找和营救丽莎母子其实一直由关处直接负责，具体的进展他一直不太清楚，只是关处曾告诉他可能有丽莎他们的消息，但后来却杳无音讯，他也不知道现在怎么样了。这其实也是江山今天不愿谈这个问题的主要原因。

其实那天晚上他就预感到胡一文一定会提这事，他找过关处，而关处却让他过几天再去找他。

看到胡一文生气了，江山只好说实话。

"一文，你别生气。我们一直在寻找丽莎母子，每次有消息我都会在第一时间告诉你。关处还特意安排了几个人在 A 国，据说是专门寻找丽莎他们的。目前还没有更进一步的消息。所以我们也不知到哪里去找，目前只能集中在你原来待过的 NY 城。"

"上次你不是说有消息吗？怎么现在又找不到人了？"胡一文有点急了，嗓门大了不少。

江山苦笑："一文，那不是在这里，那是 A 国。我们还是要小心的，而且有许多事情我们也无能为力。上次的消息也只是可能而已。"

这让胡一文的心冷了一大截。

"你不是说要全力帮助我的吗？其实你根本没有上心。现在怎么办？这两年都过去了，丽莎他们一定凶多吉少。我要去找他们，我要去找他们。"胡一文用手捶打着床，嘴里一直重复着要去找他们。

江山看到胡一文这个样子，心里很难过。

"一文，你别急。关处一直在努力寻找。我明天约好了关处，你安心养病。我去请示领导，争取带你一块去找他们。"

嘴里这么说，心里己知道这种可能性实在太小。但只要能让老同学心里好过一些，善意的谎言还是要使用一些的。

其实江山心里也很难过。他现在不知道丽莎母子的行踪，就算要去营救也有劲使不出。江山祈祷关处能够知道丽莎母子的踪迹。

而关处果然就知道他们的消息，这让江山异常高兴。

"其实早就有了消息。我们知道丽莎母子藏在哪里。现在主要的问题是找一个好机会把他们接回国内。"关处的这句话是江山这两天听到的第二个绝好的消息。

"是吗？太好了，关处。太好了。胡一文昨天还在骂我，说我没有尽心。他要是听到这个消息，一定会高兴死的。"江山在关处面前没有太多的掩饰，他有点忘情了，而且他也完全没有仔细琢磨关处的话语。他如果这样做了，应该能发现一点什么，但江山在得知这个好消息时怎么能想那么多，更何况，面前说这话的是他永远敬重的老领导。

面对着江山的兴奋，关处欲言又止。

他搓搓手，停了一下，点燃了一支烟，并且在桌子和沙发间的空地上来回踱步。

这是关处标准的思考动作。作为他多年的部下，江山知道关处在思考一个比较棘手的问题，他以为关处在考虑如何把丽莎母子接回国内这个难题。

不想，关处问的却是另一个问题，"江山啊，胡一文是个人才，你觉得我们有把握把他留下来吗？"

这个问题也一直是江山的心病。

"不好说。"江山挠挠头，"这两年来我几乎每天都在挽留他。他总是告诉我，等找到丽莎母子以后再说。从工作环境和他的兴趣爱好来看，他还是喜欢这个工作的。我个人感觉他留下的可能性大一些。不过，丽莎和孩子怎么决定，恐怕对他的影响会很大。"

"A国他是去不了啦。我觉得你还是要花费功夫争取让他留下。这次招来的那批年轻人苗子都不错，但需要胡一文这样的人来带一带。"关处若有所思。

两人聊了很久。

　　江山注意到，关处有好几次想对他说点什么，但最终什么也没有说。几周以后，江山终于弄清楚关处想告诉他的到底是什么了。

　　在回来的路上，江山发现，关处真正关心的是胡一文的留下和未来的人才培养问题，而他要谈的丽莎母子的事情却没有说几句。不过，那简单的几句就已经足以让胡一文兴奋了。

　　如果没有特殊的问题，丽莎母子将在一个月内回国。

　　"是这样吗？关处是这样保证的吗？"胡一文不敢相信，一个劲地追问江山。如果一个人在昨天还处在失望中，而今天就告诉他另一个截然相反的结局，谁都会像胡一文这样没有自信的。

　　"没错，你放心吧。我不会骗你的。关处更不会骗你。"

　　"那太好了，太好了。"胡一文来回转圈，他不知道自己应该干什么。

　　"不过，关处让我告诉你两点，一是好好考虑一下，我们很希望你能留下来。二是开好下周的那个会议。"

　　"没问题，没问题。我这就去准备材料。"

　　胡一文乐颠颠地走了。

第 55 章

今天，这里正在召开一个重要的会议。

地点：研究所会议室。

人物：研究所的专家委员会成员，十八处的领导和主要的青年骨干分子。

会议主题：合成生物学的发展与未来生物武器的研究重点

这个会议实际上是在江山倡导下召开的。江山从这次毒素基因事件领悟到，生物技术的发展比一般人想象的还要迅猛。研究所的那些老学究们长期封闭，对于技术进展很有点跟不上，而胡一文的长处就在于能够实时把握最新的进展。胡一文进入研究所的第一个要求不是吃饭，不是睡觉，也不是待遇，而是要求分别在办公室和住宿两处安装他个人专用的上网设备和线路。江山清楚，信息和情报的收集正是研究所的短处，他必须发挥胡一文的优势。所以他要求胡一文每三个月做一次信息交流。而这次的主题就是刚刚兴起的合成生物学。

每次报告的主角都是胡一文。从一开始大家的不太积极到现在的热烈讨论，江山也同样感受到了这种变化。就连他这样一个外行，都很迫切想参加这样的讨论，而这次，江山彻底明白了合成生物学有多么重要，那个被江山误以为是个女孩的"辛西娅"又是多么的美丽。只不过，在环绕"辛西娅"的美丽光环中，他朦胧看到了魔鬼狰狞的面孔。

这个会议到今天是第二天的上午，也是重头戏。胡一文的报告正在进行，会议室内回荡着他激昂的声音。

"从目前生物技术的发展来看，人类将在这几年跨过一个重要的台阶，而这个台阶将是人类了解自身的一个分水岭。竖在这个分水岭的里程碑就是：人造生命。这将是一个壮举，也是一次革命。它将给这个世界带来无可估量的变化。

"如果说，计算机和互联网等现代信息技术的兴起是第三次科学浪潮，带来了人类日益缩小的空间和时间，带来了人类丰富多彩而又迅捷无比的美好生活，那么，这次生物技术的人造生命的诞生，将是这个世界的第四次科学浪潮，它将给我们带来巨大的震撼和变化，而这个变化将会令我们的生活目不暇接、五彩斑斓、神鬼莫测、福祸难料。"

胡一文的话让在座的所有人都屏住呼吸，为之动容。

有人提问了："生物技术一直在发展，为什么你认为这几年会是一个重要的分水岭？人造生命的确是一个伟大的突破，但你好像夸大了它的意义。"

"这绝对不是我在危言耸听，如果你们要反驳我，请让我把话讲完，然后你再想想，看看未来的发展是否正如我刚才所说的那样。"胡一文知道，对于生物技术的发展，有不少老专家有点跟不上时代的发展了，就连负责人如关处、江山等人也和他们有一样的观点。他们对于生物技术的进展太缺乏了解了。胡一文开始了详细的讲解。

……

"归纳起来，生物技术的发展可能导致的生物武器大概有这么五大类，我以为这也就是我们未来几年的研究和防范重点。

第一类就是，合成生物学。这很可能是未来最重要的研究重点。

第二类是基因武器，包括转基因、种族特异性基因武器等。这类武器正在被人们研究和可能使用。它的技术相对成熟，而一旦使用，其后果将无法预料。

第三类是思维和记忆干预研究。比如可以加强、干扰、改变正常思维、记忆等的物质。这类武器曾经风靡过一阵子，但现在却有了更新的研究进展，很可能在未来会以一个全新的面貌展示在人类面前。如果是那样，将可能是人类自我毁灭的开端。

第四类是人类超能力研究，例如遥视、透视、生物电感应、意念移动物体等。这类研究一直在进行，目前已有一些可能开始了其应用。

第五类就是传统的以及改良的细菌病毒等生物战剂。其实这类研究一直都没有停止过，而且出现了威力更为强大的战剂。我们同样要予以重视。"

江山提问了："一文，你重点介绍一下合成生物学吧。你为什么认为将是我们的研究重点？这是一个新学科吗？我以前好像没听说过。"

"没错，它的确是一个新兴的学科。"接下来，胡一文详细地介绍合成生物学的历史、发展和未来。

那么，什么是合成生物学呢？

合成生物学是生物科学在二十一世纪刚刚出现的一个分支学科，与传统生物学通过解剖生命体以研究其内在构造的办法不同，合成生物学的研究方向完全是相反的，它是从最基本的要素开始一步步建立零部件。

合成生物学就是在基因组技术为核心的生物技术基础上，以系统生物学思想为指导，综合化学物理技术和生物信息技术，利用基因和基因组的基本要素及其组合，设计、改造、重建或制造生物分子、生物体部件、生物反应系统、代谢途径与过程，乃至整个生命活动的细胞和生物个体。人造生命的特点是按人类要求进行设计，能在人工环境或细胞环境下独立生存、繁殖，可预测、可调控、完成人类要求的任务。

与基因工程把一个物种的基因延续、改变并转移至另一物种的做法不同，合成生物学的目的在于建立人工生物系统，让它们像电路一样运行。

"有谁知道最早是哪位科学家提出这个概念的？"胡一文问大家。

顾亦扬站起来回答。

"合成生物学一词最早出现于1911年的科学论文。2000年E. Kool重新提出来，定义为基于系统生物学的遗传工程，从基因片段、人工碱基 DNA 分子、基因调控网络与信号传导路径到细胞的人工设计与合成，类似于现代集成型建筑工程，将工程学原理与方法应用于遗传工程与细胞工程等生物技术领域。合成生物学、计算生物学与化学生物学一同构成系统生物技术的方法基础。"

胡一文赞赏地点头，"对。合成生物学实际就是一个系统工程，它要求把基因工程、细胞工程、计算生物学、化学生物学、生物医学工程和资讯科学、统计学、工程学、电机电子工程学等各项工程原理综合起来。

"它事实上就是融合了分子生物学、信息技术和纳米技术的系统生物学工程的总成。通俗地说，就是首先研制出一组标准的生物组件，就可以十分容易地组装成不同的'产品'，将基因连接成网络，让细胞来完成设计人员设想的各种任务。

"合成生物学就是根据设计好的组装生物元件与系统，来测试基因体运作的规则，或使生物体执行新的功能。换句话说，当我们进入合成生物学的阶段，真正的挑战才刚刚开始。我们会设计新的调控元素，并将新的分子加入已存在的基因组内，甚至建构一个全新的基因组。这将是一个拥有无限潜力的领域，几乎没有任何事物能限制我们去做一个更好的控制回路。最终，将会有合成的有机生命体出现。

"所谓合成，就是由我们建立各个活的部件，是逆自然世界的一个过程。

"《科学美国人》杂志编辑比艾罗（David Biello）曾经用过一个简单的比喻，来说明什么是合成生物学：如果将生命比作电脑，那么，由许多核酸组成的程式码——基因体，就是生命的作业系统（operating system）。合成生物学想做的就是，透过创造或改写基因组，让生命表现出预期的行为，执行预定的工作。然而，有时候我们会把生命的程式写'坏'了，就像你把电脑的作业系统弄坏了一样；电脑会因此开不了机，而生命机器也会因此不正常或是死亡。藉由尝试错误（trial and error）的过程，累积成功与失败的经验，人们就会渐渐了解生命程式的规则与语法，进而掌握撰写生命蓝图的法则。

　　"而软件工程师编写计算机程式码的工作，在合成生物学中，则由 DNA 限制酶来完成 DNA 的剪接。这种工具酶是纳森斯（Daniel Nathans）、亚伯（Werner Arber）与史密斯（Hamilton Smith）发现的，为此，他们获得了 1978 年的诺贝尔生理和医学奖。

　　"分子生物学与基因组工程是合成生物学的根基，因为必须透过剪接 DNA，才能写出所需要的作业系统；资讯科学、统计学与系统生物学，专精于生物资料的收集、分析与模拟；电机电子工程则是负责控制逻辑回路的设计。合成生物学的目标是透过创造或修改基因组的过程，去了解生命运作的法则，并导入抽象化和标准化等工程概念，以进行系统化设计与开发相关应用。"

　　胡一文强调说："我之所以用这么大的篇幅去解释什么是合成生物学，一是希望大家彻底了解和清楚它的真正含义，而更重要的是，它就是我前面提到的在生物科学研究发展道路上的重大分水岭，因为它将给人类自身和未来命运带来革命性的了解和巨变。"

　　"大家有没有什么问题？"

　　胡一文刚刚讲完，下面就像树林一样竖起一片手臂，每个人都有一大堆问题。

第 56 章

"一文，你的意思是未来创造生命就像组装电器一样简单？"
江山在质疑。

此时的他对合成生物学从未涉猎过，因为在进入研究所之前，他就从来没有看过这方面的文章。他是研究所内最不懂专业的一个。

胡一文笑了。

"你不必那么紧张。生命的创造其实是一件很难的事情，绝不像组装电器那么简单。我刚刚提到的合成生物学的终极目标的确如你所说，但越高级的生命越难了解，更别说制造了。目前科学家还只能制造一些极其简单的病毒和细菌，它们在生命的链条中是很低级的，几乎没有神经联络，更不要说动物的记忆、思维和意识等。不过，这两年来，越来越多的全新的细菌或病毒被制造出来，就是这样简单的生命形式已经让我们应接不暇了。当然，要制造出动物这样高级的生命，恐怕不是我们这一代能看到的。但是，或许某一天，如果各个生命的元件都建设好了，或许我们就可以像组装变形金刚那样，按照我们的设想随心所欲地制造生命。那就是合成生物学的未来目标。"

随着胡一文的描述，江山在脑子里想象人造生命的过程。心脏、脑袋、四肢、甚至尾巴、人的外形、狮子的肌肉、狗的嗅觉、章鱼的触觉、蝙蝠对声波的感应、蟑螂对药物的适应、老鼠的繁殖能力等等，如果这些元素组成的生命，将会是一个怎样的世界？江山闭上了眼睛，脑子里却在拒绝继续想象那些场面。

而大多数专业人士的反应却像顾亦扬那样。

他问道："那这样看，合成生物学现阶段的主要目标和任务又是什么呢？"

胡一文回答："我个人认为，现阶段的主要目标和任务，是尽快对合成生物学中核心元件（如基因线路、酶、代谢途径等）的标准化以及合理组装方式，建立具有可预测性和调控性的代谢途径，构建具有特定功能的新生物体等进行深入研讨。因为这些因素是构建生命的基础，就像电脑芯片一样，如果不清楚里面的内在联系，那各个元件永远是独立的东西，无法组装成有意义的新生物体。

"要知道，国际上的合成生物学研究发展飞速，在短短几年内就已经设计了多种基因控制模块，包括开关、脉冲发生器、振荡器等，可以有效调节基因表达、蛋白质功能、细胞代谢或细胞间相互作用。

"例如 2003 年在美国麻省理工学院成立的标准生物部件登记处，短短几年，目前已经收集了大约 3200 个 BioBrick 标准化生物学部件，供全世界科学家索取，以便在现有部件的基础上组装具有更复杂功能的生物系统。

"2006 年以来，合成生物学发展又进入了新阶段，研究主流从单一生物部件的设计，快速发展到对多种基本部件和模块进行整合。通过设计多部件之间的协调运作建立复杂的系统，并对代谢网络流量进行精细调控，从而构建人工细胞行为来实现药物、功能材料与能源替代品的大规模生产。

"对于国家而言，有专家指出，合成生物学最大的负面效应就是真正拉开了发达国家和发展中国家的距离，使我们陷入非常尴尬的局面。我们应该考虑，如何给子孙后代留有更大的空间。

"更多的专家认为，合成生物学的生物安全未必是真正的挑战。就目前的技术能力来说，重新创造一种完全有功能的生命，可能还有很长的路要走。但看看世界范围内的生物技术发展、国际专利和创新技术，这才是我们需要迎头赶上的。实际上，在合成生物学的技术层面上，我们原创的还是比较少的，如果从国家层面予以支持，鼓励发展，同时制定细致有效的政策规范，这才是将来我国在该领域制胜的关键。"

听完胡一文的回答，会议室有些安静。江山对于胡一文的这段讲话有所理解。他能够想象，现在的合成生物学就像电器组装一样，已经可以生产出元件和外壳模块，现在正在研究电器里面的结构、回路设计、电路和其他控制线路设计等。正因为人们对于内部结构的了解，才可以设计并生产出不同的电器，如洗衣机、冰箱、电视、电脑等。合成生物学目前正处于这样的一个阶段。但是，如果发展到对那些电路设计了如指掌，而且还可以缩微成一个小小的芯片，那么人类岂不是可以随心所欲？江山疑惑，人类还需要多久就可以到达那个境地。

过了一会儿，有人问："博士，您认为是什么促使了合成生物学的诞生？"显然，科研人员更关心技术本身。江山摇摇头，努力让自己回到报告的思路上。

胡一文打开其中的一张投影，对大家说："高技术的突破和生物学的发展使得合成生物学成为了必然。

"以前，DNA 解码工作曾经单调而冗长。一个科学家用整整一年，可能成果只有 10 或 12 个碱基对长度的片段。而我们人体的 DNA 由 30 亿对这样的碱基对组成。了解基因在那时几乎就是一个登天工程，可望而不可及。但，到上个世纪 80 年代末，自动测序机大大简化了这个过程，而今天的仪器可以在几秒内就处理完信息。另一种新的工具——聚合酶链式反应（PCR）——最终将数字世界与生物世界真正结合在了一起。科学家可以使用 PCR 选择一个 DNA 分子并复制很多次，得到大量的样品，使之更容易操控和测序。这使得细胞对于科学家来说，变成了装载着以最简明方式排列的数字信息的复杂包裹。

"合成生物学的发展主要涉及 4 个重要技术：首先是测序。有了测序技术的发展，了解了原有系统才能更好地设计新的系统。第二步就是计算机模拟建模。了解了整个生命系统的构成，对生命系统有一个系统认识后，通过计算机模拟建模分析，编制科学家想要实现的新的生命体系。第三步就是从无到有的合成获得新的基因。最后是通过移植技术获得新的生命细胞。"

秦初也问了一个问题："如果合成生物学进展良好，那么未来，我们是否可以从中得到我们想要的任何东西？我指的是与生命健康相关的东西。"

胡一文肯定地回答："理论上的确如此。"他的脸上浮现出憧憬。他引用了加州大学的凯瑟林教授的话。

"我们应该能够在微生物中合成任何一种我们想要的植物成分，我们应当掌握所有的代谢途径。如果你需要这种药物：好的，我们提取这个部分，这一段。把它们放进微生物中，两个星期以后就可以得到你想要的产物。

"事实上，有关抗疟药物青蒿素微生物工业化合成的研究工作是合成生物学研究的典范之作。虽然可以使用已有的生物技术生产这种药物，但距离实用的经济效益则有相当的路程。经过多年努力，这项科学难题终于在加州大学的凯瑟林教授的实验室被攻克。在研究过程中，他们对有关代谢途径作了重新设计，解决了天然或非天然代谢物大量积累对寄主的毒性问题，并对改造后的微生物用变异进化法进行优化筛选，最终将青蒿素合成的产量提高了七个数量级，并使成本降低了 10 倍。为表彰其杰出成就，美国 Gates 基金会资助他 4260 万美元继续抗疟研究，英国石油公司和美国能源部分别拨给他所在的 UC Berkeley 和 Lawrence Berkeley 国家实验室 5 亿美元和 37500 万美元从事生物能源研究。还有，美国杜邦公司利用大肠杆菌合成了重要的工业原料等。

"而合成生物学在很多领域将具有极好的应用前景，这些领域包括更有效的疫苗的生产、新药和改进的药物、以生物学为基础的制造、利用可再生能源、生产可持续能源、环境污染的生物治理、可以检测有毒化学物质的生物传感器等。

"但是，请注意，合成生物学的更辉煌，或者说风险更大的贡献就是，它可以创造出全新的生命。该学科致力于从零开始建立微生物基因组，从而分解、改变并扩展自然界在 35 亿年前建立的基因密码。

"此外，还可以通过人工方式迫使某一细菌合成氨基酸。利用合成生物学方法和理论，对生命过程或生物体进行有目标的设计、改造乃至重新合成，创造解决生物医药、环境能源、生物材料等问题的微生物、细胞和蛋白或酶等新'生命'。

"它可能带来新一轮技术革命的浪潮，对于解决与国计民生相关的重大生物技术问题有着长远的战略意义和现实的策略意义。"

听到这里，顾亦扬又提出了一个问题："博士，那截止到现在，人类在创造生命的道路上已经走了多远呢？"

胡一文微微一笑："有谁知道'辛西娅'吗？"

刘彤抢先回答："我知道。它是人类第一个人造生命。"

胡一文兴奋地点头道："重塑生命，这正是合成生物学这一新兴科学的核心思想。我给大家讲一下'辛西娅'的来历。

"2002 年，美国 Wimmer 实验室首次通过化学合成了脊髓灰质炎病毒的 cDNA，并反转录成有感染活性的病毒 RNA，开辟了利用已知基因组序列，不需要天然模板，从化学单体合成感染性病毒的道路。

"2003 年，美国人文特尔 Venter 实验室只用了二周就合成了 5386 碱基对的 ΦX174 噬菌体基因组。2008 年 Venter 实验室合成了 582970 碱基对的生殖道支原体（Mycoplasma genitalium）全基因组。为了突出这是人工合成的基因组，他们在基因组的多处插入了'水印'序列。至此，人工化学合成病毒和细菌基因组均已实现，预示着人类可以人工设计和构建生命体的时代的到来。

"有意思的是，他们嵌入的'水印'中包括一段密码，里面含有一个网站的网址和三句引文，只要你知道如何解密就行。水印的明文部分标名它是属于文特尔的，编号为 JCVI – syn1.0。

"2010 年 5 月 20 日，还是这个美国科学家，克雷格·文特尔在《科学》上公布了创造出历史上首个'人造单细胞生物'的消息。他在实验室中通过化学合成'丝状支原体丝状亚种'的 DNA，并将其植入去除了遗传物质的山羊支原体体内，创造出世界上首个'人造单细胞生物'。

"这是万物起源以来第一个没有祖先的生命，这个名为'辛西娅'（synthia）的人造生物的诞生，意味着人造生命的时代已经来临。它的基因是丝状支原体的 DNA，完全是人工合成的，而它的外壳则是山羊支原体，而这两种支原体本来是毫不相干的两个东西。

"'辛西娅'尽管只是由人工合成的基因组产生的一些最简单的生命，但这是一种完全由人工合成的基因组所控制的单细胞生物，是地球上第一个由人类制造的能够自我复制的新物种。

"'辛西娅'的诞生立即给公众带来了惊叹、争议和恐慌。

"文特尔的成功之处，在于用化学试剂合成了人工染色体，并在另一微生物中显示出生物功能。DNA 是决定生物性状的遗传密码，却不是生命的唯一组成部分。从这个意义上讲，文特尔只不过创造了部分生命。文特尔等人在《科学》上的文章题目《创造由化学合成基因组控制的细菌细胞》更为严谨、客观。

"《科学》杂志的相关评论指出，这项研究成果其实并不是首次创造新的生命形式，科学的定义应该是'生命再创造'或'篡改生命'。因为'辛西娅'除了染色组是人工合成外，生命体的其他组分均是来自于已有生命形式。

"但正如许多媒体中的评价所言，但无论如何，这项孕育 15年、耗资 4000 万美元的科技成果，毕竟是生命科学发展的一大进步，在合成生物学发展史上具有里程碑意义。英国《经济学人》将此成果与上个世纪原子弹的诞生相提并论。"

胡一文的这个回答清楚地解释了"辛西娅"诞生的过程，平静而温和，但他的话就好像在池塘里扔了一颗石子，激起了更多的涟漪和波浪。

超级瘟壳

第 57 章

南方大学毕业的博士李汉阳站了起来："对那些人工设计和制造的基因，还有未来的人造生命，我们如何评价它的风险呢?"

胡一文注意地看看这个小伙子。在这个时刻能有这种意识，这是研究所应该好好培养的苗子。事实上，这个小伙子后来成为了胡一文的重要助手。

他回答："这的确是一个很有见地的问题，这实际上也正是政府对合成生物学的风险评估和控制的问题。

"在转基因生物技术方面，立法者对转基因生物体进行风险评估时，一般是通过将转基因生物体与为人们所熟知的同类的非转基因生物进行比较分析，从而认识增加的遗传物质的功能。立法者通过将自然存在的物种与转基因物种进行比较，来确保新的有机体像其传统的同类物质'一样安全'。

"但是，对于通过合成生物学制成的复杂的有机体而言，如果它是由各种来源的遗传序列组合而成或者含有人工 DNA，就很难确定其'遗传谱系'。另外，重组后的遗传序列是否保留其原有的功能，或者新组分之间是否会产生协同反应从而导致不同的功能或行为也是个问题。

"随着对有关遗传成分的认识的增加，科学家们也许可以预测新的遗传改造所具有的功能，但是，由来自合成和自然物质的遗传成分合成的有机体可能会表现出原来没有过的'新行为'。

"先进的合成微生物的复杂性给根据遗传序列和结构进行功能预测增加了新的不确定性。现有的风险评估方法无法用来预测复杂的适应系统。

"此外，尽管许多科学家认为转基因生物体在自然环境中可能无法生存或繁殖，但合成有机体可以发生变异和进化，这引起了人们的担忧，担心它们如果释放到环境中，其遗传物质可能扩散到其他有机体，或者与其他有机体交换遗传物质。

　　"这种风险同样与转基因生物引发的风险类似，但是要预先评估将来开发的复杂的合成生物体的风险则更为困难。"

　　这段专业的解释很是难懂，江山的通俗说法是："转基因生物风险要好评估一些，因为它只不过把一种生物的基因转移到另一种生物身上而已。而合成生物学的风险则很难预测，因为人们并不知道人工合成的基因将会有什么样的功能，自然也就无法预测它的危害了。"

　　胡一文点头认可。

　　李汉阳接着问了一个很尖锐的问题："有人会利用合成生物学进行生物恐怖活动吗？我们该如何预测？"

　　胡一文苦笑道："我们实际上无法预测谁会滥用这个技术。而且，从技术上看，制造新病毒或新细菌其实并不很难。"

　　胡一文这句话说起来很轻巧，但历史却显得很沉重。因为在实际上，已经有一些新病毒或细菌被制造出来了。

　　"2002 年，纽约大学的病毒学家埃卡德·维默尔宣布他和他的研究小组从生物技术公司购买了 DNA 短小片段，并在 DNA 合成公司的协助下将它们连接起来，制造出了人工合成的脊髓灰质炎病毒。这项研究的成功让维默尔完成了一项前人从未完成的工作。但他同时向人们发出警告，生物恐怖主义分子完全有能力制造出致命病毒，例如埃博拉病毒、天花病毒以及一切目前人们拥有的药物均无法消灭的病毒。

　　"2004 年，研究人员曾人工合成了 1918 年造成全世界上千万人死亡的流感病毒，这一生物学"壮举"更加深了世人的忧虑。

　　"有科学家提出，因为目前没有生物合成的相关监管规定，将来生物恐怖主义分子很可能利用这一技术制造致命病毒或生化武器，而实验室中的人造病毒或细菌是否会给环境和人类带来更大的风险也让人忧心忡忡。

　　"而且，随着合成生物学的发展，谁也无法预知还会有什么其他可怕的人造生命的出现。有专家坦承，人工合成的生物系统一旦逃逸到自然界，可能会引发生态灾难；恐怖分子可能会利用合成生物学技术制造生物或基因武器，造成重大人员伤亡。合成生物学的研究比当前的转基因技术、基因工程等更为前卫，产生的社会效益与风险也是一把更锋利的双刃剑。

　　"不过，美国生物伦理委员会的主席声称，没有必要暂时停止对有争议的新兴领域比如合成生物学的研究，也没有必要对其施加新的控制。原因是它仍处于起步阶段，目前包括通过合成和操控 DNA 而创造新物种的技术存在的风险极少。

　　"该委员会的报告建议生物学家在研究这一技术时应自律。

　　"从国防的角度也应该关注合成生物学，因为美国已在国防部成立了合成生物学相关的研究所，把它放到研究原子弹、氢弹等核武器一样的重要位置。

　　"有专家提出，实际上合成生物学带来的生物安全问题——是研究它安全还是不研究它安全，这恐怕是我们要考虑的。在世界范围内，如果'恐怖集团'去研究的话，我们应采取何种对策，这也是我们要面对和思考的。"

　　听到这里，刘彤也提出了问题："这样看来，以后生物武器的风险要大大地超过从前，那人类将如何防范呢？"

　　刘彤提出的这个问题在当时只有在座的几个人在思考。谁也没有想到，在未来的几年后，全世界的科学家和政治家，以及普通的民众都在思考这个问题。而让人们真正遭受灾难并开始行动的那个人竟然是李银来。

　　"这实际就是我们这次会议的主题了。"胡一文严肃地说，"2010 年 5 月，美国科学家克雷格·文特尔和同事创造了世界上第一个人造细胞，这一合成生物学领域的突破性进展在国际科学界和全世界引起强烈震动。美国总统奥巴马随即声称要对其进行风险评估，并命令总统委员会将对合成生物学的审查作为其首要任务，但这个新兴领域的进一步发展仍然对政府的监管提出了严峻挑战。

"科学家们已经开始关注合成生物学研究的风险问题。最受关注的莫过于生物安全问题。合成生物学的早期应用引发的安全性问题应予以重视。像其他新技术一样，合成生物学对决策者提出了挑战。政府在制定政策时必须做出权衡，一方面是如何收获新产品的利益，另一方面是如何预防对环境和公众健康的潜在危害。

"目前，人们普遍认为，针对遗传工程制定的政策和法规是制定面向合成生物学的政策法规时可以效仿的。在这项新技术成熟之前，决策者应考虑如何对这项新兴的融合技术进行约束。由于合成生物学的不确定性，立法者面临的挑战是如何制定决策，使对合成生物体的管制既不能过松，也不能过严。因此，亟需在产品开发的同时开展风险研究。

"毋庸置疑，一般性研究是很有用的，但很多情况下，必须针对具体的生物体、产品和应用进行风险研究。

"据美国公布的一项民意调查，虽然美国多数民众支持合成生物学，但三分之一的人要求禁止这一学科，起码不要在不了解其可能引起的不良后果时从事这方面的研究。

"在对合成生物学心存疑虑者中，27%的人担心恐怖组织会利用研究成果发展生物武器；25%的人担心合成生物学产生的人造生命会破坏伦理道德；23%的人担心这些研究会对人们健康产生负面影响；13%的人担心环境会因此受到破坏。

"但反对者认为，且不说制造高级动物或人的生命，即使制造或变更简单生命体，也会对人类具有社会和文化层面的生命产生巨大的不良影响。例如我们制造生命后，会不会肆意对待所有生命，包括人类生命？这是人们关注的一个问题。

"有论点提出，认为目前所有生命有机体都是'自然'形成的，都是经过千百万年进化而来的，我们如果设法去创造生命，可能会对整个自然界、地球上的所有物种，包括人类在内产生始料不及的影响。

"与之相联系的就是人们提出了人类创造生命对环境可能影响的不确定性和复杂性问题。人工合成的生物系统一旦逃逸到自然界，可能会引发生态灾难，而且恐怖分子可能会利用合成生物学技术制造生物武器。

"这就出现了两个重大问题。

"一是生物安全问题：合成微生物与环境或其他有机体可能产生令人始料不及的相互作用，从而对环境和公共卫生造成风险。为了负责任地发展应用合成生物学必须预防或处理这些风险。合成微生物释放入环境可能引起基因水平转移和影响生态平衡，或发生演变产生异常功能，对环境和其他有机体产生前所未有的副作用。因此必须解决生物安全问题。

"二是生物防护问题：恐怖分子可能使用合成的致死的和有毒的病原体进行恐怖主义袭击、生物战或种种恶意使用，而且这些如何生产可怕病原体的知识和技能能够唾手可得。考虑到目前的知识，设计和生产全新病原体供恐怖主义和恶意使用是完全有可能的。对恐怖主义的担心引起了对这种有可能研制生物武器的具有'双重'用途的生命科学研究是否应禁止发表的争论，例如抗疫苗的鼠疫的基因工程和小儿麻痹病毒的人工合成的研究成果应不应该发表。

"就连美国生物伦理委员会也声称，对合成生物学的巨大希望也伴随着'生物恐怖'和'生物失误'的风险。相同的技术，无论是邪恶的或无意的，都可能会制造出危害公众健康或环境的生物体。

"从动机来看，生物武器的出现分为故意和无意两类，就好像新产品和次品一样。前者是不良用心的人故意设计并制造出来，这要靠道德和法律来控制和约束。要从制定科学研究规范、专家委员会的许可、反生物武器国际公约以及国际的强制监督核查等方面来杜绝和监控这类行为。而对于无意中的失误行为或者次品现象，则可以制定标准的生物器官或组织模块，就像电子元件那样的质量控制体系，就可以大大减少这种次品。说到底，其实就是全球和人类自身的风险防范体系的建立和监督。

"但无论怎样，人类是可以而且能够自己把握自己的。

"DNA双螺旋结构发现者沃森教授在获得诺贝尔医学奖之后

对于合成生物学的进展则更加大胆地表示：'如果我们不扮演上帝的角色，谁能扮演呢？'

有科学家说过，'我们认为人类历史已经发展到了一个阶段——一个我们不必再被动地接受自然所给与的东西。'"

胡一文的这一大段介绍自然引起了会场所有人的深思，毕竟这些人都与生物安全有着直接的联系。他们的命运甚至已经和它们不可分割了。

有人又提问了："博士，您刚才提到了合成生物学的巨大贡献，又告诉我们它的可怕之处，我想知道，您个人如何理解合成生物学？"

胡一文轻松地笑了。他认为可以用笑声来驱除他刚刚带来的紧张和不安。在他的心底始终认为，人类自身形成的道德底线以及人类自我保护的本能会有效阻止那种可怕事件的发生。

他大声地回答："在最初的 40 亿年间，地球上的生命是完全按照自然的好恶成形的。在选择与几率事件的推动下，最高效的基因被保留下来，演化的过程使得他们得以繁衍欣欣向荣。漫长却绚丽的达尔文演化过程在不断的尝试与错误、挣扎与生存中缓缓前进，持续了千万年之久。然后在大约一万年以前，人类出现了。

"纵观整个过程，新生事物总是以其特有的力量横空出世，伴随着其他事物的黯淡失势。

"从那时开始，生物学的核心工作就变成了破译密码，并且学习解读密码，目的就是了解 DNA 到底是如何创造和延续生命的。

"近代生物化学的奠基者之一 Jacque Loeb 把生命的人工合成看做是生物学的目标。1912 年，他声称，'我们要么成功完成生命物质的人工合成，要么必须找到行不通的原因。'

"1946 年，诺贝尔奖获得者遗传学家 Hermann J Muller 曾经做出过此类尝试。'如果我们掌握了这种知识和力量，毫无疑问最终我们一定会使用它，' Muller 说。'人类是动物中最为狂妄自大的——他们看到高山就会努力建造出像高山一样的金字塔，如果

他们看到演化这样一个伟大的进程，并且认为自己完全够格加入这种大自然的游戏，他们就会带着轻蔑不遗余力去尝试。'

"生物演化理论解释说地球上的每一个物种都同其他物种有着某种联系；更重要的是，我们每个人的身体里都遗有历史的记录。

"2007 年理论物理学家 Freeman Dyson 在参观了花卉展及动物展之后，写道'每一朵兰花或玫瑰，每一只蜥蜴或蛇，都是一位甘愿奉献自我而又熟稔培育技巧的培育者的心血。地球上的生命是沿着弧线发展的——这个过程始于大爆炸，演化至一个聪明的毛头小子也可以从冷水鱼中提取基因，引入草莓中，以防止草莓被冻坏。你不必变成一个勒德分子（即反对新技术的人）——或者查尔斯王子，他的著名论调是这个世界将会在贪得无厌和失去控制的科技发展中变得一片灰暗——都会想象到，如果合成生物学取得了成功，那么可能我们创造的世界就会替代达尔文的演化构建出的这个世界。'

"'很多科技都会在某种情况下被认为是对上帝的冒犯，但也许其中没有任何一个可以像合成生物学这样引发如此直接的控诉，'权威杂志《自然》的编辑于 2007 年这样写道，'因为开天辟地第一次，上帝也有了竞争者。'

"文章描述了这样的场景：新生物种被创造出来，多种多样欣欣向荣……设计基因组将成为一种个人行为，一种新的艺术形式，就如同绘画与雕刻。只有极少数的创作能够成为伟大的作品，但是很多的作品都给他们的创造者带来快乐，也使我们的动植物更加多样。

"对于生物安全和生物恐怖，1975 年，世界各地的科学家们聚集到了北加利福尼亚州，商讨生物新技术可能带来的危机与挑战。他们的目光主要集中在实验安全和环境安全，并得出结论说这个新领域需要一些规章制度。

"当回忆起 30 年前的事情，当时的会议组织者之一，诺贝尔奖获得者伯格 Paul·Berg 写道，'这次独一无二的会议，开创了一个史无前例的时代，对科学而言如此，对科学政策的公开讨论亦如此。它的成功令在当时充满争议的 DNA 重组技术得以蓬勃发展。现在 DNA 重组技术在生物研究中占有重要地位。它既是问题的源泉，又是开启答案的钥匙。'"

胡一文接着说："我个人认为，比起当前的转基因、基因工程等技术，合成生物学的研究更前卫，代表了下一代生物技术。这个新学科的应用是如此的巨大。

"'我们几乎还没有触及生物技术用途的皮毛，'加利福尼亚州斯坦福大学生物工程师德鲁·恩迪表示。'当今询问合成生物学的应用，就如同在 1952 年向冯·诺依曼（计算机先驱）询问计算机的应用一样。'

"合成生物学的 20 年的目标，按照伦敦帝国理工学院合成生物学与创新中心联席主任保罗·弗里蒙特表示，就是赋予合成生物学像电子学那样的精确性。'我们对活细胞工作原理的了解，还不如我们对电子设备的了解那样透彻，'他说，'我们希望达到这样一个水平，即拥有全部必要部件，能够制造出我们想要的任何生物机器。'

"所以无论怎样评价合成生物学的意义都不过分，尤其是在人造生命开始之后。

"'辛西娅'的创造者文特尔博士在他那篇后来发表在《科学》杂志上的工作报告里如此记录。'以自己想要的顺序组装出任意组合的人工或天然 DNA，应该是可以实现的。'

"这也许是科学发展史上最轻描淡写的表述之一。

"但我认为，这将是人类历史上无与伦比的一笔，无论它的结局是好是坏。"

胡一文的精彩回答博得了满场的掌声。

然而，问题越来越多，胡一文已经有点招架不住了。他求援似的看看刘彤。她是会议的组织者，或许可以帮助胡一文解困。

实际上，刘彤一直沉浸在胡一文的讲解中，为他所描述的未来所震撼，根本不想停止倾听。江山也同样如此。

今天这样的座谈会，对于他这个门外汉而言，很有点似懂非懂。他知道，生命一开始是从无机分子、有机分子、生物高分子等聚合起来，慢慢演变成单细胞生物，后来又经过多细胞生物，比如原生动物、腔肠动物、扁形动物、环节动物、软体动物、节肢动物。从昆虫开始，自然形成了脊椎动物，如鱼类、两栖动物和爬行动物，再后来就是鸟类和哺乳动物，最后是灵长类动物和人的诞生了。从这个自然的进化过程来看，江山知道"辛西娅"只不过是单细胞生物而已，距离人类还有很遥远的过程。但人类终于可以了解生命的运化过程，并根据自己的理解来设计那些简单的生物。人类的历史，就是一个不断探索自己的过程。

作为一个生物安全情报人员，江山其实更为人类的科技进步而兴奋，更为人类对自身的了解越深而自豪，尽管这可能会带来更大的危害。他很认同胡一文的观点，我们不能因噎废食，要更多地看到生物技术发展给人类带来的利益。不过，在看到胡一文被大家的问题缠得焦头烂额时，他用肘碰了碰刘彤的胳膊。

刘彤终于出面了。

"各位同事，我们今天的会议就先到这里了。我们让胡博士休息休息，以后有的是机会。现在，让我们以热烈的掌声来感谢胡一文博士精彩的报告。"

所有人冲着胡一文热烈地鼓掌。

掌声像潮水般瞬间淹没了胡一文。他陶醉在这个热情赞赏的海洋之中。

即便在回到家里以后，胡一文仍然沉浸在对科学的喜爱和未来的美好憧憬中。现在好了，一切都开始好起来了。实验任务完成了，HX配方找到了，丽莎母子快要回来了，新来的年轻人也进入状态了。

他感觉很满意这样的生活，如果丽莎母子平安归来的话。

但，事实上，胡一文马上就要迎来他生命中最为艰难的日子。

一个巨大的打击将直接砸在胡一文的头上，直把他砸得山崩地裂，仿佛世界的末日来临一样。

第 58 章

世界上每天都有很多故事在发生，而这些故事中有很多都是巧合。

大多数巧合给人们带来灾难，但有些巧合却可以带来幸运。丽莎母子显然就属于后者。

就在他们的守卫接到命令转移后的第二天深夜，丽莎母子住了近两年的那座郊外的别墅就遭到了偷袭。偷袭他们的正是安德烈派来的行动队。当行动队进入别墅时，丽莎母子正和守卫们躲在机场附近的一座房子里。

但行动队并没有白来，他们却意外地碰到了另外一群人，这群蒙面的汉子显然也是冲着丽莎母子来的，但迎接他们的却是安德烈行动队的子弹。

拉兹他们五个人比肖特他们更早地进入到别墅。事实上，就在安德烈决定偷袭别墅，抢夺丽莎母子以后，欧阳龙就得到了具体的信息。他把这个消息转告拉兹，要求他带着行动队赶在安德烈之前偷袭别墅，先一步找到丽莎母子。

欧阳龙已经不能再失败了。

"玛雅男孩"的败露，胡一文的逃亡，丽莎母子的被绑架，莫沙的牺牲，强子的失败，这些都是欧阳龙心中的痛。就剩下这最后的可能了，他把希望全部寄托在拉兹身上。

拉兹没有犹豫，在 A 国休息了几个月，也该为主子出力了。

一得到消息，他就立即带领手下去了那幢别墅。然而，出乎意外，别墅里空无一人。他仔细检查屋子里的一切，发现了女人和孩子生活的踪迹。他正在让手下搜索整个别墅，就遭到了袭击。

肖特作为一个优秀的特工，他所带领的手下自然也是数一数二的。一阵枪战之后，对方的五人全部被消灭了。拉兹带来的这帮家伙很是强悍，一直战斗到最后一刻。可惜他们碰到的是肖特，A国正宗的身经百战的特工。

肖特逐个检查，行动队的收获不小，他们得到了五具尸体和一部手机，而代价则是己方牺牲两人，重伤一人。

通过对手机的联络电话跟踪，安德烈终于找到了M国的那个基地，而这个基地的电话联系一直与梦都公司的那个股东有一些不正常的关系。安德烈把基地、胡一文、丽莎母子、蒙面汉子、电话联系这几条线串了起来，自然不难发现，这其中的主要人物。

那个人就是伯恩！

对于这个结果，安德烈并没有感到太意外。之前肖特的行动队早已对伯恩有了怀疑，今天的这些不过是强有力的验证而已。

安德烈倒是想过，这个M国的大财团行动队怎么知道丽莎母子的藏身之地的。他摇摇头，挺佩服他们的本事。

自己费了那么大的劲，要不是特尼的偶然提醒，要不是肖特灵机一动想到了直升飞机的空中侦察，安德烈又如何能够打探到丽莎母子藏在这样的一座别墅里，而这座别墅距离胡一文所在的大学不过半小时的路程。

安德烈心中佩服那些绑架者的精明，也想不明白拉兹他们是如何找到这里的，实际上，安德烈永远也不可能想到，他们队伍内的卧底帮助了欧阳龙，拉兹自然也就很轻易地找到这里。

只不过，由于丽莎他们的转移使得拉兹在别墅里耽误了很久，他一直在仔细搜查别墅，试图找到一些线索去捕捉丽莎，结果撞上了肖特，也便成了永远的牺牲品。

而真正的幕后策划人却无法抓到。对M国的基地，安德烈是知道一些他们的故事的，即便有证据，你也不可能直接去干掉他们，除非像入侵伊拉克那样才有可能。但现在只好留着他们了。

可惜的是，即便他知道在A国的这个伯恩，安德烈也同样没有办法去抓他。因为没有过硬的证据，而这个国家是讲究所谓的证据的。更何况这个混蛋持有的是 K 国护照。那个满是石油和富豪的小国家与我们的这些政治大亨们有很深的交往，没有证据你别想动人家一个指头。

对于伯恩，尽管所有的线索都指向他，你仍然无法证明他在从事非法活动。梦都公司的转基因作物是有问题，可伯恩也不过是一个公司的大股东而已。那个递交申报材料的小伙子早就不知去向，据说到了澳洲。

安德烈调查了一大圈。整个梦都公司没有人承认自己把那个毒素基因放进转基因玉米中，也没有发现任何的实验记录或相关的证据。

这个正常的基因自己突然多出了两个陌生的基因，就好像癌症病人一样突然就长出了一个瘤子。医生只能割掉这个瘤子，却无法解释它是怎么产生的。

本来，安德烈想到了一招，至少可以先把伯恩抓起来再说。他想到了国家药品和食品管理局。如果伯恩他们来申报，他提供的资料和标本不一致，那这就是一条罪证，至少可以先关押伯恩几天。可是，当安德烈把留存的标本让扎妮卡小姐检测以后，发现结果和伯恩申报的一模一样，居然都含有毒素基因和那个年轮开关基因。申报资料和标本一致，而且都如实申报。没有一点违法的地方。

安德烈很是惊讶，这个伯恩的行事的确和别人不一般。他竟然胆敢把含有毒素基因的资料和标本就这样明明白白地上报给国家药品和食品管理局。难道不怕他们检测出来吗？可事实上，没有人检测出来，而伯恩也一点问题还没有。

安德烈在心中咒骂着药品管理局的那些官僚们。

国家把这样重大的涉及几亿国人安全的任务交给他们，而这帮蠢货就是这样把关的，就连送上门的罪恶都看不到，就差当面告诉你这是毒药了。

安德烈哪里知道，这是伯恩想了很久的一招。

伯恩把这招叫做"瞒天过海"。这是他从欧阳龙先生那里学来的古老中国的"三十六计"中的一计。为了想出可以让自己脱身的计谋，伯恩花费了不少美元，和药品管理局的有关人士详细询问和讨论审批的流程和细节。在发现他们根本没有基因序列核实这样的步骤时，就果断地使用了这一招。

同时，伯恩直接把含有毒素基因的序列资料申报上去，也是看准了他们不会去国际基因库内进行检索和比对。这帮家伙最多也就是人模狗样地看看文字材料，实际上，是否得到批准根本不在材料本身，而是在别的地方。

因此，伯恩就把宝押在这里，他赌那些睁眼瞎子看不出问题。

这真是很不错的一计。

伯恩赌赢了！

安德烈苦笑着。总有一天，老子要你好看！

就算我无法直接把你抓到，但我可以让你无事可做，或者遭受巨大的损失。我已经知道了你在 P 国和 I 国的两个生物技术研究基地。等我忙完手头这几件大事，有空的时候，老子陪你玩玩，看我怎么收拾你。

安德烈在心里发狠着。后来，他也的确搞到了伯恩在 P 国和 I 国的那些研究资料，并给予了哈立德财团严重的打击。只不过，这场风波也波及到了远在 P 国的李银来，他因此而承受了生命中最严重的灾难，由此，他变成了一个世人眼中的大坏蛋。

但此刻，安德烈还没有时间顾及那些。除了算计伯恩的问题，安德烈也没有放弃追踪丽莎母子。

对于丽莎母子，安德烈很有一种志在必得的心理。

这次和 C 国人交换情报，让他很受打击。C 国人的 HX 配方让他们奇货可居，态度傲慢。谁让安德烈那么想要 HX 配方呢？在支付了 10% 的定金和全部的生物武器最新研究进展的情报后，安德烈得到了 HX 的第一号配方。这次的配方显然有些古怪。他们竟然号称配方分为第一号和第二号，还有什么空间和时间的顺序差别。好吧，就依他们吧。

安德烈倒是不担心配方的真假。中间人绝对保证配方的真实性和可靠性，而安德烈也相信中间人，他在 A 国有巨大的财富，相信他不会玩假的。不过，这次的代价挺大的。钱倒好办一些，关键是情报难搞。好在及时让特尼又加了一把火，蕾切尔这狐狸精才算同意帮忙，只是她的条件也挺高的，但总算可以用钱搞定。安德烈正在调剂资金，希望尽快付清剩余的 90% 的款项，早日拿到那该死的第二号配方。

等拿到配方后，安德烈决定那时再向局长汇报。他当然不会傻到告诉局长 HX 配方是用生物武器的最新研究进展以及数千万的资金换来的。这肯定是另外一个动人的故事。这个故事当然会有流血牺牲，这次牺牲的两个兄弟以及以前的一些经济损失和这次的花费，当然要编进故事里。

安德烈很庆幸自己认识了特尼这个师傅。看来，师傅毕竟是师傅，尽管退休了，仍然有影响力，而且还帮了他不少的忙。

安德烈其实内心里还有一个目标。他希望肖特能抓到丽莎母子，这样，他就可以节省那 90% 的余款，直接用丽莎母子来抵账。那可是两千多万美元啊。

安德烈感到惋惜的是这次行动没有成功。没能抓到丽莎母子，这是他特别的遗憾。

感觉上，他认为这次丽莎母子的转移跟时间有关系，如果他没有拖延这两个多月，早一点重视这个消息，说不定结果会不一样。他狠狠扇了自己一个耳光，责怪自己没有及早重视这个信息，安德烈看着镜子里发红的脸，然后用照相机把这张脸照了下来。

他要留作一个纪念，时刻提醒自己以后不要再犯这样的错误。

人的成长就是在不断地犯错，不断地改正。只要你每次犯的不是同样的错误，你所犯的过错就会越来越少，你距离卓越也就越来越近。

安德烈有不少类似的照片，每张照片都是一次荣耀或者过错。每当夜深人静、独自沉思的时刻，看看这些照片会给自己极大的鼓励和提醒。

现在，丽莎母子可能会在哪里呢？谁又是绑架者呢？

安德烈本来怀疑丽莎母子是在伯恩的手上。毕竟这起事件是伯恩发起的，胡一文的动向应该一直在他的视线范围。但从别墅现场来看，伯恩也在寻找丽莎母子。

这样看来，丽莎很可能在第三者手中，可能性很大的就是 C 国人，但 A 国军方也有可能。这些王八蛋老想看我们的笑话，而且经常偷鸡摸狗，制造障碍。一旦局长提出抗议，他们还会假惺惺地说是为了以防万一。

但无论绑架者是谁，从现场的线索来看，他知道他们应该正在转移途中。安德烈迅速采取了一些行动。他派出了机敏的人员，监视着所有的飞机和火车。对于去往东方的飞机尤其需要检查，同时要求警察局配合排查所有五人以上的陌生群体。

应该说他这些行动是很有效的，差点就抓到了丽莎母子，可最后的结果却让安德烈很是伤心。

他不仅牺牲了自己一个得力的下属，而且他知道自己永远也抓不到丽莎母子了。

其实，抓不到丽莎母子并不能完全归于巧合。这里面还是有特工人员的素质和机警在起作用。

而真正引起丽莎母子的守卫们警觉的就是那架盘旋在空中的直升飞机。

守卫们在这座别墅里待了快两年了。

周边的一切早已经摸得很熟悉了，就连经常打交道的一些人也一样混熟了。比如附近超市送货员、电工、管道工等等，这些人的相貌早已熟记在心，就连那个差不多每两三周会来一趟的书店送货员也和他们认识。

但，前些日子，那个两年来一直送书的小伙子突然不来了，换成了另一个小伙子。理由是原来那个人换工作了，以后的送书都由新来的人送货。守卫们有点警惕，没有像以前那样让他进屋，把书放在门口就让他回去了，根本没有让他看到里面的任何动静。这个新人来了两次，都没有给他这个机会。

如果这是猎人的游戏，那这些守卫们太清楚这样的把戏了，这都是他们玩剩下的。

其实，他们并不是怀疑这个新人的身份，只是长期警觉的心理告诉他们应该这么做。如果这个新人能够坚持半年以上，守卫们就会让他直接把书送进去，毕竟搬运那一大堆书是一件很累人的事情。

之所以把时间定在半年以上，是因为守卫们知道，一般特工执行任务的时间没有那么长。特工也没有那样的耐心。

不仅是送书人，其他所有可以进屋子的外人都是如此。

但是没过两月，又发生了一件奇怪的事情。

守卫们有一天发现头顶上有一架直升机在飞来飞去。这在这片地区是很少见的。不过也没有什么，偶尔一次很正常。但直升机却来了三四次，而且都是在阳光灿烂的日子，距离屋顶还挺近。守卫们有点警惕，但仍然没有发现什么。

本来这事也就过去了。两周后，送书的车又来了，奇怪的是这次又换人了，一打听，那个人也走了，说是不干了。这好像也比较正常啊。

这些守卫们有一个很良好的习惯。每次发生异常现象时，他们会用笔记录下当时的情况和周边的环境。这让他们在分析异常现象时有案可查。

在晚上的警情分析会上，守卫们把这段日子的异常一一列举出来，有点多，好像有点不对劲。

大家又使劲回忆那些异常的情况跟丽莎母子到底有没有关系时，有一个守卫说出了一个大疑点，正是这个疑点让守卫们下了决心要立即转移。

这个疑点就是，每次直升机飞临屋子上空的时间都是 A 国人喜欢晒太阳的时间。他记得飞机第四次出现的时候，丽莎母子三人就在后院的草坪上晒太阳、玩游戏。检查异常现象记录发现，这次之后，飞机再也没有来过。

而今天，送书的人换人了。

结合这两个异常信号，守卫们分析可能有人在侦查他们，或者说在寻找丽莎母子。估计找到了线索，所以不再来了。尽管不敢肯定，但小心一点是必要的。他们立即与上头取得联系，说明情况和怀疑。

上头在三个小时后就有了回复。

"鉴于这边情况异常，有必要采取转移行动。通知相关人员，立即转移。同时尽快寻找机会，护送丽莎母子返回老家。"

就这样，丽莎母子在当天晚上就转移了。啊，不，实际上是第二天的凌晨五点钟。这个时间距离拉兹行动队偷袭的时间只有42个小时，而紧接着，肖特的行动队也来到了这个地方。

丽莎母子就这样巧合地逃过了这次袭击。

在两年的时间内，42小时是很短的一刹那。

当然，如果相遇，谁知道会有什么结果。谁赢谁输，无法猜测。

而且，从另一个方面来说，反正是被绑架，绑架者是谁对于丽莎母子都不重要。重要的是他们能否安全地回家，回家与胡一文团聚。

第 59 章

历史上，太多的巧合往往意味着灾难。

对于丽莎而言，第一次巧合中，她幸运地躲过了安德烈行动队的偷袭，但第二次偶然就没有那么幸运了。

让我们来看看这次偶然的相遇吧，这次相遇是如此的危险，以至于我们无法预测后来的结局。

丽莎母子三人在三个陌生男人陪同下登上了飞机。他们都戴着墨镜，穿着宽大的黑风衣，这让两个孩子看起来像个成年人。他们和一群工人进入了一个特殊的通道。这个通道看起来像专供维修人员使用的，丽莎意识到这不是一次正常的空中旅行，因为根本没有经过正常的登机手续和路线，他们就坐在了一架飞机的头等舱内，而迎接他们的是空中小姐程序般的欢迎词。

"欢迎您乘坐我们的班机，本次航班的目的地是 C 国 B 城……"丽莎在登上飞机时的预感被证实了。巨大的幸福弥漫了她的全身。

她预感到，下了飞机，她就可以见到一文了，这个两年来无时无刻不在思念的男人。这个男人自从去了 C 国后，我们就被软禁了。现在一定是带我们去 C 国与一文相聚。

她不敢大叫，只能紧紧地捂住自己的嘴巴，任由泪水流满整个面颊。

两个孩子却没有太多的感觉，但他们从母亲的泪水中看到了微笑和幸福，于是，母子三人的六只手紧紧握在一起。

陌生男人递过来几张纸巾。丽莎知道，自己的座位上就有纸巾，所以，这不是那种常见的关心，这是告诉她，控制情绪，现在不是发泄的时候。

丽莎拍拍孩子们的手，示意他们坐好。

飞机在登机人群的繁乱和嘈杂之后关上了机舱门。紧接着，在机长的欢迎词后，飞机缓慢地启动了。

飞机在转向。

飞机在滑行。

飞机在加速。

飞机在腾空。

飞机在爬升。

飞机平稳了，这会儿应该飞翔在万米的高空。

丽莎的心这时候才算和飞机一样平稳了、安静了。经历了这两年来的突遭软禁和无妄之灾，丽莎有点草木皆兵，杯弓蛇影了，她担心飞机在随时随地会停下来，或者发生一些意外的事情。现在好了，再过十来个小时，飞机将在B城降落。

无论怎样，即便是作为一个台湾人，回到C国总是一件很快乐的事情，何况自己的丈夫就是一个真正的C国人，更何况自己和孩子被关在异国他乡两年之久。

没有人告诉她要去哪里。但她从那些守卫们，那些陌生的陪同们身上看到了微笑和友善。

现在，她有点明白了。

软禁他们的那些守卫们应该和这三个陪同一样，都是C国人。不对，守卫都是外国人，应该说，都是为C国办事的。

无论怎样，一切很快就要好起来了。丽莎心情开始愉快了。

孩子们也一样，开始恢复了活泼的天性。尤其是女儿海伦，这个十来岁的小姑娘，这个被软禁了两年多的小女孩，这个一直在一个不到三百平方米的空间生活了两年的年轻人。

海伦从陪同人员的脸上，从母亲的脸上看到了久违的放松和微笑，她知道，这一定是去找爸爸。她太想念爸爸了。

相比之下，男孩胡地则显得内敛多了，从容多了。这个已经成年的男人尽管有些稚气，但这两年的生活教会了他太多的东西。

没有人会有类似的经历。

突然之间，实际上就是一觉醒来，自己熟悉的全部的世界不存在了。爸爸、学校、朋友、自由……这一切就像天空的白云，你可以看到，但永远也得不到。妈妈假装镇定，妹妹不谙世事，胡地自己心里也有太多的疑惑和恐惧，在一个个漆黑的夜晚，他拥着被子无法入睡。

他在思考、他在体会、他在成长。

如今，他和妈妈一样的安静，坐在座位上，安静地喝着咖啡，却根本没有注意到手上的咖啡杯在微微地抖动。

海伦却不太安静。她异常的活泼，一会儿跑到空姐那里要一瓶饮料，一会儿又找空姐要几块糖果。丽莎本来想制止她，但看到陪同人都在微笑地看着海伦来回走动，她也就没有干涉。

孩子太可怜了，被软禁了两年多了，就让她放肆一次吧。

丽莎是这样想的，胡地也是这样想的，就连陪同的三人也是一样的心思。谁都没有料到，危险正在一点一点地靠近这个小姑娘。

不过，对海伦意味着危险，对安德烈却意味着机会。

他对各个交通要道的监控布置终于得到了回报。

在这架飞机上，正好有一位他的部下，准确地说是肖特的手下。这个叫鲍勃的特工已经在这条航线上往返了三次。每次都是从这里坐到 H 城，在飞机中转的时候下来，然后搭乘其他的飞机赶回本土。

这是他的第四次飞行了，这会儿，他正坐在经济舱内喝着咖啡，警惕地巡视着周围的人群。

鲍勃其实不太愿意喝咖啡，他更喜欢喝啤酒，可惜这飞机上没有。这种枯燥的任务让他太腻味了，这简直就是笨嘛。这种守株待兔的笨办法怎么能找到丽莎母子？鲍勃实在不清楚肖特是否脑子进水了。已经这样来回好几次了，什么时候是个头啊。

抱怨归抱怨，活还是要干的。

等一会儿，他要到前面的头等舱和商务舱去看看，经济舱内没有丽莎母子的身影，也许那些兔子们会躲在那里。鲍勃自嘲地笑笑。

喝完咖啡，鲍勃一手捂着肚子，一面快速地向前面的头等舱走去。

快到头等舱了，有个空姐拦住了鲍勃。

鲍勃假装肚子很疼，脸上露出痛苦的表情，嘴里说着："请帮我找点药。"手却推开空姐，脚步不停地冲到头等舱。

空姐一把没有拉住他，便只好跟在后面："先生，先生，这里是头等舱，您不能随便进来。我去给你找药。"

趁这个机会，鲍勃其实已经观察到了头等舱的所有乘客。几个男人，两个女人，还有一个小姑娘，有点面熟。

鲍勃一直冲到空姐服务站，要了一点治疗肚子痛的药片，又转身经过头等舱，他要再确认一下，那个面熟的到底是什么人。

很有点像目标，鲍勃的心一下子提了起来。难道真是他们？还有一个男孩呢？

时间不多了，就在鲍勃快要走过去的时候，他看到了那个男孩，正在喝咖啡。没错，就是他们。

上帝呀！难道我真是运气来了？鲍勃不敢相信眼前的这一切。就这么简单？上帝要给我一个升官发财的机会？

鲍勃按捺住自己激动的心情，开始考虑下一步怎么办？

其实，这是早就确定好的方案。

如果在飞机上发现目标，鲍勃将不动声色，在到达中转地 H 城时跟当地的警察局取得联系，直接到飞机上把他们带下来就可以了，毕竟这里还是我们的领空。

鲍勃知道自己什么都不用做，只需要再安静地等待几个小时，在飞机到达 H 城时要求警方配合抓人就可以了。鲍勃在热血沸腾了一阵之后，终于安稳下来，他调整好自己的坐姿，让自己舒服一些，然后闭上眼睛休息了。他期望自己能够有一个美梦。

这的确是鲍勃的美梦。但是永远也不会成真了。

就在他做梦的时刻，飞机的机长正在与 H 城地面人员通话。

"本次航班上有一位 C 国籍病人，需要回到 B 城治疗。但由于病情突然加重，经过病人同意，为缩短时间，本次航班申请不再停留 H 城，直飞 B 城。"

地面指挥中心同意了这一请求，于是飞机并没有在 H 城经停，而是直奔 B 城了。

这其实是早已计划好的事情。

在国际航班上偶尔会有这样的事情发生。因为突发事件，航班可以不在指定的中转地点经停而直飞目的地。

陪同人员为了确保万无一失，旅途上越简单越好，所以才制定了这个方案，而且，为了避免不必要的麻烦和猜疑，故决定在起飞以后临近中转地时以病人为借口直飞 B 城。

现在一切正在按照计划进行，再过十个小时，丽莎母子将回到 C 国。

而鲍勃在听到飞机机长的播音后，大吃一惊。他立即找到乘务长，强烈要求在 H 城中转，号称他有事情要办，他必须在那里下机。

然而，乘务长的回复让他无计可施。

这架飞机上的病人生命比什么都重要，无论如何，我们将直飞 B 城，但到达 B 城之后，我们会立即安排您乘坐时间最近的航班返回 H 城。为了表示我们的歉意，我们还将给予您这次航班所有的免费，并给予双倍的补偿。

这样的处理让鲍勃无话可说。尽管他知道根本没有什么病人，他也不能再无理取闹了。鲍勃眼睁睁地看着飞机直飞 B 城。到手的富贵像煮熟的鸭子一样飞走了。

而且，鲍勃发现，自己可能让头等舱的那些人有所怀疑，因为守门的空姐已经变成了空男了。一个小伙子坐在那里，那架势不会允许任何人走进头等舱。

鲍勃很是郁闷，可又实在不甘心。他也没有办法和肖特取得联系，尽管现在仍然是 A 国领空，但鲍勃无法和权力机构联系，也就无法采取任何行动。他相信，在头等舱看到的那几个机警的男人一定是护卫人员，更何况有那个门神一样的空男，进入头等舱强行抢人恐怕行不通。自己一个人势单力薄，斗不过他们。

就在鲍勃焦头烂额之际，一个绝妙的机会无形中降临了。

而且，鲍勃抓住了这个机会。刚开始时，鲍勃还是非常庆幸的，以为这是上帝赐予的好运气，只是没想到，这短暂的好运气只过了不到一小时，在瞬间就变成了晦气，坏得不能再坏了的晦气。

这个无法意料好坏的机会其实是海伦这个小姑娘制造的。

她要上厕所，而头等舱的厕所被人占用了，她便飞快地跑向经济舱的厕所，拦都拦不住了。

焦虑的鲍勃立即意识到这是机会。他的位子本来就在走道边上，刚才海伦动作太快，他还没有反应过来，他做梦也没有想到会有这等好事。现在，他已经全神贯注了，右手已经在口袋里握住了手枪，只等海伦经过时一把把她抓住。鲍勃在一瞬间决定劫持海伦作为人质，强迫飞机在 H 城停下。

鲍勃看似随意地坐在那儿，他坚信没有人能看出他要干什么。他也注意到，有一个穿休闲服的男子在海伦刚过去时就从头等舱快步走过来，守在了厕所的门口。

鲍勃心想，傻小子，你阻止不了我。我决不能看着你们在我眼皮底下逃走。为了你们，我们已经付出了两个兄弟作为代价。

海伦出来了，她往回走向头等舱。那个男人紧贴着她，并用右手护卫着海伦。

就在海伦经过鲍勃身旁的一瞬间，鲍勃猛地站起来，用左手反手抓住海伦，顺势一带，海伦栽在鲍勃的怀里，与此同时，鲍勃的右膝盖往前一顶，正撞在那个护卫的肚子上，护卫后退两步，扑通一声坐在过道上。鲍勃的右手已经拔出了枪，黑洞洞的枪口对准了海伦的小脑袋。

鲍勃大喝一声："不准动，所有人都不准动，举起手来。"

随着这一声大喝，跌坐在过道上的护卫正扑过来，听到喊声，他在半空中的身体猛然停顿，从头等舱冲过来的另一个护卫也停住了脚步。飞机上的所有人都惊呆了。

鲍勃抓紧机会，把人都往前赶，自己押着海伦走到后面的座位那边。

他让所有人都离开这里，他要找一个好位置，可不能几面同时受敌。他选择的是后舱，这样，他只需面对着对手。人质在手，他不怕对方动粗。

"妈妈，妈妈。"海伦大声叫唤。丽莎不顾一切要冲上来，被护卫拦住了。鲍勃抓住海伦的手用了用力，"别喊，如果你老实一些，我就保证你的安全。"

海伦果然老实了，对面的护卫也老实了，丽莎也不得不安静下来。

一个看上去像头儿的护卫往前一步："你要干什么？有什么条件尽管说，但要把人质放了。"

鲍勃冷冷一笑，他没有必要揭穿这个内幕，反正他有的是时间。

"我只要求飞机在 H 城停下来，让我下去。"鲍勃知道，一旦他下了飞机，这架飞机也就不可能再飞了。在目前情况下，他不想透露太多的信息，如果对方认为他只是情绪激动，要在 H 城下飞机，真正的目的并不是在于丽莎母子，那就更好了。

果然，对方提出了要求："我们可以答应你的要求。但请你放了那个人质。"

鲍勃没有理他。

对方又说："她只是一个小女孩，你这样会吓坏她的。这样好了，我自愿做人质，我来和她交换，如何？"他一边说，一边高举起双手，向鲍勃走过来。

"你站住，我不想交换什么人质，我不会伤害她的，你要做的就是马上让飞机飞往 H 城。立刻，马上！"鲍勃心中冷笑。

看到他们磨磨蹭蹭，他立即朝电视机开了一枪。

"砰"，"哗啦"，两声巨响。电视机的屏幕被打碎了。一股黑烟冒了出来，呛人的胶皮味充斥着机舱。

"好，好，你别激动。"护卫的双手示意鲍勃不要冲动。然后对机长下达了飞往 H 城的命令。

鲍勃感觉到飞机在转向。

一切正常。其实飞机离 H 城并不远，估计一个多小时就可以到达，鲍勃自己知道要坚持近两个小时。

剩下的事情其实很简单，不过这是对鲍勃而言。

那些护卫们则用了各种办法来分散鲍勃的注意力和舒缓他的情绪，目的只有一个：放掉人质。其他任何的条件都可以。

对付这些，鲍勃太有经验了。

他曾经成功地说服了人质劫持者放下武器，现在只不过换了一个角色而已。他任由他们去折腾，反正我不会上当。

也许是明白了这一点，那些人渐渐安静了，飞机上显得很平静。有两个护卫拉着丽莎和胡地回到头等舱去了。或许他们该讨论讨论，看看如何让我放开人质，鲍勃心中开心地笑着。

"还有半个小时，飞机就可以到达 H 城。"机长出来报告。

鲍勃笑了，是那种胜利的微笑。

但丽莎却有点愤怒了，她对着护卫歇斯底里地大叫："我不管你们用什么办法，我要我的女儿。我要回去和一文在一起。"她哇哇地哭了。

事情怎么会这样？怎么会这样？我们就要到家了，就要见到一文了。现在怎么办？就连丽莎都知道，这个劫持者实际是冲着丽莎母子来的。

护卫们反复跟丽莎解释，这个家伙太狡猾，我们没有任何机会，如果硬来，海伦会有危险的。因为，他们刚才试过，要给海伦送一瓶水，那个家伙都没有同意。

时间已经不多了。

机长过来说，我们已经快到 H 城了，在十分钟内，我必须和 H 城地面指挥中心联系了，而一旦联系，我们就只能停下来了。你们快想办法吧。

丽莎在这几分钟内转了无数个念头。她也看到了护卫们的努力，作为一个杰出的心理学家，她知道他们尽力了。

必须寻找机会救回孩子，哪怕自己付出流血的代价。我们死也不能回去。

丽莎告诉护卫们，我去给海伦送水。你们机警点，我会想办法的，你们一定要救出海伦。

护卫们没有同意丽莎这样做，认为如果硬来会有危险。但丽莎根本不给他们劝阻的机会，扭头就走向后机舱。

他们又回到了鲍勃的面前。这次，是丽莎走在前面。

"你行行好吧，我的孩子都那样了，给她喝口水吧。"丽莎在求鲍勃。

海伦已经萎靡不振，瘫坐在鲍勃的怀里。惨白的脸上没有一点血色，看上去挺可怜的。但鲍勃还是没有同意，他不想多事，多事就增添了一丝危险。现在快到 H 城了，没有必要。

这个时候，丽莎也有点耐不住了。

她大声嚷嚷："孩子都这样了，这样下去跟你打死这个孩子有什么两样？要是你不同意，我就跟你拼了，反正都是死，怎么样都行。"她作势就要冲过来。

丽莎这种决绝的态度吓倒了鲍勃。

他实在担心这个失去理智的母亲会不顾一切地扑过来，那样的话，就算可以打死几个人，最后自己也活不成了。不就是送点水给孩子喝吗？那就来吧，但只能那个母亲过来。

丽莎终于争取到这个机会，她转身回去拿了一瓶水，慢慢冲着鲍勃就过去了。

这是唯一的机会，我没有更多的选择了。如果再回到 A 国，不知道未来还会发生什么？为了一文，为了海伦，更为了我们这个家，我别无选择了，一定要利用好这个机会。

丽莎在心里盘算着，这短暂的几秒钟在她看来仿佛几个小时。

鲍勃松开了抓住海伦的左手，伸出来接住丽莎递过来的矿泉水瓶，右手的枪口却对准着海伦。

就在鲍勃接过矿泉水瓶的一瞬间，丽莎松开瓶子，双手去抢鲍勃手中的手枪，整个身体却拼命地往鲍勃身上扑去，嘴里还狠命地叫着："还我孩子！"

鲍勃条件反射地转过身子，试图躲开丽莎，可丽莎是奋不顾身地扑向他，又如何能够躲开。右手的手枪对准丽莎也就开火了。

"砰"、"砰"、"砰"。

三声枪响。

在这一瞬间，有几个人同时行动。

丽莎身后的两个护卫已经如恶狼一般扑了上去。

站在鲍勃旁边几米远的另一个护卫也开了一枪。

这一枪正打在鲍勃的太阳穴上，血花四溅，海伦"啊"的一声晕了过去。三个护卫都冲了过来，两个抓住了鲍勃，另外一个扶住了往下出溜的丽莎。

鲍勃当场毙命。丽莎中了两枪，一枪在胸部，一枪在肚子上，鲜血流了一身，地上的血则宛如蚯蚓，还在快速地游动。

乘务员赶紧过来抱走了海伦，护卫把丽莎平放在地板上。

"快，飞机立即直飞B城，立即联系并通知地面准备好急救设备。"机长得到命令，立即返回驾驶舱。

飞机在厚厚的云层中穿行，风驰电掣一般向B城飞去。

第60章

当胡一文睁开眼睛时，窗外已经充满温暖的阳光了。

这是一个难得的好日子。实验成功了，再过两周，丽莎母子就要回来了。

胡一文心里很轻松，在这两年来第一次有了赖床的感觉。已经是初冬了，早晨的外面有点凉，被窝内则温暖如春。他伸展着身躯，仿佛可以听见骨节咔咔作响，很放松的味道涌了上来。

望着从窗帘透进来的隐约阳光，胡一文跳下床，一把拉开了墨绿色的窗帘，推开了窗户。清凉的微风吹进了房间，金色的阳光"哗"地一下涌了进来，顿时屋子里阳光明媚，清亮无比。胡一文在窗口站了一会儿，感觉到凉意，又赶紧躺回了被窝。里面尚有余温，暖暖的，好舒服。

他坐了起来，用枕头垫好床头，就那么半躺着。从窗口看出去，有几棵大树，郁郁葱葱地生长着，阳光照在椭圆形的绿叶上反射出迷人的光彩。树上好像有几只小鸟在唧唧喳喳地叫着，但胡一文看不到小鸟在哪里，只听见那婉啭的啼声像一个练唱的女孩不停地歌唱。再往远处看，透过树缝隐隐约约能看到蓝色的天空，夹杂着一些白云在飘浮着。

胡一文自己笑了。其实他的眼睛看不到什么白云，都被树叶挡住了。那飘浮的白云只不过是他自己的想象而已。

看了很久，胡一文深深吸了一口气，又把它呼了出去，仿佛这段日子的烦扰和不快全部被他赶了出去。

该起床了，胡一文体会着这个悠闲的早晨。

简单地在楼下跑了几分钟，胡一文就上楼了，洗漱完毕，吃了两片面包片，喝了一杯牛奶，胡一文就朝着研究所的大门走去。

今天，他要和基因测序小组的负责人梁栋材根据测序结果来确定到底哪些地方的转基因作物需要实施定点诱变。

其实，早在一年前，江山就把几千个各种农作物的标本转交给梁栋材了。这些标本是关处组织专人，在全国各个主要的粮食产区收集的。无论是转基因小麦、玉米，还是普通的稻谷、大豆等，都一一收集上来。目的是检测一下到底哪些是含有毒素基因的转基因作物，它们都分布在哪些地区，另外也检测一下普通的农作物是否污染了毒素基因。

只不过，梁栋材一直腾不出时间来进行基因测序罢了。因为他们必须配合 HX 配方的研究，而每次诱变的研究试验都必须进行大量的序列测定。

事实上，在现代生物学研究中，DNA 序列测定已经变成了必不可少的研究工具，在所有实验方法中占据着极其重要的地位。尤其在刚刚兴起的合成生物学研究中，它更是研究的核心工具。

合成生物学的发展主要涉及四个重要的技术，首先是测序，有了测序技术的发展，了解原有的系统才能更好地设计新的系统；第二部分就是计算机模拟建模，了解了整个生命系统的构成，对生命系统有一个系统的认识之后，通过计算机模拟建模分析，编制我们想要实现的新的生命体系；第三步就是从无到有获得新的基因；最后是通过移植技术获得新的生命细胞。

因此，从中可以看出基因测序小组在研究所内的重要地位，但这个小组的负责人梁栋材却是一个比较低调不太张扬的人。

测序工作其实是一件苦差事。工作量很大不说，关键是每天对着那些复杂的测序仪器，结果还要用计算机分类整理和分析。那些高精尖的仪器其实挺不好伺候的，从这个角度看，你不但需要生物专业知识，还必须具备精深的计算机和电子机械等专业知识，总不能整天给你配备一个维修专家在你身边吧。而梁栋材就是这样一个无师自通的专家。他的生物专业知识是在大学里学的，而其他的则是他自学精通的。

或许由于整天面对机器，他有点不爱说话，但和善的微笑却让每个人感到亲切。他说话时的慢条斯理以及工作时的严谨负责让胡一文很是放心。由于工作性质的原因，你很难看到梁栋材有发火或者很着急的时候，他总是告诉你"我可以帮你试试"或者"也许能行吧"这样的回答。

　　但今天，当梁栋材急急火火地过来找胡一文的时候，却是慌慌张张，惊慌失措的样子，这让胡一文有了一种不祥的感觉。

　　不等梁栋材说话，胡一文先开口了。

　　"怎么啦？小梁，出什么事了？"

　　"真是活见鬼了。我都不知道发生什么了？我的脑子全乱了。"梁栋材挥舞着戴着乳胶手套的双手，语无伦次地回答。

　　看着梁栋材两眼的血丝，胡一文知道他肯定忙了一个通宵。但此刻也顾不上关心他的身体，胡一文用手拍拍小梁的肩膀。"别着急，慢慢说，告诉我出什么事了。"

　　梁栋材咽了一口唾沫，语气中透着紧张，"是这样，博士，昨天晚上检测的所有标本中根本没有毒素基因的存在，也没有您那个年轮开关基因。真是怪事。"

　　"怎么可能呢？小梁，你没有搞错吧。"胡一文根本不相信会有这种事情。

　　"不会的，我没有搞错。"梁栋材带着哭腔说道，"我已经忙了一个通宵，全面检查了各个环节，一切正常啊。"

　　梁栋材深深呼吸了一口气，接着说："后来，我又担心是拿错了标本，便又重新用新的样本再测了一遍。结果还是没有，博士，真是见鬼了。"

　　胡一文看到梁栋材的样子，开始相信他的话了。但他仍然疑惑地说："会有这种事？"

　　"对，我也不明白，怎么会这样？我害怕是我自己糊涂了，遇见了鬼打墙的事情？所以赶紧过来让您去看看。"梁栋材完全一副迷茫的神态。这样一个平时很从容的人会变成现在这副德行，胡一文感觉到了事态的严重。

　　"快，快带我去看看。"

　　话未说完，胡一文已经小跑着冲向测序室，梁栋材也急忙跟上。空旷的楼道里响起了两人慌张而杂乱的脚步声。

　　两个小时后，胡一文在检查完梁栋材的两次序列测定的结果，尤其是查看了对照实验的结果后，基本相信了梁栋材的话。

　　他的脑子一片空白。

　　发呆了很久，胡一文才有点清醒过来。他看到梁栋材也一样在他身边发愣。便拍拍他的肩膀："小梁，小梁。"

　　梁栋材开始没有反应："啊？啊。什么事？博士。"

　　梁栋材的回答显然是一种条件反射，他好像还没有回过神来。

　　胡一文长长叹了一口气，脑袋开始疼起来了，并且越来越疼，头痛欲裂。他使劲拍拍脑袋。

　　"小梁，你的测序没有问题，一定是标本出了问题。"小梁听到这句话，明显松了一口气。"那，下面怎么办？"他很期望地盯着胡一文，好像他有灵丹妙药。

　　胡一文尽管头疼得很，但开始镇静下来了。

　　"这样吧，你先去休息，千万要注意身体。等你恢复过来后，可以再做一遍测序。不过，这个不用太急。一定要在你休息好了，心态平静下来后再开始做。"胡一文这样吩咐梁栋材，但他心里清楚，这只不过是再给一个安慰自己的机会而已。结果应该不会有改变了，小梁两次的测序结果已经很能说明问题了。但胡一文仍然幻想是标本搞错了。

　　"好吧，那我走了。"梁栋材准备转身，但他突然发现胡一文的脸色异常苍白。"你没事吧，博士。"

　　胡一文无力地挥挥手，"没事，没事，你走吧。"

　　梁栋材无力的蹒跚的脚步声渐渐消失在楼道的远处。

　　胡一文扶着墙壁，走回了自己的办公室。他拿起了电话。

　　"江山，出大事了。快来办公室。"

　　简单的几个字仿佛花费了他无穷的精力，胡一文瘫在沙发上，眼睛好像在盯着天花板，又好像什么也没有看到。脑子已经拒绝思考了，他自己都不清楚自己在哪里，在干什么。

这种空白的状态一直延续到江山的进来。

"怎么啦。一文，你怎么啦，哪儿不舒服？"江山看到胡一文躺在沙发上，以为是他病了，赶紧过来想搀扶他坐起来。

"我没事。"胡一文自己坐了起来。正准备告诉江山发生了什么。门外传来急促的脚步声，刘彤出现在门口，通红的脸上透着急切。

"出什么大事了？"她一进门就问。

"我也刚到，一文还没告诉我呢。"江山示意刘彤找地方坐下来。

胡一文这才开口了："两位领导都来了，正好，我一次把这事说了吧。的确是一件了不得的大事。老实说，我到现在也没有想明白。"

两人对视一眼，没有表态，听着胡一文继续说下去。

"刚才小梁来告诉我，根据测序结果，所有的标本中都没有毒素基因，也没有年轮开关基因。我核实过了，这应该是真实的。"

"啊"，刘彤首先发出了一声大叫，她立即用手捂住了自己的嘴巴，"怎么可能呢？"她使劲盯着胡一文。

胡一文没有说话，只是看着刘彤的眼睛，深深地点头。

而一旁的江山却有点糊涂。他疑惑地看看刘彤，又看看胡一文，看上去他还没有明白这其中的含意。

过了一会儿，刘彤缓过来了。她看出了江山的疑问，便解释道："测序结果告诉我们，在全国各地收集的所有标本中不含有毒素基因，也没有年轮开关基因。"

江山一听，愣住了，但眨着的眼睛仍然告诉刘彤，他还是不很明白。

"笨蛋，这就是说，根本没有毒素基因这回事。事实上这些都是假的，不存在的，我们搞的 HX 配方根本没有意义。你明白了吗？你这个笨蛋。"从不骂人的刘彤冲着江山大声嚷嚷，那样子酷像一个骂街的泼妇。

第 61 章

标本中没有毒素基因，没有年轮开关基因。

一切都是正常的。

根本就没有什么毒素问题，也没有什么 2012 年的时间开关问题。

标本是正常的。没有什么毒玉米，也没有什么恐怖基因。

一切都很正常！

一切都是我们自己吓自己，根本就没有什么生物恐怖事件。

我们搞出的 HX 配方没有任何意义。我们只是在骗自己而已。

这起事件从头到尾都是一个骗局。

这回，江山明白了。他一下子呆了。大约有几十秒钟，空气好像僵滞了，时间也好像停止不前了。

如果是一个骗局，那这个玩笑可开大了，我为此担惊受怕，呕心沥血两年了，到现在丽莎母子还没有脱离危险。胡一文的心里在滴血。

"这不可能！一定是小梁搞错了。小梁，小梁。"江山使劲叫唤起来。

"别叫了，不是他的问题。"胡一文有气无力地摆摆手，像指挥棒一样终止了江山的叫嚷。然后，他哆嗦着手拿出了香烟，扔给江山一支，自己叼上一支，再掏出打火机，先帮江山点燃，再给自己点烟。一切做得有条不紊。

从动作来看，那个理性的胡一文开始回来了。

果然，胡一文在呼出一团烟雾后开口了。

"测序结果没有问题，我检查过了，也没有小梁的问题。现在看来，结果很可能是真的。现在必须要做的就是再次核实实验结果和标本，看看哪个环节出了问题。"

直到现在，胡一文仍然幻想着是哪个环节出了问题，他仍然不相信我们受骗了。所以他的安排和分析仍然是从有问题的思路出发。

整整一个礼拜，整个研究所都仿佛在黑暗中度过。

重新去外地收集标本，重新检测，重新分析，所有人都在默默地工作。

但结果仍然如此。

全国各地的标本中根本没有什么毒素基因的问题。所有的转基因农作物经过基因测序后都一切正常。

这是个骗局！这一切的的确确是一个彻头彻尾的骗局！

那么？难道 C 国根本没有这起事件？难道问题只发生在 A 国？

我们怎么就没有发现这个事实呢？

我们怎么会认定这是一起生物恐怖事件呢？

那我在 NY 大学的那些标本又是怎么回事？为什么那些标本里就有毒素基因呢？那里面也有从 C 国采集的标本啊？

胡一文翻出了 A 国大学测序中心的测序报告，上面明明白白地列出了基因序列。而在基因库的检索报告上，也明白无误地标出了肉毒杆菌毒素的基因序列。

怎么可能呢？那些毒玉米去哪儿了？长翅膀飞了？

胡一文打破脑袋也想不明白。

谁又在误导我们？这到底是怎么回事？

江山、刘彤、胡一文等人都聚在会议室从头到尾地进行案情的整理和分析。

让我们来梳理一下全部的过程吧。

事实一：首先是刘彤把梦都公司相关的申报材料给了胡一文。这个材料上清楚地表明转基因玉米的基因序列中存在着毒素基因和年轮开关基因。（当然，材料上只是密密麻麻的 ATGC 四个碱基的序列。那两个基因是在进行完序列核查后才发现是毒素

基因和年轮开关基因）

分析：上周，针对留存在农业部的申报标本的测序结果却没有毒素基因和年轮开关基因，也就是说，申报材料上有，而实际标本却没有。但当时没有人发现这一点，农业部也没有进行测序核实过。因为目前的整个审批过程只是文件的审批，并没有任何实验的验证。如果不进行序列与基因库的比对和核查，是不可能发现这个问题的。

事实二：胡一文在看材料时发现了年轮开关基因，产生怀疑。同时收集了一些标本。回A国后还在A国也收集了几个标本。但基因测序结果表玥其中有九个标本中含有毒素基因和年轮开关基因。胡一文因此认定在全球一些地区包括C国的转基因玉米和小麦中含有毒素基因和年轮开关基因，初步认定这是一起严重的基因事故。

分析：这些标本的基因测序结果的确含有这些毒素基因。但这些资料都是胡一文所在大学的基因序列测定中心的扎妮卡小姐给他的，而且，刘彤通过胡一文的助手郭建人也拿到了同样的结果。难道这个扎妮卡给的基因测序结果会有问题？或者扎妮卡这个人有问题？

事实三：后来，胡一文因父亲病危回国，告诉江山这件事情。我们一致认定这是一起生物恐怖事件。

分析：当时的资料其实很充足，也很有分量。梦都公司的申报资料，胡一文亲手收集的标本，A国大学测序中心的序列结果，胡一文自己的验证。

事实四：胡一文同意留下，进入研究所，讨论出技术解决方案，那就是HX配方。后来所有的实验全部是围绕着这个工作。梁栋材的测序小组也没有再对标本进行验证和重新测序，因为HX配方庞大的工作量让梁栋材无暇他顾。

分析：没有人怀疑过它的真实可靠，也没有人再花费时间去进行验证。问题就这样一直被隐瞒，直到梁栋材的标本测序结果出炉。

事实五：哈立德集团屡次派人绑架胡一文。

分析：从这些行动和强子的交代来看，这起生物恐怖事件很可能就是哈立德集团的主谋，但也有可能想浑水摸鱼。因为他们企图绑架胡一文，他们知道毒素基因的事情，也知道 HX 配方的事情。即便他们不是幕后操纵者，至少也是知情者或有密切关系。如果根本没有毒素基因这回事，他们干嘛要策反李银来？他们怎么会派人来绑架胡一文呢？

事实六：A 国情报局愿意出高价换取 HX 配方，并且正在兑现。

分析：这说明他们是认可这起生物恐怖事件的，并且愿意用相当的代价获取 HX 配方。那么他们制造骗局的可能性不大。或者说，他们也认可这起事件，这也说明有毒素基因这回事，但为什么标本里却没有这个毒素基因呢？

事实七：丽莎母子遭到追查和偷袭。

分析：肯定有人在秘密寻找丽莎母子，这说明这个事件是真实的，否则对手不会花费如此巨大的精力来搜寻几个无关紧要的人物。另外，至少有两群不同的人在搜寻丽莎母子，因为事后对那个别墅的侦查表明那里有过激烈的交火。

以上是所有的事实和分析，但并不是所有人都清楚整个过程，而只是关处一个人的归纳和总结。因为这最后的事实六和事实七只有关处一人知道，就连江山也不清楚这些事实和分析，更不要说胡一文了。

关处自己在独自思索后得出的结论是：

问题很可能出在扎妮卡那里。梦都公司可能也有同党，否则申报资料的问题无法解释。我们的确犯了如此低级而又可怕的错误。

但，问题是：

这起生物恐怖事件是真实发生的还是一个巨大的骗局？

如果是真实，如何解释所有标本中实际却没有毒素基因这回事？

如果是骗局，如何解释测序报告？难道有人造假？

如果有人造假，哈立德财团的行动如何解释？

A 国情报局又为什么愿意高价交换 HX 配方？

为什么都要绑架丽莎母子？

谁在幕后操纵？

操纵者的目的又是什么？

各种证据相互纠结，相互矛盾，说不清真实还是虚假。整个事情都仿佛一团乱麻，好像有了线头，又没有办法梳理清楚。无法证明，无法争议。东风也可，西风亦行，可实际上却没有一丝风。你说怪不怪。

毒素基因，有还是没有？

生物恐怖，有还是没有？

这两年来发生的一切，有还是没有？

这真是千古谜团！咄咄怪事！

关处陷入了沉思。江山也陷入了沉思。所有人都在沉思。

第 62 章

所有人都在思考。

所有人都没有想明白。

不过日子还是要过下去的，尽管糊涂，也尽管艰难。

这一周以来，胡一文根本不记得自己是怎样熬过来的，茶饭不思，精神萎靡，脑子里像塞了一团乱麻，根本扯不清楚。他甚至有时候都没有搞明白到底发生了什么。

这怎么可能呢？这到底是怎么回事？

这两个巨大的问号一直盘旋在他的头脑中，让他缓不过气来。

好在，终于有好消息了。

相对于毒素基因事件，这是一个更大的好消息，足以冲抵掉它所带来的阴霾。

丽莎母子要回来了。

江山告诉他，再过几个小时，丽莎母子就要到了。所里已经准备了一辆汽车，将由江山亲自驾驶去 B 城机场迎接丽莎母子。

这可真是好消息呀。丽莎他们终于要回来了。

一路上，胡一文喋喋不休地念叨着他们母子三人。两年了，他无时无刻不在想念他们，担心他们，唯恐出现什么意外。现在好了，我们一家又可以团圆了。他一路上只顾着自己说话了，根本没有注意到江山的态度。

如果胡一文不是如此的兴奋，他应该可以看出江山是挺高兴的，但却是一种假装的高兴。只有在胡一文跟他讲丽莎母子的趣事时才会露出笑容，其他的时间只是"嗯，嗯"地回应着，或者就是很简单的几个字，"是的"、"不错"、"还行吧"等等。

胡一文以为江山还在思考那个毒素基因的事情，再加上自己的异常兴奋，也就没有太在意，只是自顾自的高兴。一路上，江山有好几次想对胡一文说点什么，张了几次口，又咽了回去。

就这样，两人怀着不一样的心事伴随着汽车的轰鸣来到了机场门口。江山直接把车开进了机场跑道边，一架飞机正在打开舱门。

停了车，江山知道不能再拖下去，终于开口了。

"一文，有件事要预先告诉你。"

"什么事？你说吧。"胡一文根本没有在意。

"是这样，丽莎在飞机上出了点意外。"江山在考虑怎样措词。

胡一文却没有耐心了："意外？什么意外？在飞机上病了？她身体挺好的。怎么会病呢？"胡一文想不明白，在飞机上能有什么意外。

"是，是……"江山支支吾吾。

正在这时，飞机舷梯上有人在往下走。胡一文眼尖，一眼看到了胡地领着海伦走在前面。他飞快地打开车门，没等江山说完，直接朝孩子们跑了过去。

江山苦笑着摇头。也好，不用我说了，你自己看吧，一文。

孩子们也看到了父亲。"爸爸，爸爸"两个孩子使劲哭着跑向父亲。三人紧紧拥抱在一起。

胡一文抱着两个孩子，不停地亲着他们。"好孩子，好孩子，终于见到你们了。"两个孩子却只是哭。

一会儿，胡一文松开了手："胡地、海伦，你们的妈妈呢？"

两个孩子早已泪流满面。

胡一文看到一辆救护推车推了过来。孩子们扑了上去："爸爸，妈妈在这儿，妈妈在这儿。"

"你怎么啦？丽莎，丽莎。"胡一文看到丽莎躺在车上，苍白的脸上没有一丝血色。他扑了上去。

丽莎没有回答。

胡一文颤抖着用手抚摸着丽莎的脸："你怎么啦？病了吗？丽莎。"

海伦一把抓住胡一文的手："爸爸，爸爸，妈妈死了，妈妈为了救我被坏蛋打死了。"海伦泣不成声，豆大的泪珠滴在胡一文的手上，也滴在丽莎的脸上。

"什么？死了？"胡一文两眼一黑，栽倒在救护推车上。

等他醒来，已经躺在医院的病床上。他睁开眼睛，看到的是守在床边的胡地。

"爸爸，您醒了。"胡地轻轻说了一句。

耳边又传来了女儿的声音，"爸爸，爸爸。"胡一文转头一看，床的另一边是女儿海伦。两人分别用双手握住胡一文的一只手。

胡一文环顾了四周，想了一下，彻底明白发生了什么。

他动了动身子，试图坐起来，"我要去看看你们的妈妈。"两个孩子知道父亲要干什么。立即扶他坐起，穿好鞋子，来到了医院的太平间。

掀开白布，看着丽莎的脸，胡一文无法控制自己的感情和眼泪，他扑在丽莎身上，那压抑的哭声分明让人感到寒彻心底的悲哀。

丽莎走了。她送回来两个孩子，自己却一声不吭地走了。

胡一文的心碎了。

两年多的呕心沥血和焦虑不安，一直在折磨着胡一文。然后，是实验的成功，狂喜也一样可以侵蚀人们的健康。再后来，标本测试的骗局已经快要击垮胡一文了，而丽莎母子回来的消息却又让他悲极而喜，重又回到兴奋的顶点，但最后丽莎的离世就是这决定性的一击，彻底把胡一文砸进了地狱般的深坑。

无论是谁，无论你有怎样的神经和身体，都很难经受住命运如此这般跌宕起伏、反复无常如过山车般的感情激荡。

胡一文彻底地垮了。

他在病床上整整待了半个月。先是高烧不退，茶水不进，然后是全身浮肿，胡言乱语。好不容易退烧了，他又拒绝进食，怎么也喂不进去，只好靠打点滴维持营养。

几天以后，在两个孩子的劝说和陪伴下，胡一文才慢慢恢复。

这期间，江山把云儿调过来照顾胡一文的生活，还有两个孩子。

胡一文开始恢复以后，每天在云儿和孩子们的精心照顾和陪伴下，日子倒也简单自在。父子三人即便在正常的岁月中也很少这样交流过。他们在一起回忆从前的日子，回忆丽莎。孩子们讲述这两年来的软禁生活，胡一文也告诉他们自己是如何度过这艰难的两年。

慢慢地，胡一文的身体好多了。

但他在知道了丽莎母子软禁生活的同时，开始怀疑软禁他们的其实就是 C 国人，因为从孩子们描述的情节来看，他们一直受到了礼遇，而且从最后的回国旅途安排上，也明显是 C 国人的计划。

胡一文开始把一切都串起来思考。他细细地回忆这几年来的每一个细节，越想越感觉到有哪个环节不对。他开始怀疑江山。

胡一文感觉到江山一直在欺骗自己。这个自己把他当成生命中最诚挚的朋友，很可能一直在玩弄自己。他和江山在分析标本问题的时候，就曾经把整个过程梳理了一遍，当时的胡一文对于父亲病危要求他回国的事情曾有过一些疑虑，但由于那并不是主要的问题，而且也没有时间仔细琢磨。现在，细细想来，这恐怕也是江山的暗中设计吧。软禁丽莎母子恐怕也是江山的诡计。这两年来一直在欺骗我、隐瞒我，都是这个可恶的东西干的好事！

这个可怕的家伙，到底还有多少阴谋。

如果对我这样的朋友都是阴谋和欺骗，那还有什么事他江山干不出来。如果江山在背叛和欺骗我，那这个世界上还有什么友情可言。

想到这些，胡一文刚刚弥合的心好像又在裂开，又在滴血。对江山的猜测无疑是在没有合拢的伤口上又撒了一把盐。

胡一文太痛了。

而更可恶的是，当他就自己这些猜测责问江山时，江山并没有任何的辩解。他的脸红通通的，满是羞愧的神色。胡一文本来设想江山会反驳、会辩解，会告诉他没有这回事，或者跟他说自己也是迫不得已这类的话，但江山没有，一句话都没有。胡一文知道，自己的这些猜测是对的，他终于忍无可忍了。

对着那张看似憨厚的脸庞，胡一文一拳狠狠地揍了上去。"滚，你给我滚，我以后再也不要看到你了。"

胡一文曾经有很多次在想，如果在江山那张憨厚的脸上打上一拳，不知江山会有什么反应。是不是还是那个憨厚和质朴的样子？

现在，他知道了江山的反应。江山没有一点表情，任由胡一文揍他，也任由鲜血流了下来，流了满满的一脸。他只是深深地看了胡一文一眼，又深深地对着胡一文鞠了一个躬。

江山转身走了，在他身后，一路滴下来的鲜血一直延伸到门口。

胡一文看到了那些血迹，心里却恍惚那是自己流的血，抑或是丽莎的血。他知道，这一拳力道很猛，那里面有对丽莎的怀念。

第 63 章

胡一文哪里知道，江山一声不吭，并不代表他没有任何想法。事实上，他在得知这事后就跑到关处那里发泄了一通。他其实对软禁丽莎母子这事根本不知情，但他之所以没有辩解，是因为江山认为他可以代表关处，或者说关处可以代表他，无论是谁做的对胡一文都一样。而且，他愿意向胡一文表示歉意，那个鞠躬就是这个意思。

尽管他没有对胡一文有任何辩解，但这不代表他同意关处的做法。为此，他平生第一次对自己的恩师咆哮了一通。

"您怎能这么做？我们已经把他骗回来了。这就有点对不住他了。可您倒好，还把他们母子给软禁起来，竟然关押了两年之久。您都不告诉我。作为朋友，我们怎么能这么干，一文对我那么信任，您叫我以后怎么面对他？我以后还怎么和他共事？"江山的确是动了感情，他的眼泪流了下来。

这两年，他眼看着胡一文经历的各种煎熬和那种心力憔悴，他的心是疼的。唯一能够帮他的就是尽力配合他，让他尽量早一些完成实验，尽量早一点找到丽莎，可现在，给他带来最大苦楚的竟然是关处一手安排的。

而最让他难受的是，丽莎死了。胡一文甚至都没有和她说过一句话，就再也见不到她了。

江山心中很难过。

他知道失去至亲的痛苦。那种痛你无法诉说、无法排解，只能任由它在孤独的深夜一点一点地啃噬你的神经，啃噬你的躯体，直到麻本，直到心死。

而现在，这些却是自己的恩师设计和安排的。他无法理解，也无法原谅。可悲的是他什么都不能做，甚至不能去跟胡一文解释，因为那样对胡一文太虚伪、太残酷。

　　关处却任由他发泄，任由他咆哮。

　　关处坐在沙发上，手上的香烟冒着淡淡的烟雾。他注视着江山，可什么也没有说。

　　良久，等到江山平静下来，关处拍拍他的肩膀，示意他坐下来，然后倒了一杯热水放在他面前的茶几上，又拿起香烟盒抽出一支递给他，等江山接过烟，关处又掏出打火机，"啪嗒"一声打着了，帮他点烟。

　　等到江山吐出第一口浓浓的烟雾，关处开口了。

　　"江山，如果因为亲人或朋友的疏忽或过失，导致我们的任务无法完成，你会怎么办？如果你本可以采取一些必要的措施，但由于一些特殊的原因没有办到，而最后却因为这个无法完成任务，你又会怎么办？"

　　江山听到关处的问话，想了一下，刚想说话。关处拦住了他，"我不需要你的回答，只是要你好好想一想。"

　　关处接着说："至于胡一文的家人，如果我们不提前采取行动，恐怕现在我们要做的就是如何解救人质了。"他看了看抽到一半的香烟上烧出的烟灰，又轻声说："即便如此，丽莎还是牺牲了。我很难过，我会去找一文说清楚的。"

　　"关处，还是，还是我去吧。"江山赶紧抢着说。

　　关处抬了一下手，意思是不用争了，就这么定了。

　　"其实，你是一个老特工了，不用我多说。但既然谈到这里，我还是想说一句。"关处弹掉了已经很长的烟灰。

　　"在任务面前，没有什么亲人、朋友，只有百分之百保证任务完成的各种行动和预防措施。否则，完不成任务，我们如何对得起组织，对得起国家和人民？"

　　停顿了一下，关云海又补充了一句，"如果可能，我愿意自己去替代丽莎。"说完，关处习惯性地走到窗前，看着外面的风景。

　　江山坐在那里，任由寒风吹乱了他的头发。他站起身来，走到关处的旁边。"关处，我明白了，我……"

　　关处一扬手，打断了他的话。

　　"你不必说了。如昊心里有话，可以找刘彤聊聊。她是个好女人。"

　　"是。关处。"江山不再说话，心里却有点疑惑，为什么关处说刘彤是个好女人？

　　关处看到了江山的表情，颇有深意地笑了。

　　"也好，本来我要去找你的，正好你来了。"关处转过身来。

　　江山立即挺了挺身子。

　　"十八处的事情以后恐怕要你自己一个人扛了。"看到江山又要说话，关处摆手示意，接着说，"另外，我看一文留下来的可能性很大，你要多做工作。刘彤、林织云都可以帮你。还有，新来的那些年轻人里面也是可以提拔几个的。必要的时候，可以给一文加点担子，学会让别人帮你分担一些。"

　　等到关处说完，江山立即回答："关处，现在的十八处刚刚会走路，还需要您的扶持。不过，请您放心，我一定全力以赴，绝不辜负您的期望。"

　　关处笑了，这次的笑更像一个长辈对晚辈的疼爱的笑。

　　"江山，记住，侠之大者，是针对民族和国家而言的。另外，三思而后行，谋定而后动。我相信，你会做得比我好。"

　　说完，关处端起自己的茶杯，一饮而尽。

　　站在窗边看到心爱的弟子大步而行，坐上汽车，风风火火地走了，关处的心情很是欣慰。

　　这个中年人已经像一只雄鹰，成熟了，可以翱翔蓝天了。经历了这次的洗礼，相信他完全可以独当一面了。这个时候的江山比起自己年轻那会儿，更有冲劲，更有灵性。

　　关云海一直站在窗边想着，直到烟屁股烫了他的手，这才激灵一下，回过神来。他自嘲地一笑，返回办公桌前把香烟掐灭在烟灰缸内。

　　关云海坐在转椅上，月右手从前往后理理自己的脑袋。

最近的事情很多、很乱，发生得也很突然，其中又透出一些离奇和古怪。作为老特工，他有点想不明白，尤其是毒素基因这个案件。

前几天，他已经通知中间人把 HX 配方的第二号秘方交给安德烈。本来，根据约定，他应该等收到余款后才给的，但由于梁栋材的标本问题出来以后，他也很怀疑这是不是 A 国人搞的骗局。所以他临时变更了约定，决定先把配方给出去，如果后面的钱没有收到，那就说明这的确是个骗局，而且前面收到的那些情报就都是假的，唯有那 10％ 的定金算是真金白银。那玩意儿假不了，已经落袋为安了。

但很奇怪，今天上午，中间人传来消息，安德烈很是欣赏我们的举动，剩下的余款全部付清了。这个安德烈还算是一个优秀的同道中人，以后在反恐的国际合作中可以再深入一些。这一点别忘了提醒江山。

这样一来，那件毒素基因事件就变得更加扑朔迷离、真真假假了，让我们很是头疼。关云海使劲想了一阵，实在搞不懂问题出在哪里，事情到底是真是假，太难分辨了。

天渐渐黑了，窗外的红霞快要落山了。楼下传来行人和汽车的动静，正是下班的时候。关云海没有要走的打算，他还想再呆一会儿。

望着黑下来的天空，关云海没有开灯，就这样坐在位子上思考着。

其实，无论它是不是骗局，这次的葱花行动都可以说是一个前所未有的大成功。你想想，我们有什么损失，好像一点也没有。当然，胡一文一家倒是为此做出了巨大的牺牲。

而从其他方面来看，我们反而得到了许多。

首先，我们借此机会建立了现代生物武器，尤其是基因武器的防范和研究机构，引进了包括胡一文在内的一些专家，这对国家以后保障生物安全和反对生物武器有着巨大的建设性作用，而且这个作用是一个长效的防卫机制。光凭这一点，我们无论是否上当受骗都是值得的。

另外，通过与 A 国情报局的合作，我们打通了合作的渠道，也初步了解了安德烈这个人，这对于预防和对抗全球性的生物恐怖活动有着重要的作用。

从安德烈用来交换 HX 配方的那些情报来看，对于我们今后的研究重点和进展将发挥不小的作用。那些情报对我们可是太值钱了，全都是当今最先进的生物技术的新进展以及在军事上的应用。

从资料上来看，我问过刘彤，她告诉我，这些资料表明，A 国其实一直在进行这方面的研究，我们落后得挺多，必须奋起直追，否则，未来很可能会要挨打和受欺负。这次的情报告诉了我们与最先进国家的差距，也指明了下一步的研究方向，这也是这次葱花行动硕大的成果之一。

这次葱花行动还兜出一个贩毒和恐怖集团。这个就在我们边境的大毒瘤果然与这起生物恐怖事件有关。尽管没有很确切的证据，但他们派来的莫沙和强子已经说明了这一点。只是不太清楚他们怎么和梦都公司搞在一起，又怎么和毒素基因会扯上瓜葛？

还有，这次行动的副业就是搞到了一大笔经费。没有想到，当初谈判时也就那么随便一提，没想到安德烈居然同意了，看来，他们是太有钱了。无论如何，这些钱起码可以支撑我们一段时间。或许，还可以设立一个家属基金，以补偿和安排类似胡一文的这种情况。这一点，在我离开前要保证办好。

关云海提笔把刚才这个想法记录下来。这也是他多年的好习惯，在思考的时候，凡是有什么新主意或想法，都会记录下来。

关云海全面回顾了一下葱花行动，它本身是没有什么问题的，而且，从现在的结果来看，如果我们一开始就看出这是一个骗局，或许我们根本没有这么多的收获。

福也，祸也，安可预料？

何况，别忘了，我们还顺带策反了一个强子，肃清了边界的贩毒网络。

关云海想到这里，很欣慰地笑了。不过，想到自己还是上当受骗了，这毕竟是自己百密一疏，犯了不应该犯的错误。不管结局如何，受骗了就是受骗了。这只怪自己太大意了。

不过，对手也的确是太工于心计了，设计和安排得如此巧妙，简直天衣无缝。关云海很佩服这个对手，尽管到现在还没有搞清这个对手到底是谁。

关云海也有点好笑。自己将近四十年的特工生涯，这还是第一次碰到这种情况。对手都不知道，这仗却已经打得热火朝天了。这真是滑稽，听起来也荒唐，可它还就是真的，由不得你不信。前几天把这事汇报给刘局长，他也是一头雾水，直笑着说"厉害，厉害，过瘾，过瘾"。

关云海明白刘局的意思。

现在的对手层次很高，智商也很高，又加上使用高科技，其方法之多，手段之诡异、之隐秘、之毒辣，都是以前很难遇到的。

以这次的葱花行动来看，A国的安德烈就已经够难对付的，丽莎母子藏身之地那么机密都可以被他们找到，本领太高了。更不用提那些先进的生物武器的研究成果了。我们尽管不太清楚细节，但那些原则性的东西已经有点让我们吃惊了，那可不是一般的对手啊。

就连哈立德这种以前的大老粗，如今也是人才济济了，甚至把手都伸到我们这里来了，还搞走了我们的研究人员。尽管他们损失了几个行动队员，但实际上，他们也没有吃特别大的亏呀，而且，他们把恐怖活动和经济活动联系起来，居然行动失败了也能在贸易上捞回损失，这种本领也不可小觑呀。

其实，研究对手，一直是关云海的工作重点。这次国际上其他几个大国没有太多的动静倒让他有些意外，而且，行事一贯很嚣张的A国军方这次也好像没有吭声，这不太符合他们的作风。

总之，我们的对手不简单啊。这是他和刘局交换意见后得出的结论。最有力的证据就是，我们受骗了，竟然到现在还不清楚谁是幕后黑手，他们的目的又是什么。

这其实是一件很可怕的事情。一定要慎之又慎啊。一不小心，损失的可就是巨大的国家利益，这绝不能掉以轻心。

以我们这样的老特工，四十来年的经验，和这些对手过招，稍不留神就栽了一个大跟头。关云海在想，无论哪个对手，都挺可怕的。今后的斗争，恐怕要比以前更为紧张激烈。

江山刘彤胡一文他们这些年轻人身上的担子不轻啊。看来以后自己要多提醒一下江山和刘彤他们了。

这次发生了好几次事故，作为直接的负责人，关云海是有严重责任的。

最大的错误就是毒素基因的受骗问题，错误之大这已经很难让人忍受了。还有就是李银来的叛逃问题，关云海也负有管理责任。最后是丽莎的死，恐怕自己也有干系。毕竟，这些错误都是在自己的领导之下出现的，作为一把手，这是不可以免责的。否则，以后又如何去指挥别人？

关云海其实已经向刘局递交了请求处分的报告，但他知道，刘局很可能对他网开一面，这不仅是因为刘局是自己的弟子，也是因为这次的损失并不大，而收获却不小。按刘局的说法，功大于过嘛，那对于过失就不要太追究了。

但关云海却不能原谅自己，他必须惩罚自己，否则一辈子都不会心安的。作为一个资深的优秀的特工，自觉地遵守纪律是必须的。否则的话，刘局他们以后怎么管理，怎么带人啊。做错事是要付出代价的，这也是我们这个行业铁打的纪律，谁也不能违反。

关云海想着，对于自己要离开这个阵地很有点不舍得。他自己在心中已经决定了。今年已经58岁了，本来再过两年也要退下来了，这次犯了这么多错误，不能拉下这个老脸再赖在这里了。自己严重的冠心病也该好好治疗一下，老伴身体不好，也要好好陪陪，让她过几年安稳日子。

再说，江山和刘彤已经长大了，成熟了，可以独当一面了。自己退下来，也算是为这两人分担一些责任。他们还年轻，要让他们没有负担地往前奔。

关云海在心里默念着，他决定了，最后一件事情就是去看看胡一文。胡博士经受的打击够大的，何况他对江山的心结还要自已去解开。

关云海仍然没有开灯，在黑暗中环视了一下办公室，尽管什么也看不清，但关云海的心中仿佛已把办公室的一切都看到了。

其实，这里的一切都早已装在他的心里。

关云海关上了办公室的门。楼道里吹来一股风，顿时让他感觉到一阵凉意。

第 64 章

关云海见到胡一文已经是一周以后的事情了。

这时的胡一文，身体基本康复，但始终有心结没有解开。

孩子们跟他谈，云儿跟他谈，刘彤来找过他，就连新来的那些年轻人也在看望他时劝他，胡一文却始终不跟江山说一句话。他知道自己有点过分，也知道其实不仅仅是因江山欺骗他的事情，胡一文自己对整个事情还没有缓过来，他需要时间，也需要心理宣泄，更需要寄托。

看到关处来看望他，胡一文有点惊讶。

他已经听说关处要提前病退了，实际上是承担那些过错的。胡一文其实没有想到关处会来看他，因为，加起来，关处一共见过胡一文不到五次。

所以，胡一文有点惶恐。他对这个比自己大十几岁的老特工一直怀有敬畏之情。现在的关处，刚进门，胡一文就感觉到了他的老态，以前怎么从来没有这种感觉。

关处笑着说："一文啊，我来看看你，身体怎么样了？都康复了吗？"

胡一文赶紧让座："关处，还让您来看我，真不好意思。"

"没关系，没关系的。以前太忙了，现在有时间了，就想出来走走。怎么样，出去转转？"关处没有坐下，反而提议去外面走走。

胡一文自然没有意见。

两人顺着小湖边的碎石路随意走着。这条路胡一文太熟悉了，几乎每天要围着它跑几圈。现在，两人东看看西看看，天南海北地闲聊着，倒也悠然自得。

这时已是黄昏，初冬的小山上早已没有了五颜六色的野花，但长青的树木却依然让这里还保留一些绿色的景致。两人慢慢走着。

突然，关处在一个地方停了下来。

"一文，这里就是你被强子抓住的地方吧？"

胡一文仔细一看，绕着转了两圈。旁边的那个地井的确有点眼熟。

他哈哈大笑："没错，没错，就是这里，就是这里。里面的味道真是太难闻了。"

胡一文回忆起那天的情景，唏嘘不已。强子已经回家了。他为强子的结局感到欣慰。

两人在这里站了很久，谁也没有开口。

没想到，关处率先说出了一句话，而这句话却让胡一文很是感动。

"一文啊，为了我们的事业，让你吃了不少苦，谢谢你啊。你为国家做出了巨大的牺牲。"

胡一文的眼眶有点潮湿。

关处是代表组织来看望自己的，他所说的话也就是组织要告诉自己的话。其实，胡一文一直在反省自己到底是为了什么，弄得这样家破人亡。现在，关处一句话让他醍醐灌顶。他也从中体会到了 C 国人的民族情结。

毕竟都是 C 国人，血浓于水，那是颠扑不破的真理。

"想想也是，这是我们自己的国家。总要有人付出代价的。以前在国外，对于祖国二字，体会根本没有这样深。就连我的两个孩子都跟我提到了这点。应该的，关处。我不后悔。"胡一文像对老朋友一样跟关处这样说。

"像我们这样的人，其实不应该有亲人和朋友。我们的很多做法都让常人很难理解，但是，一文啊，很多时候，为了完成任务，我们是目中无人的，就连我们自己都不是人，只是完成任务的工具。国家利益高于一切。我只能说这么多了。"关处轻声地说道，脚步却停顿了，不再往前走。

"我能理解，能理解。"胡一文过了很久才回答，"其实，我看到了你们的付出。您放心，我只是需要时间来适应。"

关处听了这话，又迈腿向前走。

"一文，你付出的代价的确太大了，但没有办法，这也是命运的安排。我们要朝前看，历史总是要前进的。不要记恨江山，那些都是我安排的。他的确是你的好朋友，相信我。"关处看似随意地说着。

这回，轮到胡一文不走了。他支吾着说："关处，有几个问题不知可不可以问？我知道你们有纪律。"

"没事，你问吧，我心里有数的。"

"关处，我想知道您为什么要软禁丽莎他们。"胡一文这个问题憋了好久。

关处看了他一眼："其实这是对他们最好的保护。你应该知道，别人一直在寻找你们，只不过我们下手快一点才占据了主动。否则，现在该轮到我们满世界地去找丽莎母子了。对吧？只是没有想到还是出了意外。"

胡一文点头。他从胡地那里知道了他们遭遇的那些事情，也知道关处最后那句话的意思。丽莎的死或许只能用宿命来解释了。

"还有一个目的。"关处停顿了一下，似乎在考虑是不是应该说出来。

"那就是我们要以防万一。"关处最终还是说了出来。

胡一文知道，这或许也可以算成一种要挟手段，如果他不同意留下来的话。但他还是憋不住提出另一个问题，"难道我的父母以及我和江山的关系还不能保证吗？"

关处笑了："一文，你是搞科学的。世界上没有绝对可靠的东西。我要做的就是尽最大的可能保证任务的完成，我们绝不能把任务押在赌博上，那很危险，也不是我们的做法。"

结合前面关处的话，胡一文真的理解了特工的所谓做事方式。感情上很难接受，但理智上绝对是正确的。尽一切的手段和可能来保证任务的完成。

　　"那您为什么不告诉我，丽莎母子在你们手上，让我提心吊胆了两年。这很残酷，知道吗?"这是胡一文的另一个心结。

　　"对不起，我们只能这么做。一是消息要尽量少的人知道，多一个人知道就多一分危险。即便是你，也不一定能保守秘密。李银来其实就是一个证明。另外，那个时候，你们的安全是第一位的，丽莎在国外反而是最安全的。更何况，我们一直在寻找让他们安全回国的办法。你以为，在 A 国特工的鼻子下面，几个大活人要回国很容易吗?我们一直在设计和等待机会。最后一个理由，我们要利用这个现象来迷惑 A 国人和哈立德集团。"

　　实际上，关处内心还有一个原因没有说，那就是让胡一文置之死地而后生，这样可以尽快地把所有精力投入到 HX 配方实验中。

　　"你要知道，一套完整的方案对完成任务是必须的，我们必须考虑所有事情的联系和可能，并确保其完全的成功。即便如此，也仍然会有我们无法意料的事情发生。比如丽莎。"关处说到最后，声音已经很小了，这代表着他的歉意和难过。

　　但胡一文理解了，这些可以说出来的理由就已经让胡一文信服了。

　　从这一刻起，胡一文真正理解了特工这一行的内在含义，而这促使他变成了一个优秀的秘密研究工作者。

　　解开了这些心结，胡一文感觉心一下子像远方的天空，异常的开阔，没有一丝云彩。两人尽管没有再说话，但显然不再像刚才那样心事重重了。

　　在返回的路上，关处才又开口。

　　"一文，我想给你加点担子。"

　　胡一文刚想说话。关处拦住了他:"你先听我说完。"

　　他停住了，在路边一个石凳上坐下。又指了指边上的一个石凳，"有点累了。老了，不行了。你也坐坐吧。"

　　等胡一文坐下，关处掏出了香烟，给了一文一支，两人就这样抽开了烟。

"你知道了吧，一文，我要提前退下来了。"

胡一文点头。

看着手上冒烟的香烟。关处说道："生命其实跟这个香烟有点类似，我快到烟屁股了，应该放手了。"

胡一文出神地看着手上的香烟。

关处又说："以后，十八处就让江山来搞。他刚上来，需要有人帮他一把。你就是最好的帮手，尤其在技术这一块。一文，我们一起来扶他一程吧。怎么样？"

关处深切地注视着胡一文。胡一文没有开口，只是仍全神贯注地看着燃烧的香烟，仿佛没有听见关处的话。

这可是一个承诺，要用一生来兑现的承诺。

关处没有催他，自己却抬头，看到了满眼的红霞。有点凉意的风吹过来，树叶哗啦啦作响。

胡一文突然把香烟拿到嘴边，使劲吸了一口。他喷出一大口浓浓的烟雾，看着关处的眼睛，郑重地点点头。

关处笑了，他高兴地站了起来。大声地朗诵了一句诗：

"莫说前头无知己，革命更有后来人。"

第 65 章

关处病退了。

江山被任命为十八处处长。

胡一文也当上了研究所的所长。

研究所又进行了新的扩编。原来的基因研究室主任由林织云担任。梁栋材则成为了独立的核酸序列测定中心的主任。

根据最新的生物技术进展和形势的要求，研究所新成立了几个研究室。

合成生物学研究室，胡一文兼任主任，副主任是顾亦扬。

新思维和精神干预研究室，秦初担任主任。

人类超能力和潜能研究室，李汉阳是主任。

利用关处搞来的一笔研究经费，研究所招兵买马，又是添置仪器，又是增加人员，一派欣欣向荣的景象。

日子就这样在太阳起起落落中过去了。

转眼间，又快一年了。

这是一个周日，胡一文正在家里看书。儿子胡地已经去英国留学，而女儿在爷爷奶奶家读书。平时的日常生活都是云儿在照顾他，两人已准备结婚了。

这时，顾亦扬来看望老师了。

他刚从德国回来。胡一文见到他非常的高兴。

"怎么样？小扬，有收获吗？"胡一文很喜欢这个小伙子，这个小扬的称呼在所里是胡一文的专利，和顾亦扬的父母一样。

"太有收获了。老师。"顾亦扬异常兴奋。

这次顾亦扬去德国，是参加第六届国际合成生物学大会。这可是一次全球性的大会，几乎所有顶尖的科学家都会出席这样的会议，就连制造出第一个人造细胞的科学家文特尔也参加了会议。

胡一文由于身份特殊，只能安排顾亦扬去参加。毕竟像他这样年轻的科学家外界还不太清楚和了解。

顾亦扬详细介绍了会议的情况，并把会议的论文集送给了老师。

"老师，还有一件事。我在会议上碰到了一位 P 国的科学家，他说认识您。我很惊讶，他怎么知道我在您这里？"

"哦，是吗？"胡一文有点诧异。

"他叫 Silver Li。哦，对了，他还叫我给您捎来一本书。"胡一文听到这里，心里预感到他是谁了。

顾亦扬从包内拿出了书。胡一文接过一看，这是一本全部用英文写成的专著。书名叫做《细菌的合成与控制》。

"小扬，他还说了些什么？"胡一文把书放在一边，有空再看吧。

"老师，他说曾经在您手下学习过，他很感谢您，叫我代他问好。"

胡一文心中明白这个人是谁，但他不想多说。于是，引着顾亦扬说了一些别的话题。又聊了一阵，顾亦扬告辞了。

胡一文拿起了那本书，仔细地读了起来。书写得不错，观点和内容都很有新意，看得出来，的确是一本优秀的专著。书中详细阐述了如何制造人工细菌，尤其是培植细菌的具体操作以及思路，当然更多的是基础理论的研究和发展。

合上书，胡一文陷入了沉思。他知道，这是李银来的书，这个半路离开的小伙子终于成大器了，进入了杰出科学家的行列。可惜呀，当初没能把他留下。当然，也许他留在 C 国，却未必会有如此的成就。P 国的绝对自由的研究和衣食无忧的生活应该对他的科研之路很有帮助。但从李银来的性格来说，这未必没有什么问题。

胡一文有点隐隐的担忧，却说不上具体在担忧什么。因为，在胡一文的内心深处，他知道，哈立德集团给予李银来这么好的条件和待遇，决不是让他按自己的兴趣去搞研究的。

然而，从目前的情况来看，好像一切都很正常。

自从毒素基因事件以来，各国对于生物安全问题好像都很平静。其实，各国都在进行一些静悄悄的改变，只不过这些改变没有那么明显而已，而且绝大多数都是在内部进行整顿和改善，就像十八处一样。

江山自从独自掌管了十八处以后，比以前更忙了，毕竟负责的事情要多了不少，而研究所的事情却主要由刘彤兼管。在江山的心中，毒素玉米的真相一天不解开，他一天都不踏实。而这，也是关云海退休前给江山提出的唯一一个要求：搞清楚真相！

江山知道，这个真相在国内是无法找到的，必须去 A 国。事实上，他布置在 A 国的人员已经开始了行动。

而在国内，从葱花行动结束以后，研究所进行了全面的改善和提高。从人员规模到仪器设备都有了不一般的发展，江山和刘彤看到这种状况都很是高兴。

在每月进行的情报交流通气会议上，刘彤通报了这些欣喜的进步。这不，在她的领导下，情报资料研究室每月会对全球范围内生物技术的最新进展进行汇总，尤其是那些与生物安全相关的可疑现象，更是逃脱不了他们的视线。

现在，有所领导和各研究室主任参加的这个月的通气会议上，情报资料室的王晓月正在进行情况通报。

"……这段时间，有两个现象引起了全球范围的注意和重视。其中之一就是能够对抗绝大多数抗菌药物的超级细菌开始在全球肆虐，已经有不少病人死于该种超级细菌。我们之所以通报此事，是因为有传闻这种超级细菌与目前的合成生物学的兴起或许有关。有人认为可能是人造细菌。"

这个消息让与会的人员开始了议论，交头接耳的说话声在会议室响起。

有人发问："到底什么是超级细菌？能否介绍一下它的来龙去脉。"

王晓月立即翻出一份资料，念了起来。

"1920 年，医院感染的主要病原菌是链球菌。

1960 年，产生了耐甲氧西林的金黄色葡萄球菌（MRSA），MRSA 取代链球菌成为医院感染的主要菌种。耐青霉素的肺炎链球菌同时出现。

1990 年，耐万古霉素的肠球菌、耐链霉素的"食肉链球菌"被发现。

2000 年，出现绿脓杆菌，对氨苄西林、阿莫西林、西力欣等 8 种抗生素的耐药性达 100%；肺炎克雷伯氏菌，对西力欣、复达欣等 16 种高档抗生素的耐药性高达 52% ~ 100%。

2010 年，研究者发现了携有一个特殊基因（即超级抗药性基因 NDM－1）并具有超级抗药性的超级细菌在全球范围的医院内夺走了不少病人的生命。同年 10 月巴西大规模爆发 KPC 超级病菌（即"碳青霉烯酶肺炎克雷伯氏菌"，简称 KPC）导致多名感染者丧生。

所以，超级细菌夏为科学的称谓应该是携带有 NDM－1 基因，能够编码 I 型新德里金属 β－内酰胺酶，对绝大多数抗生素（替加环素、多粘菌素除外）不再敏感的细菌。临床上泛指临床上出现的多重耐药菌，如耐甲氧西林金黄色葡萄球菌（MRSA）、抗万古霉素肠球菌（VRE）、耐多药肺炎链球菌（MDRSP）、多重抗药性结核杆菌（MDR－TB），以及碳青霉烯酶肺炎克雷伯菌（KPC）等。

从目前的趋势来看，超级细菌还在发展。"

会场响起了嗡嗡的议论声。

王晓月用笔敲了敲桌子，会场安静了。

她接着说："还有一个让全球动物学家很郁闷的消息。那就是，最近几个月，相继在全球各地发生了动物集体死亡的事件。从各地动物学家对当时的现场分析来看，应该是动物的群体自杀行为。但更多的科学家认为，如此密集和多样的动物实行集体自杀行为，并不完全是因为环境污染所致，恐怕还有其他的可能。"

有人质疑道："动物集体死亡事件其实也偶有发生，这没有什么可奇怪的。"

王晓月反驳说："在自然界，的确每年都有很少的动物集体死亡，但最近，这类事件发生的频率、地区和数量则让人惊讶，不得不有所怀疑。"她又翻开一份资料，看了看，对大家说道："据报道，在不到三个月的时间内，最少有几十起动物集体神秘死亡的事件，仅在谷歌地图上标出的地区就有三十多个。而且，有许多死亡案例科学家根本无法找到正常的原因。

可能大批死亡的因素有气候严寒、食物匮乏、中毒或疾病，以及人类活动造成的环境变化，容易发生集体的精神绝望或精神病变，而选择自杀。"

……

会议的讨论结果是，由胡一文牵头，组织专人对这两起事件进行详细的研究。胡一文分别安排了顾亦扬和秦初分别负责超级细菌与动物集体死亡现象的调查和研究。

两个月后，搜集相关标本和现场勘察的那些科研人员先后回来了。他们都带回来不少的资料和标本。

秦初首先汇报，从国外的情况来看，由于无法到达现场，只能寻找有关国家的动物学家进行交流，动物集体死亡的原因有很多。比如环境污染、气候变化、栖息地的人工干预等各种原因可能都有，但也有不少是不明原因的死亡。

而从国内出现的动物群体死亡来看，秦初仔细地进行了现场的勘察和原因分析，尽管多数是自然原因引起的，但在几起不明原因的死亡现象中，她怀疑很可能与动物自身思维被干预有关。

因为已经有人发现了可以干扰动物正常思维活动的物质，不排除有人在进行此类实验，故意对动物施放某种物质改变或干预动物的神经活动以观察其行为结果。而这，也就是目前一些国家正秘密研究的"精神武器"或者说"心理武器"。目前，正在对在现场收集到的一些标本进行检测分析，试图找到一些相关的物质，以证明这个推断。

但，即便如此，这个推断也让胡一文和刘彤大吃一惊，江山更是认为不可思议。

胡一文问道："目前，对大脑和神经的研究已经达到了如此的地步，可以通过物质或生物电子来干预动物或人类的正常思维了吗？"

秦初肯定地说："是的。有研究表明科学技术已经可以做到这一点，只是不太清楚对动物的行为影响到底有多大。所以，我怀疑有人在浑水摸鱼。利用少数的动物集体死亡现象在进行这样的实验，妄图瞒过大众的眼睛。因为每年都会有少量的动物死亡发生，但最近这样的事件好像太多了点，这很不寻常。"

这个结果令大家颇为震惊，但大家又无法怀疑秦初的判断。事实上，秦初的研究很大程度上得益于丽莎的读书笔记。丽莎去世后，她所留下来的读书笔记一直由儿子胡地保管，而且一直在研究。无意中被秦初发现以后，认为其中有相当的科研价值，便复印了一套。

丽莎在两年中阅读了几百本相关的书籍，并记录了自己的读书体会和心得，有不少东西在理论上达到了相当高的水准。秦初为此在心里感谢这个从未谋面的女人，并每年专程到丽莎的墓地上纪念丽莎，以告慰她的亡灵。

胡一文让秦初按照自己的思路继续研究，尤其希望她坚定自己的判断，即便错了也没有关系，因为我们的任务本来就是判断是否涉及生物安全，而不是进行其他的生物学研究。

布置完这些，胡一文转向了顾亦扬。

对于超级细菌，顾亦扬则汇报了具体的调查结果。因为这是自己擅长的领域，因此胡一文会跟踪每一步的研究进展。目前已经拿到了所有国内出现的超级细菌的基因序列测定结果。

对超级细菌基因序列的计算机分析表明，基本上与普通的致病细菌有相似的基因结构，但分析结果显示在两个地方有明显不同。

一是超级细菌与基因库内的大多数耐药基因的顺序相同，这其实不奇怪。因为，超级细菌的特点就是可以耐受或对抗大多数抗菌药物，而超级细菌具有的耐药基因正说明了这一点。

但第二点就有点奇怪了。在几个超级细菌的基因序列中发现有一段未知功能的基因。这段基因序列很奇怪，它是由组成DNA的四个碱基对组成的。ATGC，就这样反复八次循环，组成了一段特殊的标志基因。这说明了什么呢？为什么会有这样一段基因序列呢？

这个问题困惑了胡一文很久，一直到两周之后，云儿发现胡一文的异状，一问才知道了这个情况。这回该轮到云儿吃惊了。

"天啊，这段基因我很熟悉，让我想想。"她沉思着。胡一文紧张地看着她。

"我想起来了。那是李银来还在的时候，他曾经告诉过我，这是他李银来的标志基因。哦，对了，你可以去他曾经负责的耐药基因库内检查一下，他告诉我在那些由他整理的耐药基因后面都有这么一小段基因序列，他当时还开玩笑说这标志着他李银来的发明创造。"

这简直是匪夷所思！

第二天，他马上检查李银来负责收集整理的那些特殊基因，果然发现了这个八次循环的四碱基对序列。

胡一文在哭笑不得的同时感到了极大的震撼。

太可怕了！太不可思议了！部分超级细菌的基因上竟然带有李银来个人的标志序列！而这些超级细菌来自于一个发达的岛国。

这就像人工合成基因组中美国科学家文特尔的"基因水印"一样。

这意味着，很有可能这些超级细菌与李银来有关！

这怎么可能呢？！

晚上，在胡一文、江山和刘彤三人的紧急碰头会议上，三人都对这样的结果和可能性瞠目结舌！

难道是李银来制造了这些超级细菌？

江山和刘彤都疑惑地望着胡一文，希望他给出合理的解释。

胡一文明白，从合成生物学的进展来看，由于"辛西娅"的诞生，理论上科技进步是有可能的。而且，从李银来送给自己的那本书的内容判断，李银来很可能制造合成了超级细菌，而他所用的原料则可能是从咱们研究所带走的。

我相信他送书给我，绝不是一个随便的举动，这可能是一个通知，也可能是一个提醒，甚至可能是一个挑衅！

但是，且慢，刘彤提出了疑问。

为什么世界各地的超级细菌都有些不同？

为什么只有部分超级细菌含有那段李银来的标志序列？

如果是李银来制造的，为什么全球各地到处都有，难道李银来到处去散播吗？

如果不是他制造的，为什么有的细菌又会带有他那段标志基因呢？

那段标志基因绝对不是自然界存在的，有非常强的人工合成痕迹。

……

一切都是似是而非，又好像不太可能。如果跟李银来没有关系，又如何解释那段奇怪的基因序列？如果与李银来有关系，那为什么又有多种不同的超级细菌？

各种矛盾和关联的问题纠缠在一起，让人晕头转向。

胡一文突然想起了毒素基因的问题。

他问江山："后来那件毒素基因的事情有什么进展？你们在A国的调查发现了什么？到底是一个骗局还是真实的存在？谁是幕后黑手？"

江山摇摇头："到目前为止，那还是一个悬案。我们到现在仍未查清真相。"

胡一文沉默了。

真相？骗局？

到底什么是真相？什么又是骗局？

他不禁想起了自他进入这个领域以来，所有的现象都是扑朔迷离，真真假假，似是而非，雾里看花。

欧洲死亡几百万民众的"黑死病"的真相？

艾滋病毒起源的传说与辟谣？

SARS病毒的突然兴起又神秘消失的内幕？

甲型流感病毒的众说纷纭？

禽流感病毒全球流行的疑问？

转基因作物的世界性大争论？

动物集体死亡的猜测？

超级细菌的悬念？

人造生命"辛西娅"的诞生？

……

所有这一切好像都跟生物武器有关，又好像与生物武器无关，难道它们只是自然界跟人类开了几个不大不小的玩笑？

胡一文思索了很久，他并没有得到想要的答案，但他的脸上却慢慢显示出坚定的神色。他走到窗前，一把推开了窗户。

窗外是漆黑的一片，只是在遥远的天边有几点星光在闪耀。

胡一文站在窗边注视着那几点星光。刺骨的寒风扑面而来，夹带着漆黑涌进了温暖的房间。

胡一文一动不动，慢慢地，江山走了过来，站在他的身边，刘彤也走了过来，站在他的另一边。三人不约而同地仰望着遥远的星空。

星星在一闪一闪，越来越多，越来越亮。

第 66 章

　　同样的时刻，在 A 国国家安全事务顾问助理范特斯尼先生的桌上，安静地躺着第十三次生物安全情况通报。

　　如果你仔细阅读，会看到这样的文字：

　　这或许是关于本次毒素基因事件的最后一份情况通报了。我们经过讨论，一致同意，尽管这是一次半真实半演习的事件，但我们认为这个代号为"辛西娅的微笑"的秘密演习可以结束了，或者说告一段落了。

　　这次的演习由于只有极少数的高层人士预先知情，因此可以认定其事件的发展是极其真实的，而且由于 C 国等其他国家和国际组织的介入，这次演习更不像一次演习，倒像是一次真正的基因武器的秘密战争。

　　我们发现，这次演习暴露出的问题很多，主要的问题有如下几个方面。

　　一、现代的生物武器一旦使用，将不再是通常意义的在战场上进行的，而是在你不知不觉的情况下，在任何地区都可能发生。要时刻警惕其特殊的隐秘性和伪装性。

　　二、生物武器目前的呈现方式主要为生物恐怖，这些恐怖分子为了其巨大的政治或经济目的，今后可能会有更多不同形式的生物武器出现，要高度关注新兴的生物技术的发展。

　　三、我们还需要制定更具体和更严密的日常检查和监督措施，以保证恐怖分子无机可乘。这次的结果严重暴露了日常监管的心理和行为疏漏，尤其在药品和食品的行政监管和审批环节。

　　四、在应对可能的生物恐怖中，紧密的国际合作非常必要。

这次演习中出现的不少问题其实是缺乏适度的国际合作而导致发生的。

五、在生物武器的防卫中，高水平的人才队伍建设尤为必要。这将保证我们在未来的发展和防御中始终占据主动地位。

六……

范特斯尼先生沉思了很久。雪茄的烟灰抖落白白的一段，静静地躺在淡紫色的烟灰缸内。他站了起来，把桌上凌乱的文件从第一到第十三份情况通报全部按顺序整理好，放进了一个大文件袋中。然后，他走到房间右侧的角落，那里有个高大而结实的黑色保险柜。范特斯尼先生按了一通号码，拧开了保险柜沉重的铁门，把那个大文件袋放了进去。

一个天大的秘密被尘封于此。或许五十年后才会对后人解密，或许永远不会。

对于安德烈而言，拿到 HX 配方的他却意外没有得到奖赏。他曾试图打听，但那个大腹便便的局长却告诉他，这事到此为止。安德烈庆幸自己没有向局长透露他花了两千万美元才买到那个配方，而且还附赠了很多绝密资料。安德烈大感不解的同时也很奇怪，这让他暗中加快了侦查的速度。他无法控制自己的好奇，也不能容忍被别人蒙在鼓里。更何况，他已经找到了一条明显的线索，那就是梦都公司的股东伯恩。

而此刻，感觉到受到监视和调查的伯恩已经从 A 国撤出来了。不过，他并没有回到 M 国。按照哈立德和欧阳龙的安排，他在全球绕了几大圈之后去了 I 国。他安静地生活在那里一个僻静的农庄里，很少有人会去那里，也没人知道他在干什么。只有两个人每半年会定期去和伯恩会面。

这两个人是一对异常恩爱的夫妻：李银来和他的妻子阮小梅。

尾 声

如果你不知道瘟疫是什么样子，那历史的真实会告诉你这一切。如果你想了解瘟疫对人类的危害有多大，那下面的事实可以告诉你。

黑死病：

它是人类历史上最严重的瘟疫之一，同时也是历史上最为神秘的疾病，它可能是人类历史上危害最大的生物武器战争。

该病起源于亚洲西南部，约在 1340 年代散布到欧洲，这场瘟疫在全世界造成了大约 7500 万人死亡。

黑死病猖獗于 1348 年到 1352 年，它把欧洲变成了死亡陷阱。根据估计，黑死病断送了欧洲三分之一的人口，总计约 2500 万人。

"西班牙流感"：

这是人类历史上最致命的传染病。

据统计，在 1918～1919 年，仅仅两年，"西班牙流感"就波及全球，而整个欧洲和亚洲地区是重灾区。疾病造成全世界约 10 亿人感染，而当时世界人口约 17 亿人。

这次疾病共造成至少 2200 万人死亡。其中，亚洲 1575 万，欧洲 216 万，非洲 135 万，北美洲 107 万，南美洲 32 万，大洋洲 97 万。而死于第一次世界大战的人数只有 1000 多万人。

直到 1933 年，英国科学家才第一次从人身上分离出病毒，并命名为 H1N1。这个病毒就是后来 2009 年甲流的元凶。

日本细菌战：

从 1933 年起，到 1945 年日本战败，日本在中国实施细菌战长达 12 年之久。

侵华日军有 5 支细菌战部队分别驻于当时中国的哈尔滨、长春、北平、南京、广州，总计 2 万多人。其中以石井四郎为首的日本满洲 731 部队最为臭名昭著。

侵华日军实施的细菌战遍及中国现属的黑龙江、吉林、辽宁、河北、山东、山西、陕西、内蒙古、宁夏、甘肃、湖北、湖南、江苏、安徽、江西、浙江、福建、广东、广西、云南 20 个省、自治区，计有 63 座城镇。

据中国和日本有关学者以大量事实证明，侵华日军进行大规模细菌战，致死中国民众至少 27 万多人，其中至少超过 10000 名中国人、朝鲜人，以及联军战俘在 731 部队的试验中被害。

无论从细菌战部队人数、规模和分布上看，还是从细菌战持续时间、造成伤亡的人数及损害程度上看，侵华日军进行的细菌战都为人类历史之最。

艾滋病：

从被发现的 1981 年到 2009 年底，全球大约已有 6000 万人感染艾滋病病毒，其中 70% 的人生活在非洲撒哈拉以南地区。

目前已有 2500 万人死于艾滋病相关疾病，艾滋病导致的死亡占全球死亡数的 4%。

截至 2009 年底，中国卫生部与世界卫生组织等的联合评估，中国的艾滋病感染者和病人约有 74 万人。

艾滋病毒仍在威胁人类的健康，但可喜的是其疯狂蔓延的势头已经得到有效控制。

H5N1 禽流感病毒：

文献中记录的最早发生的禽流感在 1878 年，意大利发生鸡群大量死亡，当时被称为鸡瘟。到 1955 年，科学家证实其致病病毒为甲型流感病毒 H5N1 型。此后，这种疾病被更名为禽流感。

到目前为止，禽流感病毒的传播在很大程度上要归咎于迁徙的候鸟，并导致全球 2 亿多只禽类被杀。

根据世界卫生组织的统计，从 1997 年香港出现第一例人禽流感病例，到目前为止，全球共有 15 个国家和地区的 393 人感染，其中 248 人死亡，死亡率高达 63%。中国至少有 31 人感染禽流感，其中 21 人死亡。

可怕的是，禽流感病毒疫情仍处于上升期，对动物和人类的威胁极大。

SARS 疫情（即"非典"）：

SARS 疫情从 2002 年底发现到 2003 年 7 月结束，历时十个月，全球共有 32 个国家和地区向世界卫生组织报告了非典型肺炎病例。

据世界卫生组织统计，全球累计非典病例共 8422 例，全球因非典死亡人数 919 人，病死率近 11%。

中国内地累计病例 5327 例，死亡 349 人；中国香港 1755 例，死亡 300 人；中国台湾 665 例，死亡 180 人。

以上这三个地方的病例总数为 7747 例，占全球总发病人数的 92%。死亡总数为 829 人，占全球总死亡人数的 90%。

H1N1 甲型流感：

自 2009 年 3 月墨西哥爆发疫情开始，到 2010 年 8 月世界卫生组织宣布甲型 H1N1 流感大流行期已经结束，这期间，全球有 214 个国家和地区报告了甲型流感确诊病例，感染病例高达上亿人群。至少出现 18449 个死亡病例。

其中，美国成为甲流重灾区，约有 2200 万美国人感染了甲流病毒，已造成约 3900 名美国人死亡，其中包括约 540 名儿童。

据中国卫生部通报，截至 2010 年 1 月 10 日，中国内地已有 124764 例甲型 H1N1 流感确诊病例，其中 744 例死亡。

到今天为止，该病毒仍在全球各国肆虐，尚有不少病例报道。

超级细菌：

截至目前，大量的超级细菌致病报道已在印度、南亚地区、英国、荷兰、澳大利亚、加拿大、美国、瑞典、日本、香港、台湾和中国等国家和地区出现，并呈蔓延之势。专家认定，基因突变是产生此类超级细菌的根本原因，抗生素的滥用对微生物进行了定向选择，导致了超级细菌的盛行。

目前，全球感染病例超过千例，死亡率高达 20% 左右。

专家预计，至少 10 年内没有抗生素可以有效对付这种细菌，因此呼吁全球密切监控阻止超级细菌传播。

动物集体神秘死亡：

仅仅在 2010 年底到 2011 年 1 月的一个月内，动物集体神秘死亡事件就发生在欧洲大陆、太平洋西岸的一些国家和地区，至少有 28 起之多。

其中，美国阿肯色州，大约 8.3 万条淡水石首鱼和 1000 多条其他鱼种的尸体在河流中被发现；在阿肯色州一个小镇上空有5000 多只红翅黑鹂坠亡；路易斯安那州也发生了 500 只飞鸟坠亡事件；马里兰州发现了约 200 万条鱼死亡；佛罗里达州一条河里发现数千条死鱼；佛罗里达州 2010 年底有 767 头海牛死亡；德克萨斯州发现 200 多只死亡的黑鸭；肯塔基州发现了数十只鸟的尸体；英国肯特郡的海岸线出现了 4 万多只死蟹的尸体；瑞典斯德哥尔摩发现了约 100 只寒鸦的尸体；巴西巴拉那瓜海滩发现多达100 吨死鱼；中国的青海湖，发现斑头雁大量死亡；新西兰发现数百条死鲷鱼；在意大利北部，发现坠地的斑鸠大约有 8000 只。

动物集体神秘死亡事件在短时间内如此密集实属罕见，然而却无法找到其确切的死亡原因，这更让人触目惊心、疑窦丛生。

"辛西娅"的诞生：

2002 年，美国埃卡德·维默尔（Wimmer）实验室首次通过化学合成了脊髓灰质炎病毒。这是人类首次以化学单体合成感染性病毒。

2003 年，美国克雷格·文特尔（Venter）实验室合成了 5386碱基对的 ΦX174 噬菌体基因组。

2004 年，研究人员人工合成了 1918 年造成全世界上千万人死亡的流感病毒，这一生物学"壮举"更加深了世人的忧虑。

2008 年，美国克雷格·文特尔实验室合成了 582970 碱基对的生殖道支原体全基因组。至此，人工化学合成病毒和细菌基因组均已实现，预示着人类可以人工设计和构建生命体的时代的到来。　.

2010 年 5 月 20 日，美国科学家克雷格·文特尔在《科学》上发布论文，他在实验室中通过化学合成"丝状支原体丝状亚种"的 DNA，并将其植入去除了遗传物质的山羊支原体体内，创造出世界上首个'人造单细胞生物'。人类历史上第一个人造生命"辛西娅"诞生了。

……

……

……

未来，或许还有更多！

（第一部完）

图书在版编目（CIP）数据

超级瘟疫/金利民著. —北京:中国华侨出版社,2012.4

ISBN 978－7－5113－2244－9

Ⅰ.①超… Ⅱ.①金… Ⅲ.①长篇小说—中国—当代

Ⅳ.①I247.5

中国版本图书馆 CIP 数据核字(2012)第 039051 号

● 超级瘟疫

著　　者/金利民

出 版 人/方　鸣

责任编辑/崔卓力

形象包装/郭小军

版式制作/晓　月

责任校对/钱志刚

经　　销/全国新华书店

开　　本/710×1050 毫米　1/16 开　印张/25　字数/347 千

印　　刷/北京高岭印刷有限公司

版　　次/2012 年 7 月第 1 版　2012 年 7 月第 1 次印刷

书　　号/ISBN 978－7－5113－2244－9

定　　价/38.00 元

中国华侨出版社　　北京市朝阳区静安里 26 号　　邮编:100028

法律顾问:陈鹰律师事务所　　编辑部:(010)64443056　　64443979

发 行 部:(010)54443051　　传　真:(010)64439708

网　　址:www.oveaschin.com　　E－mail:oveaschin@sina.com